董晓萍 李国英 主编

"教育援青"人文学科基础建设系列

文学理论九讲

王一川 著

商務印書館
创于1897 The Commercial Press

图书在版编目(CIP)数据

文学理论九讲 / 王一川著. — 北京：商务印书馆，2022

ISBN 978-7-100-21012-6

Ⅰ.①文… Ⅱ.①王… Ⅲ.①文学理论 Ⅳ.①I0

中国版本图书馆CIP数据核字(2022)第058353号

文学理论九讲

王一川 著

商 务 印 书 馆 出 版
(北京王府井大街36号 邮政编码100710)
商 务 印 书 馆 发 行
北京新华印刷有限公司印刷
ISBN 978-7-100-21012-6

2022年5月第1版 开本880×1230 1/32
2022年5月北京第1次印刷 印张$12^{3}/_{8}$

定价：68.00元

教育部人文社会科学重点研究基地重大项目

“跨文化视野下的民俗文化研究”

青海省人民政府－北京师范大学高原科学与可持续发展研究院与

北京师范大学跨文化研究院“丝路跨文化研究”重大项目

（项目批准号：19JJD750003）

综合性研究成果

教育部人文社会科学重点研究基地

北京师范大学民俗典籍文字研究中心

青海省人民政府－北京师范大学高原科学与可持续发展研究院与

北京师范大学跨文化研究院“丝路跨文化研究”重大项目组

资 助 出 版

总序　“教育援青”国家战略与人文学科基础建设

近年国家推进“教育援青”战略，加强中国特色社会主义高等教育体系建设，高度重视多民族共同发展的高等教育事业，这项举措意义重大。西部高等教育与国家发展战略的关系，从来没有像今天这样关系密切。跨文化学对外研究世界各国多元文化，对内研究本国多民族优秀文化，可以在“教育援青”中发挥特殊作用。北京师范大学是我国高等师范教育的最高学府，在这次“教育援青”中与青海师范大学携手，责无旁贷，编写人文学科基础建设用书是实际行动之一。近期建立的青海省人民政府-北京师范大学高原科学与可持续发展研究院与北京师范大学跨文化研究院合作从事“丝路跨文化研究”的重大项目，正是诸项落实措施中的一种。这项工作的目标，是要着眼高端、立足长远、繁荣西部文化生态，认真总结西部多民族跨文化协同发展的历史经验，重视从西部高校培养具备跨文化对话能力的新型人才，促进西部高校教育的内生型发展，具体有三：一是服务于党和国家的“十四五”规划大局，辅助青海高原可持续社会建设；二是开拓内地重点高校与西部高校对口支援学科建设的新基地，实现优势教育资源共享；三是纳入双赢机制，建设青海多民族凝聚力教育事业，满足西部高校师资队伍建设与人才培养的需求。

一、建立落实国家战略的“长效机制”

我国多民族千百年来和睦相处，建设中华文明，共同创造了极为宝贵的国家文化财富，这是我国的独特历史。在中国共产党的百年党史中，始终以人民利益为最高利益，促进各民族互相尊重与平等发展，这是中国共产党创造的先进经验。在高等教育方面，20世纪以来，自五四运动、战争年代，至和平建设时期，北京多所高校专家学者投入民族社会调查和全国各民族民间文学搜集运动中，与西部高校师生携手，为今天国家大力开展的非物质文化遗产保护工作打下了基础。新中国成立七十余年来，特别是改革开放后的四十余年中，我国经济社会迅速发展，多民族高等教育蒸蒸日上，取得了众所瞩目的成就。这引来西方霸权国家的恐慌，他们挑衅我国的主权，侵犯中华民族共同体的文化权利，引起我国和世界一切爱好和平的国家与人民的强烈不满。面对世界格局的变动，我们要头脑清醒，坚持中国的道路自信、理论自信、制度自信和文化自信，同时也要认识到“教育援青”国家战略不是短期行动，而是长期任务。

北京师范大学党委书记程建平教授在2021年3月发表《构建中西部教育“结伴成长”机制》一文，明确提出了“长效机制”

的理念。他总结高校党建工作的历史经验，从正在启动的高校"十四五"规划现实任务着手，指出"长效机制"应包括：第一，把西部高校建设当作国家重点高校自身建设的一部分，共建双赢；第二，选拔"学术水平要高、办学能力要强，而且还要肯干、投入"的优秀校长，派驻西部高校，带领当地领导班子携手创建共赢局面；第三，勤奋深耕，促进内外双循环发展，"深层次的帮扶，是要帮助西部高校实现由'外部输血'到'自我造血'的转变"。总体说，这项重要的国家任务要重视吸引社会公益力量，加强内地重点高校与西部高校联手建设的对内影响力和对外辐射力，"青海师范大学高原科学与可持续发展研究院与北京师范大学跨文化研究院正式签署战略协议，标志着双方的对口支援工作再结硕果"①。

"长效机制"理念的另一层深意，是建设中国特色社会主义高等教育体系中多民族凝聚力教育的长期稳定模式，高校学者对此也有长期的认同和社会实践的传承。20世纪一批留学归国的学术大师，包括清华大学的费孝通先生、北京大学的季羡林先生、北京师范大学的周廷儒先生和钟敬文先生等，都曾为西部留下宝贵的精神遗产。费孝通先生留英归来，是西部社会人类学调研和高校民族教育的早期开拓者。季羡林先生留德归来，曾发表专题文章《少数民族文学应纳入比较文学研究的轨道》，指出："我们对国内

① 程建平：《构建中西部教育"结伴成长"机制》，《中国教育报》2021年3月15日第5版。另见毛学荣、史培军《西部高校如何走好高质量跨越发展路》，《中国教育报》2021年3月15日第5版。

少数民族文学，包括民间文学在内，虽然进行了一些研究，但是总起来看是非常不够的，而且也非常不平衡。”[①]周廷儒先生留美归来，是青海高原地理科学考察与研究的先驱，并培养了门下第一位博士，即现由北京师范大学派往青海师范大学的史培军校长。钟敬文先生留日归来，是我国民俗学高等教育的奠基人。他与费孝通、季羡林和周廷儒的看法相同，多年支持西部民间文学事业的发展，还曾亲自致力于西部高校民族民俗学人才的培养工作[②]。这些学术大师都是钟情于祖国西部的“海归”，是广大后学景仰的名师楷模。现在他们的大学问需要转型，这就要求今人能够继承和发展。我国比较文学学科的创建人乐黛云先生、法国汉学家汪德迈先生、法国跨文化学领军人物金丝燕教授、我国传统语言文字学家王宁先生和李国英教授、现代公益文化学开拓者陈越光先生、印度学和东方学学者王邦维教授、俄罗斯文艺学学者程正民先生和李正荣教授、文艺学和艺术学学者王一川教授、跨文化民俗学学者董晓萍教授等，都为此做出了贡献。他们也都高度重视西部高等教育[③]。

① 季羡林：《比较文学与民间文学》，北京大学出版社1991年版，第333页。

② 参见董晓萍《钟敬文先生对新时期民俗学科的重大建树——兼谈〈北京师范大学学报〉与民俗学科的发展》，《北京师范大学学报》2012年第5期，第30—39页。

③ 参见曹昱源《青海师范大学与北京师范大学合作启动“青海高原丝路跨文化研究”重大项目》，乐黛云、〔法〕李比雄主编《跨文化对话》第44辑，商务印书馆2021年版，第260—261页。

二、跨文化学在文化内部多民族相处与对外文化交流两端发挥作用

在我国，跨文化学不可替代的功能是，对外研究人类命运共同体文化，对内研究中华民族凝聚力文化，在高校培养具备跨文化能力的新型人才，这对于在世界百年未有之大变局中，在“教育援青”国家战略的背景下，加强西部高等教育，是一种必要的助力。

此时特别要提到语言学、民俗学、民族学、历史学、东方学和社会学的贡献。五四以后，在我国传统国学中，从文史哲三门，发展出上述现代人文社会科学。在新中国时期，在社会主义新文化建设中，建成了相应的高等教育人才培养机制。自20世纪60年代人文思潮革命后，国际上出现跨文化历史学的研究倾向。我国在扩大改革开放和深化对外交流后，转向文明互鉴视野下的人文社会科学研究，再转向跨文化中国学教育①，这是一个逐步发展的过程。

在这次实施“教育援青”的国家战略中，跨文化学的介入，可以对西部高等教育带来以下促进发展的新视点：

一是纳入多元文化交流机制，提升健康文化生态的建设水平，补充多民族凝聚力教育事业的新个案。在中华文明长期发展的过程中，中央与地方、上层与民间、汉族与兄弟民族、中国与外部世

① 参见董晓萍《文化主体性与跨文化》，《西北民族研究》2019年第2期，第66—69页。

界，彼此互动，形成了和而不同、和平共处的中国模式。这是一种中国模式，它在世界四大古老文明中独立呈现，并友好共享。今后还要在新的层面上建设，并将之综合运用到跨文化对话之中，以便更加有利于向世界提供中国经验。

二是纳入文化生态平衡机制，筑牢内地高校与西部高校对口支援的基础。文化生态资源的差异化，与国家教育事业多元统一的格局，在某种程度上说，这是一个矛盾统一体。但当今世界变局又说明，在捍卫国家文化主权的前提下，重新认识这个矛盾统一体，建立平等、尊重和优势共享的教育机制，是十分必要的。它有利于搞好世界治理、国家治理和社会治理。中国历经数千年而稳定发展的奥秘，就在于用心构筑和创新维护这个矛盾统一体。当然，世界发展到今天，我们还要补充建设跨文化知识体系，耐心观察和认真建设单一文化与多边文化的接触点与交流点，精准发力，营造新时代的优秀人文文化，用现代汉语说叫“对口”。具体到北京师范大学与青海师范大学的合力共建、扎实落地的一步，就要进行学科“对口”建设支援，这样才能掌握差异中的平衡点，打造共赢空间。

三是纳入未来价值机制，辅助青海可持续发展，提升服务于“十四五”规划的大局意识。内地高校与西部高校虽不乏差异，但双方也长期拥有共享价值，即中华民族共同体价值观。中国儒家文化最早揭示了人际关系中的价值文化，而这种古老的关系价值还要依靠充分吸收我国多民族跨文化相处的历史智慧和现代经验，并提炼新思想，才能构建未来价值观。

在高等教育方面，跨文化学教育的特点，就是强调跨文化中国学教育，高度重视我国多民族文化资源、教育经验及其社会功能。当代内地高校与西部高校的共建活动，已不再是少数精英的单边意愿和单向的教学输出活动，而是多边行动。跨文化中国学教育要通人脉、爱和平，教育各民族新一代大学生和研究生，在现代社会中掌握跨文化学的理论与方法，做到文化间的互相欣赏、忍耐差异、宽容彼此和尊重他者，成为新型国际化人才。今日求学，明天放飞。

三、西部高校"人文学科基础建设系列"著作的特征

自2018年起，随着"教育援青"工作的推进，在青海师范大学方面，已将青海地区的社会发展、多民族高等师范教育与"两弹一星"精神教育三位一体进行建设。2021年以来，青海师范大学高原科学与可持续发展研究院与北京师范大学跨文化研究院携手合作，共同从事"丝路跨文化研究"重大项目。在该项目的教学科研成果中，专门设立"人文学科基础建设系列"，拟于2021年年内完成，交由商务印书馆出版，于2022年春季和秋季学期投入使用。

"人文学科基础建设系列"的定位是，促进建设中华民族共同体格局下的跨文化中国学教育事业。

这套"人文学科基础建设系列"的理念是，服务于"长效机制"

的基础学科建设，而不是编制短期支教的培训班方案。作者都是人文科学领域有代表性的学者、教授和博士生导师，具有几十年指导本科生和研究生的经验。他们以无私奉献的情怀投入这项工作，针对西部高校学科建设的实际需求，提供跨文化中国学的教育成果，同时输入国际前沿学术信息，做到高端教育与对口帮扶相结合，专业需求与交叉研究相结合，以及内地高校优势教育资源与青海多民族特色资源保护吸收相结合，人人争取在“教育援青”中多出一份力。

“人文学科基础建设系列”的适用学科，包括汉语言文字学、民俗学、民间文学、民族学、文艺理论、古代文学、现代文学、中印比较佛学、东方学、比较文学与世界文学，以及其他相邻学科和注意吸收人文学科研究成果的自然科学学科。

“人文学科基础建设系列”的使用范围，适合高校的基础课、专业课和选修课使用，也为西部高校利用这套教学用书再去培养下一代人才做好准备。

“人文学科基础建设系列”的撰写和出版，得到北京师范大学和青海师范大学领导的大力支持，商务印书馆学术编辑中心做了大量实际工作，北京师范大学－青海师范大学高原科学与可持续发展研究院、北京师范大学跨文化研究院给予充分重视，在此一并郑重致谢！

董晓萍　李国英

2021年6月25日

目　录

引　言

在学习文学作品之后，进而学点文学理论，应当是一件顺理成章的事。极简要地说，作为一门语言的艺术或美的艺术，文学作品的特点在于，以富于文采的艺术语言塑造艺术形象（包括语言形象），让读者通过阅读而在头脑里唤起活生生的感性生活画面。有意思的是，读者在自己头脑里唤起的这类感性生活画面，与文学作品本身塑造的艺术形象世界相比，以及与其他读者在他们自己的头脑里唤起的感性生活画面相比，未必完全一样。这种不完全一样的原因众多，既与每个读者的不同阅读条件有关，也与文学作品本身的艺术语言方式和艺术形象构成特点等有关。当然，从原因来说，这也与创造了文学作品的作家的创作风格和特点有关，更宽泛地说，也与作家和作品所生成于其中并产生影响的社会生活世界有关。而要把这些原因解释清楚，只阅读文学作品是不够的，还需要学习和了解与文学作品相关的一些知识，进而形成对于文学作品及其阅读相关的连贯性或条理性思考。

如此，学习文学理论就是必然的了。

为了帮助了解文学理论，本书安排了九个专题的讲授内容。第一讲“文学与文学理论”，讲述文学作品与文学理论之间的内在联系，说明文学理论并非外在强加而多余的理性思维，乃是存在于文学作品本身的艺术世界之中。第二讲“文学的含义与属性”，追溯“文学”一词在中国的古今词义演变轨迹，进而说明这个概念在今天的通行含义。第三讲“当代中国文学语言状况”，以中华人民共和国成立以来文学作品中艺术语言的历时态演变轨迹和各时段的不同特征为案例，着力呈现文学作品中艺术语言的审美魅力。第四讲“从诗意启蒙到异趣沟通”，从当代中国审美精神的演变视角去观照文学作品的意义世界变迁，表明文学作品意义的生成离不开它所生成和发挥影响的特定时代的社会生活。第五讲“从无声挽歌到视觉动画”，从小说作品的影片改编案例入手理解文学作品与其他艺术门类之间的关系，由此更具体地认识文学作品的特质。第六讲“现代性体验与文学现代性分期”，在中国现代文学作品阐释中引入文化现代性视角，展现文学作品“背后”更深广的文学现代性进程的影响力。第七讲“大海与海的跨文化对话”，透过《你见过大海》一诗的阅读，试图串联起古今中外文学世界之间的跨文化关联，发掘诗歌语言中蕴藏的古今社会变迁和中外社会变迁踪迹。第八讲“当代文学批评新趋势”，讲述文学理论中文学批评的地位和作用，重点论述批评理论及其基本模式。第九讲“怎样读书”，谈谈读书和治学体会，推荐阅读十本书。

为了方便阅读和复习，在《附录：各章修读参考》中编写每一讲的提要、小结、思考与练习。

第一讲　文学与文学理论

提起文学，大家都不陌生，我们早就有了文学的阅历。从小学到大学，也都或多或少学过文学理论，并对作品做过分析研究，但如何把文学和文学理论联系起来思考呢？我想，这至今对许多人仍是一个问题。

一提起文学理论，许多人可能会感到枯燥乏味或者痛苦，甚至感到可怕。我希望在本书的阅读中，大家能够多少体味到理论的乐趣。我希望至少能让你们感受到，或多或少地感受到，理论并不那么可怕。理论有时也是轻松愉快的，它能把我们带进人生体验的国度里去思考、寻找、发现和享受。

一、从文学到文学理论

文学，无论对普通读者还是对研究者都不陌生，但怎样才能掌握文学理论？怎样才能形成自己的理论？许多同学很好学，读了很多的书，但时常就是找不到一个感觉、一个焦点来分析作品，一旦提笔写作时，就感到痛苦。其实我跟大家一样也曾有过痛苦。我在做硕士生时，头一年半，整天苦读。北大图书馆一次可以借20本书，我都借满了，放在宿舍里，很想一下读完，但越读越糊涂，越读越着急，经常处在焦虑中。过了很久才明白过来，才感到不那么可怕、不那么焦虑，因为我知道自己该干什么了。我觉得很重要的一点，就是读书要寻找自己的立足点。第一讲我就跟大家这样说，希望你们能记住。没有立足点，书读得再多，它们也不过是过眼云烟，是手边的流云，不住东逝的流水。建议你们一边读一边寻找自己的立足点，一边问“我要做什么”“我该怎么做”。如果始终在问自己，你读别人的书才会有用。

每一个理论家都有缺陷，都不是完美无缺的。以前我曾经问过我课上的学生，他对读的书有什么感受。他就说这本书有什么缺点有什么优点，但就是不知道换了自己该怎么做。我有时就说，找出别人九个缺点，也比不上你自己有一个优点，有自己的一个特点。要知道自己该做什么，你读的书才会于己有用。所以，文学理论难就难在不知道自己该做什么。如果知道自己该做什么，就去寻找，在寻找中读，读的书才会有味。跟着你自己走，下一步才能形成自己的学术路数。

文学和文学理论有什么关系，我想通过一首诗来说会比较清楚。这是当代诗人牛汉在1997年写的一首叫《夜》的诗，我们现在不看文本，先想一下他会说什么，然后我们来看：

关死门窗
觉得黑暗不会再进来

我点起了灯

但黑暗是一群狼

还伏在我的门口

听见有千万只爪子
不停地撕裂着我的窗户

灯在颤抖
在不安的灯光下我写诗

诗不颤抖！

这首诗告诉我们什么？我不问诗人表达的意思是什么，也不问诗人在这首诗里要说什么，我要问：我们从这首诗里读出什么？焦点不在于诗人自己想说什么，而在于我们能从文本中读出什么来。

首先我们来看诗的标题“夜”。“夜”这一标题指我们生活的一个时段，每天的一半时间我们都要在夜晚中度过。夜，是我们不得不遭遇的日常生存问题。跟它相对的是白昼，但诗人没明说。他关心的是夜。夜有什么？夜对人生意味着什么？对诗人意味着什么？这首诗就是要探讨这些问题，这些正是关键所在。那么第一点，可以看诗本身的意义。比如，这里边几次提到了诗，“在不安的灯光下我写诗/诗不颤抖”，直接涉及诗，涉及它的意义，人生的意义。不仅表现在人的心灵，而且也指向诗本身。第二点，我们要思考文学与文学理论的关系，从诗中我们也可以看到诗与诗学、文论的关系。

“黑暗”在诗中的意思是什么？“黑暗”的角色是什么？刚才

我们说到了“夜”,“夜”跟“黑暗”是相通的,只不过“夜”是用另一个词来说。“夜”指的是一个时段,“黑暗”呢,用的是它的色彩。诗的第一行说“关死门窗”,为什么要关死门窗?这涉及门窗在生活中意味着什么。门是我们进入家的通道,是我们人生的避难所,走向人生家园的一个通道。门在我们的日常生活中非常有用,没有门我们的生活会丧失它的安全性。所以我们日常生活中没出路,没办法了,就说“没门儿”。窗户是让我们家园沟通外在自然的另一个通道。窗意味着风景,也意味着外在的黑暗。它要阻隔黑暗,阻隔自然界对人类的异在、异己的力量。它还可以沟通人与自然美妙的风景。所以门和窗都是我们日常生活中不可缺少的生存的通道。

“关死门窗”,如此致命的通道现在被关起来。一上来第一句就要把它们关起来,肯定是生活中遇到了什么问题,生活中遭遇到了难以化解的危险。生活在今天这个“风险社会”里,人们都有一种风险意识,所以一遇危机就要寻求保险,要关死门窗。“觉得黑暗不会再进来”,为什么不说成“黑暗不会再进来”?用“觉得”两字,强调“我”的主观的意识、主观的意料。那么“黑暗”的角色是什么?黑暗是人每天必须涉及的自然现象,更隐喻地指向人类经常遭遇的社会、文化、精神的困境问题。“黑暗”在这里喻示着人生中遭遇的异己的力量、摧残的力量、丑恶的力量、扼杀自我个性的力量,等等。你可以尽情联想。“我点起了灯”,关死门窗是为了阻隔黑暗,为了解救自己于困境。

再有,大家不妨从用词上看看,诗人用得怎么样。为什么说“关死门窗”而不说别的?比如,诗人可以选择说“关上门窗”“关闭门窗”或“关紧门窗”。诗人是否用得好,可以采取试错法,就是看看其他能够想到的用法是否能比现有的更好。如有更好的，那就说明这首诗在语言上还不是最好；而如果找不到更好的，那就证明这首诗的语言已经无懈可击，堪称典范。联系全诗看，哪个表述更准确？显然是“关死门窗”。“关上”只是简单的动作陈述，程度最轻微；“关闭”稍重点，但仅仅停留在关严上；“关紧”又重了一点，但也只是进一步强调关严实了；只有“关死”才同时充分地传达出动作的力度和强度的饱满度。

开门时感到夜晚黑暗的逼来，感到孤独，感到可怕，黑暗中可能有豺狼虎豹冲进来，所以要“关死门窗”。但“关死门窗”后，屋里有新的“黑暗”，没有自然的阳光的温馨。这时，“我”做出新的选择：“我点起了灯”。现在“我”终于站出来了。

“我”的角色是什么？面对令人恐怖的无边的黑暗，“我”最初的措施是“关死门窗”，这是一种利用人造器物阻隔“黑暗”的方式，属于器物式阻隔。当这种阻隔方式不能改变“我”的恐惧，不得已就采取第二种方式“点起了灯”。这里“我”先后做出了两次选择：第一次是“关死门窗”，第二次是“点起了灯”。这个“我”肯定是个热爱生活的人，渴望生活、关心生活、处处守护自己生活的人。他惧怕黑暗，向往光明。“我”的角色在这里也凸显出来，“我”要看护好自己的生活，“关死门窗”，“点起了灯”。

“灯”的意象在这首诗里怎样理解呢？“灯”是黑暗的对立面，是驱散黑暗的一种方式，是光明与温暖的一个源泉。所以它正好处在黑暗的反面，它可以驱散“黑暗”带来“光明”。“点灯”是属于人工的一种阻隔，还是器物式的驱散黑暗方式。

“但黑暗是一群狼/还伏在我的门口/听见有千万只爪子/不停地撕裂着我的窗户/灯在颤抖”。这个“我”遭到生命的危险、生存中可怖的现实。尽管“点起了灯”，但仍然处在无边的黑暗中。黑暗如狼似虎，似乎要“撕裂”我的门窗，要逾墙而入。“我”的生命再一次处在不安的境地，怎么办？门窗关了，灯已点了，用来抵御黑暗的，该做的都做了，所以怎么办？从这里我们可以感受到“黑暗”无边的权力，它在人的生存中扮演超级恐怖者的角色。这个时候个人面对黑暗势力显得非常渺小、非常软弱。这个“我”惊奇、恐惧，发现灯光并不能驱散黑暗，带来光明。“黑暗”是一群狼，用“狼”这个字涵盖了所有令人恐惧的权力，有形或无形的，抽象或具体的，大或小的，全球、国家、社会、团体或个人的，等等。总之，它是对个体生命形成打击的异己力量，多可怕的一个陷阱！

“黑暗”如此强大，以至“灯”都不能抵抗，甚至“灯”本身也在颤抖。“灯在颤抖”这四个字后面，完全可以加三个叹号。面对这样一个危险的情势该怎么办？他没招了，只能拿出最后的方法：“在不安的灯光下我写诗”。灯光在摇晃，摇摇欲坠，它的油似乎快用完了。在这令人恐惧不安的灯光下，诗人开始“写诗”。那么，“诗”意味着什么？“诗”的角色是什么？在这首诗的文本中我们可以看到，在“灯光”本身也可能被扑灭时，“我”终于被迫拿起笔写“诗”，选择“诗”这样一种最后的抵抗武器。

这样一个事情说明，这个“我”深深地相信诗具有强大的力量，可以指引人抵挡“黑暗”。写诗作为人的行为，不过就是语言行为，换句话说就是“话语实践”。写诗在这里远不是沉醉在语言炼金术、沉醉在语言游戏中，也不只是个人情感的表达，更不是单纯的文字游戏。写诗，成了抵御黑暗、驱散黑暗、看护生存的唯一的和最后的制胜法宝。

如果要说对这首诗的看法，这就是它集中地展示了“诗”的意义、诗对人生的意义、诗在生活中的意义。写诗是拯救人类于危机中的最后抵抗方式，一个最有效的制胜法宝。由此，诗在生活中的功能进一步体现出来。

“诗不颤抖”，把诗抵抗黑暗、拆解黑暗、诉求光明的强大功能表现出来，表达了处在无边黑暗中的人对诗的坚信。“诗不颤抖”对应了前面的门窗在颤抖、灯光在颤抖，以及可能这个“我”的身体也在情不自禁地颤抖。但是，“我”告诉自己“诗不颤抖”。“诗”，它拥有个人所没有的坚定性、沉稳性、沉静性或安定的因素。在写诗时，黑暗似乎消退了，门窗安静，自己心灵归于稳定、安详。他用语言行为寻找到一个精神空间并得到满足。

我们再来看这整个文本。它在分析时反思的路径是什么？从门窗的阻隔到用灯光驱散再到写诗的气定神闲，终于寻找到抵抗黑暗、到达光明的最理想的和最有效的方式。我想，由此可进一步发现诗人对诗的看法。诗在人生中到底有什么意义？它不如门，不如灯，但它又胜过它们。在人类需要的时候，当门窗、灯光都不能驱散黑暗和带来光明的时候，诗就发生作用了。所以诗的作用并非个人情感的简单书写或吟风弄月，无病呻吟，而是在如狼似虎的黑暗中对黑暗的严词拒斥和对光明的安然守护。诗人并不是一开始就想当诗人，“我”之所以成为诗人是在黑暗情势的逼迫下奋起反抗的结果。诗人是被迫的，当器物式阻隔无法抵抗黑暗时，“我”只能拿起语言的武器充当诗人。这时“我”意识到只有“诗”才能解决问题。

这首诗可以引导我们思考带有普遍意义的文学和文学理论问题，换句话说：诗的功能是什么？诗有什么价值，对人生有什么意义，人类为什么需要诗？大家也许会说，老师你还在说诗呀，诗现在早就不行了，诗有什么用。的确，在今天这样一个时代，作诗的人很难养活自己。我知道的很多作诗的人，要不开饭馆，要不做买卖，或者做其他的。写诗那点稿费，远远不如小说家。你看有的畅销书作家写一部小说，其稿费收入相当于一个高产诗人一辈子的稿费。第一次发表有稿费，其他刊物转载又有稿费，之后改编成电影或电视剧，收入更是不知多少。但诗人不行。在今天这个时代，写诗的人比读诗的人还多，尤其是在中学和大学一二年级，更是写的多读的少。今天做一个诗人越来越艰难。在20世纪80年代，说"我是一个写诗的"，可以获赠饭菜票，甚至可得美女的青睐。在许多高校，有些诗人都是到处游学。当年有的大学还会收留这样的一些"流浪诗人""游走诗人"。但当今时代，写诗越来越困难，一个很重要的原因就是今天大众文化没有给诗人留下多少写作空间。然而另一方面，"诗"仍在"繁荣"。我的意思是，在"繁荣"上面可以打个引号。"诗"仍然以我们可能忽略的方式在"繁荣"着：在广告词里，在流行歌曲的歌词里，在人们的日常生活中那些具有"过渡礼仪"意义的聚会里，"诗"都还在继续它的辉煌，只不过它不出自"诗人"的笔下而是出自普通人罢了。在这种情形下，诗人要逃避这些昔日曾经具备创新价值但今天已经成为流行时尚一部分的熟用语，别无选择，就只能选用从未有过的别种语言来写。所以，才会感到写诗越来越困难了。凡是过去进入诗的，现在都以飞快的速度被疯狂地挤压到广告和流行音乐里，所以现在的诗人时常会有找不到写什么之类的感叹了。用诗人任洪渊先生的话说就是："穿越了南极的冰雪也走不出一个秋字的边疆"，"一个字的永远流放"。他这样告诫人们：

文字　一个接一个
灿烂成智慧的黑洞

好比
恐
龙
庞大到吃掉世纪
也吃掉了自己
空洞为一个无物的
名词　活着的死亡
最虚无的存在

(《文字一个接一个灿烂成智慧的黑洞》, 1988)

这个“我”穷尽几乎所有的语言，也走不出宋玉和杜甫等古代诗人留下的“秋”字的边疆。他们写了“秋”以后，“我”就再也写不出来了。过去王维写过落日，李白写过月亮，当今天的诗人再写月亮时，除了“床前明月光”还能写什么？抄袭古人？以往几千年的汉字堆满了文字的天空，成了无边的“智慧的黑洞”。今天的诗人很难再找到晶莹剔透、蓝宝石般纯净的语言来写诗了。

当然，话说回来：庆幸的是，诗还在，诗意还在，诗的精神还在，人们对诗歌的诉求还在。也许诗就像古希腊的史诗一样，可能成了一个不能再度复兴的文类。但是，人们对它的向往、缅怀、怀旧可能还会持续下去。诗歌作为碎片，作为因子，贯注到、流落到其他文类中，比如网络文学、影视文学等。

下面来看一看一位曾经红遍天下的作家在《北方的河》

(1984)里写的这样一段:

> 他举起自己的诗稿,在粗厉的风啸声中朗读起来。他读着,激动地挥着手臂。狂风卷起雪雾,把他的诗句远远抛向河心。他读着,觉得自己幼稚的诗句正在胸膛里升华,在朗诵中完美,像一支支烈焰熊熊的火箭镞,猛烈地朝着那冰河射去。

这位被叫作“研究生”的主人公,经常要做的一件事就是为考研而学习,考人文地理的研究生。他对身边的女朋友都不多看一眼,只是喜欢她当年十二岁时的那个样子,喜欢“十二岁的小姑娘”。除了考研之外,他就喜欢两件事:一个是做梦;一个是写诗。为什么他喜欢写诗?通过他写的这一段话我们可以看出来。他的诗如同火箭,让人想起影片《英雄》里边万箭穿空的景象,“嗖嗖”的箭冲出以后,冰消雪融、春水奔腾、万紫千红、万象更新。诗的整体的魔力真是让人叹为观止。对诗这样一种语言形态,诗人寄予了厚望。诗歌似乎能够承担起人生中最后的、最沉重的负担。

这是我们谈的第一个问题——文学与文学理论。从上面关于《夜》的解读,可以领会这样一个道理:文学本身就是对人生意义的探索。当现实生活中其他探索方式都不能解决或不能完全解决人类面临的挑战性问题时,文学总会出场,以自己的方式去替人类寻求解答。而也正是在文学作品本身中,铭刻下人类思考文学意义的印迹,留下人类对文学意义的反思性追究。每当此时,文学与文学理论之间就豁然贯通了。

在此我希望我只是做一个示范。我不一定要讲一百首诗,你们才觉得我把诗讲明白了。我希望我讲过了这一首诗,你们就可以想一想，换了你们自己在面对这首诗时该怎么办。我们学习这门课，就是想让大家学会自己去阅读更多的诗作，能从自己的角度，对一首诗、一篇散文、一部小说或电影做一个分析。诗是种最精致的文类，它的每一个字可能都是经过了长久的考究、考量、熔铸才造出来。所以希望大家也能够去自己面对其他诗，知道什么样的诗是一首好诗。认真去读它，逐字逐句地读，去细心发掘它的意义。一首很薄的诗可以读得很厚，像刚才这首，如果要写成几千字的读后感，完全能做得到。所以，我希望大家在面对一首诗时，可以用类似的或者甚至更细密的方法去分析，通过分析这一首诗而明白很多诗的阅读方式。

二、什么是文学理论

什么是文学理论？大家可能会说，我中学时代就学过文学理论和美学等方面的知识了，难道还给我讲什么是文学理论？这个问题，如果从以下几个角度来看，还是需要回答的。

文学理论通常又称为文学学或文艺学，指关于文学的学问。教育部一个部门的领导曾问我们：你们学科为什么叫文艺学？它同文学理论有什么关系？我们回答说，文艺学其实本来就是指文学理论。他说那为什么不叫文学理论呢？我们的一些老师就乐了，我们正想问你们呢，你们是领导啊，是你们把我们的学科定为文艺学的。这是一个比较有意思的问题。文艺学本来就叫文学学，但“文学学”三个字在中文里拗口，不符合汉语规范，所以从苏联翻译过来时，就干脆叫文艺学了。当年的文艺学就是现在的文学理论。到20世纪80年代，欧美盛行的“文学理论”一词传过来，人们就更多地用文学理论。但这个学科看来还是得叫文艺学，暂时改不了。教育部的研究生培养方案就叫文艺学，我们这个学科点也叫文艺学，估计现在没法改了。但有一个“艺”字呢，有时想一想也有它的好处：这为我们跨越文学边界而谈论绘画、电影等其他艺术提供了合法性。所以我自己就利用这一点做事情，不务正业写点影评什么的，这也是在做我的“专业”啊，蛮理直气壮的！

那什么叫文艺学？这里我想给大家下一个操作性定义。这里不可能有一个唯一准确的终极答案。上这门课我希望大家要明白，我说的文学理论是一门人文学科，不是自然科学，也不是社会科学，不像社会学和人类学那样要搞田野调查等。它是一门人文学科，就像历史学、哲学那样的人文学科。具体说呢，它是关于文学的普遍问题的思考方式。你如果只追问个别问题，那可能构不成文学理论。你说，这小说我看了没劲儿。这不是严格的文学理论。但你说，哎呀，这篇小说读起来感觉好，还有些特点，与我读过的某些小说相比有自己的东西，诸如此类。这时，你其实就在做一些普遍性的概括了，那么就带有理论色彩了。就像刚才我们对《夜》的解读，如果只是思考这首诗的文本本身，那么不一定就是文学理论。而一旦我们通过这首诗的解读而想到了别的同样的诗，也想到了诗的普遍的功能、角色、价值、权力等问题时，理论也就在不经意间出场了。每一个人，当你思考、分析、盘问文学文本时，当你不满于一个文本而试图同别的文本联系起来概括时，你已经在从事文学理论的工作了。我相信你们，人人都能做文学理论，都有可能成为文学理论专家。

三、文学理论的普遍性及其质疑

第三点是文学理论的普遍性及其质疑。刚才提到文学理论“是关于文学的普遍问题的思考方式”，那么就有一个问题出现：普遍性与个别性怎样来理解？文学理论要思考普遍性问题，必须回到个别层面里去；要思考个别层面，就必须有意无意地将它放到一个更广阔的平台上去把握。要在对个别性的关注中同时关注普遍性，从个别上升到普遍，再从普遍回到个别。在两者之间，有时可左右逢源，有时要上下求索，有时呢，会动辄得咎，深陷一个不能自拔的陷阱中。所以理论经常要遭遇到普遍性和个别性的问题，这是它的宿命。

我们刚才说了文学理论的一个操作性定义。那么文学理论有多大的普遍性？可以说文学理论的普遍性早已成了一个理论传统。中国古代的文学理论家刘勰写《文心雕龙》、司空图写《二十四诗品》、严羽写《沧浪诗话》时，甚至杜甫写他的《戏为六绝句》时，他们已经在不同程度地相信文学理论具有自己的普遍性了，他们可以越出个别的层面而做更普遍的概括。西方自黑格尔以来，尤其强调对文学理论普遍性的关注。黑格尔强调用他的“绝对理念”来涵括世间所有的一切，世间所有的一切都是他的“绝对精神”的分化、显现。艺术也是这样。对黑格尔来说，美学就是艺术哲学，对艺术做哲学的思考是可能的。所以从黑格尔以来，西方的美学家和文论家对驾驭普遍性这样一种能力，具有充分的自信。可以说，没有对文学理论的普遍性的自信把握，就没有文论的繁荣和持续发展。

但进入20世纪以来，文学理论的普遍性遭到质疑。一个有代表性的事例是美国当代批评理论家乔纳森·卡勒(Jonathan Culler)提出这样一个看法："理论是一种思维与写作的躯体(a body of thinking and writing)，其限制难以界定。"[①]正是由于变得无法限制了，文学理论成了一系列没有固定界限的评说天下万事万物的各种著述，涉及人类学、艺术史、电影研究、性别研究、语言学、哲学、政治理论、心理分析、科学研究等广泛种类。[②]卡勒的话，等于道出了当今文学理论的特殊困境：一方面，它是无限地开放的，可以灵活自如地伸展向各个学科、领域，从而似乎具有强大的普遍适用性；但另一方面，它的这种普遍适用性又往往是充满断裂的或零散的，无法寻到人们原来信仰并追求的那种有机整体感。大家看他的关键词是什么？是各种著述，什么都有，没有什么固定界限。好家伙，没有固定界限怎么把握？怎么学呀？理论太难了，难怪平时我们一接触理论书就读不懂：一会儿"话语"，一会儿"后殖民"，一会儿"后"什么还要"主义"，一会儿"经济全球化"，一会儿"文化帝国主义"。做理论越来越不容易。理论到底怎么了？许多人在这样问。一些著名作家说：哎呀，我这几年根本就不看文学理论的书，甚至文学批评也不看。这些说明了什么？说明了自西方20世纪80年代以来，中国90年代以来，理论的角色发生了深刻的转变。它从过去居高临下指导创作的学问，变成别的了。所以相应地，人们对理论的普遍性的质疑也就产生了。有

① Jonathan Culler, *Literary Theory: A Very Short Introduction*, Oxford: Oxford University Press, 1997, p.3.

② Ibid., p.4.

来自普通读者的——你的理论怎么回事，我怎么看不懂；有来自作家的——我写作根本就不看文论；也有来自同事的——做古代文学研究的、现代文学研究的、外国文学研究的都问，你们把文学理论拉到哪儿去了。就是理论界对此也感到无可奈何。看来，卡勒说的也有道理。现在的文学理论已经变成这样，它没有固定的界限，可以评说天下万事万物，可以评论各种著述，几乎涉及所有以人类语言写作的著述，文学理论真的很大啊。卡勒进一步说："理论在这个意义上不是一种文学研究的方法定式，而是关于太阳底下一切事物的无限制的写作群体（theory in this sense is not a set of methods for literary studies but an unbounded group of writing about everything under the sun）。"①这就回答了刚才的很多质疑。你的理论应该是一种方法，来指导我的创作、批评和研究啊？不是。理论家说，我的理论已不是这样了，它要干别的。

四、文学理论的当代特征

第四点，我们来谈一下文学理论的当前或当代特征是什么。这里我首先介绍卡勒的四点概括。我估计我自己的概括不会比他的更高明，所以，为什么不介绍他的呢？

正是出于上述已经介绍的对于文学理论的认识，卡勒归纳当今文学理论具有四种特征：

---

① Jonathan Culler, *Literary Theory: A Very Short Introduction*, Oxford: Oxford University Press, 1997, p.3.

1. 理论是跨学科的（interdisciplinary）——一种其效果在原初学科之外的话语（discourse）。

2. 理论是分析性的和沉思性的（analytical and speculative）——一种从我们称为性、语言、写作、意义或主体的事物中找出其含义的尝试。

3. 理论是一种对于常识的批评（a critique of common sense），是对被指认为自然的那些概念（concepts）的批评。

4. 理论是自反性的（reflexive），是思维的思维，我们用它向文学和其他话语实践中感知事物的范畴发出质询（enquiry into the categories we use in making sense of things）。①

我们来简单梳理一下。第一点说理论是一种跨学科的话语，它的效果在它的原初学科之外。什么意思？举个例子，你可以从人类学、政治学、哲学的角度去谈文学，谈了半天呢，你的效果可能在文学界产生了影响，可能呢，哲学界的人不太知道，所以效果在外。从不同的角度走到文学里，并且一下子成了大家，这样的人的确到处都是。列维-斯特劳斯是研究人类学的，二战时在拉美做田野调查，调查原住民的生活，到20世纪40年代写出了他的《结构人类学》——它里面有一章评论希腊神话中关于俄狄浦斯的部分，一下子就轰动了欧美文坛！列维-斯特劳斯开启了结构主义运动，在文学里掀起了一次巨大的浪潮。所以文学理论看来有时也很“容易”，每个学科的都可以进来。这一点上文学理论就有一种跨学科性。文学理论

① Jonathan Culler, *Literary Theory: A Very Short Introduction*, Oxford: Oxford University Press, 1997, pp.14–15.

综合了多种学科来丰富自己，所以现在要做一个合格的文学理论家也很难。你就不只要懂文学，还要懂其他学科，而其他学科你可能精通吗？不大可能。我就经常自嘲，懂个一鳞半爪就去谈社会学、人类学。所以这跨学科说起来容易，其实不易。今天我们的大学体制正在变化，要搞通识教育。今后我们的大学生知道得越来越多，纵览天下万事万物，可以对太阳底下的一切事物做思考，这看来就是大批地培养文学理论家了。但我要特意告诫大家的是：越是在开展通识教育的时候，我们越要有专业意识；越是在专业很突出的时候，越要扩大知识面。有时二者要辩证地结合起来。所以希望大家以后每当“跨”得太多时，恰恰要“专”，要有自己的专业意识。就像放风筝一样，你把风筝放出去，但线在你的手里。线团不要撒开，撒开以后风筝就飞走了，不属于你了。

第二点，我觉得他说的意思是，理论是分析性的，是“一种从我们称为性、语言、写作、意义或主体的事物中找出其含义的尝试”，就是理论往往要讨论性别呀，语言呀，写作主体呀，等等。它是分析性话语，不是指导性话语，不是一种包罗万象的世界观的学问。它就是一种分析，一种阐释。比如说，我前面分析牛汉老先生写的《夜》，他当时写的主观意识是什么？我不知道，我也不想知道。我想知道的是我第一次读它时能读出什么，各位读者读它时会读出什么，可能这一点比知道作者写它时的意图更重要，读出的东西也更有意思。所以文学理论更多成了一种个人的分析方式、思考方式。

第三，“理论是一种对于常识的批评”这话怎样讲？我把它概括为“反常识批评”，想了半天，觉得好像太严重了。它就是对常识的批评，就是对人们的通常看法、习以为常的观念提出质疑、追究、消解，重新思考。理论就是要干这个。现代的理论就是换一个角度来读作品，读出它新的意义来。作家自己也许都会大吃一惊：啊？我的小说是这样写的？比如说，爱伦·坡的小说《窃信案》，人们一般习惯于把它看作欧美侦探小说的鼻祖，它催生了后来的《福尔摩斯探案集》、阿加莎·克里斯蒂的推理小说等。但拉康用心理分析学的观点，结合语言学去分析《窃信案》，得出了这篇小说讲了一个自动重复的结构，叙述了人如何受制于语言这样一个结论。这可能是作家当年万万没想到的。所以，理论家就是去颠覆和消解已有的常识，对文学作品提出新的质疑、新的思考，得出新的结论。理论随时在不断反思、变化。只不过在今天这个时代，这种反思性更为突出、更为典型，也更为精彩罢了。

第四点，“理论是自反性的”。“自反”，在有的中译本上译成“反射”，这个翻译很奇怪。我核对了原文，应该是reflexive。译成“反射”，则不知理论要反射什么。从作者自己的意思来说呢，把它译成“反思”或“反省”是没有错的，当然译成“自反”更准确些。“质询”这个词，我是根据“自反”来的。理论要经常反对自己、颠覆自己、反省自己，所以在这一点上，要消解自己的普遍性，承认自己是一家之言，只是对某一个问题而不是对全部问题发表看法。

这四个特征，我认为准确、全面地把握了文学理论的基本现状。中国的情况可能跟西方还不大一样，但是，它提醒我们关注“什么是文学理论”这样一个问题。我觉得确实可以帮助我们思考“什么是文学理论”这样的问题，并做一些综合的把握，对已有的教科书的界定进行重新思考。

谈完上面的四点后，大家可能会问：你自己怎么看？我要说的是，卡勒的概括可以适用于文学理论的总体情形，尤其是西方的演变趋势，这一点我完全赞同；但另一方面，它未必适用于任何一种具体的文学理论框架。一个具体的文论家、批评家或从事研究的人，都需要一个适合于自己的理论框架。书怎么写，课怎么讲，都要有自己的一套思路。所以很简单：即使是总体情形如卡勒所说的那样，但每个思索的人、研究者、一个年轻的文艺学学人，毕竟都有属于自己的独特的视角、立场、方法、概念或具体对象等，每个人都有大致相对确定的立足点。如果没有，你可能觉得杰姆逊说得有理，伊格尔顿说得有理，卡勒有理，这人说得有理，那人说得有理，他们每个人都有优点和缺点，那你怎么办？一个最现实的问题：你的硕士论文怎么写？你所有自己的见解，只能取一家。或者这家取一点，那家取一点，综合成一个新的思路，那就更好了。总得有一个框架，有一个立场，一个方式，所以，我对卡勒的看法有自己的保留。

我认为，尽管当前文学理论的总体情形是倾向于跨学科性、分析性、反常识性、自反性，但每一种具体的文学理论却毕竟存在着或者要努力去寻找属于自身的特殊立足点、相对的连贯性和有序性。大家注意，我这里没说要有"体系"，或要每个人都有自己的"完整的体系"。我不这样要求了，我退了很多步了。退了很多步，是说要有自己的立足点、相对的连贯性和有序性，而不再是完整的体系、有机的整体。当然还得有个人的独特见解或结论等。换这几个词，都是为了躲避"完整体系"和"有机体系"这两个词。大家可以看到我的用心良苦。我的课要回避"有机整体"，要回避"永恒""无限"这样的字眼。因为在太阳底下很难找到这样的东西了。尽管我们说的不是"完整体系"，但还是要有独特性，跟别人的不一样，这样也就可以了。

这学期我可能跟大家讲很多理论，但我有我个人的选择，那就是修辞论美学。可能它不完美，也很有限，但是我必须做出我的选择。我们的理论太多了。外面的世界很精彩，外面的世界也很无奈，那怎么办？我们干脆关起门窗，点起灯，寻找到自己的立足点，写自己的诗吧！所以我对自己的要求就是修辞论美学，它主要就是在文化语境中分析文本的一种思路、一种思考方法。课上我会结合一些个案来讲这样一种思路。

我建议大家都想想这样一个问题：我该选择怎样的文论观？在这门课大家自始至终都要有这样一根弦，带着这个问题来询问、思考。你可以不同意我的观点，我讲的只是作为一个靶子，我希望你可以通过在对靶子的瞄准和射击过程中，得出更好的理论框架。

五、文学理论包含哪些著述

下面再简单讲一讲文学理论包括哪些著述。

从狭义来说呢，就是直接谈诗歌、谈小说、谈文艺问题的这样一些著述。这是一个很狭义的看法。

第二种较宽泛的含义，文学理论是有关具体文学作品或文学现象的批评性言谈，不一定是作品分析。这样范围就较广了。

再有第三个，文学理论是有关文学的任何直接或间接的理性谈论。就像列维-斯特劳斯以希腊神话作为个案的分析，成了文学理论的一个经典。

更宽泛的，就是卡勒说的，太阳底下关于公开事物的所有言谈都算是，可以是无限制的，开放的。就像《论语》《道德经》《庄子》《判断力批判》《结构人类学》《写作与差异》等都是。

所以，今天的文学理论没有固定的门窗，是开放的。但我会守住一个底线，无论怎么开放，都要跟文学的文本有关。读书可以读吉登斯的、赛义德的，社会学的、人类学的，但要守住文本，才会好办一些。

六、文学理论为什么没有固定围栏

我们来探讨一下，文学理论作为一门人文学科有固定的围栏吗？可能你会问文学理论作为人文学科怎么没有一个固定的限制，没有一个固定的限制怎么是一个学科呢？我想，文学理论没有固定的限制，这是由文学的开放性决定的。文学不是思考，不是思想，也不是简单的表现、再现。它归根到底是人的一种体验，人们借助它体验人生意义，通过阅读它来追问人生的意义。文学涉及人生体验的方方面面，可以说人生体验的围栏有多大，文学的围栏就有多大，文学理论的也就同样有多大。一部活生生的作品，有人可以把它读死、讲死，没有人愿意再看。但也有人能把它读活、讲活，因为他用自己的人生去体验它，让它活灵活现，鲜活起来，不再是藏在字缝里的被压抑的灵魂，而有着活生生的生命的活力。所以文学理论的边界是随着人生体验的边界的延伸而延伸的。好像我们走在大地上，看着远方的地平线，我们向它走过去，想抵达最后的地平线。但顺着我们的路行走，地平线还在向后无限延伸，我想文学理论也是这样。

举一首词来具体说明一下，就是宋人蒋捷的《虞美人》：

> 少年听雨歌楼上，红烛昏罗帐。壮年听雨客舟中，江阔云低，断雁叫西风。　　而今听雨僧庐下，鬓已星星也。悲欢离合总无情，一任阶前点滴到天明。

“少年听雨歌楼上，红烛昏罗帐”。少年的时候醉生梦死，一掷千金，在灯红酒绿中享受轻歌曼舞，沉酣在自己的人生中。一个“昏”字，把灯红酒绿、醉生梦死的生活表现出来。这时听雨是在歌楼上，他听的雨就增加了歌楼、红烛和罗帐的意味。这是一种人生体验。再换一个，到壮年时，则是在客舟中听雨，这不是《枫桥夜泊》中的客船，更不是《涛声依旧》中的客船，而是孤独的天涯羁旅。孤独、忧愁、怀旧涌在心头。这时听的雨伴随着断雁的叫声。这一个“断”字，让人把它同断肠联系在一起，同亲情的斩断联系在一起，体会到一种人生难言的孤独和悔恨。这时听雨别有一番滋味！这是第二种体验。第三种“而今听雨僧庐下”。年岁增长，历尽沧桑，寄住寺院更有一番旁观红尘的冷峻。“鬓已星星也”，白发上头，经历了悲欢离合。现在来听雨，则“一任阶前点滴到天明”，是无聊、冷清和空虚这样一个境界。

“听雨”本来是生活中的一件十分平常的事情。谁没听过雨呢？但是，在蒋捷那里，听雨却与一个人的几乎整个一生的体验联系起来，全然是他的少年浪漫、中年漂泊、晚年凄凉人生体验的全幅写照。朦胧而多姿的雨雾，似乎凝聚了他的全部人生梦幻及其幻灭历程。要真正理解这首词的意义，恐怕光有少年生活体验是远远不够的。它要求读者、批评家和理论家调动自己的全部直接的或间接的人生体验去解读。而在这种调动中，文学理论的边界就不断地延伸，随着人的阅读心灵的伸展而被引向人生体验的风景无限的开阔地带了。

词的话语很少，但能透出心灵的海洋，透出的心灵的边界是无限广阔的。少年的浪漫、中年的漂泊、老年的凄凉都汇集在听雨的过程中，我们只有调动全部的直接的或间接的人生体验才能领会它。

做文学理论要求很低，要识字；但要求也很高，要调动所有的人生体验来体会区区一首词。所以文学理论具有开放性，没有围栏。它向哪里开放？不是向虚无开放，不是向随便什么都开放，而是向风景无限的文学和人生体验开放。所以我觉得文学理论的开放性，无论怎么泛，怎么开，最后还是要归到人生体验的焦点上。它应当是对人生体验的一种语言表达，一种自由的思考。

七、怎样学习文学理论

文学理论，对大学中文系学子来说，可谓进入文学批评和文学史殿堂的必经之路。如果不了解文学理论基础知识，是无法进而了解文学批评和文学史知识的，更难以从事实际的文学批评与文学史研究。

学习文学理论的具体途径很多，这里不妨指出需要同时进行的必不可少的几方面。

第一，多读作品。阅读文学作品以及跟文学作品相关的一些材料、知识。大家要经常阅读古今中外的文学艺术作品，保持对文本的体验能力和习惯。作为中文系的研究生，毕业后如果你还不能欣赏文学作品，不能对一部作品“说三道四”，缺少对文学作品的体验能力，不知道一部作品好在哪里，不能对一部好的作品动心和动情，我想就很难称得上是合格的中文系毕业生。我特别强调这一点：对文学作品的体验能力。我希望大家能穿透字里行间，发掘它的意义。

上次有个同学提到一个问题，说："我不知道为什么还要分析作品。牛汉的诗还要这样去分析吗？"以前一个文艺学的研究生也问过这样的问题：文学为什么要分析、研究？对这样的问题有的同学也许感到可笑，但我觉得很正常，而且我的回答也很简单，就两条。第一条，作为学者，学术研究是本分，是谋生的手段。分析文学作品，在某种程度上就如同分析一条新闻、一个文件、一个广告、一份宏观经济学或微观经济学报告等。总之，要生存，你就得从三百六十行里选择一样事来做。这是第一条，是最低级而最基本层次的道理。第二条，则从高处来看，文学作品虽然是一堆语言的堆积物，但它凝聚着人类的生存体验、精神价值追求和对美的探索，是一个时代的精神结晶，那里面肯定既有垃圾也有财富，我们有必要去发掘。作家说什么很重要，但我们每一个人去读出什么可能更为重要。我们的阅读本身也会构成我们这个时代的精神财富之一，可以供我们互相学习、沟通，也供后人回望。所以，回答这样的问题就有高的、低的两个招数。我们所从事的文学研究行业，有它的合理性与合法性，无论从最低的生存和最高的精神追求来说，我觉得都有道理。所以，保持对文学作品的体验与分析能力，是进入文学、学习中文系课程的一个很重要的能力。

第二，体验艺术。建议大家努力会通文学和艺术体验。今天的文学已从艺术家族的核心宝座上掉了下来，无论它留恋这个宝座与否；取而代之的是，电影、电视和流行音乐等艺术门类成为当今文艺家族的新的主流门类。在这种情况下，文学与其他文艺门类的叠加、渗透、比较和会通就很重要了。在这门课上我会将文学和其他艺术门类现象加以适当的比较、会通，供大家认识、欣赏。所以，大家平时在欣赏绘画、电视、音乐和戏剧时，要意识到不只是在休闲，也是在从事专业训练，这是出于自己专业的学习需要。希望大家注意文学同其他文类的比较，在不同的时代它们会有不同的关系和形式，我觉得这些是我们需要注意的。

第三，涵养理论感。在上面两点的基础上，加强理论的思索，也就是重视理论感的涵养。也就是说，知道阅读文学和理论批评的一些著述，增加一些必要的文学知识，尤其是增长一些新的文学理论知识是必要的。有些研究生是离开大学十多年了再回来的，仿佛穿过一个世纪的风云来到新世纪，突然感到大学的课堂出来这么多陌生的新知识。怎么有时听不懂啊？文本、话语、含混、文化帝国主义、后殖民主义之类，什么呀？我说，你听不懂是正常的。如果你离开大学十多年后再回来，听到的东西都还很熟悉、很亲切，那说明什么？说明我们这些在大学里的人没有进步，没有创新，还是老样子。那才怪呢！所以，希望这些同学要积极地、主动地更新自己的知识结构，尽快跟上新的学习节奏。因为，整个学术界的潮流是在随时变化的，这个时代如果你还做二十年前的论文题目，那很可能通不过了。知识结构经常面临着转型问题，所以大家要坚持下来，不断突破，前面就会一片光明。

第四，跨学科拓展。前面提到，现在的文学理论已经是越来越宽泛，要做一个文学理论家越来越难，一个很重要的原因就是文学理论的跨学科阅读。在这一点上不只中文学科，还有哲学系、历史系、教育系等一些人文社会科学领域也存在这种现象。你去不同的系听课，会发现一些话语是相近的，什么后殖民主义、文化帝国主义、大众传媒等，这些东西都交织在一起。这就给理解文学理论以及文学研究带来了困难，当然也给文学理论带来了新的进展机遇。希望同学们能以年轻敏锐的心灵去吸收这些新的知识，扩大自己的视野。当然，最后还要回到文学理论这个底线上。

第五，人生体验。这就是注重体验人生。所有这一切如果没有对人生体验的心境，没有对人的生存的深刻把握，则是很难的。我们有两种美感方式：一种是经验，我们通常的感觉、认识，可以叫作审美经验。你每天的经历很多，但当你在匆忙走路时，你可能忽略了路边的风景，忘记了它的美。然而有一些时候，有一些瞬间，它超越了通常的表层美感而进入到深层，我们称之为审美体验。我所说的体验人生应该是有这样一些经常的习惯，那么在遇到文学作品时你才会心驰神往，会有不同的感觉。

由此出发，在上课方式上再提一个建议：生存先于占有。美国社会心理学家弗洛姆提出学习知识有两种方式。一种是占有："to have"。这就是把老师所讲的全记下来，这一点背功好的全能做到。但另一种更重要："to be"，就是生存或存在。"to be"在中文里有多种译法，可以是"活""存在""在"等。哈姆雷特的那句台词，大家都熟悉："活下去还是不活了，这是一个问题。"有的译成"生存还是毁灭"，就有点转译了。基于这一意识，我们就要问自己"to have or to be"。记笔记，对于学知识很重要，但我觉得理想的听课方式还是：生存先于占有。这就是要求你带着一种体验的心态、生存的心境来上课，把它看成是对人生意义的一种思考和回味场所，一种再度体验的过程。那么，你在占有的同时会体悟到一些东西。当然我们并不是一点不占有。不占有，期末考试怎么通过，怎么拿学分、拿奖学金、保送上研究生、评上优秀毕业生？我们的应试教育就主要是占有的方式，但在我看来，生存是更重要的。

我讲一个电影故事，片名叫《圣玛丽的钟声》：在一所教会学校，有一个教师出了一篇作文题目《论人的五种感官》。很多同学都按时交上了，只有一个女孩没交，她写不出来。她整个人意志消沉，愁眉不展。这个时候学校新调来一个男老师，他关心这个女孩怎么回事，了解到她生下来就没有父亲，母亲独自把她带大。她与母亲一直有矛盾，两人合不来。这个丧失了生活信心的女孩非常消极。这个男老师就启发她，说："你想过没有，在人的五种感官之外还有第六感。"女孩好奇地问："什么第六感？我怎么不知道呢？"老师告诉她，那就是"to be"的感觉，就是生存、生活或者活着的感觉。当你感觉到你作为一个人生活在世上是有分量的，你的人生是有意义的，你活下去是充满了光明和前途的时候，你会怎么样？你只要有这"第六感"，你的"五种感官"就会全都被照亮，获得它们应有的价值和意义。所以，比五种感官更重要、更优先的是"to be"的感觉。终于，她沉睡的心被点燃了，生命活力又回到她全身，很快就写出了她的作文——《论人的第六感》。

从上面这个故事中，我们发现人生最重要的就是"to be"了，"to be"是优先于其他五种感官的。说回我们的课堂，这一点对我们是有启发意义的。我们要带着"to be"的心境来思考文学问题，才能发掘文学的无穷意义。希望大家要做到"生存先于占有"。

第六，文论实践。从课堂的学习到文本的批评实践，都需要大家参与。大家最好自己动笔写些东西。通过写，挖掘出文本中的一些独到的意义。

综合以上来说，文学理论有这样几个品质：体验性、阐释性和实践性。体验性，就是指我们要调动全部的经历去激活文学作品的符号体系，能够挖掘出它的激动人心的意义。阐释性，即在体验基础上冷静下来，从学理角度去阐释、分析它，挖掘出它的一些道道来。实践性，就是说我们的实际动手能力，实际动手去写文章的能力。口头上说得再好，也不如能写一篇文章。有些同学一到动笔时，就不会写了。就一、二、三，A、B、C地列，我都不忍心看。所以要多动手，从小处着眼，不怕自己幼稚，不怕自己不会写。要长期写，有感觉就写下来，慢慢地就能写好。说到写文章，我看到一些同学的眼睛都瞪起来，我估计这是大多数同学感到困惑的问题。你们要敢于去写、去练，到写硕士论文时就能发挥出来。那么具体说呢，就是"披文"，如刘勰说的"披文以入情"，读文章要把自己的感情投入进去，阅读文本要设身处地地去体验它。"处地"就是回到文本发表时的语境，从作家或人物当时的生存状况去把握、去体验。"处地"可以有两种含义：一是作品发表时，当时的语境，当时的国家、民族、地域等状况；二是今天的阅读语境。再有"析理"，就是分析它里面包含的可能的哲理，以及其他的一些东西。"体会"，就是体验、感悟和推究它所传递的人生之道、生存之道及其奥秘和问题。

第二讲　文学的含义与属性

前面讨论了文学与文学理论的关系，但一直在回避、一直没有正面接触的一个问题就是：什么是文学？大家也许在心里早就开始发问了：老师是怎样看文学的？讲文学难道对它没有一个界说？你的文学理论课能不回答文学是什么的问题么？如果上了一学期课而没有回答这个问题，有的同学可能会感到没什么收获吧？我倒不这样认为。我觉得我们讲的各个具体问题其实更有用，而什么是文学的问题确实没必要去正面进攻。不容易攻进去啊，何必空耗精力？即使你说出来了文学是什么，也不一定意味着你找到了一把通向文学圣地的金钥匙。所以，首先要给大家提个醒，打消大家的顾虑。什么是文学这一问题，不过是关于文学的一种说法、一种表述，是在数百种文学定义里多了一种而已，没有那么了不起，也就是没有那么重要！所以，我说的关于文学的含义和属性，也不过是我个人的思考的一个集中记录而已，说不定我以后还会改变呢！并不存在确定的、唯一的答案。这里，我想借此机会向大家谈一谈目前我个人对文学是什么的一点想法。对这个问题的思考，我花了十几年的时间才到了今天这一步。这一步怎么样，还不知道。今天说出来，也是想听听大家的批评意见。

一、缘起：关于“文学是什么”的求索过程

我对文学的含义和属性问题的思考，经历了十多年过程，可以说有点漫长、曲折，深感回答这个问题不容易。

第一个时段是在1985年，我写了篇文章《中国“诗言志”论与西方“诗言回忆”论》，提出中国的“诗言志”的“志”其实不是一般的记忆、意念，而是对远古的作为巫术仪式的“兴”的回忆，并提出“诗言志”就是“诗言兴”的主张。中国古代把文学看成很多东西，但是有一点是一以贯之的，就是诗是对人的“感兴”的表达。这一点无论古代还是现代的很多学者都谈到的。但是这几年，我们一边谈失语症、全盘西化，一边谈回归古典、改弦更张，同时还谈古代文论的现代转换，说得很多，指责的也很多，甚至嘲笑的也有。我们该怎么办？能不能从古代的东西找到一些概念，来表达我们今天对文学的思考？这确实是一个很难的问题。我自己想了十几年，就想出这样一个结果。中国文学观念有哪些是从古代到今天一以贯之的？哈佛大学教授宇文所安指出“诗言志”不仅古代人讲而且现代人也讲，它在今天仍然是个具有生命力的概念。我觉得说得很好。进一步，我认为“诗言志”就是“诗言兴”。今天能不能把这个问题再发挥下去？我觉得应当顺应今天文论寻求中国声音的潮流，寻求中国古典传统的现代性形式的潮流，所以重提“感兴”。

第二个时段，到1986年，我写了篇文章，有个思考，想建立“人类学文艺学”。就是以个体生存体验为基础，从感性体验出发来建

立一个文艺学构架。坦率地说，这是受海德格尔的一些观念的影响。比如，诗是对过去的一些东西的回忆，诗的源头活水是回忆；还有就是感性，文学是感性的而不是理性的。所以，就提出了“文学人类学”与“人类学文艺学”的构想。但现在回头想，当时是不成功的，往往是外围说得还行，在今天看来也还有些道理，但一到关键的、实质性的问题就空了。最后，我基本上把这事给放下了，再也不敢想要给文学下定义，想要说文学是什么了，而更多是从侧面迂回地谈问题。但到了2000年年底有一个契机，四川人民出版社约我写文学理论教材。我在写的时候就想我的文学观念应该是什么，便回到了以前一度中断的思路，并沿着这条思路提出了新看法。

第三个时段，应当是写博士论文的时候，谈体验美学，认为文学是一种体验。

第四个时段，到了1991年，谈修辞论美学，认为文学归根到底是文化语境中的话语修辞。从1991年到目前，我主要做的还是修辞论美学阐释。

第五个时段，以2001年为界，谈感兴修辞或兴辞。这是我现在提出的新看法。

现在看来，我过去用了很多精力去想文学是什么，到1991年后的十年间我几乎一直没有再提出任何新想法，暂时搁住了。经过十多年的思考，再次提出一种新想法。但现在这个想法未必就是最后的、唯一的，而只是一种想法而已，一种总是走在寻找文学是什么的途中的感觉。接下来，我要讲几个问题。一个是文学的含义，一个是文学的属性，再下来就是文学批评。通过这几个问题把我的思路串联起来。

二、文学的含义

文学是什么？我们对这个问题的追问，我想可以涉及两个层面：第一个，文学字面含义是什么？即文学这个词它的字面含义是什么。第二个，文学的内在属性是什么？就是在这个字面含义下面包含的内核是什么，也就是我们过去所说的本质。我现在不用本质了，改说属性。我想把文学是什么的问题分成这两个层面来回答。文学的含义是指文学的字面所包含的意思；文学的属性是指文学这样一个术语或者说一个事物所具有的特性或特征。先说文学的含义。

1. 文学的原初含义：文章和博学

在中国的先秦时代，文学最初不是我们今天意义上的文学，不是指诗歌、散文、小说、剧本这样一些审美的艺术语言形态，那时还没有分得这么清楚。这些都是现代性的产物，是现代分工的产物。在中国先秦时代，文学一词的最初含义是指文章和博学。“文学”的“文”，最早是指视觉可见的自然界斑纹或人工图示。如《说文》称“文，错画也，象交文”，《释名·释言》说“文者，会集众彩以成锦绣，会集众义以成辞义，如文绣然也”。后来的“文章”一词，最初就是指错杂的色彩或花纹。古代以“青”与“赤”相配合为“文”，以“赤”与“白”相调和为“章”。《庄子·胠箧》曾主张“灭文章，散五采”，取的就是“文章”的“五采”含义。这些才引出“文采”的含义，“文”本身就是“采”。

从现有文献记载看，“文学”一词最早出现在孔子《论语》中，直接地指文章和博学，并被列为孔门四科（德行、言语、政事和文学）之一：“文学子游、子夏。”文学，就是要人能写文章而且他的学识也很渊博，所以要博学。

归结起来，在中国的先秦时代，文学这个概念有这样两个含义：第一，是指有文采的语言作品，这就包括了很广的范围；第二，是指人的博学，也就是学识渊博，即今天意义上的学识或学术，如哲学、历史、语言等。所以文学在最初就有这样两种含义：文章和博学。凡是富有文采的和显示渊博学识的作品，都可称为文学。大家注意这个含义，这个含义在今天还有一定的实用性，并没有失效，它经常在复活。有时候说一个人有文学才华，可能就是他来了一两句好词，有文采的东西。不一定就是表达情感的、虚构的或者叙事的，只要有文采就可以了。所以在这点上，挖掘原初含义在今天未必就没有用。

按照这种观点，凡是富于文采的和显示渊博学识的作品，都可以被称为文学。就第一种情况来说，不仅今天意义上的诗歌、小说和抒情散文等是文学，而且一些今天一般不被看作文学但又具有文采的语言作品，也可称为文学。例如，《左传》和《史记》通常应划归历史学著作，《庄子》属哲学，但由于其不少部分都写得富有文采，所以也常常被视为文学作品。《庄子·养生主》写道：“庖丁为文惠君解牛，手之所触，肩之所倚，足之所履，膝之所踦，砉然向然，奏刀騞然，莫不中音。合于桑林之舞，乃中经首之会。”这里的词语和句式都体现了鲜明的文采：以“触”“倚”“履”“踦”分别形容手、肩、足、膝的动作，并连用四个“……之所……”句式形成排比或重复，还以“砉然向然”和“奏刀騞然”描写庖丁的动作的音乐感，甚至用往昔汤时代的音乐“桑林”的舞姿和尧乐“经首”来比喻其节奏。这样的描写当然富于“文采”，而这样富于文采的语言作品当然有理由被视为文学。

就第二种情况来看，文学的指称范围就更宽泛了：只要是体现学识渊博的语言行为及其作品，都可说是文学。例如，旨在表达思想、陈述道理并与对手论辩的《孟子》和《荀子》及现代鲁迅杂文等，都体现了渊博的学识，也可纳入文学范畴。

这提醒人们注意文学的三个特点：一是文学往往是指语言性行为及其作品，二是文学与文采相连，三是文学与学识相连。第一点说明，非语言性的东西算不上文学；第二点则暗示，没有文采也谈不上文学；第三点表明，文学从一开始就同学识形成复杂的联系。

不过，就今天来说，如果文学的指称范围真的被伸展得如此广泛，那文学就没有必要同历史学、哲学、文献学等区别开来，从而也就失去单独研究的理由了。

2. 文学的狭义——有文采的缘情性作品

大约从魏晋时代起，文学的含义在实际运用中逐渐地变得狭窄和专门起来，其趋势就是：文学的“博学”的含义趋淡，而专注于以富有文采的语言去表达情感的内涵增强了。这就形成了一种新的较为狭窄的含义：文学是指有文采的缘情性作品。晋代陆机《文赋》指出“诗缘情而绮靡”，就是说诗歌是因情而动、由情出发，从而是情感的表现性产物。也就是说，诗是情感的表达。这种表情性文学观在魏晋时代渐渐地成为一种流行的或普遍的趣味。大家都崇尚这一点，文学是要表情的，只有表情的才能称得上是文学，而不是像过去那样只要写了文章就是文学了。这就说明六朝时代，中国人的分类观念有了新变化，能够阅读的东西多起来了，这就要重新分类，排除其他因素而要找出属于文学本身的特定因素。这样，狭义文学术语就诞生了。它的一个标志性事件就是在魏晋时期，具体说是在5世纪时，南朝宋文帝建立“四学”。这是他搞的一个古典性学术分类：“儒学”“玄学”“史学”和“文学”。“文学”开始从广义文学大家庭中分离出来，甩开非文学形态而获得了独立发展的机会，从而形成了自身的特殊性。[①]这个狭义的文学观念大致相当于今天所说的作为“语言性艺术”的文学。那个时候还没有这样的概念，说文学是一种艺术。但文学与其他学科区分开来，往往就以这样一个事件为标志，它表明文学概念从此获得了一种新内涵，在古典性学术体系中具有一个独立地位。这个时候的文学概念开始具有一种排他性内涵了。这样，文学实际上被认为具有了语言性艺术的内涵。

不过，当时人们主要还是从“缘情”和“文采”思路去思考文学特性的。南朝梁文学家萧子显在《南齐书・文学传序》中直接地说：“文章者，盖情性之风标，神明之律吕也。蕴思含毫，游心内运，放言落纸，气韵天成；莫不禀以生灵，迁乎爱嗜。”这里把文学同“情性”“神明”“蕴思”“游心内运”“气韵”“生灵”和“爱嗜”等表述主体心理状况的词语联系起来，显然已经明确地看到了文学的缘情与文采特点的重要性。在他看来，文学（文章）应当是人的情感的风向标，人的精神的“律吕”。梁代萧统在《文选》序中提

① 参见罗根泽《中国文学批评史》（一），上海古籍出版社1984年版，第121—123页。

出了他的选文标准："事出于沉思，义归乎翰藻。""沉思"指文学写作过程中作者的想象、幻想和理解等心理活动，而"翰藻"则指词语的文采，即辞藻华美。这是把艺术想象和文采作为"文"的两条基本标准。梁元帝萧绎的《金楼子·立言》指出："屈原、宋玉、枚乘、长卿之徒，止于辞赋，则谓之文。……吟咏风谣，流连哀思者，谓之文。……至如文者，惟须绮縠纷披，宫徵靡曼。唇吻遒会，情灵摇荡。"这里把"文"限定在"辞赋"范围内，明确地排除了以往文学中的"博学"含义，并进而把感情丰富、文采华丽和音韵流畅作为"文"的标志。这实际上等于为文学制定了缘情与文采两条基本的美学标准。

按照这种文学观，文学作品应当既表现人的情感，又在语言上富有文采。文学作品的"缘情"和"文采"两方面似乎都是不可或缺的。没有它们，文学的意义和价值就无从谈起了。

这样，可以理解文学的另一个内涵较为单一的含义：文学是指那些以表达情感为主并具有文采的语言作品。这一含义实际上是排除了文学的博学含义而突出其文章含义，并且在此前提下，高度集中和突出了文学的两个基本特点：缘情和文采。在这里，文学实际上已经大致被赋予了类似今日的语言性艺术的含义了。只不过，今日文学作为语言性艺术，是清末以来引进现代学术分类的结果。一旦真的采用了狭义，文学的指称范围又似乎被规定得过于偏狭了，人们又希望把它重新置放到更为宽阔的界面上去思考。这就必然地产生了广义的文学。

3. 文学的广义——一切语言性符号

文学获得了一种广义用法：指一切语言性符号。从中唐起，韩愈、柳宗元倡导古文运动，文学观念开始有了新变化。这时，经过新的国家整合，中原和西域交汇，文学观念有了新变化。像唐代边塞诗，它不一定就是简单地表达情感，不一定就是简单地有文采了，它要表达的是一个人对祖国河山和民族（当然那个时候还没有现代民族国家概念）交织在一起的情感。在这个时候，社会上的事情也多了，文学是要表达个人的东西还是表达社会的东西？那么文学家们就有了争论，有了求变的新的声音。到了唐宋时期，文学概念就出现了宽泛化、广义化，就是一个必然。可见文学概念是不确定的，它总是随着一个时代的发展而发展。唐宋时期，“文”（文学）与“学”（学术）之间的分界逐渐地获得弥合，关于“文以载道”或“文以明道”的思想通行开来，广义文学观获得了进一步的具体化。这样，从唐代起，文学中“言辞”及“文采”受到抑制而“明道”成为最高目标，这就为消除文学与非文学之间的分野铺平了“道”。

我觉得这里有很多例子可以说的。比如说，李白、杜甫，尤其是李白，他并没有刻意地告诉人们去追求文采、辞藻，但他很有才华，写出来的境界很高。正由于“道”的主宰作用，“文”与“学”在“道”的基点上重新消除了差异，“文章”与“博学”两义再度形成统合，从而“文学”又在新的语境中重新复活了先秦时代的原初含义。从此时起到清代，这种学术意义上的文学概念一直被沿用。关于文学术语内涵上的复杂性，我们不妨参看下表。①

① 引自张少康、刘三富《中国文学理论批评发展史》（上），北京大学出版社1995年版，第217页。

- 文学（包括文章与博学）
  - 文章（文）——文学
    - 文——近纯文学
    - 笔——近杂文学
  - 文学（学）——学术
    - 儒——通其理
    - 学——识其事

清末民初学者章太炎说得更明确了。他坚持认为："文学者，以有文字著于竹帛，故谓之文；论其法式，谓之文学。"① 用白话来说就是：凡以文字形式显示在竹帛上的，就叫作"文"；而讨论"文"的规律和法则的，就叫作"文学"。到了章太炎这里，文学扩大到凡"著于竹帛"的一切文字形态。当然他这里的"竹帛"是以部分代替整体，包括了一切书写媒介。这意味着，人类创造的一切有文字记载的语言性媒介形式都可以称为文学，从而使得文学成为包括文章和学术在内的一切文字（语言）作品的总称。凡是用语言（文字）制作成的作品都可以被称为文学。这就几乎包括了人类创造的所有语言（文字）性符号：口头言语、文字以及它们所传达的诗歌、散文、小说、哲学、历史等作品。这就提出一个挑战性问题：文学既可以指有文采的表达情感的语言性作品，即今日之文学；也可以指传达消息的日常言谈、记事载言的史书、说理论事的学术著述等，即今日之非文学。

面对这样的概念，我们对文学与非文学的区分应该怎么看？比如，现在的手机短信息，"非典"时期的民谣等，应该说都带有

① 章太炎：《国故论衡》，商务印书馆2010年版，第73页。

文学色彩。那么，我们是在什么意义上说它们是文学？它们既没有讲故事，也不很抒情啊！篇幅也不长。但它们同一般语言表述，比如消息性语言、新闻语言又不一样。文学的概念在不断地延伸。现在又有虚构性文学和非虚构性文学概念加进来，文学观念更加复杂化了。这种包容一切的广义文学含义，就与现代西方语言学和符号学的“语言性符号”（linguistic sign）一词相近了。这样，文学一词就是人的所有语言性符号行为及其作品的代名词了。章太炎的这个观点就跟现代西方文学观念有相通的地方。

所以，文学在广义上泛指人类创造的一切语言性符号。这种广义用法的明显后果是，一方面消解掉文学的狭义的文采和缘情内涵，另一方面突出了它的广义的语言性符号内涵。这表明了从古到今都没有断绝的一种看法：文学同其他各种语言性符号一样，都是人类文化的具体样式，并没有自身专有的特殊性质。如果依照这种广义来衡量，那我们今天生活中能够被称为“文学”的东西，就实在是太多了。不仅诗歌、小说、散文、剧本是文学，日常言谈、新闻报道、商品说明书、工作报告、路边标语牌，等等，都可叫“文学”了。这样一来，“文学”一词还有什么特殊意义呢？显然，这种文学含义过于宽泛，在今天是难以实行的。

4. 文学的现代含义——语言性艺术

从19世纪末20世纪初即晚清以来，文学获得了一种现代含义：文学是一种语言性艺术。

我们不妨来回顾一下上面谈到的文学术语在中国古代出现过的三种不同含义：一是文学即文章和博学，二是文学即有文采的缘情性作品，三是文学即一切语言性作品。比较而言，第一种显示了文学与学术双重含义，第二种直接指狭义上的文学，第三种则呈现了文学的广义用法。如图：

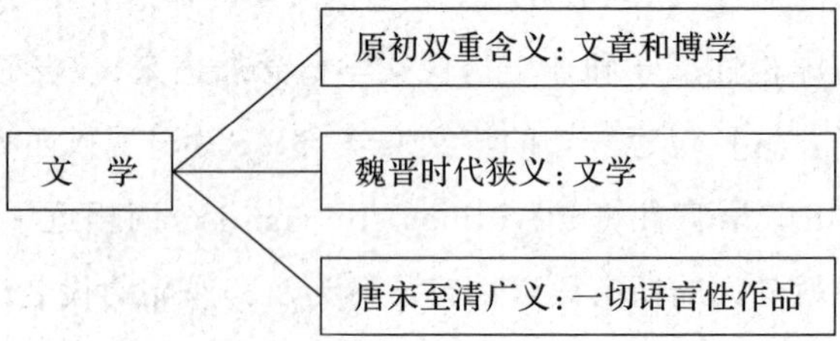

上面这三种文学观念一旦产生了，后来虽然有时会从文学活动主流中暂时隐退，但并没有完全消失，在合适的时候，它们还会以不同的方式重新浮出水面，影响着人们的文学观。所以传统这个东西，并不是你想要它它就来，你不想要它它就走。无论在你想要或不想要的、有意识或无意识的地方，它都有可能按自己的意愿出现。这是不以个人意志为转移的。

文学被赋予今天意义上的含义，是现代即晚清以来的事。要明白这种现代含义的来由，需要首先简要回顾西方文学观念的演进。在古希腊时代还没有一般文学概念这个词，而只有特定的史诗、颂诗、演讲术（或称为修辞术、诡辩术）、悲剧等分类术语。不像中国古代这样有一个统一的概念。在英语世界，“文学”（literature）是14世纪时才从拉丁文litteratura 和litteralis引进的。在18世纪以前，文学也往往是在广义上使用的，即主要指宽泛的语言作品，相当于文章。狭义上的文学，也就是现代通行的文学术语，是在大约16—18世纪期间逐渐地形成的。在16世纪，诗的艺术性质开始得到承认。在1746年，巴托把诗与绘画、雕塑、音乐、舞蹈纳入“美的艺术”（fine arts）中。这就揭示以诗为代表的文学正式具有艺术或“美的艺术”的性质。西方艺术（art）概念在古希腊时并不是今天所说的“艺术”。按照海德格尔的考证，它应当是指一种技术和技巧，或者说是技艺和工艺。到了18世纪，艺术就跟技艺分开了，艺术就叫“美的艺术”了。这是一次意义深远的标志性事件：文学被确认为“美的艺术”之一种，这实际上意味着文学的语言性艺术属性即狭义文学在西方开始获得了普遍和明确的认可。[①]从此，文学在西方现代学术分类机制里就被归入了“艺术”范畴。文学成了一种语言艺术。

中国今天的文学观念也是晚清从西方传来的，随着中国社会生活各个方面的现代发展，文学的现代性特点和分类也确定下来。今天我们通行的文学术语，主要是现代性学术分类机制的产物。文学的这一现代含义其实是来自现代西方的狭义文学观念与中国古代狭义文学观念在现代语境相互交汇的结果。它不是西方概念的简单输入，而是中国古典文学观念在西方文学观念的影响下重新激活和移位的结果，也标志着中国古代文学观念获得了一种新的合法性。一种外来的东西有的能生长下来，有的生长不下来，一个很重要的原因就是看我们内部有没有这种资源或需要。外来文学观念能不能生根发芽开花结果，是需要从中国古典传统内部找寻原因的。所以，现代通行的文学观念不能简单地说是西化的产物，它也是我们内部文学传统被激活的一个产物，目的是适应文学现代性的需要。可以说，西方文学观念为中国现代学术分类提供了合法化理由，中国传统狭义文学观为它做了内在支撑，提供了精

① 参见〔波〕符·塔达基维奇《西方美学概念史》，褚朔维译，学苑出版社1990年版，第26页。

神资源。所以，往往是这样一种情形：一种新的东西如果能在传统中找到资源，它就容易生长。当西方“美的艺术”观念传入，中国魏晋以来有文采的和缘情的文学观念就被激活了，从而汇合成一种新的现代性文学观念。这种汇合点在于两方面：第一，西方的“美的艺术”中的形式美内涵与中国的“文采”得以对应起来；第二，西方的“美的艺术”中的表情性内涵与中国的“缘情”内涵相沟通。也就是说，来自西方的形式美和表情性观念与中国固有的文采和缘情性传统观念实现了现代跨文化会通。所以我们不能简单地说今天的文学观念完全是西化的产物。西化要看怎么化，这其中就有很复杂的内涵。我这里只是简单地分析了表面上能看到的两个方面。因此，如果只看到西方影响而忽略中国古代自身的狭义文学观念传统的激活，是无法完整地把握现代文学含义的来源的。

那么文学的现代含义是什么呢？如果非要我下一个方便的定义，可以这样说：文学是一种语言性艺术，是运用富有文采的语言去表情达意的艺术样式。

这样一个新界说不一定合适，仅供大家参考。在这里我把“文采”这一点强调出来，是想复活文学的古代“文采”含义。这就会解决很多问题。比如说，民谣、口头文学等，很多有一点文采的东西。“不说白不说，说了也白说，白说还得说”，它绕来绕去，是一种文采的显示，也把一种社会机制和合理化的东西给揭示出来。它是有文采的，不一定要表达一种明显的情感，但利用了汉语的资源。上面只是对文学字面含义的一个操作性界说。文学概念还有它的另一半，那就是文学的属性。

当然，还有一些边缘性的文学形态，对它们很难做出一个令人满意的十分清晰的表述，像某些口头表述、政论文、新闻报道、广告等。这时，起作用的就可能是一种在一定人群中共同承认的或在特定语境下被认为合适的惯例了。人们按惯例去“感觉”它究竟是文学还是“非文学”。

三、对文学属性的传统看法

首先给大家介绍历史上的几种文学观，即对于文学属性的几种传统看法。目的是让大家对过去的文学界说有一个了解。文学观念是指关于文学的普遍本质或属性的理性认识。文学属性就是过去说的文学的本质，就是文学究竟是什么的问题。我早已不说本质了。很多人都来说本质，哪个对呢？可能都有道理，可能又都不全对。包括我在内，我们每个人谈文学，谈来谈去，谈到的可能只是它的一些碎片、一个局部、一个侧面而已，谁又能知道它的全部呢？

美国学者艾布拉姆斯（M. H. Abrams）在《镜与灯》里提出，任何一部文学作品都包含“四要素”（four elements）：宇宙（universe）、作品（work）、艺术家（artist）和观众（audience）。他由此提出历史上思考文学属性的四种批评理论倾向：模仿论（mimetic theories）、实用论（pragmatic theories）、表现论（expressive theories）和客观论（objective theories）。[①]这里有关四种理论倾向的概括有其合理性，但需要做一些修订：第一，根据“语言论转向”及其在文学理

① M. H. Abrams, *Mirror and Lamp: Romantic Theory and the Critical Tradition*, New York: The Norton Library, 1958, pp.3–29.

论中的表现，“客观论”宜增加“语言论”；第二，19世纪末以来德国狄尔泰等的“体验论”应当有其地位；第三，以肯尼斯·伯克为代表的“修辞论”也应归纳进来；第四，最近二十年的“文化论”倾向更需要关注。所以，不妨在艾布拉姆斯的四种理论模式基础上归纳出如下八种文学观念：模仿论、实用论、表现论、客观论、体验论、语言论、修辞论和文化论。

第一，模仿论。模仿论，也作摹仿论，是关于文学的本质在于对宇宙万物的模仿的看法体系。这是西方最古老的文学观念，又可称再现论（representative theories）。模仿论相信，文学及其他艺术都是来自对自然的模仿（imitation）。这是大家都熟悉的模仿论。“模仿”的文学观念后来发展成为西方文学观念的主流理论——再现论，统治西方长达两千年。直到18世纪末19世纪初欧洲出现浪漫主义文学思潮，模仿论的主流地位才被推翻。

在中国，虽然没有像古希腊那样出现“模仿说”，但产生了文艺显示世界面貌的相关思想。古代典籍《易·系辞》提出了“观物取象”的见解，表明中国人也注意到，文艺的起源与人“观”天地鸟兽的运动、变化状况并加以模仿的行为有关。五代画家荆浩在《笔法记》里提出“度物象而取其真”，清代文论家叶燮《原诗·内篇》主张“表天地万物之情状”，这两种看法分别从画论和文论的角度继承和发展了中国原初的“观物取象”说，代表了中国人特有的文学模仿论。

由于注重文学的模仿要素，文学模仿论体现了自身的特点：一、在文学是什么的问题上，模仿论主张文学是对社会现实的模仿；二、在文学创作问题上，认为文学的成功取决于作家的理性力量；三、在文学作品问题上，坚持思想、内容决定语言、形式，而不是相反；四、在文学读者问题上，强调阅读是要全力理解作者的原意；五、在文学理论的问题框架中，超越个人的社会现实成为关注的焦点。这种文学模仿论由于强调文学的意义从属于它所模仿或再现的生活世界，显示了一定的合理性；但同时，仅仅看到文学与生活世界的联系是不够的，这并不能代替对文学的其他多重要素的全面理解。

第二，实用论。实用论主张文学是一种实用的教化手段，认为文学是为愉悦和教育而从事的模仿。它的代表是古罗马诗人贺拉斯的“寓教于乐”说：文学让人们从中得到娱乐，但最终是要达到一种教化的目的。贺拉斯给予诗的教化与娱乐功能以一种平等地位：诗既能使人快乐，又可以使人在快乐中学习和遵守道德规范。贺拉斯的“寓教于乐”说开了西方实用论的先河。

中国古典文论的“风教”或“教化”说也带有这种“实用论”倾向。“风教”，就是潜移默化地教育的意思。文学作为风教，就是指文学以情感感化的方式去潜移默化地教育人们。在这里，文学的两个属性被格外突出了：一是情感对人的感染力量，指文学具有特殊的情感表现功能；二是教育目的，指文学可以有效地教育人们。前者是手段，后者是目的，前者服从后者。风教论在中国古代长期占据儒家诗论与文论的主流地位。

在基本的文学观念上，文学实用论与模仿论和表现论并无根本冲突，只是它力求利用模仿论原理以证明文学的教育作用的首要性及其合理性。正是这样，实用论体现了自己的特点：一、在文学是什么的问题上，实用论主张文学的根本在于服务于现实的功利需要；二、在文学创作问题上，认为文学的成功取决于作家的现实关怀；三、在文学作品问题上，坚持富于现实功利倾向的内在思想、内容决定外在语言、形式；四、在文学读者问题上，强调阅读是要全力实现作者的原意（原有的现实功利考虑）；五、在文学理论的问题框架中，现实社会功利需要成为关注的焦点。

实用论在要求文学服务于社会实际利益方面，有其合理性。因为，文学毕竟不能满足于表达个人情感，而应当关注并力求有益于社会现实。但是，当实用论片面突出教育因素而抑制甚至扼杀快乐因素时，文学的特性也就可能失去了。

第三，表现论。模仿论在古希腊，实用论在古罗马，它们出现得很早。表现论则是到了18、19世纪之交的浪漫主义思潮中，文学作为作者的情感表现的观念才得以兴盛。文学是对人的情感的一种表现。英国诗人威廉·华兹华斯（William Wordsworth，1770—1850）在1800年发表的《抒情歌谣集》序言中第一次明确地提出："诗是强烈感情的自然流露。"（Poetry is the spontaneous overflow of powerful feelings.）[①]在这里，"感情"或"情感"的"自然流露"是诗最重要的。诗并不想"模仿"什么，而只是要表现诗人个人的情感。华兹华斯还有一句名言：诗歌是一种在平静中回忆起来的情感。华兹华斯和他的朋友、诗人柯勒律治（Samuel Taylor Coleridge，1772—1834）等几个诗人喜欢到英格兰北部的阴冷的湖区去孤独地遐想，在孤独的漫步中回忆起来的情感变成了他们的诗。情感太浓了不行，要过滤，所以他们主张在平静中回忆起来的情感。但雪莱和拜伦就激进得多，他们可能是要求在情感最激烈的时候，书写成诗，把情感表现出来。拜伦最后甚至是走到希腊，要为希腊解放运动

① 〔英〕渥兹渥斯："《抒情歌谣集》序言"，刘若端编：《十九世纪英国诗人论诗》，曹葆华译，人民文学出版社1984年版，第22页。

献身。

强调文学是作者的表现的产物、重视作者在作品中的表现活动，历来就是中国古代文学观念的一个重要传统。形成于先秦的“诗言志”说，正典范地代表了这种源远流长的表现观。它认为，诗歌是作者的情感和志向的表现。陆机在《文赋》里更提出了“诗缘情”的观点，主张诗是表达人的情感的艺术样式。

虽然同样是注重作者情感的表现，但西方“表现”论与中国的“诗言志”论有所不同：西方突出强调作者的决定作用，而中国坚持人与自然是同一的，不能凌驾于自然之上。

文学表现论有什么新特点呢？应当看到，它在支撑其文学观的思维模式上与文学模仿论并无根本差异，只不过把重心从社会现实拉回到自我。一、在文学是什么的问题上，文学表现论不再主张文学再现社会现实，而是强调文学表现自我情感；二、在文学创作问题上，认为文学的成功来自作家的情感、想象力与天才；三、在文学作品问题上，不是思想而是情感具有决定性地位；四、在文学读者问题上，与模仿论一样坚持阅读是要全力理解作者的原意；五、在文学理论的问题框架中，作者的主体能力（情感、想象力和天才等）成为关注的焦点。不过，文学表现论过分重视情感表现的作用，而对文学来说，仅有情感表现显然是不够的。

第四，客观论。到了19世纪末20世纪上半叶，一种新的文学观念出现了，就是文学客观论。客观就是艾略特说的“客观对应物”。文学不应是个人情感的直接的表达，不能像雪莱、拜伦和雨果那样直接去表达个人的情感，而是要为情感打造一个客观对应物，就是说要有一个语词，语词中的一个比喻、象征、形象。艾略特不会直接说我们西方世界已经走到了尽头，荒原一片，我们要去寻找它的生机，他写出了《荒原》这首诗。客观论要求不要把情感直接说出来，而是间接地暗示，要让读者去一点一滴地猜想。马拉美说“诗歌是一种语言中的语言”也表明了这一点。散文语言如走路，走路到了目的地就得了。诗的语言则是跳舞，跳舞要跳到哪里去？哪里也不去，就是为了跳舞本身。所以诗的语言是自为的语言。诗歌语言是和它自身的内容联系在一起的，没有了语言就没有了内容。文学就是要创立这样一个“客观对应物”，唯美主义和象征主义走的就是这条路。

第五，体验论。以德国狄尔泰、法国柏格森等理论家为代表，他们提出文学是人的生命体验的表达，是人的个体深层体验、非一般体验的表达。这种体验不一定是为理智、理性所规范，而是有自己的独特逻辑和规律。

如果把模仿、表现和实用三论都视为建立在古典认识论基础上的传统文学观念的话，那么，体验论则是它们遭遇质疑的产物。古典认识论是建立在人的理性信念基础上的有关人的认识的来源、特性和规律等的看法体系。从认识论出发，文学可以被视为人对于世界的一种认识的结果。模仿论、表现论和实用论虽然各有理论渊源和主张，但都共同地相信文学是人凭借理性而对世界的认识的产物，它可以通向生活的终极真理或规律。

体验论虽然可以上溯到古希腊柏拉图的“迷狂”论、意大利18世纪维柯（Giovanni Battista Vico，1668—1744）的“想象的类概念”论、德国古典美学家康德的审美“无功利”论、席勒的“游戏”论等，但它在西方兴盛却是19世纪后期的事了。德国哲学家叔本华、尼采、狄尔泰等从各自的“生命”概念入手思考文学问题，体现了一条明晰的体验论思路。

体验论在中国具有更久远和深厚的传统。从孔子提出“兴于诗”开始直到现代宗白华，中国文学理论形成了一条体验诗学或体验美学传统。中国人强调“兴”或“感兴”对于文学的特殊而又重要的意义。兴，繁体字作“興”，在较早的甲骨文和钟鼎文里直接地表示一种原始巫术仪式：众人合力举起一件器物的场面。由此进而表示如下意思：群体借助舞蹈以表达他们对于同一性幻象的瞬间占有和狂欢化享受。“兴”实际上构成中国人独特的生存体验概念。一般说来，以“兴”或“感兴”为核心的中国体验论，体现了如下特色：一是文学是对“志”“情”或“兴”的表达，即是对个人的独特的生命体验的表达；二是文学创作依赖于“感兴”和“伫兴”，即要求作者不仅善于寻求个体体验，而且善于把这种体验储存在心中以便期待某种瞬间的艺术领悟和发动；三是文学作品是“兴象”的结晶，即要通过语言创造出充满体验的活生生的形象；四是读者阅读要以“兴会”去感悟作者寄寓其中的独特体验；五是文学理论或批评不应是逻辑式或推论式的，而应是体验式的。因为，在中国人看来，逻辑式或推论式分析容易损伤体验的整体性或完整性，而只有体验才可能保持或还原体验的原初完整体。所以，中国古典文论历来讲究“以诗论诗”“点到即止”，提倡评点式批评，甚至以诗的文体去表达理论。这些都是要以简要的评点试图传达个人的丰厚而独特的体验。

对文学体验论的主要意思，不妨做一简要归纳：它认为文学不是对于世界的模仿或情感的表现，而是对于个体体验的传达；文学创作的任务不是忠实地记录客观感受或主观情感，而是对独特的人生体验加以阐释，使其具有一定程度的普遍性和可传达性；文学作品的价值不在于所传达的体验本身的特异性或神秘性，而在于它的普遍性和可理解性；读者阅读文学作品，主要是要理解作者赋予其中的体验。

第六，语言论。文学语言论强调文学的语言性，主张文学是一种特殊的语言组织或构造，这种语言构造是文学中最重要或基本的东西。

中国古代有丰富的文学语言论资源。古人讲究炼字、炼词、炼句。大诗人杜甫特别注重对字词的锤炼，要达到"笔落惊风雨，诗成泣鬼神"的效果。另外，中国古代诗人还讲究推敲、苦吟，我觉得这些都是我们今天的文论应大力挖掘的。

中国文学界的语言观呈现出古典语言观和现代语言观的大体分别。从先秦到清末，中国古典文学界对语言的地位形成了自己的一套独特看法。人们认识到，语言是外在客观的世界之"道"的存在方式。从清末开始，中国现代文学界根据新的文学变革的需要，吸收了来自西方的语言观，形成了新的现代语言观。这突出地表现在，语言的古今与雅俗问题被视为中国文学的现代性转变的一个关键问题。人们愈益感受到，僵化和陈旧的古代语言（文言文或书面语言）已经严重地阻碍了现代生活体验的表达，所以迫切希望变革语言。

西方文学界对语言的认识大致也经历了两个发展阶段：一是经典语言观，二是现代语言观。从古希腊时期直到19世纪末属经典语言观阶段，主张语言是表达意义的工具。西方直到19世纪末20世纪初才兴起现代意义上的语言论诗学。人们相信语言是人的生存方式，认为语言在文学中是创造意义的场所。不再是意义简单地先于语言并决定语言，而是意义在语言中被创造出来。王尔德说：语言是思想的父母，而不是思想的产儿。语言孳生了一切意义。后来又有符号学的观点，人是象征的动物或者说是符号的动物。兰波有一首诗说：话说我而不是我说话。杰姆逊解释道，是一些先在的、无形的、强大的语言规范在制约着我说话，我没法自由地说出我自己想说的话，我只有按照先有的规范来说不得不说的话。在这个时期，语言成了人们思考的一个焦点，人们把文学看成语言现象，用语言学模型来分析文学。

文学语言论是具有自身的特点的：在文学是什么的问题上，文学语言论主张文学是一种语言符号；在文学创作问题上，认为文学的成功取决于作家的语言力量；在文学作品问题上，坚持语言创造意义；在文学读者问题上，强调阅读是读者的自主性创造活动，而并不是要全力理解作者的原意；在文学理论的问题框架中，文学作品及其语言系统成为文学理论关注的焦点。不过，语言却不是文学的唯一因素，而只是文学的众多因素之一，这些因素各自具有不可缺少的作用。如果把语言的重要性无限地加以夸大，那必然会导致对于文学的片面理解。

第七，修辞论。修辞论把文学视为一种修辞行为，主张文学是人为了达到特定的社会效果而调整语言的产物。

中国古代有着源远流长的文学“修辞”论传统。《易经·文言》就有“修辞立其诚”的表述。尽管这里的“修辞”是否与它的现在用法相同还存在争议，但可以肯定的是，当魏晋南北朝时刘勰在《文心雕龙》里频频使用“修辞”时，它已经与今义大体一致了。现代意义上的修辞学，是大约“五四”时期引进的。陈望道的《修辞学发凡》（1932）被公认为中国现代修辞学的开山之作。①

修辞学在西方有着久远的传统。修辞，英文作rhetoric，源于希腊文rhetorica，拉丁文rhetorike (techne)，有两个基本含义：一是指说话的艺术，可译为“修辞”；二是指研究说话的艺术的学问，可译为“修辞学”。这两个基本含义显示了修辞一词的主要内涵：有效地运用语言。修辞学在西方经历了漫长而又复杂的发展和演化过程，就20世纪最后二十年的情形看，西方文学修辞论存在着大致如下几条线索：一是以肯尼斯·伯克为代表的认同型修辞。按照这种修辞理论，文学是人们运用语言去实现认同愿望的产物。二是德曼所代表的解构型修辞。这种解构型修辞论强调文学是包含多重意义的修辞形式，它往往把文学当成借以解构现成文化中的幻象或错觉的多义文本。三是伊格尔顿所代表的历史—实践型修辞。他主张把文学视为一种社会“话语实践”，人们据此处理所置身于其中的社会权力关系和权力结构。

我们在这里补充说一下伯克。在20世纪50年代到70年代的美国，出了一个有名的修辞学家叫肯尼斯·伯克，他著书十多部，据我所知，现在还没有一部被翻译成中文。他的一个创造性贡献就是，引进“认同”概念去解释修辞，从而提出一种“新修辞学”：修辞的目的在于“认同”。在他看来，人在语言这种象征性行为中，自觉或不自觉地处于一种认同情境中。他用这些不仅研究语言作品，还研究人的语言沟通行为，像演讲。一个总统候选

① 有关中国修辞学发展史，可参阅郑子瑜《中国修辞学史稿》，上海教育出版社1984年版。

人如果到农场去演说，可能会告诉农民听众们，他本人也来自农场，这容易唤起他们身份上同一感受，从而可能赢得选票。伯克还区分了认同的三种类型：第一种是同一性本身被用作实现目的的手段，或者说通过强调共同的情感来与听众建立亲情关系，可称同一式认同或同情式认同；第二种是对立的认同（identification by antithesis），指原来的对立面为了共同的敌人而结成同盟；第三种是无意识认同，指人在不知不觉中把自己与另一种东西联系起来，或者与它相认同。按照伯克的认同修辞观，文学就是人们通过运用语言而寻求认同的修辞行为。人们创造语言，目的是要实现自身在世界上的认同愿望。这些独到的运用，使得他被认为是20世纪首屈一指的修辞学家。我也是综合了他的思想，提出了我的一些想法。

我在此梳理出中西修辞论大体一致的共通性：第一，文学修辞论不是孤立地强调语言在文学中的作用，而是注重它与社会语境的联系；第二，突出语言系统本身的多样性或朦胧性，但不是把其原因归结为语言本身，而是归结为社会语境的复杂作用；第三，把文学修辞视为人的行为，从而突出文学对于社会的认识与影响作用。

文学修辞论的一个明显长处，是将文学语言论所标举的语言性与传统的文学模仿论、表现论和实用论共同看重的社会效果论综合了起来。修辞一词，在极简化的意义上，可以说是语言与社会效果相加的结果。这就是说，语言效果性或语效性追求成为文学修辞论的一个主要的特色。但是，文学修辞论往往容易忽略文学的个体体验特点，而对其文化语境的思考也常常停留在简单分析上，对于错综复杂的社会语境状况缺少更多的办法。

第八，文化论。晚近二十年的文化研究，强调文学是一种复杂的文化形态。文学里面有很多文化内涵值得说，包括大众文化、媒体文化、网络文化等。如果文学的媒介和载体技术还继续往前发展，那么新的文学文类就会出现。所以人们的文学观念在不断演化，谁也不可能永远执文学概念之牛耳。文学文化论是指1960年代后期以来出现的十分关注文学的文化属性的诸种文学理论与批评流派，它大致包括解构主义、符号学、后期心理分析、女性主义、西方马克思主义、英国“文化研究”、后现代主义、新历史主义和后殖民主义等。这些文论流派诚然各有其背景和追求，但都共同地一方面继承文学语言论关于语言的重要性的传统，另一方面又强调在语言论基础上适当地改造和借鉴以往的模仿论、表现论和实用论的某些思路。这样，文学文化论是一种以语言论为基础但更注重语言的社会文化意义的文论倾向。在文学文化论看来，文学是作为直接的语言现象存在的，但它是更广泛而又根本的文化现象的显示。

文化论有三个理论来源。①第一个理论来源，是索绪尔现代语言学、结构主义和符号学传统；第二个理论来源，是英国马克思主义“文化研究”（Cultural Studies）学派；第三个理论来源，是人文社会科学领域的“现代性”（modernity）和“全球化”（globalizition）话语。

这里对文化论的特点做出一个简要的概括。第一，在“文学是

① 关于“文化研究”，美国当代文学理论家卡勒在其近作《文学理论简论》中提出了两个理论来源的说法，见Jonathan Culler, *Literary Theory: A Very Short Introduction*, Oxford: Oxford University Press, 1997, pp.43–46。我自己增加了第三个。

什么”的问题上，文学文化论主张文学是一种文化形态，而不是独立的语言作品或审美对象；第二，在文学创作问题上，认为文学的成功取决于多种文化力量的交互作用；第三，在文学作品问题上，坚持语言是特定的社会文化语境的复杂作用的产物；第四，在文学读者问题上，强调阅读是处于特定文化语境中的读者的阅读行为；第五，在文学理论的问题框架中，文学的文化性成为关注的焦点。

对历史上的文学观念，我概括出这八种，供大家参考。

四、当前文学状况与文学概念

我们今天处在一种什么样的文学状况？在这种状况下，我们用什么样的文学观念？我们刚才说了没有一种唯一正确的文学观念，任何一种文学观念都是为特定时代所用，根据特定时代的文学状况提出来的。所以文学观念只存在着是否实用，不存在对和错。那么今天的文学状况是什么样的呢？我是这样看的：

第一，从在文化中的地位和角色来看，文学的单一审美本质已让位于更多样而复杂的文化特性。随着社会生活的变化，文学已不再被视为可以超越于其他文化形态如政治、经济、商业、日常生活等之上，并回过头来引导它们的纯审美模式，而是与它们交互渗透在一起，成为普通文化的一部分。这时，文学虽然还拥有其审美特殊性，但已经无法与其他文化过程分离开来了。

第二，作为文化问题，文学不再只属于似乎至高无上的高雅文化，而是同大众文化具有紧密联系。当今大众文化的电影文学、电视文学、摄影文学、网络文学、报刊连载体文学等，凭借媒介的优势影响越来越大。大众文化的兴起和发展撑破了以往的文学概念，使它获得了一种新的或者是爆炸性的演变。

第三，从存在方式看，文学已从单纯的文字和纸质书本，变成了兼有文字、声音、图像等多种媒体形式的综合媒体形态，以及“网络文学”这一新形态。[①]媒介形态多样化，这就要求文学观念、文学理论不能停留在过去的层面上。

第四，从与读者的关系来看，文学不再只是高级精神“食粮”而成为大众日常消费品的一部分。也就是说，文学已经成为由文化产业成批制作的具有商业属性的日常文化产品了。从20世纪80年代，文学的精神性到文学的消费化，这个现实是毋庸置疑的。文学成为一种消费品，文学要进行包装，要适应今天的消费时尚。当然更可能的是文学与一般的消费品不一样，除了满足我们的时尚消费以外，可能会穿透外表直达我们的心灵深处，在心灵深处激起回响。比如，我在前面提到的《日光流年》，读了之后你会有一种新的深沉的感受。《沧浪之水》让我很震惊，知识分子文化人的集体溃败在里面被充分展示。80年代知识分子追求自由的独立意志和阳刚之气，到这里就变成了池大为这样苦心钻营之辈。所以文学除了迎合时尚外还有别的东西，是时尚不能完全包含的。

第五，从研究方法看，随着跨学科研究取代单一学科研究而成为文学研究主流，文学的多方面属性获得愈来愈充分的展示。今天跨学科成了一种趋势，文学研究也不例外。不仅传统的哲学思辨、审美鉴赏、比较文学等学科手段获得继承，而且它们与语言学、

---

① 参见王一川“网络时代文学：什么是不能少的？”，《大家》2000年第3期。

历史学、心理学、社会学和人类学等多种人文学科和社会科学方法综合起来，形成文学理论的“多学科交响”。[1]你要分析一部作品，单靠一种手段是不够了，往往是一篇东西要用好几种手段。今天同学们要读很多书，但要有所整合，每个人都要有自己整合的方式，把思想资源和书本知识整合到自己的框架里来。

面对这样一种状况，我们的文学观念应该怎样变？我想有这样几点：第一，以属性论取代本质论，即从以往的文学本质演绎转向文学属性分析。放弃过去的文学本质观或者是性质观，而去探讨它的多样的属性。谁都可以说，就看谁言之有物。第二，从单一到综合，即从以审美本质为中心的单一分析转向对文学的多重属性的综合探究。这使我们可以将文学的审美分析与政治、经济、社会、商业等属性的分析结合起来。第三，从全面到特色，即从对文学的面面俱到式的论述转向对其某些特色的追寻。这是我自己一个特意考虑。我提出一种文学观念来，我要有意追求我的特色，我不一定要谁都相信，不一定做得面面俱到。“特色”，在这里是指对文学的某方面属性的独特的分析。一种文学概念分析框架，并不需要寻求对于文学的全部属性的全面把握，而应当突出对于文学的某方面属性的独特探索，并由此特定方面入手而力图对文学的其他属性做适当的兼顾性把握。应当自觉追求的是一种属于自己的富有特色的文学理论框架。

① 以上五点描述参考王一川“中国现代文学的杂体互渗时段”，《汉语形象与现代性情结》，首都师范大学出版社2001年版，第156—158页。

五、文学的属性

属性，英文作attribute 或property，通常是指归属于某一事物的特性。如果说，文学的含义指的是文学一词的字面意思，那么，文学的属性就是指文学一词所要指称的事物本身的特性。从这个意义看，与文学的含义要求说明哪些东西被称为文学不同，文学的属性则需要回答被称为文学的东西究竟具有怎样的特性的问题。那么，作为一种运用富有文采的语言去表情达意的艺术样式，文学的属性是什么呢？鉴于当前的文学种类已经变得远为多样和复杂，要找到适合于所有时代、所有国家、所有种类的文学属性，确实有相当难度，甚至可以说几乎不可能。

下面不妨暂且以清末民初以来将大众媒介作为传输主渠道的现代中国文学为主要根据，对文学属性加以初步探讨。我主张文学的属性是多重的，但其中不可缺少的有以下几种。

第一，媒介性。首先我要强调的是传播媒介，文学的媒介性。文学的媒介性是指文学必须通过媒介来实现作者与读者的沟通。媒介性是文学的一个必不可少的基本属性。在我自己的文学理论里，我就首要把媒介写进去。我注意到目前的文学理论教材还没有把媒介作为专章来写。而在我看来，文学的媒介属性、媒介对文学的影响，已经大到不可忽视的地步了。我们的文学理论应该谈媒介了。媒介对文学的表意的影响已经很清楚了。像《贫嘴张大民的幸福生活》，杂志、电影、电视、连环画、评书等多种媒介都先后做出了不同表述，但不同的媒介对文本的意义是不同的。在这个意义上我们可以做些比较，看看在不同的媒介条件下，文本的意义出现了哪些调整。

第二，语言性。读者感触媒介还只是接触文学的第一步。他需要由媒介进入它所传输的语言。文学的语言性是指文学必须通过语言来表达意义。所以，语言是文学的又一基本属性。当然，并非一切语言作品都可以称为文学。文学并不是要泛指一切语言性符号，而是特定地指具有一定文采的语言性符号。

第三，形象性。文学以其有文采的语言是要创造出特定的活的形象系统。"活的形象"来自德国美学家席勒，原是指那种在"游戏冲动"中生成的具有"审美特性"的具体可感的活生生的形式。这种活的形象与其说存在于语言系统本身中，确切地不如说是存在于读者对语言的阅读、理解和想象中。可以说，文学的形象性是指文学通过语言描写在人的头脑里诱发起感人的活的形式。这一属性也是文学必不可少的。

第四，体验性。文学的体验性是指文学在其形象中寄寓着人的生存体验。体验是上述心理形象在人的头脑里进一步生发和深入的结果。前面说文学要表情达意，正是指文学要表现人的生存体验。在这里，有必要适当地继承文学体验论传统，尤其是其中的中国古典"感兴论"遗产。我将在这里在相同意义上换用体验与感兴术语。体验或感兴是人对自身在现实世界的境遇及其意义的瞬间直觉，或者是指人生意义的瞬间生成。这样的感兴往往是人的感知与情感、想象与幻想、感性与理性等状态的复合体。文学运用语言创造活的形象，正是要表达人的活生生的感兴。文学的形象需要能够在总体上传达出人在现实世界所获得的生存体验，这是文学的一个不可或缺的重要属性。

第五，修辞性。文学是一种运用语言来创造形象、激发体验的修辞艺术。文学的语言世界看起来与现实世界没有直接关系，但实际上，它们之间具有一种修辞性关系。修辞，在这里表述文学的媒介、语言、形象和体验属性与现实世界之间的特殊意指关系和调达作用。意指关系，是说文学语言的意义并非独立自足，而实际上以这样那样的方式指向外部现实世界。调达，是指调整使其通达顺畅。调达作用，是说文学的语言创造并非为着语言自身，而实际上为着在社会文化语境中取得特殊的效果：通过调整语言组合而间接地调整人的现实生存境遇，使这种充满矛盾的现实生存境遇变得通达顺畅。这就是说，修辞意味着为造成特殊的社会效果而调整语言组合，使其最大限度地产生特殊的社会效果。所以，修辞实际上就是指语言的效果组合，简称语效组合。语效组合，是指为造成特殊的社会效果而调整语言。这正是修辞的基本意思。

这样，文学的修辞性是指文学的语言创造过程及其结果成为调节现实生存境遇矛盾并使其通达顺畅的象征性形式。这就是说，文学的语言系统只是表面看来独立自足，它实际上常常朦胧而曲折地意指现实生存境遇中的矛盾或冲突，寄寓着人们调达这些矛盾的欲望、幻想或具体策略。文学的力量就在于，它通过创造独特的语言系统，可以使现实生存境遇中的种种矛盾获得一种象征性调达。

第六，产品性。文学的产品性是指文学在现代世界成为文化产业成批生产的一种商品。今天，无论是大众文化作者还是高雅文化作者，都不得不为自身的生存而写作了。而在作为文化产品的流通过程中，我们也可以看出读者的属性：他不只是文学作品的读者，而且也同时是文化产品的消费者或书店顾客。

从上面的简要描述可以看到，文学同时具有了众多属性：传播媒介、语言系统、活的形象、体验、修辞和文化产品。对于清末民初以来的现代文学来说，这些属性是基本的、必不可少的。

如果综合文学的含义和文学的属性，给文学下一个操作性定义的话，我可以这样说：文学是以富有文采的语言去表情达意的艺术样式，是一种在媒介中传输语言、生成形象和唤起感兴以便使现实矛盾获得象征性调达的艺术。简单地说，文学是一种感兴修辞。更简洁地说，文学是一种兴辞。在这里我就把我所说的感兴和体验同我后来思考的修辞合在一起，也就是把我在20世纪80年代相信的东西和90年代思考的东西拼贴起来，组成了文学的感兴修辞之说。这是我个人的一点认识，我说的有特色就是从这儿来的。我想提出一个既有古典诗学根据又有新的现代性整合并适用于今天文学现象的一种有特色的文学观念。我自己用了十几年的时间，提出文学是一种兴辞，但也只是到此而已，它还需要进一步证明。

从上述定义看，文学属性具有复联性和主导性特点。就我个人认为，文学的属性是复杂的联合性。这里借用约翰·汤姆林森在《全球化与文化》里提出来的“复联性”这个词。但我用的意思可能跟他不一样。我是说，文学的这种由媒介、语言、形象、体验、修辞和产品等多种属性组成的复合而又联系的情形，可以称为文学属性的复联性。

文学属性在其复联性中还会体现出一种主导性，这就是感兴修辞性（或称体验修辞性）。文学的属性很多，但有一个主导性的就是感兴修辞。简单地说就是“兴辞”。感兴属性可以将形象属性涵摄进去，因为感兴是必须由形象去激发的、始终与形象不可分离的。所以，谈论感兴实际上应始终不离形象。而修辞属性则可以涵摄媒介、语言和产品属性，因为无论是媒介选择、语言创造还是产品制造，都不单纯地只是它们本身，而是体现出人调达现实矛盾的努力，也即都需要从修辞性上去把握。"修辞"一词本身就包含了语言对于人与现实的关系的调达过程。所以，文学的主导属性在于感兴修辞性。

六、文学的感兴修辞性

可以说，在文学中，感兴与修辞是紧密联系、不可分割的东西，是人的社会符号实践的一部分。

1. 感兴作为生存体验

先说感兴。感兴，又作兴、兴起、兴会等，出自中国古典文论。署名贾岛的《二南密旨》说："感物曰兴。……兴者，情也。谓外感于物，内动于情，情不可遏，故曰兴。"①"兴"不是一般模仿或者再现，它是外感事物、内动情感而又情不可遏这一特殊状态的产物。感兴的基本意思就是感物起兴或感物兴起。感兴就是说人感物而兴，人由感物而生成体验。简言之，感兴是指人在现实中的活生生的生存体验。所以感兴就相当于狄尔泰说的生成的

① ［唐］贾岛：《二南密旨》，王大鹏等编选：《中国历代诗话选》第一册，岳麓书社1985年版，第71页。

令人难忘的个体的体验。这种活生生的生存体验是人对自己生活意义的深沉的感触和悉心的认同方式。日本的和尚遍照金刚来中国住了很长的时间，回去以后就写了一部著作《文镜秘府论》，他在里面记载了唐代对感兴的看法："感兴势者，人心至感，必有应说，物色万象，爽然有如感会。"[①]感兴也就是感会，"会"是一种相遇，一种遭遇，一种沟通，一种接触。感兴被视为人的一种"至感"，是人对现实生活的到达顶点和程度最高的一种感受。人们谈诗、谈乐、谈画都要讲究感兴，好的艺术是来自人的感兴，能唤起读者观众的感兴。魏晋时候的人讲究感兴，做事情乘兴而来，尽兴而去。感兴是人的实际生存与心理感受、意识与无意识、情感与理智等要素的多重复合体。在20世纪80年代我写文章探讨这些问题的时候，更多是受到高雅美学的影响，受到西方狄尔泰和海德格尔等人的观点影响，把感兴主要看作一种最高的精神性享受。但现在我们面对的更多的是大众文化的影响，我们怎么办？我觉得要把高雅和通俗兼并起来，把精神的和日常的融会起来，让它有个包容性，获得一个现代性的形态。所以要说，感兴是人的实际生存与心理感受、意识与无意识、情感与理智等要素的多重复合体。

同时感兴是具有多个层面结构的，这里需要指出至少三个层面：第一层，日常感兴。这是人在日常生活中的兴会际遇。平常或琐碎的油盐酱醋、功名利禄、恩怨纠缠乃至生老病死等，都可以在人的心中掀起感兴波澜。这一层面的感兴既可以为高雅文化、主

① 〔日〕弘法大师原撰，王利器校注：《文镜秘府论校注》，中国社会科学出版社1983年版，第126页。

导文化提供素材，更可以为大众文化和民间文化提供取之不竭的日常生活资源。第二层，深层感兴，也是精神性的。这是人超越日常境遇而获得的富于更高精神性的兴会际遇，涉及人的内在的东西，形而上的东西。阅读金庸的作品，我觉得是两个层次的融会，对他的小说你可以俗读，只欣赏他的小说武打的精彩，也可以雅读。俗人俗读，雅人雅读，谁都可以在里面找到自己的东西，这就符合两个层面。第三层，位于这两层面之间的种种感兴，即日常感兴与深层感兴之间的转换地带。这个转换地带很有意思，往往成为日常感兴与深层感兴之间发生对立、渗透、过渡或转化的中介，属于主导文化、高雅文化、大众文化和民间文化等不同文化类型之间的复杂关联域。

2. 感兴与修辞关联

为什么我要提出这样一个关联？古人讲的感兴，没有把感兴和修辞联系在一起，也没有用"兴辞"这个词表达这个意思。我把它们糅合在一起，我得有根据。人感物而兴，兴而修辞，从而生成感兴修辞即兴辞。我们现在根据自己的理解和需要可以这样概括，但是古人那时还只有这样一种意识，只是这层纸还没有最后捅破而已。

清代叶燮在《原诗》里说：

> 原夫作诗者之肇端，而有事乎此也，必先有所触以兴起其意，而后措诸辞，属为句，敷之而成章。当其有所触而兴起也，其意、其辞、其句劈空而起，皆自无而有，随在取之于心；出而为情、为景、为事，人未尝言之，而自我始言之。故言者与闻

其言者，诚可悦而永也。①

在叶燮看来，第一，诗的产生（“肇端”）在于“有事乎此”。第二，这里的“有事乎此”与个人平常生活中对随便什么事件的随便什么感触不同，而是来自于个人生活中的特殊的体验瞬间——“兴起”。“兴起”意味着个人由于感触生活事件（“有所触”）而进入特殊的直觉瞬间。第三，更为重要的是，其语言修辞能力也进入原创的高潮——他“措诸辞，属为句，敷之而成章”，清词妙句联翩而来。由兴起而产生了新的词句篇章，那么修辞是随着感兴而发动的。第四，接着“当其有所触而兴起也，其意、其辞、其句劈空而起，皆自无而有，随在取之于心”，在这“兴起”的瞬间，诗人的“意”“辞”“句”都勃然而兴，从而产生“兴意”“兴辞”和“兴句”等。值得注意的是，这里的“兴辞”等的语言修辞形式是原创性的，它们“劈空而起，皆自无而有，随在取之于心”；同时，“出而为情、为景、为事”，这种原创性修辞所表现的“情”“景”“事”等感兴状况也是高度原创性的（“自我始言之”）。第五，正由于这种“兴”与“措辞”的特殊的感发和创造作用，作诗者和读诗者才都能从这一过程中获得极大的满足和享受（“故言者与闻其言者，诚可悦而永也”）。

在这里分析这篇文章，也是在做一个例子，我们大家在引用别人的材料的时候，要注意，不要引了就跑，引用了他的话你就要仔细地分析，把他的意思分析出来。学者引了一段话，就要好好用，

① ［清］叶燮：《原诗》，王夫之等：《清诗话》下册，上海古籍出版社1978年版，第567页。

用得言之成理，持之有故。我在这里把自己做学问的体会告诉你们了，没有保留，目的只有一个，就是希望各位都能做出超过我的学问，我就会很高兴，这样学问薪火就一代一代地传下去了。叶燮的这段论述，我还是在北大读硕士的时候就读了，但那时还没有现在的考虑。过了这么多年以后，那时的用功在现在有用处了。这点再次表明，做学问是长期的锲而不舍的事情。如果只有“当时”而没有“后来”，真学问是出不来的。

3. 感兴修辞的古典范例——杜甫

叶燮心目中最富于感兴修辞、符合他如上理论要求的“千古诗人”是杜甫。在叶燮的文章里，他不停地、重复地谈到杜甫，把他推得很高，为什么？因为杜甫写诗就强调诗兴、感兴。杜甫的不少诗篇都是出自这种感兴，他是在感兴追寻与修辞锤炼两方面都同时取得极高审美成就的少有的古代大诗人。做一个简单的比较，如果说在李白那里丰满的感兴常常溢出修辞之外，那么，到黄庭坚那里，李白那种才华没有了，那种想象力、清纯、童真也没有了。黄庭坚用修辞的精细掩藏了感兴的单薄。而正是杜甫，能够将丰富的生活感兴与惊人的修辞锤炼完美地统合在“诗兴”中。兴辞联翩而来，滔滔不绝。杜甫的不少诗题都标明“兴”字，如《遣兴》《遣兴三首》《绝句漫兴九首》《敝庐遣兴奉寄严公》《秋兴八首》，正显示了他对感兴修辞的有意识追求。他的《寄张十二山人彪三十韵》说：“静者心多妙，先生艺绝伦。草书何太古，诗兴不无神。曹植休前辈，张芝更后身。”正是在“诗兴”勃发状态中，下笔如有神助，就像曹植那样超越前辈，真可称作张芝的后身。“诗兴”，正是杜甫诗成功的一个关键。不光古代诗人讲究诗兴，现代很多作家也都在有意无意地强调诗兴。有这个诗兴才能够创造出好的作品来。所以研究现代作家对感兴的创造性运用，我觉得也是一个很有意思的问题。

4. 文学的感兴修辞性

我觉得文学就是一种感兴修辞，或者简单地说就是一种兴辞。感兴与修辞在文学中实际上是紧密结合在一起，感物而兴、兴而修辞，也就是感物兴辞。文学正是这样一种感兴凝聚为修辞、修辞激发感兴的艺术。文学的感兴修辞性，正是指文学具有感物而兴、兴而修辞的属性。单说感兴，它是指人对自身的现实生存境遇的活的体验；单说修辞，它是指语效组合，即为着造成特殊的社会效果而调整语言。但感兴与修辞组合起来，则生成新的特殊含义：感兴属修辞型感兴，而修辞属感兴型修辞。在这里，感兴本身内在地要求着修辞，而修辞则是感兴的生长场。感兴修辞是指文学通过特定的语效组合而调达或唤起人的活的体验。简言之，感兴修辞是指以语效组合去调达或唤起活的生存体验。体验不能直接表达出来，而是要达到一种语言效果的组合。下面我们来看鲁迅的《腊叶》：

> 灯下看《雁门集》，忽然翻出一片压干的枫叶来。
>
> 这使我记起去年的深秋。繁霜夜降，木叶多半凋零，庭前的一株小小的枫树也变成红色了。我曾绕树徘徊，细看叶片的颜色，当他青葱的时候是从没有这么注意的。他也并非全树通红，最多的是浅绛，有几片则在绯红地上，还带着几团浓绿。一片独有一点蛀孔，镶着乌黑的花边，在红，黄和绿的斑

驳中，明眸似的向人凝视。我自念：这是病叶呵！便将他摘了下来，夹在刚才买到的《雁门集》里。大概是愿使这将坠的被蚀而斑斓的颜色，暂得保存，不即与群叶一同飘散罢。

但今夜他却黄蜡似的躺在我的眼前，那眸子也不复似去年一般灼灼。假使再过几年，旧时的颜色在我记忆中消去，怕连我也不知道他何以夹在书里面的原因了。将坠的病叶的斑斓，似乎也只能在极短时中相对，更何况是葱郁的呢。看看窗外，很能耐寒的树木也早经秃尽了；枫树更何消说得。当深秋时，想来也许有和这去年的模样相似的病叶的罢，但可惜我今年竟没有赏玩秋树的余闲。

鲁迅记叙自己在灯下看萨都剌的《雁门集》的时候，“忽然翻出一片压干的枫叶来”。这就是有所触而起兴。“这使我记起去年的深秋”，打开了记忆的闸门。接下来是作者的回忆和细致的观察，“他也并非全树通红，最多的是浅绛，有几片则在绯红地上，还带着几团浓绿。一片独有一点蛀孔，镶着乌黑的花边，在红，黄和绿的斑驳中，明眸似的向人凝视”。“旧时的颜色在我记忆中消去，怕连我也不知道他何以夹在书里面的原因了”，这里提到记忆，岁月能够冲淡人的记忆，如果没有把这片腊叶夹在《雁门集》里，作者也就记不起那段往事了。时间无情，岁月无情，使作者想起时间对人的消磨。

这篇文章在《野草》许多沉郁的文字里还不算是最厉害的，但还是透着沉郁的语调。我们如果从感兴修辞批评来看，应当首先看它的语词。它的语词更多的是负面的语词。“病叶”“被蚀而斑斓的颜色”“飘散”“蛀孔”“繁霜”“凋零”等等，这些负面的词语使得文字很沉郁，给人一种深沉的感伤。许广平当时看了这篇文章都不知道这个腊叶是什么意思，直到后来鲁迅对一个朋友说，我这篇东西就是出自一种感触，一种“感兴”，而腊叶则是一种自况，是写我自己的，感叹自己中年命运、自己没有着落。他的感兴就来自忽然翻到腊叶。“有事乎此”，诗歌的肇端，“当其有所触而兴起也，其意、其辞、其句劈空而起，皆自无而有，随在取之于心”，所以就有了现代散文史上的一个名篇。这里，鲁迅把自己包得很严实，用巧妙的修辞把自己包藏得让人几乎看不着自己，连许广平也不完全知道。你可以不这样看，但如果理解成写鲁迅自己，一下子就会明白鲁迅当时的心情。所以这篇文章也就是鲁迅感兴修辞的一个高度融合的产物。

5. 感兴修辞作为人类符号实践

对感兴修辞，我想不能简单地看成是一种语言的个人的东西，还得把它放到一个大的平面上来看。文学实际上是人的一种行为，是人的感兴修辞行为，是人的符号实践的一种形式。马克思提出人的实践观，人的实践范围是不断扩大和延伸的。过去我们常说人的社会实践、生产实践，那么人运用符号也是一种实践，感兴修辞是符号实践的一种。作为感兴修辞的文学，应当被理解为人类符号实践的一种形式。文学是一种感兴修辞，它的任务是在语言这种符号组织中去创造性地建构人的独特的而又具有可理解性的个体体验，帮助人认识世界与自我，沟通个体与社会，并转而微妙地影响社会。李白作为诗人，虽自以为拥有宰相之才，但其真正本领却不是治理国家或领兵打仗，他得心应手的本领是创造奇妙的语言符号去传达他的独特体验和个人想象。“黄河之水天上来”，只有他能写出来，宰相写不出来。李白就是以富于感兴修辞的符号体系去加入社会实践中的。所以他为汉语的符号系统做出了贡献，为汉语的符号实践做出了贡献，成了我们今天汉语符号实践传统的一部分。杜甫、王维、李商隐也都以他们特有的汉语修辞方式加入到民族符号实践中去。他们的汉语修辞行为不只是简单的个人行为，也是整个民族符号实践的一部分。

人类符号实践具有若干形式，卡西尔做了如下分类：语言、神话、宗教、科技、艺术和哲学。感兴修辞只是其中特殊的一种，是艺术中的一种。它的特殊性在于，作为人类语言符号与艺术符号的结合形式，它将个体感兴与语言修辞行为紧密结合起来，通过创造富于感兴修辞的语言作品去认识和改造世界。它是通过语言符号来达到改造世界的目的。

6. 感兴修辞的阅读层面

我想从阅读方面来帮助大家理解感兴修辞。从读者的文学阅读角度看，感兴修辞可能会由外向内地依次呈现为四层面：感触修辞、修辞生兴、兴会酣畅和兴味深长。

第一层为感触修辞，这是指读者以自己的感官去阅读和理解文本修辞，感受文本修辞的意指作用及其原创特色。就像我们刚才读《腊叶》，去找它文本的特色，感触它。下面我们再来看一首诗，艾青的《我爱这土地》：

假如我是一只鸟，
我也应该用嘶哑的喉咙歌唱：
这被暴风雨所打击着的土地，

这永远汹涌着我们的悲愤的河流，
这无止息地吹刮着的激怒的风，
和那来自林间的无比温柔的黎明……
——然后我死了，
连羽毛也腐烂在土地里面。

为什么我的眼里常含泪水？
因为我对这土地爱得深沉……

用一个“假如”起兴，这是一个什么样的假设呢？“我是一只鸟”，为什么要变成一只鸟，因为有非如此不可的冲动，让他变成一只鸟。他变成一只鸟是为了歌唱。“我也应该用嘶哑的喉咙歌唱”，而歌唱又不是高扬地、动听地，这些词语他不用，而是要嘶哑地歌唱，为什么？因为他有自己的想法。接下来连着用了三个“这”字句，他要为风雨打击着的土地，为汹涌着的悲愤的河流，为激怒的风歌唱。这样一步一步渲染，达到了感兴的极致。突然来一个转折，好像四两拨千斤，“和那来自林间的无比温柔的黎明”，从愤怒转向了对“温柔的黎明”的期待。后面的省略号表示他更丰富的情感：“然后我死了，/连羽毛也腐烂在土地里面”。这只鸟，有一种殉道的决心、牺牲的精神。它的羽毛来自大地，终究要回归土地。鸟儿对土地的眷恋，对土地的爱，达到了这样一个地步。但只是“假如”还不够，最后还要现身说法，急不可待地冲破自己“假如”的幻境而走向现实：“为什么我的眼里常含泪水？/因为我对这土地爱得深沉……”好比后台的导演直接跑到前台来充当演员，演绎自己的主题。可见“我”内心的情感之激烈、之深厚、之难以遏制。

诗歌写在1937年，那是民族危亡的时刻。灾难深重的祖国、民族的危机命运触发了作者的感兴，写下了这首诗。其实，除了这种感情的力量很深厚外，它的修辞的力量也是很到位的。“这……”式排比句，三个“着”的重复运用，都让人感到一种强大的修辞力量，顺着它我们就可以理解到诗人丰富的感兴了。

第二层为修辞生兴，这是指由富有原创特色的修辞激发起内心的感兴波澜。艾青这首诗可以使读者心中潜藏的对于中华民族当下危机境遇和顽强抗争的感兴被激发起来。清代薛雪指出：“一部杜浣花集，字字白虹，声声碧血。读至‘悠悠委薄俗，郁郁回刚肠’之句，尤觉心堕魂折。”① 杜诗的“字字白虹，声声碧血”的独特修辞，竟可以使这位读者生起“心堕魂折”的异常强烈的感兴来。我觉得读艾青这首诗也会有这种效果。

第三层为兴会酣畅，这是指读者在修辞的激发下沉入特别感动的体验境界，发现人生的深厚奥秘。读者可以自主地将诗中描写的特定的“土地”危机及“我”的深沉的爱与自己的现实生存境遇结合起来体验，并且凭借自己对现实生存境遇的体验而对诗歌文本的感兴修辞产生更丰富的体验。金圣叹直接地把从《水浒传》里获得的这类特殊的阅读体验归结为“兴”：“写鲁达为人处，一片热血，直喷出来，令人读之深愧虚生世上，不曾为人出力。孔子云：‘诗可以兴’。”② 兴会酣畅是始终不离文本修辞，并且与它紧密相连的多样而又复杂的心理感动过程。“天汉桥下，写英雄失路，

---

① ［清］薛雪：《一瓢诗话》，王夫之等撰《清诗话》下册，上海古籍出版社1978年版，第681页。

② ［清］金圣叹：《贯华堂第五才子书水浒传》上册，周锡山编校，万卷出版公司2009年版，第57页。

使人如坐冬夜。紧接演武厅前，写英雄得意，使人忽上春台。咽处加一倍咽，艳处加一倍艳，皆作者瞻顾非常，趋走有龙虎之状处。”①读者感觉自己似乎与水浒英雄们一道，时而苦尝冬夜无情，时而领略春日融融。这都与文本修辞紧密相连。

第四层为兴味深长，这是指读者有时可以透过文本修辞而体悟到更为朦胧、深邃而又悠长的感兴意味。这方面有叶燮关于“含蓄无垠”的论述：“诗之至处，妙在含蓄无垠，思致微渺，其寄托在可言不可言之间，其旨归在可解不可解之会；言在此而意在彼，泯端倪而离形象，绝议论而穷思维，引人于冥漠恍惚之境，所以为至也。”②把人侃到了冥漠恍惚之境，现在的话说叫侃晕了。这种境界不能被误解为那种完全无形的“超验”境界，而应当理解为“言有尽而意无穷”或“含不尽之意而在言外”的境界，即是有限的言辞含蕴无限丰富而多义的状态。实际上叶燮强调的正是文本的有限修辞如何激发读者的无限感兴。将有限的修辞与有限和无限的感兴匹配起来，可以出现两种情形：第一种是有限修辞激发有限感兴。这可以说是言有尽而意亦有涯。第二种是有限修辞激发无限感兴。这可以说是“言有尽而意无穷”，正符合叶燮关于“含蓄无垠”的要求。

无论如何，感兴与修辞在文学中具有同样的重要性。但真正重要的是，文学中的感兴与修辞是密不可分的，所以合说感兴修辞性。从读者的角度看，文学的审美价值在于，修辞如何激发感兴，即原创性的修辞如何把读者牵引到对原创性的感兴的领悟和享受上。

---

① ［清］金圣叹：《贯华堂第五才子书水浒传》上册，周锡山编校，万卷出版公司2009年版，第172页。

② ［清］叶燮：《原诗》，王夫之等撰：《清诗话》下册，上海古籍出版社1978年版，第584页。

7. 感兴修辞的认同实质及其层面

文学作为感兴修辞，其实质何在？这里有必要在马克思的社会实践观点基础上适当地借鉴肯尼斯·伯克的认同修辞观点和马斯洛的“需要层级”论。

文学是通过感兴修辞而实现的认同实践。人们在语效组合中实现感兴的表达，这是要为了象征性地解决社会实践中一时难以解决的矛盾，并为之寻求合适的认同模式。比如说“非典”时期的民谣，人们通过它来表达很多东西，实现社会公共危机问题的一种象征性解决。《疫情经典》说：“广东流行非典了，北京也被感染了。政府不再严管了，媒体也敢呐喊了。患者已经不少了，医院也都住满了。医护人员辛苦了，前线冲锋冒险了。群众吓得没胆了，戴着口罩捂脸了。国际组织监管了，控制日子不远了。三服中药熬好了，身体必须锻炼了。”以“了”这种重复修辞形式传达“非典”时期北京社会百态。《押韵经典》说：“非典真的厉害，已经有人受害，为了避免伤害，口罩一定要戴，心情保持常态，才能免受其害，最后祝你天天愉快。”表达了相互祝愿、劝慰的心绪。《最高指示篇》：“饭前便后要洗手；出外归来要洗手；乘车之后要洗手；摸东摸西要洗手。”讲述了讲究卫生的必要性。《讽刺官僚类》：“大吃大喝治不了，非典治了；公款旅游治不了，非典治了；文山会海治不了，非典治了；欺上瞒下治不了，非典治了；卖淫嫖娼治不了，非典治了。”显示了人们对待“非典”危机的一种辩证态度：祸事其实也蕴藏着积极的因素。这表明，文学的实质在于，它是社会实践的一个特殊维度，它通过语效组合去调达现实生存体验从而实现人的身份认同。

下面，我尝试将马斯洛的需要层级论与肯尼斯·伯克的认同修辞结合，勾勒出感兴修辞的层面构造，供大家参考。

第一层面：生理需要主导的认同性感兴修辞，简称生理型认同。文学常常要涉及人们的基本生理需要：饮食、男女。这种生理需要主导着感兴修辞。《药》写华老栓和华小栓父子吃“人血馒头”的故事。《许三观卖血记》写人为了活着而卖血。《绿化树》刻画了章永璘基于饮食和两性需要而发生的故事，当然这些需要必然地与章永璘的通过阅读《资本论》和回忆《浮士德》等而表现的高级的自我实现需要紧密地纠缠在一起。被发配到西北一个农场劳动改造的知识分子章永璘感到，“休息最大的痛苦是没有吃的。平时干活的时候，饥饿还比较好忍受。什么活都不干，饥饿的感觉会比实际的状态更厉害”。当这个饥饿的人读到《资本论》中的“商品是当作铁、麻布、小麦等”句子时，就无法不把最大的兴奋点集中在“小麦”上，反复品味，“我的眼前会出现面包、馒头、烙饼直至奶油蛋糕，使我不住地咽唾沫”，眼前想象出“一顿丰盛的筵席”。最高的精神享受和最低的生理需要融合在一起。而当他终于从马樱花那里拿到和吃到四年没有吃过的白面馒头时，竟产生了奇异的体验：“它宛如外面飘落的雪花，一进我的嘴就融化了。它没有经过发酵，还饱含着小麦花的芬芳，饱含着夏日的阳光，饱含着高原上令人心醉的泥土气，饱含着收割时的汗水，饱含着一切食物的原始的香味……”人饿急了就没脾气了。在小说《中国一九五七》里，知识分子被关起来，为了填饱肚子，什么都吃。长篇小说《日光流年》叙述中国华北偏僻的耙耧村人在村长司马蓝带领下，为了全村人都活过四十岁这一理想而展开种种抗争行动的经过。在这里，延长人的生理寿命并为此而不惜一切代价，成了全村人的最高生活目标和追求。最高的也是最低的，最低的也是最高的，为了活过四十岁。他们的行动基本上是出于生理需要，但这种生理需要竟同人的自我实现需要形成错综复杂的联系。[①]让人不得不感动，不得不愤怒，愤怒了又感动了，感动了又愤怒了。

第二层面：安全需要主导的认同性感兴修辞，简称安全型认同。属于这类认同的文学作品，往往注意描写人的日常安全需要，包括个人身体安全、家庭安全和自然环境安全等。现代性理论著名的研究人物鲍曼，还有吉登斯，都讲今天的社会是一个风险社会，人们要去保险。在风险中的保险，成了今天社会中人们越来越强烈的表达。社会中充满了谎言，充满了假象，仿真的东西也太多。在这种状况中，安全处在了风雨飘摇中。正是在这个意义上，海德格尔才有权利像一个农家孩子那样回忆自己原初时候，面对大地、面对真理、面对内心的一种状况。又例如曾风行全国的歌曲《祝你平安》，恰当地顺应了中国公众日益增长的日常安全保障需要。

第三层面：爱的需要主导的认同性感兴修辞，简称亲情型认同。这类文学作品常常触及发生在人与人之间的恋爱、婚姻、家庭、亲属、朋友、同事、同胞等关系。这个层面在当前的文学表达面是很广的。不管是主导文化的、高雅文化的还是大众文化的、民间文化的，都大面积地触及这个层面。曹雪芹《红楼梦》、歌德《少年维特之烦恼》、夏洛蒂·勃朗特《简·爱》等，大量描写爱的需要诱发的个人行动及相应的人际纠葛。事情不是单一的，有爱的需要就

① 见王一川“生死游戏仪式的复原”，《当代作家评论》2001年第6期，第10—16页。

没有别的了，有爱的需要就会牵涉到别的。拔出一个萝卜会带出一堆泥，更不用说人的爱情了。爱是一种欲望，欲望的实现和不能实现都会带来种种社会问题。另外，中国古典诗词中有数量巨大的篇什抒发人的离情别绪，也可以归到这里面。《涛声依旧》这样不无怀旧式地歌唱消逝的爱情："月落乌啼总是千年的风霜，涛声依旧不见当初的夜晚。今天的你我怎样重复昨天的故事？这一张旧船票能否登上你的客船？"歌曲《常回家看看》突出了家庭亲情的重要性："找点空闲找点时间，领着孩子常回家看看。带上笑容带上祝愿，陪同爱人常回家看看。"

第四层面：尊重需要主导的认同性感兴修辞，简称尊重型认同。人活在这个世上，还要获得别人的尊重。《天龙八部》中，乔峰有一天突然发现丐帮把他抛弃了，很悲惨，马夫人一直在背后谋划，使得大家都不相信他了，说他是汉奸，是败类，说什么的都有。不为人尊重，这是一个可怕的境地。"他心中一片茫然：'倘智光之言不假，那么我是契丹人而不是汉人了，汪帮主不是我的恩师，而是我的杀父仇人。暗中助我的那个英雄，也非真是好心助我，只不过内疚于心，想设法赎罪而已。不！不！契丹人凶残暴虐，是我汉人的死敌，我怎么能做契丹人？'"他简直不敢相信这突然的个人身份变故。他首先想到排除法，却又无法真正排除这种令他恐惧的可能性。"霎时之间，乔峰脑海中思潮如涌，一时想：'他们心生嫉妒，捏造了种种谎言，诬陷于我。乔峰纵然势孤力单，亦当奋战到底，不能屈服。'随即又想：'恩师的手谕，明明千真万确。智光大师德高望重，于我无恩无怨，又何必来设此鬼计？徐长老是我帮元老重臣，岂能有倾覆本帮之意？铁面判官单正、谭公、谭婆等俱是武林中大有名望的前辈，这赵钱孙虽然疯疯颠颠，却也不是泛泛之辈。众口一辞的都如此说，哪里还有假的？'”这种结局给予他沉重打击。“乔峰乍闻自己身世，竟是契丹子裔，心中本来百感交集，近十年来，他每日里便是计谋如何破灭辽国，多杀契丹胡虏，突然间惊悉此事，纵然他一生经历过不少大风大浪，也禁不住手足无措。”从人人崇拜的汉族英豪突然沦落为人人唾弃的“契丹狗”，个人的尊严完全丧失了。

如果前面几个层面都满足了而却被人瞧不起，那就是个人最大的生存危机了。人很多时候是要获得别人的肯定和称赞，得到社会的尊重和承认的。这类文学作品集中涉及人的社会地位或角色的确认问题，回答他人眼中的个人、群体或民族的尊严问题。《阿Q正传》通过阿Q形象剖析中国人的“国民性”，实际上提出了中华民族的整体尊严问题。郭沫若《女神》就未来中国人的尊严展开浪漫的想象。《沉沦》则直接品尝现实中国人的尊严丧失的痛苦。主人公直接就发出了“中国呀中国，你怎么不强大起来”的呼喊，这都体现了尊重的需要。《中国一九五七》除了刚才说的生理需要外，还有个人尊重问题，知识分子在社会变迁中身份失落所带来的痛苦。所以尊严丧失带来了很多问题。

第五层面：审美需要主导的认同性感兴修辞，简称审美型认同。马斯洛的需要理论开始时只有五个层面，后来他又提出还要考虑两个方面，把审美需要也加进去了。这样我们搞美学的也就有了根据。像中国古代大量山水田园诗、游记散文这类文学作品往往善于描写人的感兴状况以及在感兴中对自我的重新确认。欧阳修的《醉翁亭记》很能代表古代的线性思维，突出地显示了古代文人那种对于自然的审美认同需要。全文从“山”起始，而视点最终沉落到一个“我”身上，完整地体现出由远而近、由早及晚、从大到小、自物到人的中国古典线性宇宙观特色，创造出一幅个人与自然相互亲密、流转有韵的生动画卷。

第六层面：认知需要主导的认同性感兴修辞，简称认知型认同。这类文学作品常常通过感人的形象刻画而着力探讨人生的某种前所未知的真相、真理或奥秘，像我们说的哲理诗、哲理小说、哲理散文等。它们是为了洞悉或者证明现实生活中的某种真相或者真理。像但丁《神曲》、海明威《老人与海》、约瑟夫·海勒《第二十二条军规》都有很深的哲理性。《红楼梦》中，"千红一窟（哭）""万艳同杯（悲）"用谐音来表达对人生的感慨，它的里面也有很深的哲理性。艾略特《荒原》里的象征系统的打造也是为了达到这样一种修辞效果，满足人的认知需要。

第七层面：自我实现需要主导的认同性感兴修辞，简称自我实现型认同。它也是马斯洛认为最高的一层。歌德《浮士德》通过浮士德这一形象展示了通向人的自我实现这一至高境界的道路。他超越了书本，以及中世纪、浪漫主义、古典主义等。经过了这些不同的选择之后，他认识到自由的人民自由地开垦自己疆土的劳动才是最美的。罗曼·罗兰《约翰·克利斯朵夫》以主人公的成长历程具体显示了人的自我实现过程。赫尔曼·黑塞《纳尔齐斯与歌尔德蒙》描写了两位主人公各自不同的自我实现道路。这也是我以前常常推荐给学生看的一本书。赫尔曼·黑塞是德国人，后来加入了瑞士籍，他获得过诺贝尔奖。这本小说中的歌尔德蒙富有感性，富于艺术创造性，他的一生都想回到慈母的怀抱。像卢梭那样，总有一种被放逐的感觉。纳尔齐斯是一个富于理智的人，他的最大的愿望就是当一个神职人员。他们俩是好朋友，在一起相互启发。经过漫长的流浪过程，最后歌尔德蒙在纳尔齐斯的指导下，创造了一个慈母雕像，把自己对母亲的爱、自己活泼的感性都汇集到这个雕像里去了，成为杰出的艺术家。20世纪80年代是一个人人都在寻求实现自我的时代，在那个时候很多同学都去借这本书来读，很有感触。

《纳尔齐斯与歌尔德蒙》构想了两个主人公：偏重父系、理性和思考的纳尔齐斯，与偏重母系、感性和想象的歌尔德蒙。小说致力于探讨个人发展或个性成长的两条相互联系但又不同的途径：一条是理性之道，神学或哲学；另一条是感性之道，精神的自我流浪或艺术。小说正是通过纳尔齐斯与歌尔德蒙这样两个人物，去分别加以确证。我们看到：

> 歌尔德蒙所爱戴的另一个人，目光可要锐利些，他已多少有些预感，只是没有讲出来罢了。纳尔齐斯看得很清楚，现在有一只非常珍贵的金丝雀已飞到了他身边。由于清高而显得孤独的他，立刻在歌尔德蒙身上发现了类似自己的影子，虽然在任何一点上，他俩似乎都截然相反。纳尔齐斯面目黝黑清瘦，歌尔德蒙却容光焕发，朝气蓬勃。纳尔齐斯是个思想家，遇事善于条分缕析，歌尔德蒙却似乎是个梦想家，有着一颗童心。然而差异尽管差异，却有一个共同之点把它们联系起来：两人都气质高贵，才华出众，品性超群，都受到命运特殊的关照。①

① 〔德〕赫尔曼·黑塞：《纳尔齐斯与歌尔德蒙》，杨武能译，上海译文出版社1984年版，第39页。

小说设想，感性之道本身是不能启迪自己的，必须借助于理性之道的指引。所以，当歌尔德蒙无法自觉地为个人生命找到发展方向时，纳尔齐斯为他指点迷津：

> 你们的出身是母系的。……你们的故乡是大地，我们的故乡是思维。你们的危险是沉溺在感官世界中，我们的危险是窒息在没有空气的太空里。你们是艺术家，我们是思想家。你酣眠在母亲的怀抱中，我清醒在沙漠里。照耀着我的是太阳，照耀着你的是月亮和星斗；你的梦中人是少女，我的梦中人是少年男子……。①

这样的清晰分析，为个人成长找到了两种不同的道路。

当然，优秀的或伟大的作家，在其作品整体中往往善于全面或综合地刻画上述七种认同层面。如《红楼梦》就全景式地描写了贾府挥金如土的盛大筵席（如借助刘姥姥的视角和经历）、四大家族的盛衰命运、以宝黛为中心的众多男女的情感纠葛、家族间的复杂而丰富的社交活动、宝玉与姐妹们的诗社活动、对人生终极价值的探索以及有关自我价值的思虑等情景。

8. 感兴修辞的类型

根据伯克有关认同修辞的三种分类，我们可以看到三种感兴修辞类型：同情式认同、对立式认同和无意识认同。

---

① 〔德〕赫尔曼·黑塞：《纳尔齐斯与歌尔德蒙》，杨武能译，上海译文出版社1984年版，第66页。

第一，同情式认同。这是通过突出共同的情感而实现的认同。像前面说到的总统竞选演说就是这种类型。“我们有一份共同的过去，就会拥有一个共同的未来。你们选我做总统吧！”再有，“此中有真意，欲辨已忘言”（陶渊明《饮酒》）、“悠然心会，妙处难与君说”（张孝祥《念奴娇·过洞庭》），诗人分别与自己所体验的“真意”或“心会”相认同。小说中那些体现作者自己肯定的价值观的人物，往往会产生同情式认同效果。读者在阅读的时候，会情不自禁地投入到这种人物当中去，把自己化身为小说中的人物，这就是一种同情性的阅读。

第二，对立式认同。这是指对立的双方产生认同的过程。文学作品往往注意描写彼此不同的人或事如何最终体现出某种同一性。例如，“身无彩凤双飞翼，心有灵犀一点通”（李商隐《无题》）、“山重水复疑无路，柳暗花明又一村”（陆游《游山西村》），诗人分别直接描绘出自身遭遇的对立性情境，并在对立中显示出自己的认同取向。柳宗元《江雪》：“千山鸟飞绝，万径人踪灭。孤舟蓑笠翁，独钓寒江雪。”诗首先在全景式的宏大的空间里描绘出自然对于人的否定性场面，比如“鸟飞绝”“人踪灭”；而随即“蓑笠翁”的在场及其寒江独钓的行动，则显示了人所具有的化解自然与自身的对立的力量，并最终展示出人来自自然、回归自然的归于和谐的古代宇宙观。

第三，无意识认同。这是指文学作品中的人物借助其他人物或事物而产生的认同，或者读者对于作品中的人或事产生的认同。在“日落江湖白，潮来天地青”（王维《送邢桂州》）、“江流天地外，山色有无中”（王维《汉江临眺》）等描写中，诗人看来只是客观地描述自然景色，但在这种描述中无意识地流露出自己与之相认同的愿望，无意识地把“我”放进去了。

第四，综合式认同。在比较大型的文学作品如长诗、小说、剧本中，认同修辞会呈现更多样而又复杂的组合类型。例如，《红楼梦》所描写的众多人物，交叉渗透了同情式、对立式和无意识式认同类型，形成多样综合的认同状况。

9. 感兴修辞的基本形式——兴体

这里拟就中国文学的感兴修辞的基本形式略作探讨。感兴修辞可以有多种多样的具体表现形式。这里只是从与西方文学的“隐喻”传统相比较的意义上略作探讨。

西方的文学重隐喻（metaphor，或译比喻），隐喻的特点是拿部分代整体。隐喻在西方文学中是一种主导型修辞形式。隐喻包含三个要素：表现部分的语词、表现整体的语词及表现两者间代替关系的语词。这三个要素不妨称为：喻体、喻依和喻词。其基本构成方式是甲（喻体）是（喻词）乙（喻依）。喻体（tenor）是隐喻的字面主题或话题，指用来造成隐喻的事物；喻依（vehicle）是隐喻的类比意象，指被隐喻的事物；喻词则指用来连接喻体和喻依，即用来结成隐喻关系的词语。例如哈姆雷特说“世界是一个长满杂草的花园”（The world is an unweeded garden），“世界”是喻体，“一个长满杂草的花园”是喻依，“是”是喻词。“世界”与“长满杂草的花园”之间存在某种相似点，所以构成隐喻关系。当然，隐喻中的喻词常常可以省略掉。艾略特（T. S. Eliot）的长诗《荒原》（The Waste Land，1922）第三章“火的布道”（The Fire Sermon）开头这样写道：

The river's tent is broken; the last fingers of leaf
Clutch and sink into the wet bank. The wind
Crosses the brown land, unheard. The nymphs are
departed.
Sweet Thames, run softly, till I end my song.
The river bears no empty bottles, sandwich papers,
Silk handkerchiefs, cardboad boxes, cigarette ends
Or other testimony of summer nights. The nymphs are
departed.①

(河上的帐篷已然破碎,树叶最后的手指头
抓紧,沉入潮湿的河岸。风儿
横掠棕色土地,无人察觉。仙女们已然
去了。
可爱的泰晤士河,轻柔地流淌,直到我唱完歌。
河水不再冲来空瓶子,三明治包,
丝手绢,硬纸盒,香烟头
或夏夜里别的证词。仙女们已然
去了。)

这里看起来只是如实地描写伦敦泰晤士河上的颓败景致,但实际上在深层隐喻着诗人所体验到的颓废、衰败的社会现实。这里出现的破碎的帐篷、树叶最后的手指头、逝去的仙女、泰晤士河等,

① T. S. Eliot, *Selected Poems*, London: Faber and Faber Limited, 1961, p.58.

都只是彼此不一定相连的部分，它们所组成的部分衰败则可以产生“代替”整体的衰败的修辞效果。

中国文学也讲隐喻，但是，总的说来，真正起着根本作用的却是兴或感兴。这就是说，中国文学常常是以兴或感兴为基本的修辞形式的。而这正是中国文学最独特的特征之一。中国的文学就是突出感性，古人讲兴体，从赋、比、兴来分，我自己用这个兴体有自己的用法，是根据感兴而创造的一种体式，我把它称为兴体。关于感兴作为中国文学的特性很多人都谈过了，加拿大籍华人高辛勇在《修辞学与文学阅读》这本书里谈到了“兴”。这本书很有意思，他对“兴”的谈论，使我深受启发。他正确地指出：“中国诗所强调的则是‘兴’而不是‘比’。《文心雕龙》论比兴时说：‘毛公述转，独标兴体。’兴的运作机制到底怎样，一二千年来众说纷纭，一是一个具体的外在事物，另一则是与主题或情感有关的内在事物，两者之间存在着某种关系。”①按高辛勇的看法，“比”大体相当于西方的“隐喻”，而“兴”则是独特的：“比”所显示的“二个事物之间的关系是明显的”，如“我心匪石，不可转也”；而“在兴的情形下，两者关系则不明显也不明确”，如“关关雎鸠，在河之洲。窈窕淑女，君子好逑”。②显然，与“比”或隐喻中的确定性代替关系相比，兴中的关系具有一种不确定性或“暧昧性”。“但也正因它的这种暧昧性，兴才受重视，才有价值。……一般认为比的意思明确但狭窄，兴则含义暧昧但深广。兴这种伸缩的主客（或‘此’与‘彼’）的关系，后来发展成情景的诗观，兴代表的正

① 高辛勇：《修辞学与文学阅读》，北京大学出版社1997年版，第68页。
② 同上。

是中国诗所强调的价值，如含蓄、微隐、取义广远、意味无穷，等等”。[①]应当说，高辛勇对兴体的这些看法，对于把握感兴修辞是富于启迪意义的。

兴体正是感兴修辞的集中展现形式。兴体，即感兴修辞，在具体文本中有五个构成要素，这是我的一个划分，不一定合适。第一，兴辞。兴辞是感兴中生成的修辞，是不离感兴的修辞，这是在感物而兴的过程中建构起来的可以唤起感兴的语效组合方式。第二，兴象。这是由阅读兴辞而在读者头脑中唤起的富于感兴的物象。兴象是中国文论的一个重要概念。按我的理解，兴象就是指兴中之象，即富于感兴的形象，而具体地说，兴象是包含活生生的感兴的具体物象。第三，意兴。这是由兴象激发的内在意义体验，包含想象、联想、幻想等。第四，类兴。如同叶燮所说的“触类而起”“随类而兴”的意思，是指伴随感物而生的对其他同类事物的类比感应状况，也就是指整个兴体内部各部分之间虽不相同但却同类感发的状况，其特点在于在两种或多种不同的事物之间现出同类间相互感应的关联来。中国古代很讲究这一点，有大量的类比感应，而不是西方的以部分代整体，是说了这一类就想到同类。我想，这一点在今天的文学中也延续下来。第五，余兴。就是剩余之兴，这是指兴体会产生令人回味的绵绵不绝的悠长余蕴。古人说“三月不知肉味”“余音绕梁，三日不绝”就是指的这种状况。

总起来看，与隐喻中的部分和整体间呈现代替型关系不同，中国兴体中的兴象与意兴之间呈现出类兴关系。类兴，意味着兴象

① 高辛勇：《修辞学与文学阅读》，北京大学出版社1997年版，第69页。

与意兴之间诚然可能不同，但却可以相互蕴藉即互蕴。互蕴就是相互蕴含、包蕴、涵摄，这是说原来相互间存在差异的事物可以在个体的感兴的瞬间形成相互蕴藉的新型关系。正是如此，中国文学尤其突出兴体的蕴藉特色，也就是注重余蕴或余味深长。

七、感兴修辞批评（兴辞批评）

1. 感兴修辞批评的含义

既然有感兴修辞论，那么做批评也可以走感兴批评的路。感兴修辞批评，也可简称兴辞批评，是由注重个体体验的感兴论与突出特定语境中的语言效果的修辞论两者融会起来的批评框架。这是一种在特定语境中阐释文本语言并由此显示其感兴蕴藉的批评方式。

感兴修辞批评的一个显著特色，是致力于文本体验、分析与语境阐释会通的路径。这就是，首先，阅读文学文本，唤起直接的个体感兴；其次，做具体的文本分析，揭示文本语言的特色，以便为文本意义及意蕴阐释提供语言基础；再次，根据对文本的感兴及语言的独特性的分析，建构起与之相关的更为广泛的语境阐释模式；最后，把上述文本感兴与语言特色带入具体的语境中加以阐释，发现文本的深层无意识意蕴。

2. 感兴修辞批评的阐释圈

感兴修辞批评的阐释圈，是指感兴修辞批评特有的由若干循环互动的同心圆组成的阐释程序。[①]这一循环互动阐释过程可以包括如下五个阐释圈：文本感兴激活、文本语言阐释、文本深层结构阐释、文本与语境的相互阐释、文本独特意义阐释。

（1）文本感兴激活。即唤起对于文本的活生生的个体感性直觉，在这种直觉中尽可能抓取文本的独特意蕴。

（2）文本语言阐释。这是指在激活感兴基础上细致阅读文本的语言形式，以便发现富于特殊意义的个别特点。这是感兴修辞批评展开的第一步骤。

（3）文本深层结构阐释。这是指基于文本语言阐释而发掘深层隐伏的无意识语言及其意义。例如，根据找出的独特的关键词、词法或句法等而发现更深层的幽微的无意识蕴含。而要理解这种无意识蕴含，又不能仅仅局限于文本内部，而是需要结合现实生活状况。因为，文学文本总是要与现实生活发生这样或那样的联系，从而指向人对现实生活的意义阐释。这就必须进展到下一阐释圈。

（4）文本与语境的相互阐释。这是指把上述语言阐释与深层结构阐释置放到特定语境中去做具体的修辞效果阐释，揭示文本与现实生活之间的微妙而又重要的修辞性联系。文学文本正是现实生活中种种矛盾的一种象征性解决方式。可以说，要理解文本，就需要阐释它的语境；而要理解这种语境，就需要回头阐释文学文本。文本与语境之间就这样构成一种相互阐释关系。

（5）文本独特意义阐释。这是指在如上分析的基础上最终阐发文本的独一无二的审美与文化意义——文本的感兴修辞内涵。

---

① 这里参考了杰姆逊提出的三个同心圆模式（个人政治性历史之圆、社会历史之圆和终极历史之圆）。Fredric Jameson, *The Political Unconscious: Narrative as a Socially Symbolic Act*, Ithaca, New York: Cornell University Press, 1981, pp.74–102.

对于具体文学文本展开文学批评，绝不要求面面俱到。那种对文本的每一方面都加以评论的要求实在不切实际，更无必要。一次独特而又有效的文学批评，应当着力发现特定文本所显示的与众不同的审美与文化意义。

这五个阐释圈其实是相互渗透和相互依赖的，尤其是前四个阐释圈有时彼此密切渗透或交织而难以分别，它们都指向或服务于第五个阐释圈——对文本独特意义的追寻。

3. 感兴修辞批评的步骤

与上述五个阐释圈相应，感兴修辞批评有着如下具体操作步骤：触辞起兴、借型窥意、叩显开隐、文境互赖、学科串释、依文立论。

第一，触辞起兴。这是指批评者由接触文本兴辞而唤起个体感兴的过程。

第二，借型窥意。这是指批评者借助语言学模型而窥见文本中的意兴的过程。

第三，叩显开隐。这是指批评者叩探文本的显在意义层面而开启其隐在意义层面的过程。文学文本总是一种由双重文本组成的文本。第一重文本是显在文本，这是普通读者按常规阅读时把握到的较为明显地呈现的语言与意义形态，又称意识文本。第二重文本则是隐在文本，这是批评者所要寻求的被隐匿的语言与意义形态，又称无意识文本。这样，文学文本总是包含显在文本和隐在文本的双重文本，具有双重文本性。双重文本性，是指文学文本内部存在着彼此密切关联的显在文本与隐在文本现象。文学批评的任务之一，正是通过细致地叩探显在文本而找到进入隐在文本的隐秘通道，由此开掘出隐在文本，从而显示出文学文本的语言与意义构成的复杂性。

第四，文境互赖。这是指批评者根据特定语境阅读文本，又根据这种文本阅读而回头阐释语境，从而形成文本与语境在阐释上的相互依赖特点的过程。这包含两方面：一方面，文本阐释依赖于语境阐释；另一方面，语境阐释依赖于文本阐释。批评者通过语境而阐释文本，又通过文本而阐释语境，这种文境互赖性阐释也正是批评的乐趣之所在。

第五，学科串释。这是指批评者运用多种学科知识去贯通地阐释文本的过程。在当代文学批评中，由语言学、哲学、社会学、人类学、政治学、地理学等多学科组成的跨学科阐释受到了批评家们的青睐。换一种阅读思路，就会发现文本中不同的东西，文本就会显露出新的意义。

第六，依文立论。这是指依据对文学文本的具体阐释而确立新的理论。感兴修辞批评要求批评者致力于理论探索，但不能抽象地阐述形而上理论，而必须通过对文学文本的阐释，提出可从文本分析中得到证明的具体的新理论。

这一讲跟大家谈这些，目的是告诉大家我自己思考文学到了什么地步，也让大家在思考文学时有一个参考框架。你们不一定跟着我的走，这些只是供你们参考而已。我谈的这些是表示在当下我们认识文学应该有我们应对的方式。但思考了这一点并不就等于解决了文学的根本问题。文学的根本问题很多，需要我们进一步思考，具体问题具体分析。

第三讲　当代中国文学语言状况

这一讲主要是从修辞论美学角度对中国当代文学语言状况做一个匆匆的扫描。其实这一讲也是修辞论美学在语言问题上的一个延伸，我希望通过中国当代文学语言状况这一个案揭示出文学上的一些问题。我更希望大家能以这样一个个案作为一个范本，使自己能看得更宽一点，更远一点。比如，怎么来把握古代文学语言状况或者别的类似状况？我希望为大家提供一个观察的角度、思考问题的方式。谈文学就得谈语言。王国维主张一代人有一代人的文学，这首先意味着一代人有一代人的文学语言，一代人有一代人的文学语言观。说“文学是语言的艺术”，听起来很有道理，真正要研究得落到实处就不那么容易。语言在文学中到底有什么样的地位？语言在文学中扮演什么样的角色，它产生什么作用？语言和意义的关系怎样？这些都是悬而未决的问题。我希望通过1949年中华人民共和国成立到21世纪初年五十余年文学语言状况的概要性回顾，了解当代中国文学语言面临的一些问题。其实，文学语言不仅是表达情感的工具、表达的符号本身，而且牵涉到文学的若干方面。我们回头去看时，思路不妨打开一点。

一、文学中的语言问题

首先来看看文学中的语言问题。这里需要涉及如下几个问题。

第一，什么是语言？过去我们查字典可以看到这样的经典表述：语言是人类最重要的交际手段，或者是最重要的交际工具。这是通常的语言概念。但是20世纪以来，语言概念已经发生了深刻的变化，语言这个词产生了很多丰富的含义。我认为至少可以看出三种基本的含义：第一种含义，语言是指语言行为，指读写听说的行为。它沿袭了它的古典含义。20世纪以来，语言获得了它的第二种含义：语言不仅指语言行为而且指非语言行为。非语言行为，指读写听说以外的人类符号行为，它们都可以被看成是语言行为而加以研究。人们不仅说话，还用眼神、表情和手势等表达自己的意思，这也是“语言”。在罗兰·巴特看来，时装、食品、广告、埃菲尔铁塔、香水和玫瑰花等，都是人类的表意符号，都是语言。正是在这个意义上，结构主义把整个人类活动都看成是语言。整个人类文化好像是一个“巨型的语言”，具有“拟语言结构”。这些非语言行为，都可以被看成语言来加以研究而具有了语言学结构。这是一个具有转折性意义的事件，被人们认为是“哥白尼式革命”。人类这样的革命已经发生好几次了。但有一次是跟索绪尔的名字联系在一起的，那就是“语言革命”。语言不仅是表达思想的简单的工具，语言也在创造思想和意义。所有的思想和意义都是被语言建构起来的。“水能载舟，亦能覆舟”。人受制于语言，不是“我”在说“话”，而是“话”在说“我”。人是被“说”的。看起来你在自由地说话，但往往是言不由己、心口不一、情不自禁。这里面有许多的权力因素控制着。这一切说明了语言的第二种含义是非常重要的。正是由于这一点，我们才能理解当代的文论为什么它的整体的术语都变了。第三种含义：语言扩展引申而指各种符号表意方式。比如电视语言、电脑语言、网络语言等。人类所有的表意方式都被看成语言。

语言的这三种含义，与过去单纯的“语言即工具”的观点相比，有了一个重要的变化。这样，文学理论中的内容与形式二分法及内容决定形式的观念就受到了怀疑。这里不再是内容和形式的二分，而是语言和意义的匹配。它们之间的关系成了当今人文科学关注的一个焦点。既然语言是指人类的各种符号表意方式，那么如何来把握具体形态的语言呢？如何从操作层面上把握语言呢？索绪尔的一个区分在语言学上具有深远的意义。他在语言形态上提出了划时代意义的二分法。任何一种语言都具有两层结构或者叫两种形态：一种叫语言结构，另一种叫言语。语言结构有时简称语言。它是人类群体的语言规范，人类特定群体的成员所共同拥有的语言规范。它是社会的、普遍的。比如说，普通话是我们这个群体的语言规范，但我们每个人说出来的普通话，又不一样。除了它的方言、口音和个性以外，还有它此时此地针对自己的状况情景，这些就叫言语。言语，是个人在特定的情景中说的话。比如，我刚才说的一些话，昨天不会说，我明天也不会这样说。所以言语是个人性的、此时此地的和具体的。

与上述语言结构和言语的二分结构相比，还有一种是“话语”（discourse）。话语这个词是从法语里来的，它最重要的发明人是福柯。他认为话语大于语言结构和言语的总和。为什么是“大于”

呢？我觉得话语可能就是语言结构加言语加权力关系。这样就易于理解和记忆了。人们谈到话语的时候，可能总是会想到具体的社会语言行为以及它与社会语言结构的关系。它们是受制于特定的社会权力结构的。人们要利用特定的社会权力结构来表达自己的利害，说话不只是说话，也是表述人的生存方式和人所置身其中的社会权力关系。

为了帮助大家记忆这三者之间的关系，我借用语言学家曾经用过的三句话，稍做变通：

> 诗人朗诵自己的诗应该用普通话。
>
> 轮到你朗诵时你才说话。
>
> 听众感觉你话里有话，隐藏玄机。

第一句“诗人朗诵自己的诗应该用普通话”，这里的“普通话”就相当于语言结构；第二句“轮到你朗诵时你才说话”，“说话”指的就是“言语”；第三句“听众感觉你话里有话，隐藏玄机”，则大致相当于“话语”。福柯在说到话语时，更多的是与权力相关，与支配和反支配、控制和反控制等这些社会的状况联系起来。因而他说“话语”时，往往就用另外的一个表述——“discursive practice”，即“话语实践”。有的书译成“推理实践”，就译错了。福柯总是把任何语言都看成“话语”，更具体地说是看成“话语实践”，从而去分析具体的权力结构。

第二，语言在文学中的地位怎样。语言在文学中到底是怎样的一个地位？有两种看法：一种是传统的语言观或者叫经典的语言观，认为语言是表达思想的工具。另一种是20世纪以来的现代语言观，强调语言不仅是工具，实际上更是人的生存方式。这样语言观上就有了从古典工具论到现代生存论的转换。现代生存论语言观，在我们国家是在1980年代才兴起的。海德格尔有一个著名命题就是："语言是存在的寓所（house of Being）"。或者译得通俗一点"语言是存在的房子"，或者再玄乎一点"语言是在之屋"。那么它有两种可能性：如果说得好，让人的存在的真理亮相，让人的存在被引入澄明地带，那么语言就是存在的家。它的本义就是"思"，是真理的发生，是真理的正在生成。但如果说不好，可能会使人流离失所、无家可归，在这个时候，语言可能就是人们存在的牢房了。所以，语言对人的存在有两种相反的可能性：要么是存在的家，要么是存在的牢房。维特根斯坦在他的《哲学研究》中说了一句发人深省的话："想象一种语言意味着想象一种生活方式。"所以，语言在文学中的地位可以理解为：语言构成了文学的地面，构成了文学的基本。如果没有语言，我们就很难奏响文学琵琶。

第三，语言和汉语形象的问题。这个问题我简单地提一提。"语言形象"这个词，最早是由苏联的巴赫金提出来的。他在一系列著作中提出，语言在文学中不仅是创造形象的手段，语言本身也是艺术形象的组成部分。语言本身的对话、复调、多声部、独白和狂欢，等等，都构成了艺术形象的一部分。所以语言不仅创造形象，而且本身就是形象。语言是文学作品审美价值的一个组成部分。语言本身就有美。这样就在文学中从根本上确立了语言的本体论地位。语言是艺术形象的一个组成部分，还有另一个意思，语言不仅再现现实而且再现现实的语言状况。所以语言具有双重的再现功能。这也为我们分析文学打开了一个新的门户。正是受他的启发，我在《中国形象诗学》这本书里用了比较长的篇幅来分析语言。

写完这个以后，觉得不过瘾，觉得就中国文学来说，谈中国语言形象有点大、有点空，还应从巴赫金的语言形象角度进一步提出一个“汉语形象”的问题。尤其是进入现代文学，我们用现代汉语来写作，还能像古代汉语那样富有魅力吗？还能承担起表现中国人现实生存的任务吗？如果说古代汉语已经成为逝去的传统，那么幼小稚嫩的现代汉语来表达现实中国人的生存体验，还会获得像古代汉语那样的成功吗？这就是汉语形象的一个突出问题，也是现当代作家面临的一个困境。

第四，刚才提到中国现代文学的一个中心问题，运用现代汉语来承担和表现现代人的生存体验问题。在一个经济全球化时代，在天下之中央模式崩溃以后，中国人靠什么来看护自己的生存家园？靠古代汉语已经不行了，“五四”发动总攻已经把它赶到历史的后台去了。用当时看起来没有味道的、西化的现代汉语还能表达中国人的生存体验吗？李白、杜甫、曹雪芹在世也会遇到这样的问题。他们如果真的在世，也注定不会成为李白、杜甫和曹雪芹。因为，那样一个造就他们的文化语境已经丧失了。

第五，如何把握20世纪后期至21世纪初五十余年文学语言状况。我根据语境的状况，对这五十余年的文学语言划了四个阶段，主要是从文学与文化语境的关系去划的，从文化语境的演变看文学语言的演变，从二者的互赖关系来分析。请大家注意，你也可以不从这个角度，而从你自己认为合适的角度去把握，也可能会看到别样的风景。我只不过是选择了我要走的一条路径，去看这个风景而已。就像我在20世纪80年代游圆明园，路径不同，体验就不一样。从东门进去，噢！原来就是这么一堆破石头，越往里走越荒凉，有什么意思？而从南门进去，起初一片荒凉，一路上有一种期待的心情，直走到最后，终于看到了残存的远瀛观、大水法，噢！原来还真有那么一点意思啊！不愧是圆明园啊！所以，这里有两条观景路线：一条是顿入佳境，没啥意思；一条是渐入佳境，过程本身及其结果都有意思了。路线不一样，体验就不同了。所以对这五十余年语言状况，我就选择了我自己习惯的这样一条路。我在这里做了四阶段划分：大众群言、精英独白、奇语喧哗和多语混成。

二、政治整合、语言俗化与大众群言

首先来看第一个阶段：大众群言。

大众群言，指的是1950—1976年的文学语言状况。“大众群言”是指一种脱离上层文人旨趣、符合工农兵大众群体审美需要的文学语言状况。首先从内涵来看，它脱离了上层文人的旨趣。在那个年代里要求文学语言要除尽小资产阶级知识分子的劣根性，要用工农兵群众喜闻乐见的语言。不要个体的，这个时候个体要服从群体，所以有了这样的一个界定。原因是什么呢？很重要的一条，就是当时的政治整合的需要。新中国的建立，国家主权重新统一，当家做主的工农兵群众来自不同地域，有着不同身份、不同趣味。他们还带有旧社会的印记，但他们要在新社会的阳光下成长，他们要统一指挥、统一意志、统一行动。政治整合成了压倒一切的重要问题。这就成了这个时段文化现代性建构的特殊任务之一。确立能够整合全国亿万阶层人民的言行统一的形式，成了当时文化现代性的一个基本的策略。政治整合的目的就是要使过去疏离涣散的各阶层民众，一律自觉按统一的艺术去思想、想象、幻想和行动。就像柳青的《创业史》，作品中要让梁三老汉跟他的养子、主人公梁三宝一样去想象公有化的道路，而不要个人发家致富。梁三老汉一时间是很难转过弯来的，所以要去统一他的思想和幻想。这样，语言作为最有力和最有效的工具被选中了。这就引发了一连串的语言变革：要确立新的政府语言、新闻语言、学术语言和教育语言等。当时还有一些事件值得注意，就是制定汉字简化方案、汉语拼音方案，统一标点符号规则、横排书写规则等，这些都有利于政治整合的目的，提高工农兵群众的思想文化素质。语言的这些变革也影响到文学上。文学是利用想象力的手段、虚构的手段和强烈的情感感染工农兵大众的。所以文学承担了很重要的政治整合任务。政治整合的途径很多，我认为最基本的一条，就是语言的俗化，也就是语言的通俗化、口语化、日常化和普遍化。它的反面就是语言的雅化、书面化和理想化。

当时的语言俗化，跟今天的还不一样。它有一个三条原则的规定。这就是1951年毛泽东在为《人民日报》修改的一篇社论中提出的三条：第一，要向人民群众学习语言；第二，要从外国语言中吸收我们所需要的成分；第三，还要学习古人语言中有生命的东西。毛泽东的这“语言三条”体现出三个特点：第一是要向“下”吸收，即不是向上层文人知识分子吸收过于精致的语言，而是向下层工农兵大众吸收丰富生动的语言。第二是向“外”吸收，主要是吸收以俄苏文学为代表的外国语言。第三是向“古”吸收，主要是吸收古代白话语言。这样就有如下六类语言资源供上述整合：一是现代白话文，尤其是鲁迅以来的现代白话文；二是以俄苏文学语言为主的外国语言；三是大众活的口头语言和方言，如周立波《暴风骤雨》里的大众口语和赵树理小说中的山西方言等；四是下层民间文学语言，如山药蛋派的语言；五是古典语言；六是解放区“革命文学”的大众语实践，如《小二黑结婚》《王贵和李香香》和《漳河水》等的语言。而相比之下，一些此前曾活跃过的文学语言形态，如以沈从文、巴金、曹禺、林语堂和穆旦等为代表的文人化语言，及张恨水为代表的都市通俗文学语言，由于在当时被视为主要体现城市“小资产阶级”的利益，与来自农村的工农兵大众的文学旨趣有相当的距离，不符合上述三条，因而进入抑制状态。

这样当时的作家在进行文学创作时，必须铺设一条通向大众的道路，力求抛弃自己带有“小资产阶级情调”的文人化语言或“欧化语言”，而精心选择日常的通俗语言或大众化语言。是否那时期全部文学作品的语言结果都达到了语言俗化的标准？其实要达到工农兵大众所要求的喜闻乐见的语言，难度很大，更多可看到的是一种不妨称为大众群言的文学语言状况。它的结果不是直接指向大众日常生活方式的本相，而是以他们能理解的语言去整合他们的感情和思想；目的不是要他们表现抒发自己的情感，而是要整合他们的行动。1960年，曹禺在他的一篇文章里说过：“我们不是为兴趣而写作的。我们写诗歌，写小说，写剧本，是为革命，为人民的利益。因为马克思列宁主义者总是主张以‘文’来载马克思列宁主义之‘道’的。语言是手段，不是目的。”[①]这里就明确指出了语言不是目的而是手段。这段话揭示了大众群言这种情状。当时的作家要想发表作品，唯一的选择就要按照“语言是手段，不是目的”来创作。

① 曹禺：“语言学习杂感”，《红旗》1962年第14期，第9页。

下面我们就来具体感受一下这个时期的大众群言，看一看浩然的《艳阳天》里的一些片段。

> 五月末的北方夜晚，是最清新、最美好的时刻。天空像是刷洗过一般，没有一丝云雾，蓝晶晶的，又高又远。一轮圆圆的月亮，从东边的山梁上爬出来，如同一盏大灯笼，把个奇石密布的山谷照得亮堂堂，把树枝、幼草的影子投射在小路上，花花点点，悠悠荡荡。宿鸟在枝头上叫着，小虫子在草棵子里蹦着，梯田里的春苗在拔节儿生长着；即使在夜间，山野中也有万千生命在欢腾着……

> 满天空镶上了小星斗。它们尽着自己的力量，把点点滴滴的光芒交织在一块了，不像阳光那么刺眼，也不像月光那么清澈，却是明亮的。明亮的星光，掺上了露水，变得湿湿润润、柔柔和和，随后轻轻地挂在树梢上、搭在房檐上、铺在街道上，薄薄的一层；接触到这种光辉的一切都变得那么雅致，那么幽静，那么安详……

读了这样的两段你们有什么感受呢？他为什么这样描写？它需要多高的文化程度才能接受？我觉得小学毕业的就能理会了，这里面用到了一些形容词，比如“蓝晶晶”“悠悠荡荡”“薄薄”和“点点滴滴”等，还有排比“在……上”，以及“那么雅致，那么幽静，那么安详”，用的是口语化的现代的大白话，初等文化的人是能够读懂的。它不是文人化的、欧化的、书面化的和理想化的语言。这一些我觉得就显示了那个时候对现代白话、下层农民语言和解放区大众话实践等这样几种语言资源的综合，主要是符合大众群言的要求。它的目的是要描绘一个在公有化政策照耀下农村的诗意情景和繁荣景象。

浩然不仅写这样无人的夜间景色，还写人山人海的集市。他这种语言也能应付得了，大家来看：

> 又是个好晴天，没有风，没有尘土，太阳也不毒，明净、清爽，那金色的田野里，掩护着无数条小路。小路从不同的方向通往正南的柳镇。路上走着各种各样的行人。挑担的，推车的，赶驴驮子和骑自行车的，还有步行的，男女老少全都有。人们一群一伙，互相打招呼，开玩笑，谈论着各种各样的有趣的新闻。这里那里，不断地爆发着笑声。到了集市附近，人们聚拢到一起，就更加热闹喧哗了。小贩的叫卖声，饭摊上的刀勺声，牲口市上牛羊的叫声，宣传员们的广播声，嗡嗡地汇成一片。小百货摊五光十色的招牌啦，供销社陈列货品的橱窗啦，摆在街头的农具、水果、青菜啦，平谷过来的猪石槽子，蓟县过来的小巧铁器，从潮白河上过来的欢蹦乱跳的大鲤鱼，从古北口外边过来的牛羊啦，这个那个，充塞了好几条街道。把乡村、城镇所有特产品的精华都聚集到这里来了，像个博物竞赛会。它既显示着北方农村古老的传统、优良的习惯、丰富的资源，又显示着新农村生产的发达和朝气蓬勃的景象。

“新农村”市场欣欣向荣的景象跃然纸上，用白描的手法描绘得栩栩如生。那时的课本上选这样一段，肯定特别符合当时政治整合的需要：“把乡村、城镇所有特产品的精华都聚集到这里来了，像个博物竞赛会。它既显示着北方农村古老的传统、优良的习惯、丰富的资源，又显示着新农村生产的发达和朝气蓬勃的景象。”最后这几句是点题，前边是铺垫。最后这些话，都是当时报纸上的话。就像巴赫金所说的，语言形象不仅再现人物形象和事物形象，还再现社会现实中的语言。前面的描写，都是为了证明“新农村”生产的发达景象。这样一种语言，它的诗意的景物刻画都是服从于政治整合这样一个目的，按照工农兵大众群体能够接受的语言去整合他们。

还有一段：

用“人山人海”这个词儿形容柳镇的集市一点儿也不算夸张。男的、女的、老的、少的，穿着各种各样的衣裳，拿着各种各样的东西，掺和在一起，揉成了一个整块儿似的；你挤我，我挤你，推来拥去；身子瘦小灵巧的人沾了光，身体胖的，块头大，再笨重一点儿的，那可就倒楣了；不要说背着筐子、挑着担子的人，不能从这条正街上通过，就是光挎着一个篮子，也得举到头顶上去。可以这样说：如果这会儿来一阵瓢泼大雨，保险湿不着地皮。

所有的人都是快活的，被谁踩了一下子，或者撞了一下子，既不会吵闹，也不会横眉立眼儿，连理会都不理会。所有的人兴致都是那么高，碰见卖什么的都想挤到跟前看一看，买与不买，总得开开眼。所有的结着伴的人都在大声喊叫，有多大劲儿使多大劲儿，不喊叫他们就会失掉联系，不用最大的声音，扒在耳朵边说，也不用想听清楚说什么……

我觉得这一段也是有代表性的：每一个农民都是一个个体，但是要把他们整合起来。但绝不是水乳交融地汇集在一起，而只是看上去是一个整体。我觉得通过这样的一段话可以看出当时大众群言整合的一个状况。

还有就是如何来整合当地的民间语言、方言俗语以及生动的词汇。来看这一段：

> 在沟北边，按说顶数这一户的房子好，一水是土改后新翻盖的，墙壁是砖边石心，顶上全是大瓦，瓦脊一条龙，上边涂画着图案。就连烟囱都是与众不同的，像小庙，又像亭子。可是，在沟北边，又顶数这一房的院墙不好，全是土打墙，墙檐上压着草。里外不相称。人家主人专意要这样。人家不图驴粪球子外面光，图的缸里点灯里头亮。荞麦面的肉包子，别看皮黑，一兜肉！

后面这几句话方言用得很成功。透过这一些，你可以看到浩然虽然用的是方言，走的是政治整合的路，但他又通过对这些方言俗语的体会，把当时农民的一些基本的日常生存状况给撩开了一角，让人们能具体地感受到。包括前面的集市上的描写，这些亮点让人们还能记得住。如果全像《虹南作战史》那样图解毛主席语录，那就很可怕：它上面几乎每页都有黑体的毛主席语录，遇到什么问题，革命战士都去翻开毛主席语录读一段，然后再去参加人民公社的改造运动。所以比较起来，浩然在河北农村长期体验生活后写的作品，还带有泥土气息。留下来，今天人们还能读一读。

三、思想解放、语言雅化与精英独白

第二个阶段为精英独白（1977—1984）。新时期需要新的文学，新的文学需要新的语言。在当时的情况下，新的语言转型还是很困难的。但这个时候已经面临着一些新问题。1970年代初，在河北白洋淀有一群插队知青，他们从内部发行的一些俄苏文学和欧美资产阶级读本和资料中看到了一些东西，受到了启发。他们写了一些诗，后来被称为"朦胧诗"。还有"文革"时的"地下文学"，这些都是新时期精英独白的源头之一。

什么叫精英独白？精英独白就是渗透了浓重的文人或精英人物语调的语言形态。它与前面的大众群言形成了鲜明的对比。比如，把浩然的一些作品读给一个农民听，他还会嘿嘿笑，但精英独白的东西恐怕他就完全听不明白了。那个时候，中国社会有新的兴奋点和中心问题，思想的解放和文化启蒙取代过去的政治整合成了一个新的焦点。这个时候面临着从整合大众到提升大众的转型。过去要统一他们，按照统一的意志去行动，而现在是要他们思想解放，把被蒙蔽的心智开启，用更高的理性的尺度来提升他们。这个时候语言的一个基本尺度是语言的雅化。

语言雅化就意味着清理和扬弃过去的大众群言，解放被压抑、被冷落的文人语言和书面语言。像"告诉你吧，我不相信/我不相信天是蓝的……"这样一些语言，一般的贫下中农没法听懂。它不仅在于它的词汇本身，而更在于它的话里有话。所以，从语言俗化或大众化到语言的文人化或雅化，就是以雅化的语言去启蒙大众，使其从蒙昧境地提升到文明高度。

这次语言雅化过程，涉及如下一些语言资源：一是“五四”以来的文人语言传统。像沈从文、朱自清和闻一多等，他们的语言这个时候被“重新发现”。二是“五四”以来的欧美语言，包括翻译过来的文学语言，如巴尔扎克、左拉、雨果等中译本的语言出来了，重新解放。在今天大家看来司空见惯的事情，在那个时代却是很艰难的事。

这里不妨插一段我买书的故事。我是1978年2月上的大学，当时想看书，找不到，只能看一些20世纪60年代出的书。那时能借到伍蠡甫的《西方文论选》和朱光潜的《西方美学史》，我拿来就抄，摘录我认为重要的话。抄书看去很傻，实在是因为那个时候没有书看啊！过了一阵儿，一些被禁锢的资产阶级的书和古典的书重新出来了。像《唐诗选》《宋词选》《高老头》《欧也妮·葛朗台》这些书出版了，一下子成了轰动全国的事情。我那时候和同学就轮着去排队，从头天下午四点左右一直排到第二天早上九点钟书店开门，人很多，把书店的门窗都快挤破了。我记得直到十一点左右我们才买到书。当时我囊中羞涩，就买了上面说的几本。当时买一本书要花一块多钱，一个月的生活费只需十元钱，所以当时没敢随便买。与我们那时想读书而没有多少书可读不同，你们面临的却是另一个问题：书籍过剩。如何用自己有限的钞票买自己应该买的书？要去选。真的是不一样，一个时代的人有一个时代人的问题。那个时候的人想读书，却没有书看，很不幸但又很幸运，没有今天那么多的文字垃圾；今天的人很幸运，有那么多的人关心你读书，连商家都在关心你，要满足大家的文化生活，怕你不掏钱。但是也面临着知识产品符号过度、过滥这样的危机。哪些书需要去细读，哪些书需要去泛读，还有哪些书看一下标题就可以了，等等，都需要自己去选择。

三是以"思想解放"为主导的新的语言实践。这些新的语言，在拨乱反正中不断解放的语言，也成了新时期的作家从事创作的一个资源。他们通过生活中活的语言来丰富自己、强化自己。我们再来看《你好，百花山》：

琴声飘忽不定，/捧在手中的雪花微微震颤。/当阵阵迷雾退去，/显出旋律般起伏的峰峦。

我收集过四季的遗产，/山谷里，没有人烟。/采摘下的野花继续生长/开放，那是死亡的时间。

沿着原始森林的小路，/绿色的阳光在缝隙里流窜。/一只红褐色的苍鹰，/用鸟语翻译这山中恐怖的谣传。

我猛地喊了一声：/"你好，百——花——山——"/"你好，孩——子——"/回音来自遥远的瀑涧。

那是风中之风，/使万物应和，骚动不安。/我喃喃低语，/手中的雪花飘进深渊。

大家注意，这里有一句"我猛地喊了一声：/'你好，百——花——山——'/'你好，孩——子——'"。这等于是发出一个启蒙式呐喊。这个山谷没有声音，没有人烟，只有鸟语。正是由于"我猛地喊了一声"，整个山谷才苏醒过来。"我"的声音使万物应和，具有唤醒沉睡的自然的神奇魔力。"我"的力量、个人的力量、精英的力量和文化人启蒙的力量，透过这样的话语揭示出来。诗人的原意也许不是我说的这样，但不妨这样解读。这样一个时代的诗人，都希望去呼喊、呐喊、启蒙。他们就假设自己站在一个广场上，居高临下地去面对蒙昧的听众，唤醒他们沉睡的心智。

再有就是小说《班主任》，它经常被认为是新时期文学的第一声人性的呐喊。我在这里提醒大家的是，中学教师张俊石以精英姿态去对学生说话。他当时面对三类需要启蒙的学生：一类是无知识的学生如宋宝琦。他相信读书无用，不懂知识的力量。他们"四肢发达而头脑简单"，"文革"时候经常用这样的词来形容这类不读书的孩子。第二类是反知识的学生如谢惠敏。她听从"四人帮"的蒙昧宣传，把优秀的知识当作"毒草"一类。在当时可能是更可怕的。第三类是求知识的学生如数学课代表石红等。他们满腔热情地要去吸收人类的优秀文化。班主任就面对着这样三类学生，需要去启蒙。我们可以去想象这样一个场面，即班主任在石红家被学生们簇拥在中心的场面以及他走出石红家时看到满天星斗在闪闪发光的隐喻。我想这也是暗喻着这些启蒙者就像天上的星斗一样，在黑暗的天空放射着理性的光芒。

再来看一个个案，就是《北方的河》："黄河正在他的全部视野中急驶而下，满河映着红色。黄河烧起来啦，他想。沉入陕北高原侧后的夕阳先点燃了一条长云，红霞又撒向河谷。整条黄河都变红啦，它烧起来啦。他想，没准这是在为我而燃烧。……我的父亲，他迷醉地望着黄河站立着，你正在向我流露真情。"这里对自然景物的描写有了很大的变化，不再是浩然那种安静的气氛。

老师：大家来比较一下，它与浩然在《艳阳天》中的景物描写有哪些不同？

学生：我觉得语言相对雅化了，句式较长，用的喻体更显得有力量，而不再是安详的事物。

老师：好。在这里书卷气就出来了，语言有气势，语调也强烈，句子更长一点，这些都有利于宣泄文人的气势和情感。再一个，从描写的手法来说，更多的是侧面的描写。

这样的语言显然是典型的精英独白。我们再来看一段："他沿着黄河踱着，大步踏着咯咯响的卵石。河水隆隆响着，又浓又稠，闪烁而颤动，像是流动着沉重的金属。这么宽阔的大峡都被震得摇动啦，他惊奇地想着，也许有一天两岸的大山都会震得坍塌下来。真是北方第一大河啊。"它还说："这黄河里没有浪头。不是水，不是浪，是一大块一大块凝着的、古朴的流体。"其中的"像是流动着沉重的金属"，这个比喻让我赞叹。用流体和固体结合起来形容黄河，这是比较新鲜的。它还有一段：

> 铜红色的黄河浪头现在是线条鲜明的，沉重地卷起来，又卷起来。他觉得眼睛被这一派红色的火焰灼痛了。他想起了梵高的《星夜》，以前他一直对那种画不屑一顾：而现在他懂了。在梵高的眼睛里，星空像旋转翻腾的江河；而在他年轻的眼睛里，黄河像北方大地燃烧的烈火。对岸山西境内的崇山峻岭也被映红了，他听见这神奇的火河正在向他呼唤。

这是我读到过描写黄河的文字中最激动人心的场面。他看到了梵高的《星夜》，看到了运动着的生命的红色火焰，它把我的生命火焰也点燃了。当然不如说，是这个"研究生"用他生命的浪漫激情把黄河点燃了。所以同样一条黄河也有不同的读法。像这样的一些段落和文字，我们在1990年代里看不到了。还有“黄河又燃烧起来了。赤铜色的浪头缓缓地扬起着，整个一条大川长峡此刻全部熔入了那片激动的火焰”，这些都可以让我们看到，“研究生”的主体的力量可以把一切都照亮，产生崭新的生命。

像这样的语言，20世纪五六十年代的人们是看不懂的。它是精英人物的内心独白，是一种单一语言的独白。从叙述的声音来看，它是一种全知全能的叙述声音，相信自己能够认识和改造自己和世界。从语言资源和表现力来看，与后面的语言相比，它的语言是单一、单调和贫乏的，回荡着精英人物单一而单调的独白声。从这样一些句子我们可以看出精英知识分子强有力的抵抗的声音，好像世界面临着一种危机，他们去做最后的抵抗。所以他需要这样一种语调和坚定有力的独白话语。这是与当时的文化语境紧密相关的，当时的人们相信凭借精英人物的特殊力量，能在短时间内实现思想解放。在这些精英人物的声音里，回荡着认识世界和改造世界的理性主义、理想主义和乐观主义自信。回过头来看，这些以朦胧诗、伤痕文学和反思文学为代表的文学还偏爱着精英人物自己的单语独白，并在其中无意识地灌注进某种绝对化的倾向。当然，在最初的一些小说里还存在一些“文革语言”。像卢新华的《伤痕》、刘心武的《醒来吧，弟弟》、张洁的《从森林里来的孩子》等小说中，难免还有当时的一些政治套话。到了20世纪80年代作家，已经是新的一代，他们的语言转变是很快的。他们这一代拥有承担天下大任的豪情，他们把这种豪情转换到文学语言中，形成一种新型文人化语言。他们是转得非常快、非常熟练的。但有一点是一贯的：非常主动地承担精英知识分子的文化启蒙重任。

四、文化认同、语言多元化与奇语喧哗

我们来看第三个阶段：奇语喧哗（1985—1995）。与前面两个阶段相比，这个阶段就更为丰富多样。用奇语喧哗这个词，是说1980年代后期至1990年代前期文学新潮显现的多种新奇语言竞相喧哗的状况。这里有两层含义：一个是指总体语言上的奇异状况。这个时候的语言是出新出奇，“语不惊人死不休”。第二个是特定语言内部的语言奇异情形。不仅是总体语言上在追求新奇，而在作家作品的内部也形成了多种新奇语言共存的状况。众多的奇语竞相喧哗，形成了现代中国文学的语言狂欢节。很多新的语言都是在这样一个时期出现的。尤其是从1985年开始，这种状况越来越明显。这里有一段历史背景大家也许不太清楚。中国的改革开放是从农村的家庭联产承包责任制开始的。农村的改革引起了全国的新变化。1984年国家出台了城市经济体制改革政策，这样大家都在谈开公司、经商，甚至高校也在谈。同时也有了一个“思想解放热”。中国古代文化、民族传统，以及过去那些被认为是资产阶级的西方文化资源也被解放出来了。这样就兴起了“文化寻根热”。

这个阶段在文化上的最重要的一个问题就是文化认同。文化认同就是对文化的原初根基或身份的追究。这个阶段的文化认同有这样的三个方位：第一是时间上的过去，原始文化认同；第二是空间上的边缘，边缘文化认同；第三是人性的深层，自然本能的认同。三个方位的认同，促使文化认同选择了多元化道路。这三个方位，每一个方位代表着不同的文化取向和生命价值。这样，相

应地在语言上也导致了语言的多元化。所以语言变革的一个主要的问题，是反思过去语言的俗化和雅化的症候而寻求语言多元化。人们过去价值取向单一化、单调化，形成了价值的片面和空白而不是丰富多彩。正是这种语言变革和语言选择包含了特定时段的文化生成的奥秘，文化的基本精神和冲动。文学变革的冲动具体化为语言变革的冲动。

下面我们来看一段作家汪曾祺1987年在美国耶鲁和哈佛大学的演讲中所说的话：

> 中国作家现在很重视语言。不少作家充分意识到语言的重要性。语言不只是一种形式，一种手段，应该提到内容的高度来认识。……语言不是外部的东西。它是和内容（思想）同时存在，不可剥离的。语言不能像橘子皮一样，可以剥下来，扔掉。世界上没有没有语言的思想，也没有没有思想的语言。……我们也不能说：这篇小说不错，就是语言差一点。语言是小说的本体，不是附加的，可有可无的。从这个意义上说，写小说就是写语言。小说使读者受到感染，小说的魅力之所在，首先是小说的语言。小说的语言是浸透了内容的，浸透了作者的思想的。……语言的粗糙就是内容的粗糙。①

这段话很值得关注，很有意义。当代作家从来没有任何一个人像汪曾祺这样把语言的重要性说得这样透彻、这么深刻，也从来没有

① 汪曾祺："中国文学的语言问题"（1987），《汪曾祺文集·文论卷》，江苏文艺出版社1993年版，第1—2页。

人在语言上耗费了这么大的心血和精力。可以说，他把毕生精力首先倾注到汉语形象的创造中。在他的小说里，他总是追求汉语形象的独特的节奏感和韵律感，而把故事情节放到了十分次要的地位。我想，这一段话可以看作汪曾祺的汉语革命宣言，看作中国作家的革命性宣言。它是一个代表、提示和注脚，可以让我们去体味这个时期的文学语言状况。第一，它宣告了重思轻文传统的结束和新的语言变革高潮的到来；第二，它强调突破语言即工具的传统看法，赋予语言以中心的或实质的地位；第三，提出语言与内容同等重要、共生和不可分离的思想，这就超越了过去文学批评模式；第四，把语言放置到文学的根本地位上，表明了中国作家进军语言的坚强决心；第五，真正地体现了一种以语言为文学的"第一要素"的明确姿态。所以我们的文学理论到1980年代，在语言问题上恢复语言第一性的，不是美学家、理论家，而是作家汪曾祺。

这个时期，语言形成多元化的局面，出现了多种异质性语言相互共存、相互争鸣这样一个格局。在当时可以找到六种语言资源：第一，古代汉语传统，比如汪曾祺、贾平凹、何立伟和启功等；第二，当代市民口语，比如于坚和韩东等；第三，下层民间语言，如徐星、王朔；第四，现代文学语言中的与"大说"（grand narrative）相对的"小说"（small narrative）传统，"大说"像江河、杨炼等，"小说"像汪曾祺等；第五，欧美现代主义和后现代主义文学语言，像打开了文学新风景的"先锋小说"；第六，欧美的现代语言理论。一些作家像学者们一样如饥似渴地阅读现代欧美语言理论。在北大时，我有段时间常到图书馆借一本书——《存在主义哲学》。库本书一般不外借，但我跟图书馆的老师熟悉，当时管理也不太严，她就允许我拿出去看，然后第二天早上抓紧还回去。有时还上了，再去借时，就借不着了。当时我发现有一个人也借这本书，他就是骆一禾，后来知道是著名诗人。可见当时的诗人、作家也都在学习西方的一些语言理论、哲学理论。这些语言理论为中国作家打开了新的窗口，使他们能承接八面来风，丰富自己的语言创作。正是这些因素促成了当时奇语喧哗的景观的形成。

我想，至少可以举出这样几种语言状况。

第一，白描式语言。这就是指继承古典手法而形成的以简洁笔墨传神的语言形态。它的核心就是以简洁笔墨传神。现代作家鲁迅复活了白描的传统。在新时期，汪曾祺等作家在白描式语言的创造上下了很大的功夫。我们来看看汪曾祺《受戒》的结尾：

> 英子跳到中舱，两只桨飞快地划起来，划进了芦花荡。
>
> 芦花才吐新穗。紫灰色的芦穗，发着银光，软软的，滑溜溜的，像一串丝线。有的地方结了蒲棒，通红的，像一枝一枝小蜡烛。青浮萍，紫浮萍。长脚蚊子，水蜘蛛。野菱角开着四瓣的小白花。惊起一只青桩（一种水鸟），擦着芦穗，扑鲁鲁鲁飞远了。
>
> ……

这段文字有什么特点呢？可以结合用词、字数等方面来考虑。

学生：它的句子都比较短小，非常的简洁明了。

老师：嗯，那你读起来有什么感觉？

学生：读起来感觉朗朗上口，很有节奏感。

老师：很好。

短句的运用是他的一个鲜明的特点，跟浩然的不一样。通过这一段，我们可以理解汪曾祺说的这句话："小说语言中最重要的是节奏，不是故事。"因此他要达到这样的一个效果，就要更多地用短句子，同时还要用叠音词、重复等手法。比如上面的第二段，一百多字，我数了一下，有十七个停顿。字句的节奏是这样的：6字—6字—4字—3字—4字—5字—8字—3字—8字—3字—3字—4字—3字—11字—6字—4字—7字。他就是用句子的长短参差来形成语言的节奏。字数时多时少，速度时快时慢，令人产生古代长短句特有的节奏，让人不知不觉，好像置身于江南水乡的风景中。

大家再来看贾平凹的《静》中的一个片段：

> 水和天并没有相接，隔着的是一痕长堤，堤边密密地长了灌木，叫不上名儿，什么藤蔓缠得粘粘乎乎，堤上是枫树和垂柳，枫叶成三角模样，把天变成像撕开的小纸片儿，垂柳却一直垂到树下，像是齐齐站了美人，转过身去，披了秀发，使你万般思绪儿，去猜想她的眉眼。湖面上，远处的水纹迅速地过来了，过来了，看了好久，那水纹依然离得我们很远，像美人的眨着的脉脉的眼，又像是嘴边的绽着的羞涩涩的笑。我们终于明白了那柳之所以背过去，原来将眉眼留在了水里。

这一段体现了这位作家的语言特色，大量用叠字"密密""粘粘乎乎""脉脉"等，形成了音节上的回环反复与和谐的效果，令人觉着新奇和难忘，这种奇异而雅洁的意境充满了余味。

我们再来读几段何立伟的《小城无故事》：

> 护城河绕那棋盘似的小小古城一周，静静蜿蜒。即或是月黑风紧，也不惊乍一叠浪响，因此就同古城中人的日子一样，平平淡淡流逝，没有故事。夜里隐隐听得有狗吠，有更鼓；与那月色溶在一起，沿青青石板路四处流。

> 自然那黄嫩嫩切成四方小块的米豆腐，那青青的细脆香葱，以及那陶罐里的萝卜丁辣椒粉，就只能馋馋地望几眼了。遗憾。

> 远山淡淡如青烟，月亮正浮起，护城河粼粼闪闪绕城流。

这里面一个“遗憾”也用上一个句号，也是突出它的短句。“远山淡淡如轻烟”有点像古典诗词里的句子。这些白描式语言体现出一种乐音的节奏。通过这样的几个例子，我们可以发现白描式语言的一些特点。

第二，旧体常语式语言。它是指用的词律是古典的，而词句却是现代的，这就形成了一个奇特的糅合。我想了很长一段时间才想出这样的一个词“旧体常语式语言”。它要达到的是一种自嘲的效果。下面以启功先生的《墓志铭》为代表：

> 中学生，副教授。博不精，专不透。名虽扬，实不够。高不成，低不就。瘫趋左，派曾右。面微圆，皮欠厚。妻已亡，并无后。丧犹新，病照旧。六十六，非不寿。八宝山，渐相凑。

计平生，谥曰陋。身与名，一齐臭。（自注：六读如溜，见《唐韵正》）

我原先写过一篇读后感，上面没有照录括弧中的自注内容。启先生听说这篇文章后就找去看一看，看了以后就在旁边批了一句话："自注：六读如溜，见《唐韵正》。"启先生为什么要特意强调这个自注？我想，这一方面体现了启先生的一丝不苟；另一方面，这里面还有别的考虑吗？有没有表意的考虑？为什么要把"六"读作"溜"？难道只是音韵上的需要吗？这个字让我想到"溜须拍马"的"溜"，再想下去，通过"六"读如"溜"，是不是可以让人想到那样的一个年代里，一个现代文人的卑微感，生命中不能承受之轻，人不如人的感觉。看起来像是一首打油诗，顺口溜，实际上是把一个人短暂一生的生存状况深刻地写出来。启先生没读过大学，中学毕业时跟着北师大校长陈垣先生学习。在陈先生的教导和指点下成长为一个著名学者。陈校长去世以后，启先生用自己的书法募集了一笔资金，用来作为北师大青年教师和学生的奖学金——励耘奖学金。启先生没有用自己的名字，而是用自己老师书房的名字"励耘"来命名。所以启先生不给自己扬名而给自己的老师扬名，这成了一段师生佳话。"瘫趋左"，揭示了诗人外在的躯体症候，"派曾右"述说了内在隐形而诉诸外在的政治身份。这样，一个外在"左倾"，一个内在"右派"，以左对右，外左内右，形左非右，左右逢源，确实是一个绝妙的工对！"派曾右"这句，我的分析是这样的：先出现"派"字，形象地再现了1950—1970年代以派划线、以派论人的极端政治化的深刻含义，唤起对那个时代残酷的政治斗争的回忆；"右"字，说明了诗人自己二十余年的"右派"生涯，漫长的二十余年苦难，七千六百六十五个受难日，怎一个“右”字了得！一幕幕令人不堪回首却又禁不住时刻回首的心酸场面，又是怎一个“右”字了得！在另一个方面，漫长的二十余年又是一个“右”字了得的。在那样的一个年代，一个“右”字，就等于宣判了一个文化人的政治徒刑，意味着他放弃了作为人的全部的活生生的生命。所有的丰富的人生经验，酸甜苦辣和悲欢离合都含在一个“右”字里概括了。再看“曾”字。似乎四两拨千斤地轻轻一带而过，宣告了那痛苦的政治徒刑生活的终结，而让我们的目光凝定到现在。这三个字可谓字字千金，准确而传神。语言是“存在的家”吗？相反，你可能处处感到它是“存在的牢房”；但是语言又是“存在的家”，通过揭示“存在的牢房”这样一个境况，语言擦亮了人的生存。被牢房禁锢的生存让他感到开放的极乐。所以诗人的每一个字、每一句话，都诉说着自己的生存和生活状况，直面自己的理想生存状况，发出来自生命深处的呐喊。难怪一个字的魔力有时胜过千言万语！诗人的语言高度浓缩了他的生命的精华或者是他对生命全部精华的体会。怎样来读它们？谈这些语言，就要与我们的生活联系在一起，因为道理很简单，就像维特根斯坦所说的：“想象一种语言意味着想象一种生活形式。”

人们这么多年谈文学，更多的是谈理想的典范，总是唐诗宋词和《红楼梦》等古典的文学语言。这些语言已经成为我们的文化连续体中断裂的部分。那么，今天在我们生活中的活的语言，它们到了什么地步和状况？我觉得，这也是重新回头审视20世纪文学，研究和评价它，从而把它经典化的一个过程。过去的20世纪文学，有没有值得我们在21世纪继承和吸收的东西？《红楼梦》成为经典是大家研究出来的结果，是一代代人把它经典化了，所以经典是人为的。那么，有没有可能从20世纪的文学中发现走向未来的文学、走向未来的文化、走向未来生存所需要借鉴的文学传统与现代文学传统资源呢？我们可以试一试。当然课堂上讲的未必就是我认为的经典，但确是我认为的一些值得我们重视的新的语言现象。

第三，立体语言。用"立体"这个词，当然还是一个借词，目的是说那种综合、交替地运用多种语音、文法、辞格和语体手段去多方面地和立体地表现错综复杂的当代生活体验的语言形态。用了这么多的限定词，也就是要显示它与众不同的特点。比如王蒙《铃的闪》里有如下独白：

> 我成为真正的诗人了。我和诗一样地饱满四溢。我豁出去了，您。我写新的诗篇，我写当代，我写矿工和宇航员，黄帝大战蚩尤，自学成才考了状元，合资经营太极拳，白天鹅宫殿打败古巴女排，水鱼专业户获得皇家学位之后感到疏离。我写波音767提升为副部级领导，八卦公司代办自费留学护照，由于限制纺织品进口人们改服花粉美容素，清真李记白水羊头魔幻现实主义，嘉陵牌摩托发现新元素，番茄肉汤煮中篇小说免收外汇券。……

这段话把当时的流行的语汇挤压到短短的片段中，生活的多方面的零碎的东西都挤压到一个空间里。王蒙的小说最喜欢表现这种状况，当代作家中，他可能是第一个把这样一种手法用到了极致的作家。我把它称为"立体语言"，好像是从各个方面来描绘我们的生活。

再进一步还有：

> 我写常林钻石被第三者插足非法剽窃。我写天气古怪生活热闹物资供应如天花乱坠。我忘记了电话存在。我写北京鸭在吊炉里solo梦幻罗曼斯。大三元的烤仔猪在赫尔辛基咏叹《我冰凉的小手》。社会主义现实主义与意识流无望的初恋没有领到房证悲伤地分手。万能博士论述人必须喝水所向披靡战胜论敌连任历届奥运会全运会裁判冠军。一个短途倒卖连脚尼龙丝裤个体户喝到姚文元的饺子汤。裁军协定规定把过期氢弹奖给独生子女。馒头能够致癌面包能够函授西班牙语打字。鸦片战争的主帅是霍东阁的相好。苏三起解时跳着迪斯科并在起解后就任服装模特儿。决堤后日本电视长期连续剧大明星罚扣一个月奖金。我号召生活！

可能是由于这种语言上的大胆运用，人们把王蒙称为“意识流”作家。其实，我觉得这个称号是不确切的。王蒙小说在整体上还是有逻辑的、条理清楚的，很难说是意识流作家。“意识流”指意识是无逻辑的、非理性的自由的流动。王蒙小说在整体上还是有逻辑可循的，它体现的应当是这样一种立体语言的特征。他的心里有太多的情结要表达，这个时候就恨不得用所有他能运用的语言手段来表达。仅这一段语言，就涉及无标点、高浓缩句式、密集词汇、比喻、排比、拟人化、电影“蒙太奇”、引用和戏拟等多种语言手段。还涉及内心翻腾的形形色色话语：主流与精英、精英与大众、当代与古代、商业与体育、养鸡与皇家学位、中国与西方、外交与计划生育、饮食与小说、物质与精神，等等。所有这些对立和不对立的都被他汇集起来。当多种语言因素汇成一个总体的时候，并没有显得支离破碎，而是显现出一种和谐，在和谐中又透出一种调侃的意味，它们在局部可能是支离破碎的，但在立体语言中又回归为一个整体。王蒙有着强烈的整合情结，他需要把这些碎片式的生活归到一起。“故国三千里，风云三十年”，他到伊犁去，这就是“三千里”和“三十年”。这样既是流放，实际上也是获得了一种保护，像他这样有“污点”的作家，当时要是在北京留下来，到“文革”时不被红卫兵整得跳楼，也得整个半死啊！王蒙十几岁就参加了革命，有“少共”情结，少年投身革命和学生运动，他有这样一种强烈的政治倾向。那么当他再回到北京，在这种劫后余生的境况下，他的心理就很不一样了。他重新拾起了这些被压抑的心声，而它们一旦被释放，就形成了这种语言的狂欢化，这也是当代文学一个重要的文学景观。

第四，调侃式语言。这就是曾经在1990年代初期很时髦的语言。调侃要翻译成英文可能就是“反讽”（irony），它是一种用言语去嘲弄或讥笑对象的语言行为。调侃式语言的特点，就是形成一种日常语言的狂欢化嬉戏。代表作家王朔是怎样运用我们现代汉语的当代口语，达到一种特殊的效果呢？我们来看下面的几个句子：“青春的岁月像条河，流着流着就成浑汤了。”“新娘子棒极了，嫩得就像刚抠出来的蛤蜊肉。”这些话既是嘲笑别人也是自嘲，把自己也作为嘲笑的对象，别人就没法说什么，好像自己就非常安全了。这些归在一起达到了它特有的效果。

之前几乎没有人把这些语言运用到这么极致。我仔细看了看，在王朔之前有一个作家写了小说《无主题变奏》《城市的故事》《无为在歧路》等，在1984—1986年之间，这几篇小说里就有一些粗鄙的语言，有一些调侃。到王朔这里则变本加厉地运用，达到了一个新的极致。比如《顽主》有这样一段写一个少妇在家对着暂时“扮演”她丈夫的“三T”公司雇员马青，如此大骂道：

> “别回家了，和老婆在一起多枯燥，你就整宿地和哥儿们神‘砍’没准还能‘砍’晕个把眼睛水汪汪的女学生就像当初‘砍’晕我一样，卑鄙的东西！你说你是什么鸟变的？人家有酒瘾棋瘾大烟瘾，什么瘾都说得过去，没听说像你这样有‘砍’瘾的，往哪儿一坐就屁股发沉眼儿发光，抽水马桶似的一拉就哗哗喷水，也不管认识不认识听过没听过，早知道有这特长，中苏谈判请你去得了。外头跟个八哥似的，回家见我就没词儿，跟你多说一句话就烦。”

这里把似乎高雅的善“砍”的习惯，相反地比喻为“抽水马桶似的一拉就哗哗喷水”，无疑造成一种化雅为俗的效果。当把他的“砍才”与“中苏谈判”联系起来时，则又是以雅喻俗了。它就是这样的一种狂欢式的效果。

第五，口语式语言。1980年代中期，这种话语成为后朦胧诗、第三代诗、整体主义、非非主义等这样一些诗人们经常用的语言形象。当然，他们的诗的特色很多，我只是从这个方面来概括。口语式语言，指那种呈现当代市民日常口语特点或者使人产生这种口语感觉的文学语言。我要说明的是，这种口语式语言并不等于日常口语，它们都是经过了这些诗人们的精心锤炼后的，但又好像就是口语的直接呈现似的。于坚后来说，他写诗追求“一种流动的语感”，“大巧若拙、平淡无奇而韵味深远”。追求“流动的语感”我觉得说得很好，但“韵味深远”就很难说得上了。

下面我们来看一首伊沙的《结结巴巴》。他有些诗在语言上颇有特色，值得分析：

结结巴巴我的嘴
二二二等残废
咬不住我狂狂狂奔的思维
还有我的腿

你们四处流流流淌的口水
散着霉味
我我我的肺
多么劳累

我要突突突围
你们莫莫莫名其妙
的节奏
急待突围

我我我的
我的机枪点点点射般
的语言
充满快慰

结结巴巴我的命

我的命里没没没有鬼
你们瞧瞧瞧我
一脸无所谓

老师：我想请大家思考，这首诗在语言上有什么独特性？这种语言上的独特性又如何形成了它的表意效果？

学生：诗本身的意思很简单，把所有的重复的字去掉之后，诗的节奏也很简单，但把它们堆起来的时候，似乎就形成了对日常语言的一种嘲讽的效果。而且反映出他的思维与平常的人不同，在表面上好像我们说话很快似的，但我们时常是表达不好，所以这里就把语言与思维的尴尬揭示出来了。

老师：说得很到位，不仅把语言的特点说出来了，而且把诗的表意特点也说出来了。

我们首先来关注一下语言上的特点。如果把其中所有的重复部分全部去掉，效果会怎么样？

结巴我的嘴/二等残废/咬不住我狂奔的思维/还有我的腿//你们四处流淌的口水/散着霉味/我的肺/多么劳累//我要突围/你们莫名其妙/的节奏/急待突围//我的/我的机枪点射般/的语言/充满快慰//结巴我的命/我的命里没有鬼/你们瞧我/一脸无所谓

大家也许会觉得没有味，非常普通啊！而用这种语词的重复，却能达到一种日常语言和书面语言所没有的狂欢化效果。“他”自称是

“结巴”，是“二等残废”，那就有恃无恐了，“我是结巴，我怕谁”的自居口吻，有了一种“狂人”的思维，就像鲁迅笔下的那个“狂人”，可以无所顾忌地批判几千年的古代文化，这里也是这样。他用自己结巴的语言，向自己认为的语言敌人发动进攻，用狂欢化的语言去“点射”，获得一种快感。我们也可以设想，这是新一代的朦胧诗人，面对过去的朦胧诗对他们的巨大挤压而进行的突围。朦胧诗人以他们理想的、高雅的和书面的语言，进行他们的“堂皇叙述”和抒情。那么，现在的这些诗人就用他们的新的市民口语来突围，获得一种日常狂欢。朦胧诗有它的价值，后朦胧诗也有它的追求。所以我不是说后朦胧诗把朦胧诗贬低了，朦胧诗也有它不可替代的文化与审美价值，只不过二者的价值不一样罢了。对于这首诗，我个人认为它还是一首好诗，它通过对日常语言的一种调侃式的消解，形成一种强有力的口语式修辞，达到汉语的狂欢化效果。

还有一位诗人写的《有关大雁塔》（1983）。大雁塔是西安的一处名胜古迹。之前有一位朦胧诗人写过《大雁塔》组诗，共219行，诗中有一种“堂皇叙述”“大说”的效果。而《有关大雁塔》只有22行，是“小说”。

朦胧诗人的《大雁塔》篇幅很大，是一种抒情结构，包含了遥远的童话、民族的悲剧和思想者等。它用的是一种书面化的语言，有一种主流文体结构，有开端、发展、高潮和结尾，是一个有机的整体，比如其中的两个片段：

我被固定在这里/已经千年/在中国/古老的都城/我像一个人那样站立着/粗壮的肩膀，昂起的头颅/面对无边无际的金黄色土地/我被固定在这里/山峰似的一动不动/墓碑似的

一动不动/记录下民族的痛苦和生命

> 我像一个人那样站在这里，一个/经历过无数痛苦、死亡而依然倔强挺立的人/粗壮的肩膀、昂起的头颅/……我的歌声/将和排成“人”字的大雁并肩飞回/和所有的人一起，走向光明//我将托起孩子们/高高地、高高地、在太阳上欢笑……

从中可以看出朦胧诗人呼唤真正像一个人站立起来的主题，表达他们人文主义的豪情。这里与其说写大雁塔，不如说是写站立起来的人的形象。读这首诗可以朗诵，而且会很感人。

但《有关大雁塔》我们能那样朗诵吗？我们来看一下：

> 有关大雁塔/我们又能知道些什么/有很多人从远方赶来/为了爬上去/做一次英雄/也有的还来做第二次/或者更多/那些不得意的人们/那些发福的人们/统统爬上去/做一做英雄/然后下来/走进这条大街/转眼不见了/也有有种的往下跳/在台阶上开一朵红花/那就真的成了英雄/当代英雄//有关大雁塔/我们又能知道些什么/我们爬上去/看看四周的风景/然后再下来

这里就用了口语式语言来拆解朦胧诗的书面语言，从而达到对现代精英神话的解构效果。

第六，间离语言。它是借鉴来自西方的新奇的语言，如现代主义和后现代主义语言，刻意虚构出非真实的奇幻或怪异故事，并注意拉大或强化作者以故事、故事中人物与其难以抗拒的悲剧性宿命，以及作者与读者、读者与故事之间的心理距离，使其始终笼罩着一层奇幻莫测却又颇具诱惑力的面纱。许多先锋作家只大概地读了一些西方的作品就很快受到了启发，吸收了他们的语言。我觉得这些语言的引进，极大地解放了中国作家的表现力、语言控制能力。他们受到西方现代主义和后现代主义语言及相关哲学思潮的影响是很大的。这些语言在他们的手上获得了一种新的表现力，他们借鉴这些语言，其实是大致学习这些语言的感觉。聪明的作家是真聪明，就看了一下，就找到感觉了，就知道自己要写什么了。读他们的语言，你会感觉到很好读，但往往不知所云，像蒙着一层面纱。他们的间离语言有很多的手法，比如"我"式排比句，《褐色鸟群》一开始就用了大段的"我"式排比句：

> 我蛰居在一个被人称作"水边"的地域，写一部类似圣约翰预言的书。我想把它献给我从前的恋人。她在三十岁生日的烛光晚会上过于激动，患脑血栓，不幸逝世。从那以后，我就再也没有见过她。
>
> ……我坐在寓所的窗口，能够清晰地看见远处水底各种颜色的鹅卵石，以及白如积雪的茅穗上甲壳状或蛾状微生物爬行的姿势。但是我无法分辨季节的变化。我每天都能从寓所屋顶的黑瓦上发现一层白霜。……

这样的语言是很书面化的，《艳阳天》里绝不会用这样的语言。

我们来看一下《1934年的逃亡》中的一个片段：

> 狗崽接过刀的时候触摸了刀上古怪而富有刺激的城市气

> 息。他似乎从竹刀纤薄的锋刃上看见了陈宝年的面容,模模糊糊但力度感很强。竹刀很轻,通体发着淡绿的光泽,狗崽在太阳地里端详着这神秘之物,把刀子往自己手心里刺了两下,他听见了血液被压迫的噼卟轻响,一种刺伤感使狗崽呜哇地喊了一声,随后他便对着竹刀笑了。……农村少年狗崽愚拙的想象被竹光充分唤起沿着老屋的泥地汹涌澎湃。他想象着那座竹匠集居的城市,想象那里的房子大姑娘洋车杂货铺和父亲的店铺,嘴里不时吐出兴奋的呻吟。……

从这里我们可以看出,他对一把祖传的竹刀描绘得很细致,它可以透出城市的气息,激起人们对遥远的城市生活场景的丰富想象。在小说中竹刀成了一个意味深长又难以理解的隐喻形象,迫使读者反复去读,但很难弄清含义,效果上是迷离的。它总是调动人们的想象,总令人觉得话里有话。

再有就是《妻妾成群》:

> 秋天里有很多这样的时候,窗外天色阴晦,细雨绵延不绝地落在花园里,从紫荆、石榴树的枝叶上溅起碎玉般的声音。这样的时候颂莲枯坐窗边,睇视外面晾衣绳上一块被雨淋湿的丝绢,她的心绪烦躁复杂,有的念头甚至是秘不可示的。
>
> ……花园里空无一人,树叶绿得透出凉意,远远地那边的紫藤架被风掠过,摇晃有如人形。颂莲想起那口井,关于井的一些传闻。颂莲说,这园子里的东西有点鬼气。陈佐千说,哪来的鬼气?颂莲朝紫藤架努努嘴,喏,那口井。……

这些句子读了以后，使人感觉就像拉美的魔幻现实主义，使人想起了《百年孤独》，但有些地方好像又有点像唐诗宋词那样的一种迷离恍惚的意境。这种最西化的，好像又是最传统的，它追求的是现代新文人的一种思想情感和生存状况。下面的例子就更突出了：

初春的午后，散淡的阳光落在孔家的庭院里，花圃中的芍药和四季海棠呈现出一种懒散的美丽，有蜜蜂和蝴蝶在庭院上空嗡嗡地奔忙，在阳光照不到的院墙下面，性喜温湿的凤尾竹和兰草在阴影里郁郁葱葱地生长，即使是这些闲植墙下的植物，它们也被主人修剪得异常整齐悦目。到过孔家的人都知道，孔家夫妇在梅林路地段是著名的园艺爱好者。

南方的四月湿润多雨，庭院里所有的花卉草木都在四月蓬勃生长，蔷薇科的花朵半含水意竞相开放，观叶的植物在屋檐墙角勾勒浓浓的绿影碧线，这是园艺爱好者愉悦而忙碌的季节，对于梅林路的孔家这年四月今非昔比，庭院四周笼罩着灾难性的阴影……

一阵东风吹来，满墙的爬山虎新叶飒飒地撞击着灰墙，而花垒里散发的那股腥臭愈发浓重，孔太太捂着鼻子匆匆离开了门廊，她想她这辈子注定是要受孔先生的欺侮的，即使在他离开家出走的日子里，他也用这种臭味来折磨她脆弱的神经。

（苏童《园艺》）

这些都是写景言情交融在一起，使人想到古典文学中那种情景交融的画面。所以很多地方看起来是西方的，但细细读起来又有内在的中国传统，这就是生成的中国现代的汉语传统。因为现代汉语形象既不是古典的，也不同于西方的，它应该有自己的东西。

第七，自为语言。自为语言，从字面上讲是为语言自身的语言，在这里主要是指1980年代后期文学中出现的那种不是直接再现具体的社会现实而是反身直指汉语本体的汉语形态。我是依照“为艺术而艺术”而造的这个词。这些语言读了以后，感觉好像不是指向现实中的某种具体的事物，而反过来指向语言本身，是对汉语的思考，是对语言本性的重新把握。它一方面直指汉语自身或者为汉语自身而不直接关涉社会现实，但另一方面这种直指汉语的行为本身又是对特定社会现实状况的再现。通过这种语言我们可以看到80年代后期中国文学的新景观。像海子、任洪渊等的诗或者小说，都有这种自为语言的风貌。我们来看海子的《九月》：

目击众神死亡的草原上野花一片
远在远方的风比远方更远
我的琴声呜咽　泪水全无
我把这远方的远归还草原
一个叫马头　一个叫马尾
我的琴声呜咽　泪水全无

远方只有在死亡中凝聚野花一片
明月如镜高悬草原映照千年岁月
我的琴声呜咽　泪水全无

只身打马过草原

这些句子读起来很顺很流畅，但到底是什么意思，就很难说清楚。它的跳跃性和非现实性超出了我们的想象。谁看到过众神死亡的草原上野花一片？这里是诗人心中的想象，要回到它的语言本身才能理解，而且可以从不同的角度去阐发，味道都会不同。我在这儿想强调的一点是，这首诗突出了歌唱所要求的回环复沓的声韵，我们不如把它看成是歌。中国现代诗脱离中国传统诗歌的歌唱传统已经很久了。"诗歌如歌"的传统，之前像郭沫若的《女神》有这样的歌唱特点，再接下来可能就是海子了。海子在现代汉语中恢复了诗歌的歌唱传统。这首诗突出了歌唱所需要的回环复沓要求。反复三次运用"我的琴声呜咽　泪水全无"句式，既强调语气，更出于歌唱的回环和韵律要求。其他词语也如此："草原"在第1、4、8、10行反复出现；"野花"在第1和7行形成照应；"远"和"远方"则在第2、4、7行一再出现，还出现行内反复（如"远在远方的风比远方更远"）。借助歌唱式结构使现代汉语形成强烈的韵律感，这是如歌的诗创造之韵，在歌唱中重构之韵。这确实是海子对于现代诗坛的重要贡献之一。

下面我们再来看看他的《亚洲铜》（1984）：

亚洲铜，亚洲铜
祖父死在这里，父亲死在这里，我也将死在这里
你是唯一的一块埋人的地方

亚洲铜，亚洲铜

爱怀疑和爱飞翔的是鸟，淹没一切的是海水
你的主人却是青草，住在自己细小的腰上，守住野花的手掌和秘密

亚洲铜，亚洲铜
看见了吗？那两只白鸽子，它是屈原遗落在沙滩上的白鞋子
让我们——我们和河流一起，穿上它吧

亚洲铜，亚洲铜
击鼓之后，我们把在黑暗中跳舞的心脏叫做月亮
这月亮主要由你构成

用的语句我们都能懂，但什么是亚洲铜？好像要费一番思量。他要说的是什么？我们从中能读出什么？它在语言上有什么特点？

学生A：从直觉上，我感觉“铜”可能跟民族心理有关，它带有一种中国传统性的东西，中国在商周时代有很发达的铜文化，所以这里就有了民族文化心理的内容。

学生B：我觉得“铜”是对土地的隐喻，土地在海子的诗中是一个很重要的意象，而且“铜”的颜色和土地也有很大的关联，前边加上一个亚洲，强调一个更广阔的东方。

学生C：“铜”这个字，与同谐音，这里可以看成是对统一的寓意，表明的是整体观，喻示着和平，而铜的颜色，则表明的是亚洲人，东方人。

老师：我觉得刚才这三位同学的观点加起来，差不多可以全面地揭示这首诗的意蕴了。“亚洲铜”，我个人的理解，除了刚才三位同学说的，还应该有一个发音上的考虑。它的音节比较开，比较远，比较悠长，体现出一种如歌的效果。还有用“亚洲”不用“中国”，海子在这里强调的是一种东方情结，他要穿过地理的限制，代表东方来同西方的诗人相会。海子的很多想象有时就很神奇，他要追求的是一种世界大同，所以“铜”也就有一种“同一”的含义。

全诗共4段，“亚洲铜”三个字在各段的开头都两次反复出现，总共出现达8次。这种反复究竟意味着什么？从汉语语音形象考虑，它所起的很大程度上是“歌”所需要的回环复沓作用：反复述说“亚洲铜”三字，既是“歌”的回环形式所需要的，更加强了音节效果。因为，“铜”（tóng）字念来音调浑厚、悠长，它的反复出现可以使诗回荡着一种特殊的旋律。海子在这里反复说“亚洲铜”，主要目的正是要使诗具有“如歌”的韵味。

全诗各处都注意追求“歌”的效果。前后两段各为3行，而中间两段各为5行，显出了“歌”的对称性组合。“祖父死在这里，父亲死在这里，我也将死在这里”，这样的反复或排比同样为的是渲染“歌”的氛围。至于“爱怀疑和爱飞翔的是鸟，淹没一切的是海水”，“你的主人却是青草，住在自己细小的腰上，守住野花的手掌和秘密”等句子，都在追求句式的对称、整齐，显示了节奏和韵律方面的特殊考究。诗人用“屈原遗落在沙滩上的白鞋子”比喻两只“白鸽子”，并用“黑暗中跳舞的心脏”比喻“月亮”，这两个绝妙的辞格形象使全诗之“歌”有了恰当的歌唱对象。

海子的诗，我曾经花了好多时间去读，但总感觉收获不是很大。他的诗还有需要继续研究下去的必要。我在这里要大家注意的一点就是它的如歌的语言。它在描绘一种事物，但不依赖于对具体的外在事物和社会生活的表现而存在，它可能自己本身就是一个独立的世界，它是在语言中才有效果，它是返回语言自身的。这首诗由于对如歌效果的明确追求，使人感受到现代汉语本身所蕴含的节奏、韵律之美，而这种美，是古代汉语所无法涵盖和代替的，是汉语在现代所特有的新的美质的体现。我们今天可以缅怀古代汉语的美，但我们也应当看到用今天的语言所创造出来的新的汉语美。

像任洪渊老师的诗，我觉得是记录下了当代汉语诗人对汉语形象的求索轨迹和对汉语本体的反思路径。他的诗用他的独特语言记录下了当代诗人们的困惑、恐惧、希望和追求。他这样说：

我从不把一个汉字/抛进　行星椭圆的轨道/寻找人的失落//俑/蛹/在遥远的梦中　蝶化/一个古汉字/咬穿了天空也咬穿了坟墓/飞出　轻轻扑落地球/扇着文字/旋转//在另一种时间/在另一种空间/我的每一个汉字　互相吸引着/拒绝牛顿定律

（《没有一个汉字抛进行星椭圆的轨道》）

可惜没有一颗星的速度/能够飞进李白的天空/他的每一轮　明月/照　旧圆//纵使太阳燃烧成　黑洞/月月年年/照旧　石头的月亮碎不了文字的月亮/半缺的上弦补圆了未破的下弦/一个不能解构的/圆

（《月亮一个不能解构的圆》）

这里汉字和行星轨道形成一个张力结构，并且是同寻找人连在一起。诗中的第一个“俑”是人做的，第二个“蛹”是动物做的，人与动物之间也构成了一种张力。这时一个古汉字咬穿了天空也咬穿了坟墓。“蛹”好像是一种死亡，但它又是一种新的生命展开的前奏。它要复活，咬破茧壳飞出来，飞越死亡和生命这样一个二元对立，飞进另外的一种时空。这里的时空不是科学的物理时空，而是汉语时空，中国人的文化时空。这样，人做的假的“俑”，通过动物把它复活成人的形象。所以汉语是要追寻中国人的独特文化时空，通过对汉字的思考求索揭示出来。《月亮一个不能解构的圆》中，李白的天空是审美的天空、诗意的天空，不是现代物理学的速度所能达到的。“石头的月亮碎不了文字的月亮”，石头的月亮是真的，但又是疏远的；文字的月亮是假的，但它比真的还真。月亮作为一个传统的文化审美形象，是物理科学所不能解构的。

再有：“鲲/ 鹏/ 之后　已经没有我的天空和飞翔/ 抱起昆仑的落日/ 便不会有我的第二个日出/ 在孔子的泰山下/ 我很难再成为山/ 在李白的黄河苏轼的长江旁/我很难再成为水/ 晋代的那丛菊花　一开/ 我的花朵/ 都将凋谢”（《我只想走进一个汉字给生命和死亡反复读写》）。确实，一部汉字杰作不只是一个伟大而不朽的艺术创造，而且也同时标志着一条后人无法逾越的死亡线。

还有：“当王维把一轮　落日/ 升到最圆的时候/ 长河再也长不出这个　圆/ 黎明再也高不过这个　圆//我的太阳能撞破这个圆吗/ 我的黄河能涌过这个圆吗”（《文字一个接一个灿烂成智慧的黑洞》），“穿越了南极的冰雪/也走不出一个秋字的边疆”，“一个字的永远流放”。诗人承受着这样的一个巨大的焦虑，诗人把自己探索的道路通过这几首诗给我们抖搂出来了。

我和任洪渊老师有时一起在校园里散步，他一边走一边比画着激动地朗诵他写的这些诗，你会看到这个平时并不起眼的小老头一下子焕发出特别的生命活力，他的两眼放出光芒，语言格外富于魅力。他跟我讲他的追求心得、他的欢乐和他的希望，这些诗记录下他在汉语中思索的痛苦和欣悦。在写《词语击落词语　第一次命名的新月——给女儿T. T.》时，他女儿刚好一岁多，孩子叫“汀汀”，所以说给“T. T.”。诗人有一次抱着爱女在阳台上，那天的月亮很亮，当他的女儿看到月亮升起来的时候，感到很惊奇。女儿刚开始学说话，诗人就告诉她那是“月亮”。于是就有了这首诗：

那么多文字的
明月　压低了我的星空
没有一个
　陨
　蚀

等你的第一声呼叫
抛在我头上的全部月亮
　　张若虚的
　　王昌龄的
　　　李白的
　　　苏轼的
一齐坠落
天空是你的

第一个月亮　由你升起

词语击落词语
第一次命名
你　一个新的主语
孤零零诞生
抗拒死亡　穿过词与词
遥远的光年
追回所有的象形文字

你的新月　依然圆在
苍老的天空
几千岁的童年

诗人的生命承受一种压力已经很久了，这些压力都可以归结到文字的压力。这些文字的月亮，挤压在个人生命的天空，它们已经没有翅膀了，没有力量再次起飞了，生命好像走向了一个终结点。但是等到童真的月亮一升起来，所有的一切都被照亮了，黑暗被驱散了，所有沉睡的汉字的天空被点亮了。这是新生的天空。女儿的第一声呼叫，使抛在头上的全部的月亮，所有经典诗人的、开启和影响我们然后又压迫我们的月亮的词汇都坠落了。所以天空是“你”的，第一个月亮由“你”升起。语词，原初的语词是对生命的敞亮，是对生命的命名，是对存在的澄明。当然并不是所有的语言，在诗人看来是童真的语言，“你　一个新的主语”，所以有“苍老的天空/几千岁的童年”。这首诗我觉得体现了他对自为语言本身的追求的心路历程。

孙甘露的作品，读起来有些地方很有味，但到底说什么，不知所以然。他是要人们回归到汉语本体去思考。他的小说《信使之函》中对信下了五十多个定义：

信是纯朴情怀的伤感的流亡。……信是私下里对典籍的公开模仿。……信是自我扮演的陌生人的一次陌生的外化旅行。……信是一次遥远而飘逸的触动。……信是一种状态。……信是一种犹犹豫豫的自我追逐，一种卑微而体面的自恋方式，是个人隐私的谨慎的变形和无意间的揭示。……信也就是一声叹息罢了。……信是焦虑时钟的一根指针。……信是耳语城低垂的眼帘。……信是锚地不明的孤独航行。……信是心灵创伤的一次快意的复制。……信是两次节日间的漫长等待。信是悦耳哨声中换气般的休止，信是理智的一次象征性晕眩。……信是陈词滥调的一次永恒款式。……信是隐语者的游戏棒。……信是遁世者的轻微耳语。……信是仇恨的哑语式呈现。信是暴力的孤寂的符咒。……信是沟壑对深渊的一次想望。……信是情人间的一次隔墙问候。……信是懦夫的一次优雅的殉难。……信是畏惧的一次越界飞行。……信是充作朝霞的一抹口红。……信是上帝的假期铭文。……信是一次温柔而虚假的沉默。……信是瘫痪了的阳物对精液的一次节日礼花般怒放的回顾。……信是初恋的旌旗。……信是时光的一次暧昧的阳痿。……信是待燃的疯狂的柴堆。……信是情感亡灵的一次薄奠。……信是内心的一次例行独白。……信是一次悖理的复活。……信是夫妇间对等守护的秘密。……信是信使的一次并不存在的任意放纵。……信是无休止的情爱颂歌。……信是信念旷野中的一次慢慢展开的残忍。……信是无视神意的一次对谜的奢侈的谒见。……信是对破败的一次不求甚解的钟爱。……信是叙述以叙述向所述事物的剥离。……信是假面舞会上对陌生舞伴的一次徒劳的自我引见。……信是陶醉于晚秋忧郁的同胞絮语。……信是从未知的角度观察未知的状态。……信是一次酒中自刎。……信是一次摇篮般的方舟之旅。……信是一次警告：躯体应当休息。……信是能够重复张贴的无句读的标语。……信永远是过去时态的文献。……信是一道仅供猜测的命题。……信是神话的封口。……信是一次合乎规范的侵略。……信是友情的说明书或者梗概。……信是人类生命的另一个首次或者叫作再生。……信是一出由丑角扮演主人公的悲剧。……信是一次移动。……“信起源于一次意外的书写”。

每个定义都不着边际，不能当真，但读起来很有意思。他的小说中有不少叙述语句，多洋溢着诗意：

耳语城的人民生活在甜美的时光的片段里。在时光的大街上，男女老幼摇摇晃晃地行走如蚁，他们热切的嘴唇以一种充满期待的姿态微张着，那迷惘的神态似乎是一种劝喻，又像是在暗示他们正穿行在自我迷恋的梦幻中。他们的恒定的历史以轮廓般的简练扫过他们火焰般抑或茅草般的头发，轻易地洞穿他们的躯壳，时时骚扰他们的灵魂。他们凄恻的目光在黯然无语中凝视信使梦游般的浮想。

远草更绿，近土弥香。山谷的胸脯沐浴在充足的光线中，山脉在逆光中暗含着危机般的凝固，大地则洋溢着青春的笑意。倘若有人从远处看来，我此刻就如一个低能的朝圣者，在郊外的沙土上蹒跚而行。

房间的窗户善意地虚掩着，屋内哗哗的书页翻动声，有一种催人垂爱的温馨之感。……

温厚的睡莲衣裙翩然，在款步中引一只灵巧的彩蝶与无定的风向作魔幻般的纠缠和情人承诺般的温存。这平和的原野断无半点灵怪的踪迹，纯朴的民风在耳语城随处可见，那种充满脂粉气的传奇早已与变态的公案一同埋进岁月的深处，三三两两的游人在纯洁无瑕的暮色中作着日趋没落的嬉戏。

（《信使之函》）

这些陈述可能都有些难懂，但似乎总有某种诗意在，诱使我们去细细体味。这就是自为语言的一些特点。

20世纪80年代的文学语言，我们走马观花地看了一遍，当然还有更多更丰富的内容。我举出这些个案的目的，也是提醒中文系的研究生，要关注语言，关注汉语。关注文学，首先要从关注我们的语言开始，热爱汉语，要从我们中文系做起。

五、角色认同、语言分合与多语混成

下面看第四个阶段：多语混成。多语混成是指1995年至21

世纪初的新的语言形象。多语混成与奇语喧哗比起来有什么不同呢？奇语喧哗的语言形态，每一种都有独特性，还是比较好概括。但是到了1995年至21世纪初，我就感到越来越不好概括。语言成了一个又一个的碎片。

“多语混成”，就是我没有更好的办法时造出来的一个词。它是指一个特定文学文本综合地运用了多种彼此不同的语言碎片的语言状况。它既综合了小说、诗歌、散文、相声和剧本等不同的文学的文类语言，也汇集了日记、口号、广告和法律文书等非文学的文类语言；既有独白体、对话体和杂语体，也有书面语、口语、方言和外来语等。造成这种情况的原因很多，我觉得与前面的相比，这个时期与前个时期的文化认同不一样，它面临着角色认同。文化认同寻求文化的多元化，形成了奇语喧哗的局面。20世纪90年代中期中国知识分子经历了一场大的变化，中国正处于经济的转型期，由单一的经济模式转变为多种经济模式，这样产生了社会的分层，有富有阶层、中等阶层和下等阶层之分。中国的这样一种经济分化同过去的“平均主义”“大锅饭”有了明显的变化。经济生活和人的生活方式已经影响到了他们的文化取向、审美趣味和生活态度。作家们的文化角色发生了深刻的变化，像那时的人文主义大讨论只不过是这种境况的一个表征而已。这个转变的关键是对过去作为精英的知识分子发出质疑，并进行积极的探索。要思考我是什么，我要做什么。这样的探讨一旦展开，所用的语言必然发生变化。再也没有过去的那种整体感了，有的只是碎片。没有晶莹透明的汉语了，剩下的只是汉字碎片。这时知识分子面临着角色的多元化，不同的人寻找不同的角色。这样就出现了语言综合的局面：一方面，多元化语言内部的每一元素都出现分裂，出现了零散的语言碎片；另一方面，这些语言碎片又不甘于零散的状态，它们要寻找新的寓所，重新聚集起来。打一个比方，多语混成就像一件打了很多补丁的破衣服，到处是语言的碎片，人们很难从多元化的语言格局中，选择有某种特点的语言，但又不得不面对不完整的非独立的语言。他们在这些碎片中徘徊不定，这时作家们就像徐星的小说里所说的那样“剩下的都属于你”。但他们又不相信，为什么？因为剩下的都是语言碎片或垃圾，语言的恐龙。文字成了黑洞。所以我们周围的作家和诗人们，他们背着的是语言的包袱还是语言的财富，关键就看他们自己怎么去创造。这就有了语言碎片中的综合期待。在多种语言中，作家不得不形成一种新的综合。我想举出这样的一些个案。

先看像《0档案》中这样的以诗体戏拟档案体：

建筑物的五楼　锁和锁的后面　密室里　他的那一份

装在文件袋里　它作为一个人的证据　隔着他本人两层楼

他在二楼上班　那一袋　距离他50米过道　30级台阶

与众不同的房间　6面钢筋水泥灌注　3道门　没有窗子

1盏日光灯　4个红色消防瓶　200平方米　一千多把锁

明锁　暗锁　抽屉锁　最大的一把是“永固牌”　挂在外面

上楼　往左　上楼　往右　再往左　再向右　开锁　开锁

通过一个密码　最终打入内部　档案柜靠着档案柜　这个在那个旁边

那个在这个高上　这个在那个底下　那个在这个前面　这个在那个后面

8排64行　分装着一吨多道林纸　黑字　曲别针和胶水

他那30年　1800个抽屉中的一袋　被一把钥匙　掌握着

……

从写到写　一只手的移动　钢笔从左向右　从一个部首

到另一个部首　从动词到名词　从直白到暗喻　从,到。

一个墨水渐尽的过程

它在一种反讽状态中揭示个人被公文控制的命运,表明了这位诗人冲破单纯口语局限而寻求语体跨越的姿态。

我们再来看另一种跨体语言,张炜的《家族》中探索小说体和诗体的双体并置的新路。为什么有这种散文式的文体嵌到里面去?我当时自己读的时候想了很多,一段时间也想不出。我看了别人的一些评论也都没有注意到这一点。后来我就想到古典小说。中国古文的抒情性是占主导地位的。唐诗宋词的高峰过去之后,到了明清小说时期,中国的抒情精神哪里去了?小时候我读《三国演义》,读到"有诗为证"的地方就常常跳过去,马上去读下面的情节。《水浒传》和《红楼梦》也是这样读的。这里我们就忽略了一点:中国古人其实相反,把"有诗为证"看得很重的。小说是"小说"之道,不登大雅之堂的,古代文人要证明自己有文化就要写诗。所以那时的文人都把"但见……""有诗为证"之类导语后面的诗词看作文化身份的表征。当古典诗词精神面临衰落境况时,他们就用"有诗为证"这样的诗词来拯救,这成了古典小说的一个诗性资源,用以表明小说来得名正言顺。所以可能古典诗词片段就是长篇小说的诗性资源，是它的文化整合的精华所在。现代小说家写作时有意无意地要诉诸古典诗性精神，光叙事显然不过瘾，要写诗来宣泄，这就要散文诗体。所以作家内心就面临着直接的诗意倾诉与间接的故事讲述之间的冲突。这种冲突是强烈的和不可遏制的，以致要求突破现成的纯小说叙事规范，而去创制包含叙事体和诗体在内的新体。所以小说叙述乏力的时候，就有了诗体来拯救。这就是古典小说的一种现代性之路，是现代作家们一种新的创造。比如《家族》中第二章第二节末尾这样写"我的父亲骑着红马奔驰，从古到今，再到永远永远"，接下来第三节应该是继续写他怎么奔驰，但他突然间转换成抒情体：

> 我梦见一片红木林，它的叶子像你的头发，在霞光下闪动鲜鲜的颜色。风吹动着它摇动摇动，如同你在顽皮地转动面庞。你有一双迷离的眼睛，微鼓的前额，白皙的肌肤。我站在最高的那个山峰上向你遥望，你远远的会把我当成一棵树。是的，我有深深的根脉，它提供了养料，也给我自尊。这无用的自尊阻止了我走过去，只让我一生遥望着……听到了得得的马蹄声吗？那是从天际飞来的，是穿越了历史尘埃的声音。那匹马也许会飞驰进你的红木林，然后就开始飘飘奔跃。它是一首歌、一幅画、一行长长的诗。

> 我一个人从茅屋走出，走到西面篱笆墙下。那儿有我亲手搭起的一个窝，里面有一只洁白的小羊。我坐在它的身旁，可以坐上很久。我搂抱着它，感觉着它的温热、它的毛茸茸的嘴触在我脸上的湿润。它灰绿色的双目看着我，送来的是一

> 片温存。它有时贴紧了我，发出嘤嘤的鸣叫。耳朵柔软如绸，摸一摸有一种特别的滑润。没有一丝灰污的毛皮，洁白的小牙，小巧的四蹄，一动一动的小尾巴，没有一处不是精致美好到了极点。它让我充满了感激。这种感激像大朵的花瓣一样把我全部覆盖了。我幸福得没有边际，没有怨艾，没有企盼，只想一直拥有着这真实而熨帖的感受。我到原野上采来大把的鲜花摆在它面前，又采来紫的红的浆果。我递给它一枚晶莹的苹果，听那咀嚼中发出的细碎美妙的声音。刚长成指甲那么大的杏子让它发出微笑，它在感动中把头颅顶到我的胸前，然后静静地呆一刻钟。在这默默的时刻里我和小羊都一动不动。我们都闭着眼睛，沉浸在友爱相知的想象之中。它在这个时刻里把一切都交给了我：对这个世界的全部依恋、猜测、追逐和疑虑。它相信我是它的一个永远的伙伴，幻想中一同奔跑到春天的田野上，在渠畔上嗅着萱草花的气息，低头映照出天真无邪的面颊……

这显然是要上承有关父亲与红马的叙述及抒情。如果说上节是在叙述总体中偶尔穿插一点抒情的话，这里则是全部变成抒情了。可以说，上面有关父亲和红马的叙述诱发了叙述人的激烈情怀，所以他按捺不住地干脆就直接抒情了。这就切断或瓦解了统一的叙事流，而让抒情流暂居上风。抒情流也不能久领风骚，又急切地让位于叙事流。在这一整节抒情之后，小说又不得不返回到叙述中，在接下来的第4节，就重新转入有关宁珂的故事："宁珂第一次来到这个海滨城市就有一种奇特的感觉……"我想这里面有一个功能就是复活中国古典小说中特有的抒情特点。我曾在大连见到张炜，他觉得我说出了他小说的特点。但我忘了问他，写的时候是自觉的还是不自觉的。我估计他更多是不自觉的或无意识的，他没有必要自觉那么写啊！但正是这种不自觉恰好更能说明问题：中国古典小说的抒情传统如何无意识地流淌在现代小说中。更早一点，铁凝在1988年的《玫瑰门》中写女主人公眉眉的思绪时，也有这样的散文文体的突然嵌入。我想它的功能也是相近的，只不过到了张炜这里变得更突出罢了。

再来看王蒙。王蒙擅长立体语言，到了20世纪90年代他写了"季节"系列，写完以后有人劝他别写了，听说后来又写了第五部。在这些小说中不仅大量容纳诗、赋、散文和相声等多种文类，而且还交替出现排比、叠词、叠句、华丽辞藻、顶真、反复、回环、并列和无标点等多种语言手段。在立体语言的基础上达到了一个新的极致：用系列长篇规模写人物，抒写一代文化人的思绪。王蒙"季节"系列中的语言有这样一个特点：年轻人读了感到一种对那个时代的告别，感到一种冷静的反讽和嘲笑；而老年人读的时候可能就是一种缅怀、感伤和怀旧，似曾相识的青春岁月的再现。怎么来看这种效果呢？

我当时想了很长的一段时间。我觉得里面好像有种政治性骚绪和反讽交织在一起的奇特的糅合的东西，后来就造出了这个词——骚讽。它是指以自由而灵活的语言形式抒发强烈的政治骚绪和反讽相互交织的体验。我觉得骚讽应属于王蒙对当代文学的一个独一无二的贡献。我们来看《失态的季节》中的段落："而今天今夜只属于他们，山只属于他们，针叶树的幽香只属于他们，从未享用过的柔软的席梦思床只属于他们，世界只为他们而温馨沉静小心翼翼要活要死要刚要强哭哭笑笑云云雾雾火烧火燎融化流淌。”句子的词语组合愈来愈密集，所传达的情绪愈来愈浓烈。还有：“革命中的革命，天上的天，比太阳还要太阳的太阳呀”；再有：“而翠柏如斯，土馒头如斯，星夜如斯，猫头鹰啼笑如斯，拔了牙再安装上假牙，瘦了又胖了又更瘦了的百十来斤重的又聪明又愚蠢又高贵又下贱又自私又爱别人又政治又个人又渴望女性又胆小如鼠的那个名叫郑仿或者名叫王八蛋或者大好人其实全一样的暂时还活着的讨厌的家伙如斯”。紧接着又以“多么……”句式反复写道：“多么可笑！多么徒劳！多么庸人自扰！多么无事生非！多么过眼烟云，转瞬即逝，逝者如斯，不舍昼夜，付诸东流，了无痕迹！”这些是在《失态的季节》里，钱文和他的爱人东菊两人的新婚之夜的感受，用带有狂欢性骚讽的语言拼贴在一起。另外王蒙还生造过许多独出心裁的陌生化词组或表达式：“我也右派了”，“马列主义了半天”，“让我们资产阶级一下吧”，“改过来造过去”，“老态虽不龙钟却也歪歪斜斜”，“任虽未必重，道那倒是确实很远很远的”。哎呀，作家真不把读者当人啊！折腾来折腾去的。当然，要在折腾中创生出新的意义来。在《失态的季节》里，王蒙的立体语言已经达到极致。有时我觉得王蒙这样写下去，就好像为语言狂欢而狂欢了，下面再写就很难了。

再来说一下作家刘恪，他的语言也是在做这样一种跨体试验。像他的诗意现代主义系列，把诗、日记、引文和图案等都挤压到他的小说里来。比如他的小说里有一个叫姿的女孩，当她在国贸商城的镜子里看到自己时，他是这样描写的：

姿喜欢细心地玩味，一二三四五六七八九，她不厌其烦地清点，可回旋过来又是九八七六五四三二一，姿精心地清数蓦然发现自己凝滞在中间，身影很暗，改变角度形状变化很大，高的矮的胖的瘦的宽窄不一整个世界都是姿姿姿姿姿姿姿姿姿姿姿姿姿，用手指敲敲，姿发出清脆的声音，推动一下便被注意的玻璃契入，一个姿悄无声息地倒下了，又一个姿站立，姿的鬓发散乱，俯仰之际五官平贴，抬头，人在下，俯视，头脚在上，还能看到嘴巴鼻子踩在脚下，还能看到背后有一双眼睛袭击。玻璃的封闭世界，四周都是透明的。在透明世界里，姿处在姿的包围中，姿玩味这种陷落。姿在玻璃的世界里滑翔，那是一个水晶通道，滑翔之后的飘然升腾，戛然而停，在半空中，姿惊慌四顾，她害怕没有一个人，用手摸摸，冰凉，弹一下手指冰凉浸入腕脉，滑入心际，她拼力地喊叫，挣扎，那种透明亮丽都融化成乳白，视线在透明的折射中千头万绪。她在无边无涯中坠落，飘升，滑翔，或行或止有如玩游戏。姿，实体，血肉之躯，旋转，飞腾，姿为自己的影子，影子实体，实体影子，渐渐只是一个幻影，最后只是一片透明。

（《城与市》第2卷）

把一个人面对自我被分裂成碎片式的影像，感到的陌生和被撕裂的痛苦这样的一种体验，写得淋漓尽致。跨体文学就是把人这样撕裂成一些碎片。

回过头来总结一下20世纪后期至21世纪初这五十余年的文学语言的转变。至少有这样的几种形态，它的轨迹是这样的：俗化、雅化、多元化和碎片拼贴。

当前我们面临着一些语言症候：第一，语言越来越流畅，越来越润滑，但往往面临着一种空洞能指，这就是流水语言和空洞能指之间的一种矛盾。第二，语言狂欢和价值匮乏之间的矛盾。第三，语言试验和文体试验是有道理的，但是很多语言文体试验漠视社会问题，只写自己的小我状态，而忽略了社会问题。第四，人们大量用一些时新语汇、时新文体，但可能存在与传统脱链的危险。

有的作品语言很流畅，一方面，可看出文学语言的新的熟练度，但另一方面，在表意上有些东西值得再商榷，例如，在市民时尚的打造方面令人印象深刻，而对社会生活和生命的独特思考和追问则相对单薄。我不是说它们对此没有思考和追问，而是说这种思考和追问显得有些表面和雷同，很容易就成为流行文化时尚的一部分了。当然这只是我个人的看法，大家可以有不同的看法，有机会再讨论。

第四讲　从诗意启蒙到异趣沟通

——当代中国审美精神的演变

“诗意启蒙”和“异趣沟通”是我斟酌使用的两个词，我试图用它们来概括1980年代到1990年代近二十年间与文艺现象紧密交织的中国审美精神演变状况，即从诗意启蒙到异趣沟通。如何来把握当代中国的审美精神？学界有很多观点，我是想结合文艺现象的演变，从“诗意启蒙”和“异趣沟通”这样两个角度来谈。诗意启蒙，大致可以涵盖以1980年代前期文艺为代表的80年代的审美精神；异趣沟通可以涵盖90年代文艺中的审美精神。这是我个人对当代审美精神的一个见解，今天跟大家来讲一讲，供大家参考。这一讲主要围绕五个问题来谈：第一是审美精神；第二是诗意启蒙——1980年代的审美精神；第三是当代审美精神——从1980年代到1990年代；第四是无法回避的分化；第五是异趣沟通——1990年代的审美精神。我想预先说明一下：任何关于时代主潮的概括，都可能意味着一种简化，把复杂多样的东西放到一个阐释框架里去，这样是为了阐释的方便，在这个阐释过程中可能会忽略某些多样的和丰富的东西。但我必须从一个特定视角或立场来看，不可能做到全知全能或面面俱到。

一、审美精神概念

什么是审美精神？“精神”这个词，在我这里主要是指普遍性的态度和意向，它不是个人的，而是普遍的社会性的。那么，审美精神是什么样的态度和意向呢？它是那种在文艺作品的活的形象中，并通过活的形象去呈现人类生存意义的普遍态度。“活的形象”是席勒在《审美教育书简》里提出来的，就是指在游戏冲动中生成了一种活生生的生命形象，它不是死气沉沉的概念和思想。

这种审美精神有什么特点呢？我想有这样的两个特点：第一它要寻求一种象征物。它既然是要结合活生生的形象来呈现一种态度，它就要处处寻找一种象征物或者特定的符号，就是要呈现出具体而多样的艺术现象。斯宾格勒在《西方的没落》中提出：每一种特定的文化精神都要寻求自已的独特象征物即符号体系来加以表达。宗白华接受了斯宾格勒的思想，致力于探寻中国现代文化精神的象征物。什么是中国文化精神？它的象征物是什么？他找来找去，最后提出：古埃及文化精神的象征物是“路”，其表现在于金字塔里的甬道；古希腊的是“立体”，其表现是希腊“雕像”；近代欧洲文化精神在于“无尽的空间”，其表现是大画家伦勃朗笔下的“风景”。宗白华先生提出：中国文化精神的象征物就应该是“节奏”，是生生不息的生命运动的节奏和韵律。有时候，他也用“韵律”“流动”和“流变”这些词来表达。[1]这种“节奏”在中国书法、音乐、诗歌、绘画等艺术中都有表达。

审美精神的第二个特点是具有多样性和多元性。它即使是在一个很整一的时代，也可能有多样性和丰富性。提出“时代精神”的概念，较有代表性的是黑格尔。他认为，每一个时代的变化的最后原因和本质就是这种精神、这种“绝对理念”，而且它总要化身为具体的东西，可以是一匹马或者是马背上的人。比如那个骑在马背上在欧洲横冲直撞的拿破仑，就被认为是“世界精神”的化身。“时代精神”总要具体到某个象征物上。黑格尔在这里就有一种片面性，认为时代精神是统一的，这就过于绝对化了。但他抓“时代精神”的思路，是有一定道理的，人们到现在还在运用。不过，我这里强调它不是一元的，而是多元的和丰富的。如何来把握审美精神？我想可以透过复杂多样的社会现象、艺术现象及其他现象去把握。为了把握的方便，我们通过艺术现象去把握和寻找隐藏在其中的某种相对连贯的和共通的审美精神。请大家注意，我这里用的是“相对连贯的和共通的”，我并不是要追寻一种统一的和唯一的、有机的整体式的审美精神。我一直是避免用这样的词，目的就是要和黑格尔这种绝对化思维方式划清界限。

下面我就想结合具体的艺术现象，在1980年代和1990年代相比较的意义上来简要考察当代中国审美精神及其演变。

---

① 宗白华：“中国诗画中所表现的空间意识”（1949），《美学散步》，上海人民出版社1981年版，第80页。

二、诗意启蒙——1980年代的审美精神

第二个问题，如何来把握1980年代的精神？你们有你们自己的回忆和把握，但也许有你们的忽略和遗忘。我只是从我的角度来回顾1980年代。我也很希望看到1980年代出生的一代人能从自己的角度发言。我是用“诗意启蒙”来表达我对1980年代的理解。很多人谈启蒙，都是文化启蒙、思想启蒙和理性启蒙等，我还没有发现有别人用“诗意启蒙”。而我要把握审美精神，我就不能用一般的概念，如文化启蒙、理性启蒙等。审美精神跟别的精神不一样，所以我要用“诗意启蒙”这样一个术语。

首先我们来看“启蒙”（enlighten）一词。它的词根是“光”“灯”，即“light”。启蒙的本义就是用光芒把事物照亮，引申为使蒙昧者变得有知识、教养或理性，要用理性的光芒去开启大众的蒙昧心智。所以，文化启蒙成了20世纪中国一个很重要的任务。再进一步来看文化启蒙，它是一种带有等级色彩的文化想象物。什么等级呢？如果要分成两层，就是启蒙者和被启蒙者；如果要分成三层，那就是至高无上的理性，然后是理性的代言人启蒙者，最后是被启蒙的大众。就是说大众是蒙昧的，无法看到人生的真相。这就要求启蒙知识分子以勇敢的献身精神，敢于牺牲自己去盗取天火，向群众传输现代科学文明。在1980年代，或者说从1977年开始，面对“文革”留下的恶果，人们想用许多方式来启蒙。当时，人们逐渐认识到单单用科学启蒙、道德启蒙和哲学启蒙等是远远不够的，这些启蒙都有它们的重要性，但还需要依赖于一种特殊的

启蒙，才可能产生强大的感染力，这就是“诗意启蒙”。也就是说，还要凭借着美或者审美的魅力，才能使中国人迅速抚平政治伤痕，看到崭新的美丽远景。诗意启蒙在1980年代就这样被赋予了一个特殊重任。它是一个过滤器、催化剂、转换器和润滑剂，要“润物细无声”地深潜到哲学启蒙、科学启蒙、思想启蒙和道德启蒙里去，帮助所有的这些启蒙完成它们的启蒙使命。

如果说文化启蒙是一个总体称谓，那么，在实际中它要演化为其他具体的启蒙形态。我要说“诗意启蒙”时，就必须回答到底有多少种启蒙形态。我要把它与其他启蒙区别开来，我才能把“诗意启蒙”说清楚。因此，这里我划分出理性启蒙、道德启蒙和情感启蒙这样三种启蒙形态。我这个划分是根据真善美或者是知情意（你也可以不这样划分，而采用别的划分法）。理性启蒙更多强调理性对公众的直接的征服效果，强调的是真，是认知；道德启蒙强调的是善，强调的是伦理，是人与人之间共同的存在；情感启蒙强调的是感情，就是感化。诗意启蒙可能就成了上述三种启蒙中的中间因子，但又有它自己的特点，就是以活生生的艺术形象体验去传达理性的意图，即凭借艺术的审美体验而使蒙昧的心灵获得解放。与理性启蒙突出理性觉醒、道德启蒙强调道德责任，情感启蒙重视情绪感染不同，诗意启蒙要求启蒙意图必须寓于艺术形象之中，并始终不离开艺术形象体验。

我们下面来举一个例子，是1978年发表在《北京文艺》（即现在《北京文学》的前身）上的张洁的《从森林里来的孩子》。这篇短篇小说讲述的是音乐启蒙，说伐木工人的儿子孙长宁在被放逐的音乐家梁启明的教育下成才的故事。下面这个片段，写道正陶醉在“森林乐园”里的孙长宁突然间听到一种“奇怪的声音”：

它既不像鸟儿的啼鸣缭绕，也不像敲打着绿叶的一阵急雨；它既不像远处隐隐约约的伐木工人那拖长了的呼声，也不像风儿掀起的林涛，可是它又像这许许多多的、他自小就那么熟悉的、大森林里的一切声响。朦胧而含混，像一个新鲜、愉快而美丽的梦。……所有的人，没有一点声息地倾听着这飘荡在浑厚的林涛之上的、清澈而迷人的旋律。这旋律在他的面前展现了一个他从来未见到过的奇异的世界。在这以前，他从不知道，除了大森林，世界上还有这么美好的东西。

孙长宁的心灵就像一块白板或者说是布满了许多纹路的大理石——这里我用的是莱布尼茨的比喻。但正是这声音开启了这个“蒙昧的心灵”，接下来，“这片在生活里偶然出现的笛声，使他丢掉了孩子的蒙昧。多么可爱的孩子的蒙昧！而自小在大自然里感受到的，那片混沌、模糊、不成形的音响，却找到了明晰的形象。在这许多热情、粗犷的听众里，却只对于孙长宁成为一种必然。仿佛他久已等待着这片笛声”。多么恰当的启蒙者和被启蒙者的关系组合！在这里，新鲜的愉快的而又美丽的梦，朦胧而又含混。是旋律向他打开了一个他从未听过的奇异世界。这就是理性所赋予的世界，但这理性又是借助于魔笛，借助于音乐，是奇怪的声音携带着至高无上的理性，来到被启蒙者的心田里。从这样一个个案中，我们可以看到诗意启蒙的威力。

还可以读到孙长宁到北京考试被破例演奏的那个场景，所有评委和考生都化入他的审美境界中去。音乐感化了评委和考生，考生们宁愿把名额让给他。在他的音乐下面，在诗意的情景中，人们忘记了实际的功利。孙长宁作为“文革”政治硝烟中的蒙昧的林区少年，不仅能出淤泥而不染，而且令人惊异地成长为新时代音乐人才，靠的正是来自梁启明借助长笛实施的诗意启蒙。这实际上是表明，诗意启蒙是中国驱除文化蒙昧的一条理想的途径。不是理智启蒙、哲学启蒙、思想启蒙和道德启蒙，而是富有魅力的诗意启蒙才是真正的文化启蒙的必由之路。人们今天可以从不同角度来读张洁的这篇小说，但我个人认为它是1970年代后期中国小说里有代表性的一篇。如果说在那个时代还有优秀短篇小说的话，那么我会把这篇小说算进去。它可以说是中国1980年代诗意启蒙的第一场预演。它只比刘心武的《班主任》稍稍晚了半年的时间发表，但揭开了1980年代中国审美精神的一个核心的东西，即诗意启蒙及其重要意义。《班主任》还没有提出这样一个问题，到了《从森林里来的孩子》可以说是用艺术形象的方式明确地提出了诗意启蒙的重要性，预示了1980年代审美精神的发展走向。

三、当代审美精神的转变——从1980年代到1990年代

第三个问题，当代审美精神的转变。我在这里想谈一下审美精神从1980年代到1990年代的演变状况。1980年代审美精神怎么看？只有到了1990年代我们才能看得清楚，因为到了1990年代，大家都觉得不一样了，不一样在哪里？我想是不是可以从以下几方面来看。

1. 从纯审美到泛审美

可以这样来说：1980年代审美追求的是纯粹性审美，是一种

精神的、圣洁的和高雅的审美状况。这是要与现实的政治、商业和实际的社会生活疏离开来。李谷一唱红的《边疆的泉水清又纯》（王凯传词，王酩曲），成了那一个时代的表征。大家来听一听：

> 边疆的泉水清又纯，边疆的歌儿暖人心，暖人心，清清泉水流不尽，声声赞歌唱亲人，唱亲人边防军，军民鱼水情意深，情意深，哎…哎…哎……唱亲人边防军，军民鱼水情意深，情意深。
>
> 顶天的青松扎深根，人民的军队爱人民，爱人民，浩浩林海根相连，军民联防一条心，一条心保边疆，锦绣河山万年春，万年春，哎…哎…哎……一条心保边疆，锦绣河山万年春，万年春，哎…哎…哎……

你们是不是觉得这首歌很遥远？它在这里很遥远地回响着，与现在的流行歌曲大不一样了。现在写歌再也不会这样写了，像“顶天的青松”这种词现在会用吗？那会儿抒情，不能随便抒个人的情，一定要跟边防军、工人和农民等联系起来，这样的抒情才有合法性和合理性，否则就是“小资产阶级的靡靡之音”。你们听了这首歌可能觉得很“土”，但在当时却是很“洋”的，是被一些人紧紧抓住不放要展开批判的。李谷一就是在当时的争议中脱颖而出，成了当时第一流行歌星。这首歌是电影《黑三角》插曲，电影本身算不上有多精彩，是一部公安人员破案的片子，但似乎是李谷一这首歌把它救活了。“边疆的泉水清又纯”确实是流到了当时干渴的中国公众心里。那时节还有另一女歌手唱的《太阳岛上》，也是感动1980年代人的一首歌，它的歌词在这之前二十年是不会有的。歌中“小伙子背上六弦琴，姑娘们换好了游泳装，猎手们忘不了心爱的猎枪”，说的是日常生活的游玩休闲，跟政治生活、“抓革命促生产”没有关系，似乎有点儿邓丽君的味道。被一些人认为是“削弱”解放军斗志的一首歌，觉得软绵绵的，有资产阶级的挑逗性，而且它也就是在争论中越来越有名。大家再来听一首《乡恋》。这首歌使李谷一直接地卷入争论中，里面用“气声”唱法，当时认为这是资产阶级唱法，引起了争论。越争论，李谷一越红，几乎“统治”了那个时候的流行歌坛。这些歌在1980年代前期，在当时的文化生活中是焦点性的，在人们的日常生活中也是很重要的，很多人就像唱今天的流行歌曲一样跟着一遍一遍地唱，包括我在内。这些东西展示了那个时代人们特有的渴望。尤其是这些歌和同时代的小说《黑骏马》《北方的河》等的描述结合在一起，表现了当时人们对纯审美生活的一种向往。在那时的人们心里，美的东西就应当是与政治和商业无关，与平庸的实际生活无关，它是对政治的疏离和抵抗，是对商业的隔绝，是对日常生活的提升。像这三首流行歌曲，也都体现了这样的一种趋势，就是要摆脱现实的政治、商业和实际生活的缠绕而追求一种理想的、精神的、圣洁的和高雅的人类生活。它们是那时人们的一个梦，是一个审美的乌托邦，代表了那个时代人们的精神向往。

下面我们再回到文学，来看《北方的河》中的一个片段：

> 他看见一条水沟里满满的堆着彩陶的碎片。
>
> 她俯身拾起一只破碎的彩陶罐子，“真漂亮呀！瞧这花纹！”她喊叫着：“真可惜，可惜碎了！”彩陶罐子的下半截已经没有了，鼓鼓的腹截断在一条锐角鲜明的线上，陶器质地又

细腻又结实，通体施着橙色的薄衣，他摸摸那断碎的碴口，觉得陶胎烧得又匀又硬。罐子腹上一个布满密网的大圆圈里，有一个粗放的黑彩勾画的怪人。那人形朝着他们手舞足蹈着，辨不清五官的脸孔上似乎凝着一种静默的、神秘的表情。

他长久地望着那图案上神秘无言的象形人。“你瞧呀。这是森林”。她用手指抚摸着罐子颈部的一排塔松般的黑色三角纹，“一棵挨着一棵，尖尖的松树。你说对啦，这里以前一定是森林。”

两个人弯下腰，在河沟里的陶片堆里一块块翻找着，试着把陶片对上罐子的断口。一块块陶片天衣无缝地对上去了，彩陶罐渐渐地复原着。“啊，对上啦！又对上了一块！”她欣喜地悄声喊着，她已经深深地被这件彩陶吸引住了。

最后，只缺腹部的一块找不到。光洁流畅的线条从陶罐的肩部流到底部，只是中间残缺着黑洞洞的一块。“你瞧。多美啊，”她低声喃喃着，“可惜碎了。”世上的事情多么拗人心意啊，生活也常常是这样残缺。“可惜碎啦，”她重复地说。

这彩陶是四千多年前的，他想起了在历史系听的新石器时代考古课。四个大圆圈对称着，颈部排着三角形锯齿纹，像森林一样。这是马家窑文化的马厂类型，一种非常古老的原始文化。他抬起头望望静谧的湟水河谷和远山，怪不得这个世界显得那么神秘。森林变成了光秃秃的浅山，河床变成了高高的台地。雨水冲垮了山上的古墓葬，于是，顺着小沟，彩陶流成了河，他皱着双眉思索着，真的，在湟水流域，古老的彩陶流成了河。

面对看起来没有生命的器物，我们的两位主人公激活了自己的沉睡的记忆，展开了自己审美想象，想象出活生生的人和树木。从这一段描述中，我们可以感受到他们纯洁的审美精神。“可惜碎了”，她重复地说，美的东西碎了，感叹纯美的东西的破碎，表明对完整的纯美的东西的一种追求。“古老的彩陶流成了河”，这是多么令人向往的诗意的境界。

在这样一个时期我们还可以看到朦胧诗人的相近追求。梁小斌这样歌咏《彩陶壶》：“我爱彩陶壶/和彩陶壶上神奇的花纹//在遥远的年代它盛过琼浆玉液吗/是不是还盛过一条伟大河流中的流水/我的灵魂象彩陶壶一样优美……彩陶壶，唤醒我已经失去了多年的美感/我的美感像彩陶壶一样古老、深沉//而且，我懂得/任何刽子手都不敢杀害/我的爱美、善良、源远流长的灵魂//我爱彩陶壶/和彩陶壶上唤起我美感的花纹。”在这里诗人直接用了“美感”这个词，通过对久远的彩陶壶的赞叹，诗人寄托了自己对纯审美的追求。这里有作为张力的另一面，他写到“刽子手”“杀害”这样的词语，直接揭示了“美感”和反人性、反生命这些邪恶力量之间的激烈对抗。在这种对抗中，他执着地追求一种纯粹审美的人生。梁小斌还有一首《雪白的墙》：“妈妈，/我看见了雪白的墙。//早晨，/我上街去买蜡笔，/看见一位工人/费了很大的力气，/在为长长的围墙粉刷。//他回头向我微笑，/他叫我/去告诉所有的小朋友：/以后不要在这墙上乱画……比我喝的牛奶还要洁白、/还要洁白的墙，/一直闪现在我的梦中，/它还站在地平线上，/在白天里闪烁着迷人的光芒，/我爱洁白的墙……”这里“雪白的墙”可以说指的就是“雪白的墙”，但同时，更应该把它理解为有关纯洁的心灵、纯洁的美和纯洁的人性的隐喻。它是同在墙上乱画相对照的一种人生图景：一边是雪白的墙，比牛奶还要洁白的，是闪现在梦中的；另外一边是凌乱不堪的涂鸦，非美感的和反审美的东西。这些表现了一位朦胧诗人对纯审美的畅想。“比我喝的牛奶还要洁白”，使我想起在坐公共汽车时看到的一个广告，“感受心灵的天然牧场”，这样一句牛奶的广告词。多么有诗意的词句，像1980年代的人们所追寻的精神一样。但是，1980年代的东西一方面已经成为遥远的回想，而另一方面现在已经沉落到商业广告中。每个时代都要搜寻过去时代的集体记忆，从中寻找自己要的一些经典的或传统的东西。

这里要问一个问题：到1990年代审美精神怎么演变的呢？我从审美角度提出“泛审美”这样一个观察。泛审美是审美与文化相互渗透而难以辨析的基本标志，指的是审美从传统的纯审美圣地播散到广泛的文化过程中。这个时候文化和生活就可以画等号。因为这个时候，文化本身生活化了。

审美趋于“四化”，即生活化、实用化、通俗化和商品化。首先来看审美生活化，它是指生活与审美的界限被抹平了，审美沉落到了被过去认为非审美的日常生活中。人们的日常生活已经渗透了审美的因子，比如居室美化、环境美化等。其次是审美的实用化，过去被认为实用的东西也被审美包装起来。日常的生产过程、商品的交易过程等都被置于审美环境中。在这样的环境中可以展开政治的、商业的和劳作的事情。再次是审美通俗化，过去的审美是依赖于较高的文化层次、较高的理性和专业知识、抽象的系统，而现在的审美则变得通俗化了，可以播散到初中文化程度以下的普通公众中，通过影视、互联网、广告和畅销书等手段实现审美的泛化。像贝多芬成了克莱德曼，《聊斋志异》成了《白话聊斋志异》。最后是审美商品化。所有这前面三种都离不开市场经济这个环境，审美商品化了。再高雅的东西都要变成商品，可以说这样是亵渎，但也可以说这样是拯救，从不同角度来理解可以发现其复杂性。像许多经典名画，今天通过市场运作被大量复制出来，而且价钱很便宜，这样就既传播了也保存了。有一天我在路上看到一家美容美发店，打出一个很大的招牌，上面写着："审美：美容美发店"。我说，好！审美这个词终于回到了它的原初词根上了。审美就是感觉的、感性的，就是让你感觉很好。在英美国家的城市大街上，你到处可以看到审美或美学一词，但是一般是在美容店上挂着。像这样把审美与美容联系在一起，在1980年代是不可思议的，但在今天却成了生活中司空见惯的事情。所以审美实际上就衍生出两种形态：既有狭义的内在精神性审美，也有广义的外在实用性审美，即泛审美，如美容、美食、广告和选美等。而且，泛审美往往和时尚相连，比如一些畅销小说、肥皂剧、流行音乐、时装和文化明星等。这些都成了我们今天泛审美的标志。

下面我们来对比听两首歌，来体会纯审美与泛审美之间的一些差异。第一首《我爱你，中国》（瞿琮词，郑秋枫曲）是1980年代前期影响很大的一首歌，是电影《海外赤子》的插曲，它是用美声唱法唱的，表达海外赤子对祖国的深情厚谊。它的歌词是这样的：

> 百灵鸟从蓝天飞过，我爱你，中国！我爱你，中国，我爱你，中国，我爱你春天蓬勃的秧苗，我爱你秋日金黄的硕果。我爱你青松气质，我爱你红梅品格。我爱你家乡的甜蔗，好像乳汁滋润着我的心窝。我爱你，中国，我爱你，中国，我要把最美的歌儿献给你，我的母亲，我的祖国！

> 我爱你，中国，我爱你，中国，我爱你碧波滚滚的南海，我爱你白雪飘飘的北国。我爱你森林无边，我爱你群山巍峨。我爱你淙淙的小河，荡着清波从我的梦中流过。我爱你，中国，我爱你，中国，我要把美好的青春献给你，我的母亲，我的祖国！啊，啊！我要把美好的青春献给你，我的母亲，我的祖国！

它的节奏是舒缓的、浑厚的。我觉得听这样的歌要养好气，虚静自己的心灵，以便涵养出一种深情、纯朴，体现一种精神提升。这首歌作为海外赤子回到祖国母亲怀抱这样的电影剧情的插曲，加上这样美妙的音乐伴奏，在当时确实是滋润了许多人的心田。一提起“中国”这个字眼，人们就很激动。许多人通过这首歌寻找到了对祖国的公共感情。这首歌创造了一个全民族都能投射到其中的公共领域，尤其是在海外的游子们唱起这首歌时更是声情并茂。

下面再来听《大中国》：

> 我们都有一个家，名字叫中国。兄弟姐妹都很多，景色也不错。家里盘着两条龙是长江与黄河呀，还有珠穆朗玛峰儿是最高山坡。我们都有一个家，名字叫中国。兄弟姐妹都很多，景色也不错。看那一条长城万里在云中穿梭呀，看那青藏高原比那天空还辽阔。我们的大中国呀，啊，好大的一个家！经过那个多少那个风吹和雨打。我们的大中国呀，啊，好大的一个家！永远那个永远那个我要伴随她。中国，祝福你！你永远在我心里。中国，祝福你！不用千言和万语！嘿！

无论从歌词还是从旋律上来说整个的都不一样了。同样是对祖国的深情，在不同的旋律中效果就不一样。我们稍稍一对比，就感觉出来。从它们的旋律上看，这一首是欢快的、轻松的，不是典雅的、庄重的。再有它的歌词加上了儿化词和口语，这样就化雅为俗，化庄为谐，把对祖国的感情日常化了。“我们的大中国呀，好大的一个家”，通过这些通俗的日常语汇，把这种深情厚谊日常化了。我们就是一个大家庭嘛！“家里盘着两条龙是长江与黄河呀”，用这种日常的句式去过渡，轻松轻快，甚至有点调侃，达到一种谐谑的效果，但还是把对祖国深沉的爱包含进去了，体现了新一代人的情感表达方式。

通过这样两个例子，我们可以看到从纯审美到泛审美的一种转化。感情还是在的，只不过是表达感情的方式、感情的内涵已经悄悄地发生了变化。今天的人有今天的感情和感受方式。1980年代无论是《边疆的泉水清又纯》还是《十五的月亮》表达的感情，大多要与边防军等连在一起，借助这样的一个联系使个人的感情抒发取得合法性。到今天，歌曲则可以写自己的日常的爱，可以抒发个人的东西，因为它们已经获得了合法性。

2. 从精英文化到大众文化

第二点，从主流来看，审美文化显示了从精英文化到大众文化的转变轨迹。什么是精英？“精英”，英文作elite，指社会上一种特殊的少数群体，这个群体无论其整体还是个体成员，都具有超出其他群体的权力。这是我找到的对于精英的界说。“少数”“超出”，把这四个字记住了，大致的意思就差不多了。它是少数的，不能是多数；而少数人“落后”于其他人也不叫精英，它必须是“超出”，是出类拔萃，比别的人更强大。有哪些精英种类呢？这里所谓的精英，主要是指1980年代中国的文化界所崇尚和构想的少数有良知、教养和启蒙意识的优秀人物，比如知识分子、干部、企业家和科学家。我们在1980年代文学中尤其能看到这样一系列精英人物，像《班主任》中的张俊石、《乔厂长上任记》中的乔光朴、《绿化树》中的章永璘等，他们能在中国文化的这一重要转型时期发挥启蒙者的关键作用。而所谓精英文化，则是特指这个时期以上述精英意识为主导的审美文化活动。在1980年代精英文化占据了主导地位，其他文化还在，但是没有进入到主流中去。从精英文化到大众文化发生转化，主要是在1980年代后期开始的。1989年至1990年间是一个具有标志意义的转折点，但要是说起来，还是要从1980年代后期来说。到了1980年代后期，精英文化的乌托邦逐渐衰退，这种乌托邦构想的特色在于用诗意启蒙的光芒把被启蒙者的心灵照亮，从而构想出一种纯美乌托邦。它在1980年代后期走向衰落的原因有很多。

这种衰落诚然取决于历史与文化语境的改变，但在很大程度上也与艺术界内部的自我颠覆有关。举几个例子。有一些作家以"顽主"姿态出现，既切合了消解精英拯救意识的社会思潮，又构成对新时期精英文学话语的解构。在其笔下，知识分子成了被嘲笑和讽刺的对象，过去的不管是政治精英还是文化精英，都已经缺乏充足的合理性。还有一些作家在1980年代是精英文化的一个代表，到了1990年代以大众味浓郁的作品，产生出消解精英文化的效果。此外，还有一批作家加入某出版社的长篇小说品牌中，在它的统率下集体"下海"。比如一位先锋作家曾在1980年代写了一系列高雅文学作品，如小说《奔丧》《极地之侧》和《瀚海》等。这些小说在1980年代后期产生了较大的影响。到了1990年代，他写了这个品牌的第一部长篇小说《苦界》。这部小说讲述中国医生姜万新被派到非洲去支援，遭遇婚外恋，而其情人玛尔塔则是一个国际恐怖组织的头领。姜万新回国途中被劫机，劫机首领正是玛尔塔。他被迫参加了这支国际恐怖组织，接受了种种艰苦训练，并被派回国进行颠覆活动。后来在正面力量感召和影响下，终于回到祖国怀抱。这部小说里边可以看到现在流行的各种通俗读物的元素，像阿加莎·克里斯蒂的侦探小说、《福尔摩斯探案集》、詹姆斯·希尔顿的小说，还有金庸、古龙的武侠小说等。仿佛把花椒面、胡椒面全都撒进去，很有可读性。我当时拿到这本书以后，一天时间就把它读完了。也许刚开始读的时候爱不释手，很吸引人，但看完了以后就不想再去看第二遍了。因为它没有深度，没有可以回味的地方，属于“过把瘾就扔”的那一类。大批精英作家要走这种小说商品成批生产的道路，是有它的合理性的，这明显是从精英文化向大众文化的转化。

另一个例子，就是六位精英作家接受某位知名导演有关影片《武则天》的剧本集体征集。应这位导演的号召，六位精英作家同时为他拟拍摄的影片撰写剧本，似乎一齐在等待导演的“雨露恩泽”。有人讲述过一个不知是否属实的“段子”：1992年初，一家公司邀请一批著名作家去海南举行一次笔会。在会上，主持人介绍某某作家时，下面没有什么反应，但当主持人接着介绍说他就是某部影片的原著作者时，下面掌声就热烈地响起来。好像是这样：高雅作家们在导演面前列队等待召见。很多作家红不了，就是因为没有被导演“改编”啊！一个导演就把六个作家给解决了，那是很牛气的。这也成了1990年代的一个文化景观。我们也可以从中看出文化风景的变化。还有像电影“第五代导演”在1980年代可以说是电影文化的先锋，他们在1980年代的时候用自己的独特语言改变了过去的电影，现在却放弃以往的“前卫”的立场而甘做“后卫”。像第三代电影在1960年代曾体现了当时中国电影的大叙事，然而到了这个时候，这种大叙事就被撕裂了，挤破了。

要了解当代中国精英文化及其大叙事的特点，不妨借鉴弗雷德里克·杰姆逊在《后现代主义与文化理论》里所改造和运用的符号矩阵这一语言学模型。下面借助符号矩阵来分析谢晋导演的《红色娘子军》：

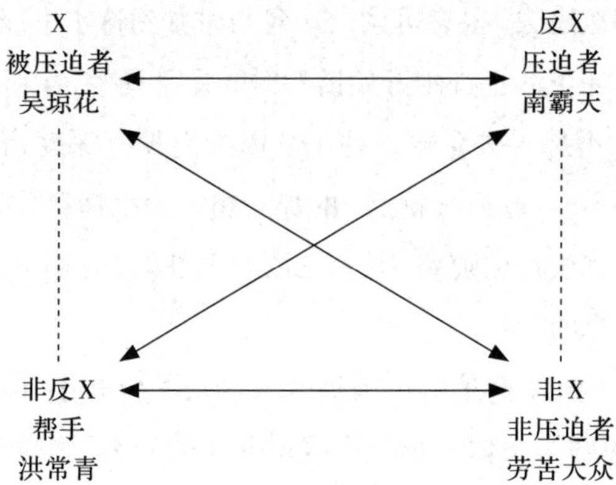

处于X的位置上的吴琼花，她的对立面就是压迫者南霸天，而非X位置上就是那些受压迫的劳苦大众，在非反X的位置上就是帮手洪常青。影片用四枚银毫子的四次出现，贯穿起吴琼花的变化和成长过程。第一次出现是在分界岭上，洪常青把四枚银毫子交到琼花手上，琼花从来没有见过钱，第一次见到这么多钱，她惊喜若狂，向常青鞠了一躬就走了。第二次出现时，琼花已经成了一个革命战士，她违纪向南霸天开枪，过早地暴露了目标。琼花被关禁闭时，手中握着四枚银毫子，向伙伴红莲说：常青这人可真好，他批评你，你很服气。她的爱意溢于言表。这时她拿出四枚银毫子，就喻示着她已经认清革命道路了：无产阶级只有解放全人类才能最后解放自己。银毫子第三次出现又回到分界岭上，面对敌人的重兵“围剿”，红军大部队要穿插转移，留下娘子军连担任阻击任务。这时琼花拿出四枚银毫子交给常青作为自己的党费。交回这四枚银毫子，表明她已经具备了革命主体和历史主体的资格，她已经有资格来回报帮手了。她把这革命货币作为党费交给常青，表示她已经决定把自己的一生交给组织了。如果用认同与交换模式来看，这是完成了第二次交换，再度交换；常青打到最后，为了保存革命力量，要琼花带着红色娘子军先转移，留下他和几个人坚守阵地。最后常青被俘，在威逼利诱下决不妥协，被敌人在一棵大榕树下烧死。琼花目睹了这一切，悲痛欲绝。但她没有贸然去救，她想到了整个革命目标和她的更多姐妹们。她已经成长了，具备了指挥员的素质。后来她们回到分界岭上，挖出常青埋下的挎包，里面有她的入党申请书和四枚银毫子。这是银毫子第四次也是最后一次出现。琼花把四枚银毫子重新攥在自己拳头里，举行庄严的宣誓。这样，琼花仪式般地从一个女奴成长为女兵再到指挥员，完成了无产阶级历史主体的成长过程。通过这样的一个叙述，也完成了当时的政治话语和革命话语的合法性建构过程，一种革命话语的修辞实践。这里，看起来只是四枚银毫子借用电影蒙太奇四次重复出现，但实际上是把一种革命话语和革命修辞嵌入到个人生活中，仪式化地揭示了那个时代主流话语的生成奥秘，并且是用诗意的想象的审美的方式揭示出来。用符号矩阵来分析1950年代至1980年代的文学和电影，是有合理性和效用的。在这样一种符号矩阵中，历史主体、压迫者、被压迫者和帮手模式重复出现。

而到了一些导演的影片里，这种大叙事就被消解了。像《黄土地》中，顾青作为帮手，能给予翠巧意识形态启蒙，但无法真正帮助翠巧完成历史主体的转变。他的那两句“公家人有公家人的规矩”，“公家人就是靠这种规矩打天下”，使得翠巧被隔绝、被排斥而失去被认可的资格。最终，翠巧自己驾一只小船横渡滔滔黄河，奔向光明的解放区。她是否安全横渡成功？不得而知。影片似乎在暗示失败了，她葬身在波涛中。这样理解似乎具有更大的合理性。如果这样理解可以成立的话，那么这实际上就是在反思帮手的无能和无力。常青在海南岛可以解救一个女奴并把她带上光明的道路，帮助她成长为历史主体，可是在《黄土地》中，顾大哥启蒙了翠巧，却无法带领她参加八路军，无力帮助她真正获得解放。“第五代导演”实际上开始肢解或质疑以“第三代导演”为代表的电影大叙事的进程。随着《红高粱》在1988年2月获得柏林国际电影节金熊奖，中国电影开始了一次重大转向——转向了国际性的大众文化制作。如果说在这之前，“第五代”还是在借大众文化媒介来表达精英文化的先锋题旨，那么，《红高粱》的得奖开启了另外一个潮流，就是电影走向了大众文化特有的观赏性和娱乐性潮流。

大众文化，很多人的说法和用法都不一样。我认为，大众文化是拥有高度发达的大众传播媒介的现代消费社会的产物，是1990年代中国市场经济迅速发展的必然的伴随物。肥皂剧、武侠小说、言情小说、名人逸事、MTV、流行音乐和娱乐片等是它的主要存在样式。大众文化在中国兴起，适应了中国公众的一种新的需要。在基本的温饱满足以后，在政治与日常私人空间有所区别之后，人们竭力去寻找属于个人的文化消费空间。在1980年代初，政治和私人空间开始逐渐分开，从前面说的《太阳岛上》，可以觉察出这种对私人空间的诉求。这里不妨对大众文化和精英文化做一个简单比较。精英文化主要是一种知识话语，或者是知识界指定的话语，这种知识话语并不一定是文化人创造的，比如过去非文化人创造的也可能成为精英文化或者被它指认，被它研究、把握和命名而成为精英文化。大众文化追求商品性，精英文化崇尚永久的魅力；大众文化看重瞬间的快乐，精英文化强调由思想和历史深度与情感交融形成的美感；大众文化关心感官快适即快感，或者把深度平面化，精英文化则注重余味深长。

3. 从一体化到分流互渗

谈论审美精神从1980年代到1990年代的转变，我觉得应当看到从一体化到分流和互渗现象。如果说1980年代是以精英文化为中心的文化一体化时代，那么1990年代则是以大众文化为中心的文化分流和互渗时代。这里，顺便我自己也反省一下。在1990年代初我写文章时，认为是"三足鼎立"，即从精英文化分成三个潮流：一个是大众文化，一个是我当时称之为主流文化，再一个就是精英文化。现在我宁愿再加上第四个民间文化。当时没有把民间文化放进去是一个不足。而且现在我认为应该把主流文化改成主导文化。所谓主导文化，它代表的是社会各阶层的一种共同利益——一种主张社会整合、秩序安定的文化，主要是代表了政治文化。这时的精英文化且退且战，被挤压到一个狭小的空间内，集中到知识界里面去。比如我说某篇小说好，在全国是否有一千个人、一万个人知道它，说它好呢，很难说啊。它的涵盖面是很小的，受众面也小。但如果有一天它被改编成电影，就会获得十万人、百万人的了解。精英文化越来越归属于少数知识群体的文化。民间文化主要是流传在乡村，在普通的民众中流传，它还没有甚至是很少进入市场商品消费中，更多的是依靠口传。到了1990年代，这四种文化相互共存，各有道理、声音和话语，就形成了这样“一分为四”的格局。

4. 从喜剧性到悲剧性

第四点是从悲剧性到喜剧性。就1980年代整个文学艺术或者审美精神而言，悲剧性占了主流。在这个时段，广义上的人生悲剧感的表达占据了艺术的主流地位。歌曲、小说、电影都是这样。它们仿佛在一致地劝慰人们：我们有一个令人悲痛的过去，这没有什么关系，只要我们内心有理性，拥有美好的向往，我们的未来生活一定会更美好。很多作品都回荡着这样的旋律。那么什么叫悲剧性呢？悲剧性的基本内涵是什么？谁来谈谈作为审美范畴的悲剧性？

学生A：悲剧感就是指美好事物的失落，通常的生活走向一种歧路，平淡生活的遗失，人所不期望的东西到来。

老师：嗯，说到了很好的一个要点，就是美好东西的失落。

学生B：我觉得悲剧感里还应该包含崇高。但是我认为中国1980年代里没有真正的悲剧，因为它缺少哲理性的支撑。

老师：提到了悲剧精神的另一个因素：崇高。也涉及一个很敏感的问题，中国到底有没有真正的悲剧，有没有西方意义上的悲剧？

学生C：我觉得悲剧中有一种“宁知不可为而为之”的自我折

磨的精神。

老师：嗯，说到了我想说的一个问题。把以上三个同学说的合起来，我觉得就差不多是悲剧感的一个界说。悲剧性，我觉得有一个很重要的特点就是对抗苦难的精神，这是它的一个核心。在对抗苦难的过程中展示出主体的崇高素质，展现出美好的东西。

学生D：我觉得还有一种悲剧，那就是日常生活中人性的麻木。比如说沈从文笔下的湘西世界里人的生存的麻木，又如萧红的《呼兰河传》中人的麻木。

老师：这里有了一个问题，日常生活的悲剧和作为美学范畴的悲剧的区别。这里你有点把它们混淆了。当然，悲剧概念本身也是在延伸和演变的。就作为美学范畴的悲剧来说，我觉得对抗苦难的精神是它的一个基本含义。

我们来看尼采在他的《悲剧的诞生》里所说的悲剧精神。当日神精神把酒神精神制服的时候，悲剧就诞生了。酒神如醉，代表着永恒的生命力；日神如梦，代表着美好的景观。当酒神的巫师和巫女们在阿波罗的引导下翩翩起舞时，悲剧就诞生了。酒神精神是悲剧的最深厚的原动力，它代表的就是对抗苦难、抵抗苦难的精神。希腊神话里说，人间有美女叫西弥丽，天神宙斯化装前来和她幽会。天后赫拉出于嫉妒，托梦给西弥丽，告诉她真相。西弥丽在再次约会宙斯时，执意要他现出真身。宙斯无奈只好把真身显露出来，结果就在宙斯现身的刹那，电闪雷鸣，凡人自然不能承受，西弥丽立即化作灰烬。宙斯无力挽救她的生命，只能从灰烬中抢救出一个胎儿，绑在自己的大腿上给了他第二次生命。后来，这个被救出的胎儿由山林女神抚养成人。他就是后来的酒神狄奥尼索斯。狄奥尼索斯长大后，学会了酿制葡萄酒的技术，并传给希腊人。希腊人为了纪念酒神，就在每年的春秋两季到荒野上举行仪式，让一头公牛经受诞生、受难、死亡和复活这四步，这也构成了酒神祭祀仪式的核心。酒神仪式作为巫术仪式在当时的生活中是实际存在的。到了后来，人们的科学能力越来越发达，酒神的巫术力量逐渐地衰退了，从实际生活演变成口传神话及专门仪式。酒神精神最后是在悲剧中获得拯救的，"酒神颂"在悲剧中获得了生命。西方艺术的一个源头是希腊精神，希腊精神的象征就是希腊悲剧，希腊悲剧的源头则是"酒神颂"，"酒神颂"植根在酒神仪式中。所以，酒神精神是西方艺术中至关重要的东西。我说的悲剧就是这种：明知道人生的苦难，也要去对抗，在对抗苦难的过程中显示生命的光辉。这可能就是悲剧精神的最深厚和最经典的含义。

但是，进入20世纪以来，悲剧精神有它泛化的趋势，人存在着本身就是悲剧。叔本华在《作为意志和表象的世界》中引用说："人的最大的罪恶就是他诞生了。"这就是说，人之原罪在其有生。只要人在着，有"to be"，那么他的悲剧就是与生俱来的。后来更有以存在主义为代表的悲剧观。在当代中国文本中，很多都体现出来这种存在即悲剧的观念，像《烦恼人生》《一地鸡毛》《单位》，包括后来的一部电影《卡拉是条狗》等。从中我们可以看到，人的悲剧在于他存在着，这就有一种与生俱来的悲剧感。只要你生存下来，你就要有一种面对苦难和对抗苦难的精神。也许它没有像过去那么明显，它可能就是大众文化的悲剧感，可以称为"泛悲剧"。我们也应当看到，西方有西方的悲剧性，中国也有它的悲剧性的表达方式。1980年代的文学，我个人认为在某种程度上或多或少体现了对抗苦难的精神，它的背后有一种乐观主义、理性主义精神。中间当然还有多样性的东西，但我们不妨现在这样来理解它，思考它。1980年代的悲剧性特征，我想有这样几个：高度的责任感，反映历史真实的决心，在文本中蕴含了深厚的历史感，洋溢着浪漫主义时代艺术特有的“灵韵”。从小说《人到中年》《黑骏马》《杂色》和电影《青春祭》《人生》《老井》《野山》等中可以体味到这样一些特征。

下面我们来看中篇小说《黑骏马》：

> 哦，钢嘎·哈拉……我注视着这匹骨架高大、脚踝细直、宽宽的前胸凸隆着块块肌腱的黑马。阳光下，它的毛皮像黑缎子一样闪闪发光。我的小黑马驹，我的黑骏马！我默默地呼唤着它。我怎么认不出你了呢？这个牧羊人仅仅望过你一眼，就如同刀刻一样把你留在他的记忆里。而我呢，你是知道的，当你作为一个生命刚刚来到这个世界上时，也许只有我曾对你怀有过那么热烈的希望。是我给你取了这个骄傲的名字：钢嘎·哈拉。你看，十四年过去了。时光像草原上的风，消失在比淡蓝的远山和伯勒根河源更远的大地尽头。它拂面而过，逝而不返，只在人心上留下一丝令人神伤的感触。

这篇小说的情节不复杂：块大健壮的白音宝力格骑着黑骏马去草原寻找他青梅竹马的恋人索米娅。他们两人从小一块长大，两小无猜。后来，白音宝力格到城里去读书，而索米娅在草原上却被恶棍黄毛希拉玷污了。白音宝力格回到草原上时得知这一切。怀有纯美精神的他无法忍受和接受这个事实，回到了城里。多年以后，他在城市里遭受到深深的失落，于是去草原寻找他心爱的索米娅。

索米娅已经不在原来的草原上了。后来，他几经周折终于找到了她，但这个时候，她已经是一群孩子的母亲了。白音宝力格独自在草原上，一边走，一边回忆和伤感。过去的很美好，但是已经失落了。“我”和“我们”都犯有共同的过失，只要“我们”面向未来，重新拥有一个美好的心灵，那么未来的“我们”就会有美好的生活。“黑骏马”既是指一首民间叙事曲，又是指一匹实实在在的黑骏马。它作为一个象征意味丰富的民间叙事曲，同主人公的情感历程结合在一起，构成了这篇小说有力的悲剧旋律，也成为那个时代审美精神的一个表征。后来，导演谢飞把它改编成电影，名字也叫《黑骏马》。

整个《黑骏马》民间叙事曲其实就是主人公命运的写照。《黑骏马》就用这样一个象征物及民间叙事来显示它的厚度和深度，它的意味深长。我觉得，这篇小说是这位作家写得最好和最完美的一篇，比《北方的河》写得还要好。《北方的河》写到最后，他好像是没有节制了，就写梦，写诗，尽管也写得很不错，但比较起来，从语言形式到思想意义的综合角度看，《黑骏马》结合得最完美，且最有味道。

这样一个寻找的过程，就是主人公的缅怀过程、回忆过程，实际上也是这一代人重新挖掘集体记忆的过程。这位作家是“红卫兵作家”，他们一代有他们自己的回忆。他们是“毛主席的孩子”，主席挥手指方向，上山下乡等一系列政治运动他们都赶上了。白音宝力格就是去回忆那美好而消逝的岁月。同时，还要面向未来，他还有信心和信念。现在的很多作品中，这种信念感已经看不到了。《卡拉是条狗》就没有把一个明显的乐观结尾亮出来，而老一些的导演都喜欢有一个比较好的结尾。现在更年轻的一代，似乎就不需要这种正面的结尾了。

下面我们一面继续读小说《黑骏马》片段，一面观看电影《黑骏马》片段。我想让大家来思考：同样的一个文本，在从文字媒介转化到电影媒介后，它的意义是否有所改变？它的修辞效果是否发生了一些变化？如果有变化，是怎样的变化？原因又在哪里？是媒介本身的原因，还是其他的原因？这些又给我们的美学提出了怎样的挑战？我们又如何来回应这种挑战，顺应这种转变？

上面讲到奶奶给白音宝力格和索米娅讲了一个黑骏马的故事：哥哥骑着美丽绝伦的黑骏马，长途跋涉，穿过茫茫的草原，寻找他的妹妹。兄妹俩听得激动不已："哦，这是多么新鲜，多么动人的歌啊，它像一道清清的雪水溪，像一阵吹得人身心透明的风，浸漫过我的肌肤，轻抚着我的心……我失神地默立在草地上，握紧拳头听着。神妙的曲调在我心灵中唤起的阵阵感动，渐渐地化成一匹浑身宛如黑缎的、昂首长嘶的骏马；这匹黑马的一举足一甩鬃都在我脑海里印下了那么深、那么逼真的印象。歌子唱完了。我醒过来。索米娅正搂着黑马驹的脖子，不出声地流着泪。"显然在这里，《黑骏马》这个民间叙事曲同兄妹俩的实际生活发生了交汇，与其说是艺术模仿生活，还不如说生活模仿了艺术，或者是二者在互相模仿：当白音宝力格发誓骑着黑骏马走遍整个草原时，索米娅热切地问那时你会骑着它回来看我吗，他回答"当然"。这样的一个问题，这样的一个回答，也预示着主人公今后的命运，给他们的人生轨迹画上了一个预先的结构模式。就像常青给琼花的四枚银毫子的四次重复出现，给女主人公的人生历程设定了一个符号模式，一个可以交换的模式一样，这里民间叙事曲也为白音宝力格和索米娅未来的人生经历预设了一条符号轨道。人生的很多东西很奇怪，有些事情好像是已经命中注定的，你不过是去重复。每一个人都是独一无二地生活在世界上，但来自传统的力量，可能先在地给我们一个规范，一种轮廓的大致描述。你仅仅是去填空罢了，只不过每个人填得可能不太一样，但和模型有相似的地方。

接下来，他俩都长大了，两个人已经产生了互相爱慕之情。这个时候，白音宝力格要去念书，离开心爱的恋人索米娅去城里。他们搭上一辆卡车，索米娅去送白音宝力格，在车上他们有了第一次亲密接触：

> 就这样，我们紧紧抱着，用青春的热和更暖人心怀的美好憧憬，驱走了拂晓前秋夜的寒冷，卡车愈开愈快，宛如一匹高大的、黝黑的巨马。茫茫的草地，条条的山梁，都呼啸着从两侧疾疾退去。哦，世界多辽阔！未来多美好！我禁不住小声地哼起歌来，但是索米娅止住了我。她伸出手捂住我的嘴，然后轻柔地摸着我的脸。最后，她把手指插进我的头发，把它弄乱，又抚平。她久久地、一言不发地亲吻着我，吻得那么潮湿、温暖，又使人心酸。黑暗中，她那双大眼睛一眨一眨地凝望着我。眸子深处那么晶莹。我胸中的涛声和鼓点又激越起来，带着幸福的晕眩，莫名的烦乱，和守护神般的、男人式的责任感，我又把皮袍子给索米娅裹紧，然后紧握住她的小手。车轮溅起溪流的水花，飞扬的水珠高高四散，像是碰上了我们灼热的脸。头顶上方可能浮盖着一层厚厚的云，我们看不见它，但可以相信：是它遮住了天上的乔里玛星和那片残月。我们拥抱着，默默地把手握在一起，让手心热得冒汗，东方的天空已经褪去那种夜的清冷。它虽然仍是一片墨蓝，轻缀其中的几

簇残星虽然也依旧熠熠闪亮，但是那缀着星星的黑幕后面，已经苏醒般地升起、并悄然朝这儿飘来了一支壮美音乐的最初和声。它听不见，也许根本没有音响，但它确实已经出现并愈来愈近。它使莽莽的长夜失去了均匀的平静。也许它就是爱情吧，它汹涌而来，把不安宁的、富有活力的情绪注入这已经黑暗了太久的夜草原。

我们可以体会到一种对东方、对黎明、对未来的期待，浪漫主义式憧憬和乌托邦式展望。这些通过上述富于诗意的语言表现出来。我们再来看：

索米娅用鬓发触着我的面颊。她用几乎听不见的声音轻轻说道："你真好！巴帕……"就在这一瞬间，我们大卡车轰鸣着冲上了青格尔敖包一线最高的山口。朝向我的索米娅的脸庞在那一瞬突然变成通红通红的、妩媚的颜色。我吃惊地转向东方一看——啊，日出……极远极远的、大概在几万里以外的、草原以东的大海那儿吧，耀眼的地平线上，有半轮鲜红欲滴的、不安地颤动的太阳露了出来。从我们头顶上方一直伸延东去的那块遮满长空的蓝黑色云层，在那儿被火红的朝阳烧熔了边缘。熊熊燃烧的、那红艳醉人的一道霞火，正在坦荡无垠的大地尽头蔓延和跳跃，势不可挡地在那遥远的东方截断了草原漫长的夜。呵，话语已不能形容。这是我一生中见到的最美好、最壮丽的一次黎明。

那是最美好的最壮丽的黎明，因为有佳人陪伴，共同见证了人生中的一次壮丽的风景。白音宝力格哪里知道，这既是开始也是结局。开始或者结局都在这里酝酿着。那会儿，也就是抱一抱，拉拉手，爱情还是单纯和纯洁的。主人公兼叙述人白音宝力格这样辩解说："直至如今，我仍然认为，即使我失去了这美好的一切；即使我只能在忐忑不安中跋涉草原，去找寻找往昔的姑娘，而且明知她已不复属我；即使我知道自己无非是在倔强地决心找到她，而找到她也只能重温那可怕的痛苦——我仍然认为，我是个幸福的人。因为我毕竟那样地生活过。因为生活毕竟给过我一个那样难忘的开始。我将永远回忆那绚美难再的朝霞和那颤动着从大地尽头一跃而出的太阳。我觉得那天的太阳也曾显示过最纯洁、最优美的人间的感情。"

我想这几句话很关键。在1984年这样一个年代，人们对诗意启蒙、对纯美的东西有一种追求、一种缅怀和渴望。"哪怕我现在正踏在古歌《黑骏马》周而复始、低徊无尽的悲怆节拍上，细细咀嚼并吞咽着我该受的和强加于我的罪过与痛苦，我还是觉得：能做个内心丰富的人，明晓爱憎因由的人，毕竟还是人生之幸。"这样一个黎明的开始，是他永生难忘的，这是自己内心的独白和怀旧的感情。这些在电影里是怎样表现的呢？提醒大家看的时候注意一下。

前面提到当白音宝力格在城里读书的时候，索米娅在草原上却被黄毛玷污了。白音宝力格不知道这一切，他在城里读了几年书后，回到草原上，要和索米娅结婚。他回来后在草原上参加一个聚会，与黄毛产生了口角和厮打。

大家注意到，这位作家笔下的主人公一般都很好，但是到了关键时候，不仅要骂人，还要行动。《北方的河》里那位研究生，发誓要当着父亲的老婆和孩子的面，狠狠地揍他那张脸。他们都有一种积压已久的怨恨要发泄。当白音宝力格回到家时，发现索米娅的身形确实已经变了，希拉说的一切都被证实了。这一切与他们在卡车上共同拥有的那样一个壮丽的黎明一对比，差别是多么大，白音宝力格忍受不了这一切。最后，他终于一怒而离开了草原。

后来，他又回到草原来寻找索米娅，下面一段是他一边寻找一边独白式的叙述：

> ……我不能容忍奶奶习惯了的那草原的习性和它的自然法律，尽管我爱它爱得是那样一往情深。我在黑暗中搂着钢嘎·哈拉的脖颈，忍受着内心的可怕的煎熬。不管我怎样拼命地阻止自己，不管我怎样用滚滚的往事之河淹灭那一点诱惑的火星，但一种新鲜的渴望已经在痛苦中诞生了。这种渴望在召唤我、驱使我去追求更纯洁、更文明、更尊重人的美好，也更富有事业魅力的人生。

这里的“自然法律”指的是什么呢？当白音宝力格无法接受索米娅和希拉的孩子的事实时，奶奶却说：女人啊，能生孩子，就是好女人，管她是跟谁生的，只要是孩子就是神送来的。但白音宝力格心中拥有的纯美的精神和纯洁的爱是不容许黄毛玷污的。“我不能容忍……”，大家可以注意上面这样一句话。

许多读者在1980年代读到这样的句子，心中对纯美的追求从中找到了依托和共鸣，从而为自己的合情合理的行动找到了审美动力。这样的句子是现在的小说写不出来的，写出来了也会让读者感到奇怪：“想煽情吗？”审美精神的变化透过这些叙述表露出来。白音宝力格心中念念不忘的是:“但我决不能没有索米娅!我回忆着远自童年就开始了的那漫长的十几年生活。昔日的生活是那样亲切,就像春季化雪时节在山谷里浸过草根,汩汩淌着的溪流。那溪水清澄又甘甜,浸泡着我心田的一寸一分。我仿佛又看见了那些两小无猜、无忧无虑的日子;又看到索米娅美丽眸子里的明亮火花,和那熊熊燃烧的、使一切自然界和人间的美都相形见绌的绚丽红霞。”这里提到了“草根”,这或许是某种“根”的象征。在城里深感失落的他,这个时候要回到草原上去寻找母亲、母性或者说是地母——生命源泉。“索米娅已经不再哭了,但她不回答我的呼唤。我又在棚车旁站了许久,才回到包里。那一夜,我彻夜未眠。两天过去了。索米娅已经恢复了平静。我一直在等着她来向我倾诉。每当我饮马回来,出诊回来,或者在夜里走到棚车附近时,我总以为,她会立即出现在我眼前并扑向我。”但这样的情况没有出现,索米娅有她的自尊,有她无法愈合的伤口。

索米娅生下的那个孩子,非常地瘦小。索米娅看着这样的一个畸形儿,充满了悲痛。孩子还很小的时候,奶奶过世,索米娅母女孤立无援,被一个赶路的壮汉搭救,跟着他到了另外一个草原安家。白音宝力格找到她们的时候,感到过去的一切已经不可能回来了。索米娅带的这个孩子,非常孤独,加之又受到继父的冷遇,从小就有一种认同危机。这时索米娅告诉她,你的爸爸是一位有名的歌手,总有一天,他会骑着黑骏马来看我们。当白音宝力格见到那个小女孩时,总是感觉她的眼神怪怪的。后来索米娅解释了这一点,说主要是为了孩子好。白音宝力格这时告诉索米娅说,你就告诉她,我就是她的父亲吧,我会负起我做父亲的责任。白音宝力格是要偿还欠索米娅的宿债,这就发生了一种交换。他欠了草原的，草原把他养大了，但是他抛弃了草原；而这时，他想把这一切还给草原。生活中就这样处处充满了交换，情感之间的，伦理之间的。最后，白音宝力格离开的时候，索米娅对他说：“白音宝力格，你以后有了孩子，一定把他送回来，我把他养大。养大以后，我再把他送还给你。”这体现出草原母亲那种宽广的胸怀。

整篇小说，可以看出这样的一个失落草原、自然，离开“草根”很久的城市青年对生存之根的寻找，一种对新的自我身份认同。“当我的长调和全部音乐那久久不散的余音终于悄然逝尽的一霎间，我滚鞍下马，猛地把身体扑进青青的茂密草丛之中。我悄悄地亲吻着这苦涩的草地，亲吻着这片留下了我和索米娅的斑斑足迹和炽热爱情，这出现过我永志不忘的美丽红霞和伸展着我的亲人们生路的大草原。我悄悄地哭了，青绿的草茎和嫩叶上，沾挂着我饱含丰富的、告别昔日的泪珠。我想把已成过去的一切都倾洒于此，然后怀着一颗更丰富、更湿润的心去迎接明天，就像古歌中那个骑着黑骏马的牧人一样。”从回忆中吸取力量，展望的是明天。

老师：大家想一想，这样的描述和欧洲的浪漫主义文学有什么异同？

学生：这里面一种回归自然的倾向。语言有强烈的抒情性。我觉得它是有浪漫主义的倾向的。它大段大段地叙述，来表达自己的感情，而且里面还有对未来的希望。

老师：嗯，很好。大家都知道欧洲浪漫主义文学有两大特征：一是回到中世纪；一是回归自然。这位同学的发言，我很欣赏的一点是，她没有直接地去说，它就是浪漫主义的，而是说它有浪漫主义倾向。说得得体而不绝对。这篇小说有着明显的浪漫主义倾向，它表达的是一个在城市生活中失落已久的青年要返回自然那样一种愿望。他要通过这样一个行动、在这样的过程中吸取力量，走向新的未来。

下面我们来观看影片《黑骏马》（又名《爱在草原的天空》，谢飞执导，腾格尔和娜仁花主演），注意看看影片怎样处理小说中这种纯美精神和浪漫主义意味。

影片第一片段：开头部分。影片描述了“我”来到远房奶奶家，奶奶给他取名白音宝力格。他与索米娅一起生活，互生感情。后来白音宝力格去读书，索米娅搭车去送他。

第二片段：白音宝力格读书归来，要和索米娅结婚。在一次聚会上，得知索米娅已经被黄毛玷污。白音宝力格悲愤，失望。

第三片段：白音宝力格终于找到在另外一个草原生活的索米娅，在那儿住了几天，并将索米娅所生下的那个畸形女孩认作女儿，作为自己对过去的补偿。最后和索米娅告别。

我们来思考：《黑骏马》这样一个文本是否发生了意义变化问题？也就是说，它在分别借助印刷媒介和电影媒介去表达时，中间发生了怎样的意义转化和变迁？改变的原因是什么？达到了怎样的效果？大家来探讨一下。

学生A：我觉得影片中发生以下一些改变：一个是白音宝力格和索米娅一起坐车去城里的一段。这一段在小说中是它的精华部分，小说中他们的感情还有他们所共同见证的新生的黎明，都是很激动人心的。但在电影中却把它做了淡化处理，只有一句“你别走”。一对比就让人感觉流失了很多东西。还有小说在最后白音宝力格走的时候，索米娅叫的是“巴帕”，而不是“白音宝力格”，这样叫是有深刻的含义的，表明了他们之间的重新认同。而且白音宝力格本人更是迫切需要这样的称呼。但在影片中却是一句“你回来”这样一句很理性的称呼。再有就是孩子的眼神，小说中说孩子的眼神一直没有变，说明她的伤痕是很深的，但是影片淡化了这种意味。我们可以看到影片中那个小女孩最后是笑了。

老师：这个分析说得细致而具体，很有眼力。

学生B：我觉得这里还有一种由人称变化而引起的变化。小说是用第一人称来写的，使得读者能与主人公的情绪相激荡。电影则是一种全知全能的叙述角度，这样就使得人物与观众之间产生了间离，把人们的内心的东西抽出来了。虽然电影很美，但让人感觉，只不过是故事加上一些美丽的景色而已，比如影片中索米娅的形象就很单薄。

老师：这个分析着重于媒介转变所带来的一些变化，从变化中看到一些东西的消失。确实，媒介变了，很多东西就不一样了。文字媒介视角侧重的一些东西，电影媒介就没法表现出来。电影视角主要是第三人称的，而小说主要是第一人称的，它跟着“我”的视角，“我”的回忆、缅怀和感伤来感受，修辞效果就不一样。

学生C：我觉得，我们可以从前人对于诗与画的区分中得到一些启发。苏东坡论王维诗，看到了它与画的相通性。温克尔曼在论史诗和雕塑中拉奥孔的区别时，指出了由于艺术介质的不同所导致的不同，对于拉奥孔的处理是不一样的。而它们都是为了取得特定的艺术效果，而且确实是取得了各自不同的艺术效果。从中我们可以看到，诗中能表现的而画中不能表现的恰恰是诗的精华所在，画中能表现的而诗中不能表现的恰恰又是画的精华所在。

电影中可以把草原的景色表现得非常漂亮，但在小说中却只能是"只可意会而不可言传"。无论电影还是文学，都有不可替代的地方，而这不可替代的恰恰是它们的精华所在。

老师：这里看到了不同媒介艺术之间不同而不可替代的表现力。

学生D：我觉得小说中的抒情性用电影来表达本身就是一个失败，因为小说中的抒情性在电影中主要变成了画面和腾格尔的歌。这一些都是无力的。再一个就是演员表演得也不是很好，而且这种纯洁的爱情到了影片里却表现得有点争风吃醋的感觉。

老师：嗯，表明了自己的一个观点，认为改编是不成功的：选择了不适合的本子和方式。

学生E：我觉得同样的感情在文本中可能就是诗情，是悠长的意义，而电影媒介可能仅仅是一种信息了。比如，他们俩在车上分别的那一段，影片中演员们显得有点小，他们传达的感情是世俗的恋人感情，显得比较突兀，缺少震动。而在文本中这是很圣洁的一种感情。

学生F：我想从接受者的角度来谈一谈。如果从这一方面来看，我觉得电影改编得还可以。电影毕竟是一种视觉艺术，对想象性的要求小一些，它主要是通过画面来表达。对于一个文本来说，具有高等文化的读者才能借助想象把它解读成优美的画面。电影则是面向大众的，它的画面是易于理解的。我觉得小说不能只是停留在文本中，它应该用更多的媒介来表达。电影毕竟是一种活的画面，不像小说那样细腻，因而不必太苛求它是否完全符合了小说文本。所以我觉得它改编得还是可以的。

老师：从接受者角度谈，引进了我们刚才探讨的一个很必要的维度。电影是给观众看的,不是让他们去想的。看和读和想还是不一样。看的时候,就不能老是想。电影要吸引观众,就要有一种娱乐效果。而且它面向的是大众,各个阶层的都可以。这个同学引入的维度很好。

学生G:有这样几个细节值得我们注意。一个是吉他,它与草原上传统的马头琴构成了现代和传统的对立。再一个就是笔,它是文明的象征。最后影片中主人公拿出来给了那个女孩,并承认把她作为自己的孩子。这样一个过程,是否说明了主人公的爱情观的一个变化:真正的爱情在于情感上的依托。他最后体会到了什么是真正的爱情,与前面的一个情节"你得到她了吗?"形成了对比。

学生H:就电影和小说来说,我觉得,我们是通过通感和想象走入文本世界和人物内心之中的,电影通过画面形象限制了我们的想象。而且电影中很多语言是苍白的,体会不到小说语言的那种震撼感。小说和电影中的索米娅的差别是很大的。在电影中,亲近草原母亲的感觉没有了。

老师:抓住了画面对形式和内容表达的影响。我觉得电影用这种视觉画面来表达的时候,既打开了我们的视觉通感的可能性,更扩展了我们视觉的能力。把我们读小说时看不到的风景告诉了我们,满足了我们的视觉期待。这是一个方面。但另一面,它也限制了我们的想象,只能看到电影选择的画面。而我们阅读的时候,想象往往是丰富多了。一千个读者就有一千个哈姆雷特,对于索米娅的清纯可爱的想象,可以是无穷地好啊!但电影只让我们看到演员娜仁花的脸。

学生I:我个人认为,文本到影视,从审美的角度来看,电影也只能是达到文本的三分之一。但我还觉得，电影和小说应当结合着来看，不要因为电影表达不了文本的内涵，就不看了。两者都看了，才能有个比较。

老师：还应当进一步说，有了一个比较之后，我们应当明白去做什么。这也是我们做比较的意图。这么多年来文学受影视的压迫已经很久了。所以通过这样一个比较，来找到它们的异同，来找到文学要回到文学或重新阅读文学的那种必要性。我们千万不要认为看了电影就等于读了小说《黑骏马》。小说是电影不能取代的。通过比较，我们才能发现它们之间有不可替代的一些东西，才能看到各个艺术门类的特殊性，冷静地看待各门艺术的长短。而且通过这样的一个比较，我们应当明白，文学界应当做什么，影视界应当做什么。文学注定要“与狼共舞”，在“舞”中发展自己，建构自己。但怎样来“舞”？这是值得思考的。还有的小说文本接连被改编成电影、电视、连环画等多种媒介，如《贫嘴张大民的幸福生活》。这又带来新的思考。今天我们处在一个多媒介共存的空间中，人们可以随心所欲地用它们。但我们真的比过去富有了吗？我们在哪些地方富有了，在哪些地方又承受了不得不承受的匮乏——意义的匮乏、审美的匮乏等？这些也值得我们去思考。

像《黑骏马》，我读的时候有一种意义丰满的感觉，总觉得还有很多的剩余所指需要去梳理。但看了电影《黑骏马》时，更多的是欣赏它的画面，要思考的空间就小多了。

我记得好像是1996年北京大学生电影节我去做评委，我看了这个片子后，觉得它对浪漫情怀的追求有很多地方令人难忘，唤起了我对小说的某些感觉，但同时也忽略了电影这种大众媒介的特点，所以略有遗憾。

总体来说，文学文本和电影文本还是有很多差异。刚才有同学用了“三分之一”说法。可能三分之一消失了，三分之二填进来。喜欢文学的人，可能觉得三分之二是蹩脚的，但普通的观众要的可能就是这样的三分之二，而对文学只要三分之一就行了。因而不同观众的需求恰好是错位的，这也说明了不同的媒介在转化过程中的得失。有些东西，你看了电影觉得好，读小说反而觉得不怎么样。有些则相反。对《黑骏马》，我们觉得文字好，但电影一般。这样一对比，我们确实会发现很多东西。《黑骏马》这篇小说是1980年代中期很优秀的一篇，带有浪漫主义色彩的一篇。改编的难度是相当大的，可以说有些东西是不可改的，只能是去想象！以上说的是1980年代前期的悲剧性，美的东西的毁灭。我觉得《黑骏马》很能体现这样的一个特点，所以拿来细细地分析。

到了1980年代后期，泛悲剧性在中国文学中出现了，带有一种潮流性表达。尤其是在新写实小说中，泛悲剧感充分地体现出来。像《烦恼人生》写印家厚一天的经历。他闲下来时，对生活唯一的感觉就是梦。一天生活中的琐碎小事接连而来，使他的生活有一种预先的失败。自已还没怎么着，还没有体会什么高雅或神圣的东西，生活就变得一团糟了，处处都感到烦恼。“烦”这个字，可以使我们想起海德格尔的那句话，“存在即烦”。“烦”英文是“care”，意思就是关怀、顾念、操心和在乎等。人活着就是烦恼。生活实际的本质就是生命被折腾。这样看来，这些主人公就处在“一地鸡毛”的琐碎中。在1980年代后期，同样出现了《单位》等写实小说。在《单位》中，主人公小林和小李大学刚刚毕业时，胸怀天下，人生该有的理想他们都有。但结婚到了单位后，就被磨灭了，陷入了一地鸡毛各种的琐事中。《单位》是1989年在《北京文学》第二期上发表的。大家来看其中的一个片段，这是小林和小李结婚后到了单位上，面临着怎么过日子的问题：

> 钱、房子、吃饭、睡觉、撒尿拉屎，一切的一切，都指望小林在单位混得如何。这是不能不在意的。
>
> 世界说起来很大，中国人说起来很多，但每个人迫切要处理和对付的，其实就身边周围那么几个人，相互琢磨的也就那么几个人。任何人都不例外，具体到单位，部长是那样，局长是那样，处长是那样，他小林也是那样。你雄心再大，你一点雄心没有，都是那样。……就得从打扫卫生打开水收拾梨皮开始。

这里的主人公不得不将几乎全部注意力放到日常生活琐事上，高雅的话都不说了。这可以说是对《黑骏马》所追求的纯美的精神信念的一个反驳和消解。这就揭示了和白音宝力格所信奉的人生哲学不同的另一种人生哲学。生活就是琐事，就是从面对人生的烦恼开始。这样的东西在1980年代后期就成了一个新潮流。大家可以去看一看《沧浪之水》，这是揭示知识分子“家族”腐败和整体溃败的一部很有力度的小说。相较而言，《国画》里的人物还有点感伤，知识分子的味道还不是那么浓。《沧浪之水》与1980年代前期，尤其是在《北方的河》中所倡导的理想主义和浪漫主义已经有了明显的分别。《北方的河》中那位研究生认为他的同学徐华北生活很庸俗，而自己要去写诗，要做梦。到了《沧浪之水》中的池大为，他刚到单位时清高自负，最后接连遭到失败。现实逼迫他去拍马屁，去贿赂马厅长，然后步步高升。这样，一个单纯青年的宝贵东西就消失了。看了这部小说，我沉重了好多天。这里传达出一种新的结构主义人生哲学：走向社会需要另一种语法，这不是学校里的诗意启蒙的语法，而是实用主义的语法。语法不一样了，整个人物也就不一样了。这本书用小说的形式来揭示了我们遭遇的文化问题和人生价值的空白，提出了很好的问题。

1990年代，在泛悲剧感的基础上，审美精神发生了演变。它的标志性事件就是电视剧《渴望》和《编辑部的故事》的相继播出，这些具有了一种转折性的意义，显示了广义的人生喜剧感对悲剧感和泛悲剧感的取代。我们可以做一个简单的比较：悲剧性艺术要求严肃的创作态度，而喜剧性艺术采用游戏的态度；一个是刻画悲剧英雄的艰难抗争行动，另一个则编写喜剧角色的轻松有趣的笑谈、逗乐；前者精心建构历史的深度，后者却有意使这种深度平面化；当前者令观众启迪、觉悟时，后者却极力让他们畅快、沉酣。其实，从悲剧性艺术到喜剧性艺术，不过是从精英艺术到大众艺术的另一种说法而已。

在1989年以后，当许多文化人和作家都处在痛苦的转向过程中，对很多东西茫然失措时，北京电视艺术中心的一批文化人，聚集在一个小旅馆，大家想要编一部电视剧。没有文学脚本，怎么编？大家就开始凑，一凑就凑出来了。大致是要写一个弃婴的故事。这样大家就都来找，都来想。女主角要用东方女性，有东方女性的美丽、贤惠和美德，让男人们都喜欢她。但她总是优柔寡断，让观众替她着急。男人们都爱上她，但她就是拿不定主意。还有，要歌颂的人物是北京街道胡同里的老大妈、普通工人等。这样一种单纯为了观众和为了娱乐而进行艺术创作的态度，在中国电视史上是前所未有的。过去艺术要反映现实生活，反映本质规律，要教育人民和鼓舞人民，而现在要以游戏态度来创作，让观众感到娱乐。这就有了电视连续剧《渴望》。它一出来，就受到人们的普遍欢迎。《渴望》剧组所到之处，人们都夹道欢迎。他们向全国各地传授经验，告诉他们，电视就应该这样拍，小说也该照这样写。《渴望》当时创造了中国电视剧有史以来最高的收视率并获得了各种大奖。这一下子就把茫然失措的文化人、没有确立未来方向的政府文化管理机构，还有相关的文化产业和普通公众等，都吸引到这条道上来了，为后来影视剧以及中国整个审美文化产业的运作指明了方向。在这方面，《渴望》简直就是一个里程碑！后来的《编辑部的故事》也带有这种转折的意义。这同样给了作家们一个提示，写小说就应该写容易改编成影视的小说。这样就有了一个从悲剧艺术到喜剧艺术的转变，也就是从精英艺术到大众艺术的转变，从高雅文化到大众文化的转变。悲剧性艺术往往以充满正义感的悲剧英雄为中心，要阐述一种精英人物的意识；而喜剧性艺术以平常人物为中心，达到一种大众化。我觉得谢飞改编得不到位，可能就是他太受制于小说《黑骏马》的文学情结。

5. 从单语独白到杂语喧哗

第五，从单语独白到杂语喧哗。上述几种审美精神或审美文化的转变，归结到语言上，可以说就是表现为从单语独白到杂语喧哗的转变。单语独白，主要是指精英人物的单一语言的独白。《黑骏马》就是这样的一个标本。到了1990年代，杂语喧哗成了主流。多种异质话语并存、竞相争鸣的局面出现。当然，这在1980年代后期就已出现，像当时的电影《顽主》里面的“三T”公司，通过一种虚拟的方式，来替人排忧解难，这已经预示了1990年代的更大变化。

1990年代，这种杂语喧哗表现在多方面。第一是雅俗杂糅，即雅语和俗语杂糅，而不是雅俗共赏。哪里有高雅语言，哪里就有通俗语言和它相抗争，并进行拆解。第二是正语与奇语并存，就是指雅正的语言与新奇的、奇异语言相对比。第三是古今对话，就是古典的语言和当代新的语言之间杂糅。第四是土洋混杂，就是中国本土语言和外来语言、新的语汇与旧的语汇共存。第五是刚柔并行，刚性语言和柔性语言共同存在。像男子汉式刚性语言，到1980年代后期1990年代就很少了，更多的是柔性语言，尤其是流行歌曲语言，抒情都抒到心坎上了。第六是苦语和甜言蜜语的一种杂糅。流行歌曲很多是苦语，为赋新词强说愁。甜语更多是在广告里。广告把我们最美好、最轻柔、最甜美的语言都用进去了，以满足公众在生活中的需求。它是以泛化的意识形态告诉你，你的生活是有缺陷的，但如果你使用了他们的商品，你的生活就会重新美好起来。像牛奶广告，“感受心灵的天然牧场”，还有“某某床垫，给你一个温馨的家”，等等，这样一些甜美语言通过广告满足了我们日常生活的物质诉求。但也有一些粗鄙的语言，像《北京人在纽约》就用国骂才能发泄愤恨和郁闷。

从这样一些语言转化可以看到一个社会和时代风气、个人生活状况、生活价值结构和审美趣味以及伦理状况等的变迁。到了1990年代，就有了无法回避的更深层次的分化。大家可以去读一读池莉的《热也好冷也好活着就好》，看看1990年代的人们是怎样发生分化的；还可以从影片《站直啰，别趴下》《有话好好说》，看看1990年代人与人之间的分化在语言上呈现的差异。

四、1990年代：无法回避的分化

1990年代的社会生存状况构成审美精神的一个新的文化语境。人们的生存方式面临着种种分化。我在这儿想指出这样几个分化。第一，经济形态的多元化，即通常所说的经济基础和生产关系，它们已经变得多元了。随着计划经济转向市场经济，人们过去的观念发生了深刻的变化。比如过去买东西都要买国营的，直到今天像我这个年龄的人有时还残存这种观念，但现在你到哪里去找国营的？它已经变成“国有”的了，里面的成分可能就复杂得多了。第二，在这个基础上，有社会身份的分层化或多元化。过去的建立在“大锅饭”式平均主义基础上的工农兵学商等社会阶层体系已经消解了，代之以新的阶层分化。过去以政治划线，有“黑五类”“红五类”之分，现在这一些都被涂抹掉了。政府列出过这样的三个阶层：一是高收入者，可以说是新富阶层，就是比广大百姓先富起来的那极小的一部分；二是中等收入者或中收者，相当于中等阶层；三是低等收入者或说低保阶层。这样的划分可能是比较粗线条的，但这样划分的意义是重大的：这不仅是一个身份标签，而且实际上意味着人们生活方式的实际变化。第三，人们审美趣味或者艺术趣味发生了分化。新的生活方式、生活地位要求有新的审美趣味同它相适应。这样一来，大家的期待视野不一样了，观看电视、电影，欣赏其他艺术的动机、要求、口味也不一样了。这样一种分化直接影响到整个中国的文化产业市场、艺术创作和消费市场的变化。所以，经济形态的多元化、社会身份的分层化，带来的结果是宣告了支撑1980年代审美精神的经济形态一元化和社会各层平均化趋于瓦解，为审美精神的分化奠定了物质和社会需要的基础，发出了变革的呼声。下面我们从一些作品中来看这样的一种分化情况。

第一个个案是后朦胧诗人梁晓明在1980年代后期写的一首诗《各人》，我觉得这里面已经有了1990年代普遍的人际分化意识：

> 你和我各人各拿各人的杯子/我们各人各喝各的茶/我们微笑相互/点头很高雅/我们很卫生/各人说各人的事情/各人数各人的手指/各人发表意见/各人带走意见/最后/我们各人走各人的路//在门口我们握手/各人看着各人的眼睛/下楼梯的时候/如果你先走/我向你挥手/说再来/如果我先走/你也挥手/说慢走//然后我们各人/各披各人的雨衣/如果下雨/我们各自逃走

这首诗重复叙述“各人”，突出了这种“各人”在生活中的作用。不是单个的“个人”的“个”，而是分裂的孤立的“各人”的“各”。从中，可觉出它对于人际分化、人际疏离的强烈暗示作用。“各”和“个”一语双关。“各”同“个”虽同音但却不同义。“个人”之间并没有抱团成一个凝聚态整体，而是分离成孤独的“各人”。这就揭示了在今天这个时代人与人之间的分化与疏离状况。这里，主要是围绕日常生活来反映的。首先是各人用各人的杯子，各人喝各人的茶，担心传染，所以分得很清楚。似乎在说我们都很卫生，我们相互彬彬有礼，点头微笑，很高雅，但实际上彼此敬而远之，保持一种距离。一直到后面，各人有各人的事情、意见等。这样，从日常水杯直到人的道路不一样，从通俗的到高雅的，从简单的到深刻的，都发生了质的变化。“在门口我们握手”，显得很亲热，但客气的背后，就是人与人之间的疏离和分化。然后，突然来了一场雨，来了人生中的一场变故，生活中的一个变化，一个新的困难或挫折性情景。这个时候，各人披着各人的雨衣逃走了。一个“逃”字点出了今天这样一个社会里，每一个人对自己实际利益的切身把握和对他人利益的严重漠视。我觉得这种实用主义和物质主义选择，点出了今天生活中的深刻变化。像1980年代人与人之间的熟悉的和亲密的关系，那种随时在争论、为了一个共同的集体目标而团结到一起来的共同生存状况，到了1990年代已经是过眼云烟了。恍若隔世啊！我常常不得不这样感叹。生活中实际的东西变得越来越重要，越来越让人牵肠挂肚和烦恼，而精神的东西的地盘就被挤压得越来越狭小了。这是没有办法的事情。正是如此，实用主义或实利主义这样一类东西越来越占了上风，人与人之间的纯真感情难得见到了，或者是已退居到边缘地带被搁置起来。剩下的只是一种呼唤。而呼唤得越多的东西，可能正好就是实际生活中愈益缺少的东西。

另外一些作家也在小说中揭示这种状况。短篇小说《热也好冷也好活着就好》写的是武汉市江汉路普通市民居住区所发生的故事，主要人物都是普通市民，像猫子、燕华以及他们的邻居和朋友等，说的不外是一支体温表爆炸引发的日常琐碎事情。开始时猫子兴奋地向熟人说体温表爆炸这件事，紧跟着这件事情就迅速传开来。平凡的生活中就有了感到刺激的事件，大家都很有兴趣，哈哈大笑，人们的休闲生活充满了乐趣。就是这样一件小事在文本中竟被重复了八次。这样一些小市民，他们所关注的不是人生中的重大事情，国家和民族的大事，而是日常生活中的琐事。我就从这种重复中看出一个特征，那就是：日常生活的特征就是千篇一律的重复，也就是生活中琐事的重复。有些大事是很难重复的，如重大历史事件；而日常生活琐事天天都有，如《烦恼人生》印家厚早起后起床、刷牙、排队、挤公交车、坐轮渡等。日常生活一个很重要的特征就是千篇一律的重复（顺便说，大家如果对日常生活研究感兴趣，可以去读一下赫勒写的《日常生活》这本书，是重庆出版社出版的）。

我们来看小说中的一个镜头。晚上，大家在街上乘凉的时候，猫子和一个叫四的作家的一个对话。作家四不再像人们心目中想象的那种令人崇敬的"灵魂工程师"，而总显得"酸文假醋"，让人"讨厌"。

> 猫子说："四，我给你提供一点写作素材好不好？"四说："好哇。"猫子说："我们店一支体温表今天爆炸了。你看邪乎不邪乎？"四说："哦。"猫子说："怎么样，想抒情吧？"四说："他妈的。"猫子说："他妈的四，你发表作品用什么名字？"四唱起来："不要问我从哪里来，我的故乡在远方，为什么流浪，流浪远方，流浪。"猫子说："你真过瘾，四。"四将大背头往天一甩，高深莫测仰望星空，说："你就叫猫子吗？"猫子说："我有个学名，叫郑志恒。"四说："不，你的名字叫人！"猫子说："当然。"然后，四给猫子讲他的一个构思，四说准把猫子聊得痛哭流涕。四讲到一半的时候，猫子睡着了。四就放低了声音，坚持讲完。

我想，这样一个对话场景可以帮助我们分析今天这个社会普通公众与作家之间的分化状况。猫子作为普通的市民，感兴趣的是体温表爆炸这样的生活琐事。可是这个叫四的作家却是漠不关心，作深沉状，还要跟猫子谈一谈他的小说构思。但猫子兀自睡着了。这样就形成各说各的话、各人有各人的兴趣的场面。对话都做不到，形成一致就更不必提了，他们之间关心的东西已迥然不同。

第三个个案是一位诗人写的《博尔赫斯和我》。博尔赫斯是阿根廷著名作家，拉美魔幻现实主义的一个重要代表。他作为学识渊博的图书馆馆长，写的小说充满了语言文字迷宫的特点。他的生活就是书斋，表现的对象也是文字生活、书本生活。他在1980年代的中国作家诗人中影响很大。我们来看一下这首诗：

> 骑着自行车在我的城市的街道上行驶，/望着那些大大小小的店铺招牌，拥挤的行人，/我想到这里的一切和博尔赫斯的阿根廷/是不一样的。我知道我永远不可能像他那样写诗。
>
> 他的职业决定了他对丰富的隐喻的热爱。/他只要坐下来，在幽暗的办公室里翻开书，/就能发现虚构在时间中的位置，他懂得/在对阅读的持续讨论中，找到事物的钥匙。
>
> 把肉体的根基建立在书籍上，并对它的神秘/给予词汇的限制，使一座城市在文字中/比在时间中更热情。没有人能像博尔赫斯；/他走在布宜诺斯艾利斯，其实是走在书页上。
>
> 我想象着模仿他的模样，但我的城市/以对物质的坚定的信任拒绝了书籍，/我行走在大街上，找不到进入书页的门，/而时间在流失；在店铺招牌和行人的脸上。

这样的一首诗有什么特点？他所关心的、强调的“我”所生活的语境是什么？同博尔赫斯有什么差异？这些是值得我们注意的问题。这首诗是讨论博尔赫斯和“我”的关系的。那么，他们最大的差异在哪里？我们大学的本科生往往偏爱外国文学，写的作业主要也是外国文学的。但我就告诉同学们，你们要注意研究我们自己的文化，还得更多地关心、研究中国自己的文学作品。即使是研究外国的作品，还要加上“中国体验”（Chinese experience）。如果你研究的和外国人研究的完全一样，那么连外国人都会觉得你没劲儿：你们中国人怎么全盘照搬我们啊？难道就没有你们自己的东西？所以我说研究中国的文学非常重要。研究外国文学当然有必要，开眼界、了解他者，但应当是分析中国人对外国文学的体验，这是外国人研究不出来的，这一点很重要。当然，外国文学在中国现当代文学中有过深远影响，但如何来把握这种影响还是一个问题。面对博尔赫斯在中国的强大影响力，诗人通过这样一首诗表达了自己的困惑和质疑。那么，“我”和博尔赫斯的差异在什么地方？

学生：他们的生活环境是不一样的，博尔赫斯生活的环境的文化气息是相当浓的。诗中强调了书在生活中的重要位置。而“我”在城市中，商业气息是浓厚的。所以这样的两种语境下的体验就很不一样。

老师：很好。我有意找了一个比较文学专业的学生来谈这个问题，说得很清楚。

我想，博尔赫斯对中国作家的影响是很大的，诗正是由于感受到了这样一种冲击而写出来的。它是一种区分，一种拒绝。博尔赫斯的生活是书本，是在书页上行走。而“我”的语境却是商业气息日益浓厚的语境。在这样一个情况下，还像博尔赫斯那样，就没法直面中国人的生存和生存的困境了，所以最后一节说：“但我的城市/以对物质的坚定的信任拒绝了书籍”。人们相信的是物质而不是书本。物质和书本文字形成一个张力。“我行走在大街上，找不到进入书页的门，/而时间在流失；在店铺招牌和行人的脸上”，这又回应了诗的开头，表明了关于外国诗人对中国诗人的影响的一种冷静反思，意识到外国诗和中国诗产生分化的必然性。这首诗的语句都是比较长的，几乎主要是在议论，描写的东西不多，文人化色彩很强，还是以议论入诗、以思考入诗。在1990年代，像孙文波、王家新和欧阳江河等被称为中年写作和知识分子诗人的诗人，他们往往把叙述、议论和政治经济词汇都引进诗中。孙文波受到博尔赫斯的影响还是有的，他只不过是在努力挣脱这种影响。

下面我们来观赏影片《站直啰，别趴下》的几个片段。这部影片是1994年拍的。1992年春邓小平发表南方谈话，针对中国社会中出现的新问题提出了一系列改革开放的新观念，随即对中国社会各方面发生了重大影响。这部影片正是在这样一个背景下拍摄出来，反映了当时社会的一些新变化，尤其是人际关系的新变化。下面来观看影片的开头和结尾部分。我想提请大家考虑这样的问题：这部影片写了哪几种人物？他们的关系怎样？

学生：影片中主要讲了四种社会身份：以高文为代表的作家知识分子；以刘干部为代表的人事干部；还有张永武这一类的地痞式的人物，以及他后来发展为个体户的代表；另外一种就是楼道里的其他的邻居孙大爷等。这些人物的阶层分化已经比较明显。张永武很霸道，但对知识分子又有一种崇拜心理。刘干部两面三刀。楼里的其他人物对张永武是既怕又恨，却不敢反抗。这样形成了他们之间错综复杂的关系，显示了他们之间对话的艰难性。

老师：很不错，影片基本的人物关系都揭示出来了。这部影片主要是从作家高文的角度来讲的。片中有这样几种人物：作家或知识分子、干部、个体户和楼道里的其他人物。另外还有刘干部的女儿，她对新事物的接受比较快，对新事物有她的权威性。影片展开了这样五种人物之间的对话，或者说他们之间的杂语喧哗。每一个人物都不是完全正面的和高大的，他们都是旁观式的批判者。影片的执导者通过冷静观察，竭力在影片中展示他们的生存状况，展示由商业机制带来的新的分化。影片由此来表明他们之间的冲突和对话的艰难。电影有时就是这样，以它的直接性、丰富性和广大的受众面，在社会效果或社会影响上远远超过了小说，所以更能说明新的语境的变化所带来的社会变化，以及人与人之间关系的变化。

我们再来看影片《有话好好说》片段。我们主要看它的开头和结尾部分。这部影片是1996年出品的。我想它的片名就已经给了我们一个提示，“有话好好说”，但实际上是有话没法好好说，无法沟通，说什么彼此都不明白。“你明白了？你明白什么了？”赵小帅和安红，安红和她的母亲，赵小帅和民工，他们之间的沟通是困难的。后来又有赵小帅和知识分子张秋生之间展开的对话，他们之间的冲突、和解与认同。这样一部影片，我觉得也是一个合适的个案，它能帮助我们透视1990年代中国社会发生的分化以及这种分化所带来的人与人之间对话的艰难。电影写的不是完全真实的东西，它是借助于电影的胶片和电影的语言来呈现电影制作者们所认为的社会语言状况，体现了他们重新思考和阐释社会语言状况的努力。电影是一个窗口，帮助我们认识电影制作者们对那个时代社会生存状况和人际关系及语言状况的一种看法。

归结起来看，这两部影片有一个共同点，就是它们都揭示了1990年代以来中国社会语言的新变化。随着经济形式的多元化和社会分层的多层次化，中国人的审美趣味和艺术趣味及语法和词汇都产生了新的变化和分化。人与人之间对话的艰难凸显出来，而相应地，对话的必要性也凸显出来。

我们再来看一位后朦胧诗人的《致一位朋友》，这是1986年写的，可以看作是与“朦胧诗”决裂的宣言书：

> 多年以后/ 我们面对面/ 坐在一个房间/ 开始点烟/ 你的声音已经生锈/ 斑斑驳驳落在地上/ 却渴望着被我拾起/ 再获得青铜的光泽/ 我沉默不语/ 无话找话 是一件很痛苦的事情/ 那一日已经远去……让我们彬彬有礼地告辞吧/回到各自的房间/ 像墙壁那样 彼此站立/这样要习惯得多/ 也显得自然/ 不妨在空气明净的时候/ 打开窗户/ 互相眺望

这首诗使我们清晰地认识到彼此差异的必然，揭示了分化的必然，呼唤双方开展彼此平等、自主和友好的对话。

还有像《饿死诗人》似乎走得更为极端：

> 那样轻松的 你们/ 开始复述农业/ 耕作的事宜以及/春来

> 秋去/挥汗如雨　收获麦子/你们以为麦粒就是你们/为女人迸溅的泪滴吗/麦芒就像你们贴在腮帮上的/猪鬃般柔软吗/你们拥挤在流浪之路的那一年/北方的麦子自个儿长大了/它们挥舞着一弯弯/阳光之镰/割断麦秆　自己的脖子/割断与土地最后的联系/成全了你们/诗人们已经吃饱了/一望无边的麦田/在他们腹中香气弥漫/城市最伟大的懒汉/做了诗歌中光荣的农夫

这里辛辣地揭露和嘲讽了启蒙诗人的想象性实质：一边那样轻松自如地复述农业、谈论麦子，一边却四体不勤、五谷不分，甘做“城市最伟大的懒汉”，实际上不过是在“用墨水污染土地”。所以诗人索性提出一个响亮而极端的口号：“饿死诗人”。他想要饿死的或许并非一切“诗人”，而不过是一类诗人：一类单纯沉迷于想象而无视实际生活变化的诗人。诗人在1980年代启蒙事业中做出的历史贡献是不容否定的，不过，现在更需要考虑的是，在1990年代新形势下，他们还能继续固守原有的方式吗？他们难道不需要做出必要的角色转换或调整吗？

通过以上文本，我们可以发现1990年代支离破碎的语言状况。维特根斯坦在1940年代分析西方话语状况时指出：“我们的语言可以被看作一座古老的城市：迷宫般的小街道和广场，新旧房屋以及不同时期新建的房屋。这座古城被新扩展的郊区以及笔直的街道和整齐的房屋包围着。”[①]经典的语言是古老的城市，它本身有迷

---

① 〔奥地利〕维特根斯坦：《哲学研究》，汤潮、范光棣译，生活·读书·新知三联书店1992年版，第14—15页。

宫般的街道和广场，再加上新旧的房屋混杂。而且在这同时，这个古城被新扩展的郊区包围着。新城区无节制地扩展着，城市的陌生感加大，城市的文化越来越淡薄。到了1980年代，法国的列奥塔顺着维特根斯坦的思路进发，又发现了若干新语言："机器语言，游戏理论图谱，音乐标码的新系统，逻辑的非指标性形式坐标系统（时态逻辑，伦理逻辑与形式逻辑），遗传密码语言，音位学结构图示，等等。"这些语言很多人都不认识，新旧语言交织在一起，揭示了一种最严重的社会危机，人的主体体验的失落，人感到成为主体的艰难。"社会主体看来正在语言的游戏的扩展中瓦解自己"①，社会主体置身在新的语言游戏过程中，这种游戏不断地在扩展，不断地在瓦解着主体自己。不是主体在自主地说话，而是这些说出的话在瓦解主体自己。"如今无人能够运用所有这些语言，人们也不再拥有普遍通用的元语言，而那项系统—主体工程业已失败，解放目标同科学毫无关系，我们全都陷入了这种或那种知识的相对主义之中，渊博的学者变成了科学家，科研任务日益细碎的分割致使无人能够把握全部。"②

这里面什么叫"元语言"？元语言就是在语言（language）的前面加上一个前缀"meta-"，成"metalanguage"。元语言又叫后设语言，或叫形而上语言，也就是语言得以建构的更基础的语言。我们要说一套话，彼此要能懂，那么这一套话后面就有一个共同的元语言。这样的有关元语言能让人们说出的话都彼此了解。《站直啰，别趴下》和《有话好好说》中，人与人之间的元语言似乎正在

① 〔法〕列奥塔："后现代状况——知识的报告"，王岳川、尚水编：《后现代主义文化与美学》，北京大学出版社1992年版，第37页。

② 同上书，第37—38页。

消逝，没有了，他们失去了以往的更基本的元语言。句子还是那些句子，词汇还是那些词汇，但它背后的这套体系，尤其是更基本的元语言，最初的知识体系已经变了。所以，“我们全都陷入了这种或那种知识的相对主义之中”。人们不得不面对这种语言的异化。人们创造多种语言为的是更好地把握自身与世界，但意想不到地却相反使它们变得无法控制，反过来成为面向自己的破坏或颠覆性力量。所以福柯感叹说人死了：“这难道不正是一个信号，在语言日益照亮生命地平线的时候，而总体结构却风雨飘摇，人走向死亡？”①这句话经常被人们引用。尼采说“上帝死了”，斯宾格勒说“西方没落了”，巴尔特说“作者死了”，福柯说“人死了”。这些话听起来也许很极端和片面，但可以帮助我们了解今天世界的变化。尤其是通过刚才几个文本，我们可以发现语言的分化，语言多样性已经成了今天社会语言的一个常态。

五、1990年代审美精神——异趣沟通

下面来讲第五个问题：如何把握1990年代审美精神的新变化？前面我们说了1990年代的一个很重要的变化就是分化。从语言上说就是杂语喧哗或奇语喧哗，那么审美精神怎么来把握？我就不得不造出一个词——“异趣沟通”。

异趣，实际是指彼此不同的趣味或人与人之间的审美趣味的

① Michel Foucault, *The Order of Things: An Archaeology of the Human Sciences*, New York: Random House, 1970, p.386.

差异性。“沟通”本义是开沟而使两水相通，泛指彼此相通。见《左传·哀公九年》：“秋，吴城邗，沟通江淮。”“沟通”既承认疏离，又寻求融通，使原本疏离的两方或多方相互贯通。所以，“沟通”可以用来描述某种内部各方彼此存在疏隔而需要融通并可能融通的文化状况，这正与我们理解的异趣状况相契合。异趣一方面表明人与人之间“沟”的存在，另一方面又昭示着“通”的必要性和可能性。所以，异趣沟通就是指不同审美趣味相互融通的状况。既不同又融会，既融会又不同。融会状况并不是寻求完全一致，而是首先要承认分化，疏离和差异的必然性，融会的必要性、可能性。异趣沟通不是最后消除了差异，走向了完全的一致，而只是承认差异、尊重差异，在差异中融合，在融合中找出差异。这样的两个意思是融合在一起的。

下面来谈谈异趣沟通的具体呈现。异趣沟通是一个总体描述，这是个有弹性的词，在不同的审美文化现象中会有不同的表现。它可以有以下六个方面。

第一是对话。这个词是从巴赫金和伽达默尔那儿借过来的。生存就是对话，充满了对话。对话并不是表明人与人之间话语趋于完全一致，而正是说明人与人话语的差异性而产生了沟通的必要性。对话就是每一个人带着自己的差异来展开对谈，在对谈中力求寻找沟通的可能性。即使达不成一致，彼此也形成一种民主的协商氛围。今天这个时代的分化是必然的，很难有一种最强音能越过其他话语的地盘而寻求一致。今天人与人之间还能对话，这就是奇迹！这就是美啊！我们没法要求更多了。

第二是仲裁。无论是体育比赛还是法律纠纷，都寻求仲裁。每个人有不同的语言、生活兴趣，但这不妨碍人们在共同的游戏规则下面走到一起来，加入共同的语言游戏中。当我们很难区分真假、美丑、对错和先进落后等时，可能就需要大家尊重共同的游戏规则来展开仲裁。这个时候就需要仲裁。

第三是阐释。阐释就是我们面对一种现象而展开我们的描述和分析。我们可能暂时无法对它做出清晰的价值判断，但我们能把它背后的话语机制揭示出来，也就可以了。我自己在1990年代做的批评工作，很多就是把价值问题加括号括起来，先阐释文本修辞机制。我的好几本书可能主要就是这样，尤其在《中国现代卡里斯马典型》中，我的主要任务是揭示话语背后的一些机制和语境状况。我当时把文本价值高低搁置起来，因为我暂时不想去回答，或者没有可能去回答，我主要是对它加以阐释。所以当有人问我，你读了这些作品觉得哪些好，哪些不好？我说，这个时候我考虑的主要是它背后的文化语境和它的文本构成。一些作品在艺术上价值并不高，可是在文化上的阐释价值可能比较大。但文化价值和审美价值结合得很好的小说并不是很多，像《热也好冷也好活着就好》，可能它的文化价值的阐释大于它的审美价值的阐释。所以，阐释是异趣沟通中很重要的一种状况。并不是说一定要把价值说清了，审美精神或者说是人文精神就有了——现在，“人文精神”这个词我尽量避免用，觉得它太大，我宁可用“审美精神”。

第四是评价。就是回答刚才提出的问题。在有些情况下，人们可能会做出价值高低的评判。有的时候评价也是必要的，但它不过是审美精神的一个具体表现而已，并不能涵盖审美精神的全部。比如《从森林里来的孩子》，我认为它是1970年代中最优秀的短篇小说之一，我在对它做了分析以后还可以说它的好坏。再比如《黑骏马》，我认为它是该作家的中篇小说中最优秀的一篇，我的理由是它的形象刻画、语言运用以及对人的生存意义的叩问等方面，结合得很完整。

第五是体验。并不是任何一种文本都能让我们沉入对人生意义的体验中，可能只是在有些作品中能唤起人们对人生意义的体验，这个时候人们可以沉醉到文本中去。像《站直啰，别趴下》和《有话好好说》，要说是多么优秀的电影倒谈不上，但它们对于我们认识1990年代初期中国社会语言状况，以及电影制作者们对这种语言状况的体验和反省是有启迪价值的。

最后是认同，文化认同。它是指对自我身份的确认。认同（identity），即身份，或者同一性。这也是异趣沟通的一种具体表现。这个“认同”是从自我出发的对个人、集体、民族和国家的身份的确认。在今天，认同越来越成了一个普遍问题。像这两部影片也可以从认同角度来看，人与人之间感到了认同的困惑，也感到了认同的必要。我们如何来寻找自己的认同感，自己应该有的身份，人生状况和人际关系，也成了审美精神应当面对、思考和了解的一个问题。

第五讲　从无声挽歌到视觉动画
——兼谈大众文化对高雅文化的置换

认识文学的特点，有时难免需要适当地跳出文学的范围而从外面、从其他艺术门类来回看。从小说到电影的改编过程，就有一种代表性。

前面讲到《黑骏马》从小说到电影的意义转换，大家可能产生了思考文学与电影之间关系的更浓厚兴趣：文学与电影到底有哪些差异？这个问题提得好，我们中文专业的人对这个困扰我们的问题，是该有一个说法了。承受着影视对文学的日甚一日的冲击的我们，确实应该对文学与电影之间的关系做点具体的比较分析了。

我看了影片《天上的恋人》（2002），不禁回想起读过的小说原著《没有语言的生活》（《收获》1996年第1期），这两个媒介与文本之间似乎可以碰擦出一些火花，触发一些敏感的问题。所以，我产生了将这两种媒介及不同文化形态加以比较的兴趣。从小说到电影，从杂志媒介到电影媒介，从高雅文化文本到大众文化文本，这中间究竟发生怎样的变化？《天上的恋人》的摄制确实可以提供一些启示。

一、小说与电影之间的媒介转换

从杂志媒介（小说）到电影媒介，转换是必要的：原有的文字描写要转换为电影特有的视觉造型、人物动作和影像蒙太奇等。从《没有语言的生活》到《天上的恋人》，媒介转换确实完成了，观众可以借助银幕视觉形象观看到过去只能通过阅读文字而在头脑里想象的对象。读者读小说时，一边以眼睛识别杂志上的文字，一边在脑海里把文字的意义想象为活生生的画面，这种形象带有间接性，同时也体现了不确定性和无限变化性；而观众看电影就不一样了：他可以直接观赏银幕上活动的视觉画面，所获得的形象就具有直接性和逼真感；同时，由于电影由演员表演，大部分以实景拍摄，因而比起读小说时的漫无边际的纵情想象来，当然也就体现了较多的确定性和变化的有限性。小说中的王家宽、朱灵和蔡玉珍在不同读者头脑里可以有不同模样，而一旦转换到电影中，观众就只能观赏由演员扮演的人物了。读者的变动不居的个人想象在银幕形象面前不得不趋于固定。

指出小说与电影之间的这种媒介转换诚然是必要的，但问题在于，从小说到电影之间的转换是否仅仅出于媒介需要？其实，无需特别留意就可以从这部影片中看到，在纯粹的媒介转换之上，出现了值得注意的更多的改编因素。重要的是，这些改编因素不是消极的，而是积极的，也就是说，是指作者自觉地或有意识地实施的。

1. 首先来看人物。小说里的主要人物都移植到了影片中，只是有些微变化：第一，小学教师张复宝与姚育萍夫妻，在影片中变成兽医站张站长（未婚）和他的姐姐。这一身份改动对剧情影响不大，估计是为了顾及“人民教师”的正面形象。第二，王家宽周围的伙伴本来多是恶人或“小人”，而到了影片里则都变成善良的或没有恶意的好人。把小说里的敌意环境转变成童话般纯真的社群，符合电影的文化导向需求。第三，小说中医生刘顺昌是个故事叙述者，他更多地成为王家宽一家命运的见证人或反思者，但到影片里则被完全省去，因为全知全能的摄像机镜头似乎可以替代充当这种见证人或反思者角色。第四，最重要的是，与小说里的朱灵心向家宽，大胆与他在草堆里待了一夜，有明显的女性主义反抗者意味不同，影片里的她同样漂亮多情，却处处被动和犹豫不决：既喜欢年轻憨直的家宽，又被富有文化的张站长深深地吸引，因而徘徊不定。这一形象的女性主义反抗者意味在影片里几乎完全消失了，原因可以想见：编导不想让文化层次不同的广大观众去拒绝这一特立独行形象，甚或认为她“作风不正”，而只需要创造一个美丽、多情、大胆而又轻信的令人喜爱、同情和怜悯的姑娘就行了。演员的表演当然比较适当地呈现了这一形象。第五，哑女蔡玉珍的角色改动相当明显：原来只是来村里推销笔变成前来寻找丢失的哥哥，突出了兄妹亲情这一面，这可以用亲情感动观众；从不会写字变成写一手好字，在山上山下到处书写标语，这能增加其灵气和文化程度；从为了得到王家宽而竭力赶走朱灵，变成处处为朱灵着想，最后毅然决定牺牲自己对王家宽的爱而成全朱灵。把蔡玉珍改造成美丽、纯情、善良、礼让的人，自然是要渲染一种浪漫喜剧氛围。

2. 其次看场景。在小说里，故事发生在一个普通乡村，在影片里则变成风景险峻奇异的悬崖上的村庄。这明显地是要以场景的观赏性吸引观众。同时，引人注目的是，影片在开头就增设一个巨大的红色气球，它高高地悬挂、飘浮在村子上空，吸引着村里的少年们。富于动感的红色气球起到如下多重作用：第一，在色彩和形状上强化视觉观赏效果；第二，点出当前消费时代商业广告对于乡民生活的影响；第三，为王家宽及其伙伴的乡村生活提供取乐逗笑的对象；第四，为最后朱灵乘气球飞去、成为“天上恋人”提供一个自始至终贯穿全片的器物铺垫。可以说，场景的上述两点变化目的是突出奇观性，并渲染出一种轻松活泼的浪漫喜剧情调。

3. 再看事件。在构成故事框架的事件方面，影片的改编痕迹处处清晰可辨。例如，王家宽的父亲王老炳原来是在玉米地除草时被黄蜂蜇瞎的，变成自己猎枪走火误伤，引出正路过此地的哑女蔡玉珍，把她当成罪魁。这种改动的主要目的，是为了让主要人物之一的蔡玉珍一开始就出场，并且造成因语言而生的巧合和误会。值得注意的是，小说在写王家宽与朱灵相好时，突出的是朱灵的大胆和主动，当聋子王家宽在谢西烛家受到侮辱走出时：

> 心头像爬着个虫子不是滋味。他闷头闷脑在路上走了十几步，突然碰倒了一个人。那个人身上带着浓香，只轻轻一碰就像一捆稻草倒在了地上。王家宽伸手去拉，拉起来的竟然是朱大爷的女儿朱灵。王家宽想绕过朱灵往前走，但是路被朱灵挡住了。

朱灵的主动有两个原因：一是确实有点喜欢王家宽，二是借此向父母的管束大胆宣战：“他们像两个落水的人，现在攀肩搭背朝夜的深处走去。黑夜显得公正平等，声音成为多余。”朱灵与王家宽在草堆里待了一夜，“朱灵像做了一场梦，在这个夜晚之前，她一直被父母严加看管。母亲安排她做那些做也做不完的针线活。母亲还努力营造一种温暖的气氛，比如说炒一盘热气腾腾的瓜子，放在灯下慢慢地剥，然后把瓜子丢进朱灵的嘴里。母亲还马不停蹄地说男人怎么怎么的坏，大了的姑娘到外面去野如何如何的不好”。朱灵还大胆地向“占了便宜”的王家宽“狠狠地扇了一巴掌”，“她想今夜我造反了，我不仅造了父母的反，也造了王家宽的反，我这巴掌算是把王家宽占的便宜赚回来了”。而到了影片里，朱灵只是与王家宽在山间小道上玩自行车而已，不再有在草堆里待一夜的大胆与越轨举动，这当然是为塑造朱灵清纯形象服务的。

4. 更为重要的是围绕“语言”所发生的事件的改动。“没有语言的生活”是小说表达的关键：正是由于瞎子、聋子和哑巴之间的语言不通，造成了生活的不如意；同时，正是由于这一家在语言上的残缺，导致了他们与村里人家、与似乎整个社会的误会、陌生、隔绝和敌意。所以，当朱大爷领着朱灵来向王家宽对质时，两人的事情在语言能力正常的人是完全可以圆满解决的：

> 朱大爷说家宽，昨夜朱灵是不是和你在一起。如果是的，我就把她嫁给你做老婆算了。她既然喜欢你，喜欢一个聋子，我就不为她瞎操心了。朱灵抬起头，用一双哭红的眼睛望着王家宽，朱灵说你说，你要说实话。

但耳聋坏了大事。“王家宽以为朱大爷问他昨夜是不是睡了朱灵？他被这个问题吓怕了，两条腿像站在雪地里微微地颤抖起来。王家宽拼命地摇头，说没有没有……。”形势急转直下，王家宽在又一次被朱灵打耳光后，幸福失去了。“王老炳说谁叫你是聋子？谁叫你不会回答？好端端一个媳妇，你却没有福分享受。”就由于王家宽的耳聋，好事在瞬间就变成坏事了。同样，由于不识字，他委托张复宝代笔向朱灵写的示爱信才会被张钻空子利用，从而导致朱灵投向张的怀抱。朱灵前来对王家宽表示感谢，被王误解为她要赖上他，从而引来王的厉声指责、绝交，促使朱灵自尽。“王家宽说你怀了张复宝的孩子，怎么来找我？你走吧，你不走我就向大家张扬啦。朱灵说求你，别说，千万别让我妈知道，我这就去死，让你们大家都轻松。”而正当蔡玉珍发现朱灵想自尽，及时地向其父报告时，喑哑阻碍了她与他之间的沟通：

> 朱大爷正在扫地，灰尘从地上冒起来，把朱大爷罩在尘土的笼子里。蔡玉珍双手往脖领处统一圈，再把双手指向屋梁。朱大爷不理解她的意思，觉得她影响了他的工作，流露明显的不耐烦。蔡玉珍的胸口像被爪子狠狠地抓了几把，她拉过墙壁上的绳索，套住自己的脖子，脚跟离地，身体在一瞬间拉长。朱大爷说你想吊颈吗？要吊颈回你家去吊。朱大爷的扫把拍打在蔡玉珍的屁股上，蔡玉珍被扫出朱家大门。

这里以及小说里其他事件的描写都有力地确证了一个道理：语言是人的生存方式本身，没有语言的生活就是没有幸福的生活。作家对语言与生活的本体性关系的揭示，确实有其独特处，可以发人深思。而到了影片里，这种“没有语言的生活”不过更多地成为引来误会的笑料而已；而它的“发人深思”也早就是不可能的了：在电影院里尽管欣赏主人公们的喜剧性误会吧，何必待在书桌前反思“没有语言的生活”的痛苦?

5. 还有就是结局的改动。影片里的朱灵是被蔡玉珍真情感动而主动乘气球飞走的，给观众留下令人感动的飘逸画面和向往空间。目睹朱灵乘红色气球在青山绿水间渐行渐远、飘升而去的浪漫场景，简直像是在欣赏一场前所未有的丰富的视觉盛宴。而在小说中，朱灵却只是选择了含羞且含怒自尽，并且以自己的腐臭尸体向负心汉张复宝复仇：

> 第五天清晨，张复宝一如既往来到学校旁的水井边打水。他的水桶碰到了一件浮动的物体，井口隐约传来腐烂的气味。他回家拿来手电，往井底照射，他看到了朱灵的尸体。张复宝当即呕吐不止。村里的人不辞劳苦，他们宁愿多走几脚路，去挑小河里的水来吃。而这口学校旁的水井，只有张复宝一家人享用。朱灵死了五天，他家就喝了五天的脏水。
>
> 那天早上学校没有开课。在以后的几天里，张复宝仍然被尸体缠绕着，学生们看见他一边上课一边呕吐。而姚育萍差不多把胆汁都吐出来了，她已经虚弱得没法走上讲台。

这一改编的必要性相当明显：一是可以避免观众产生生理和心理反感，二是可以追求一个浪漫性与喜剧性的结尾。

随着朱灵的“乘风归去”，二女争夫的好戏终于有了显然令观众满意的结局：美丽而善良的哑女蔡玉珍将与聋子王家宽过上幸福生活，一家人安居在视觉场景秀美奇异的悬崖顶端。但原小说所竭力强化的则是因朱灵自杀而生的神秘仇怨对王家后来凄凉命运的决定性控制力：

> 他们在门前仔细听，那个奇怪的声音像是来自屋后，他们朝屋后走去，走进后山那片桃林。蔡玉珍看见杨凤池跪在一株桃树下，用一根木棍敲打一只倒扣的瓷盆，瓷盆发出空阔的声音。手电光照到杨凤池的身上，她毫无知觉，她双目紧闭口中念念有词。蔡玉珍和王老炳听到她在诅咒王家宽。她说是王家宽害死了朱灵，王家宽不得好死，王家宽全家死绝……
>
> 蔡玉珍朝瓷盆狠狠地踢，瓷盆飞出去好远。杨凤池睁眼看见光亮，吓得爬着滚着出了桃林。王老炳说她疯啦。现在死无对证，她把屎呀尿呀全往家宽身上泼。我们穷不死饿不死，但我们会被脏水淹死。我们还是搬家吧，离她们远远的。

这种神秘仇怨的权力是如此强大，以致王老炳被迫做出全家搬迁到河对岸与世隔绝的重大抉择。当然，这种仇怨终究要追溯到王家宽那“没有语言的生活”上：他连正常的听觉能力和识字能力都没有，怎么谈得上生活、更何况幸福生活呢？

与世隔绝不仅没有带来好运，反而让语言宿命变得更令人恐惧和绝望了。小说结尾段落是这样的：

> 又过了一年，蔡玉珍生下一男孩。男孩出生时没有啼哭，男孩长着一双大眼和一对大耳，显得十二分的可爱。但是慢慢地，蔡玉珍发现了问题，男孩空长了眼睛、嘴巴和耳朵，他

> 又瞎又聋又哑，连咿咿呀呀的声音都发不出来。蔡玉珍发现这些问题之后，她的耳边突然回响起一首歌谣：蔡玉珍是哑巴，跟个聋子成一家，生个孩子聋又哑。声音仿佛从河那边飘过来。她想我们还是没有离开他们，我们被他们说中了，她像王老炳那样胡思乱想，想着想着实在想不下去了，她就如一匹被人骑过的伤心的老马，对着她怀中的小马仔，说那些谁也听不懂的话。

瞎子、聋子、哑巴组合起来的家庭，诞生的竟是又瞎又聋又哑的新一代。多么令人沉痛、令人悲凉无语的语言悲剧！蔡玉珍和她的家人难道就注定了只能在这无声挽歌的伴奏下“伤心”地生活下去，而且看不到发生改变的哪怕一丝希望？

与这种语言宿命不同，影片以浪漫结局告诉人们：由瞎子、聋子、哑巴组成的一家人，尽管没有正常的语言沟通，却由于彼此拥有真情，终究能过上幸福生活。由满溢阳刚气的帅小伙王家宽与美丽纯真的姑娘蔡玉珍组成的家庭，在观众富于同情心的愿望中当然应当是幸福的！这是小说与影片在修辞效果追求上的一个突出区别。此外，出于同样的原因，影片还省略了王家挖祖坟、搬家到对岸从此“与世隔绝”、蔡玉珍被强暴而生下一个五官健全但瞎聋哑全占的婴儿等过程。不妨替影片编导想一想：这些很容易令人对生活产生悲观感受的情节，如果在银幕上和盘托出，显然与主导文化倡导的规范不尽相合，与大众文化的感性愉悦功能不符，从而与影片的浪漫生活主旨“不宜”，甚至形同水火，因而被“不无道理”地隐去了。

6. 最后看情调。在人物、场景和事件上的改动，必然导致整个文本情调的变化。如果说，小说通过发生在瞎子、聋子和哑巴之间的没有语言的痛苦生活过程，上演了一出在无声挽歌伴奏下的冷峻甚至冷漠的人生悲剧，读来令人掩卷沉思，对语言的权力深感震惊；那么，影片则是竭力勾勒富有视觉观赏性的浪漫喜剧动画，看后让人在轻松与愉快中忘却生活中的沉重与苦痛。

一般说来，单就电影这种大众文化本身特点看，《天上的恋人》对《没有语言的生活》的改编基本上是无可厚非的，合情合理的。你要制作大众文化产品，就得如此办。还能够有更好的娱乐大众的办法吗？单就观赏效果来看，这部影片甚至可以说获得了成功。一部娱乐电影，你还能指望别的什么？

二、大众文化对高雅文化的修辞移置

不过，发生在小说与影片之间的种种变化，触及我国当前高雅文化与大众文化之间的关系问题，有必要进一步考虑。

高雅文化与大众文化之间有明显分别吗？如果有，又在哪里？这是人们常以为了解其实未必清楚的一个问题。《没有语言的生活》把瞎子、聋子、哑巴写到一起，这可能是中国小说史上前所未有的一种新写法。应当讲，关于瞎子、聋子和哑巴等残障人物，早已有人分别写过了。但是，将这三种人放在一起写，在情节设计上是独特的和成功的。无论作家写这篇小说的动机或初衷究竟如何，小说文本提供出来的“现实”本身应具有某种确定性：以具有原创性和个性化的描写去传达个体的理性沉思、文化启蒙和社会关怀。这一文本现实足以让读者陷入反思：正像瞎子王老炳、聋子王家宽与哑巴蔡玉珍在幸福生活梦想破灭后走向与世隔绝的孤寂生活那样，没有语言的生活其实是痛苦的或反人性的。显然，作家可能想借此传达一个带有个性特点的属于高雅文化的表现性意图：反省语言在生活中的权力及其具体运作方式，追究语言与人性的深层联系。至少，读者可以从文本中读出这类高雅文化理念。我阅读这篇小说时，感受到的就是生活中不能承受的无语言沟通状态、令人不堪回首的无声的冷漠与悲凉。这样的个性化表现和社会关怀在高雅文化来讲是正常的。

然而，电影从总体上看不是高雅文化，而是属于大众文化。大众文化是工业化和城市化以来特有的文化形态，着重借助大众传播媒介而为数量众多的市民生产富于日常感性愉悦的事物。市民看电影，首先寻求的不是理性沉思或文化启蒙，而是令人赏心悦目的视觉效果，是观赏的轻松和愉快。如此看，《天上的恋人》对小说的改编就属于大众文化对高雅文化所做的一次必要的修辞性移置，这种移置包含了增减、显隐、变形等多方面的修辞变化。

简要说来，影片体现了如下文化修辞法则：

第一，主要人物除了沿袭小说中那种外形美丽以外，其性格也不宜女性主义式地特立独行（如小说中朱灵与王家宽在草堆里待一夜以反抗父母管束、自杀在张复宝水池里以报复张），而是要清纯、可爱并且富于浪漫情趣（如影片中蔡玉珍主动“礼让”、为朱灵与王家宽布置新房、朱灵在感动后乘气球飞升等），同时还要善良、充满同情心等，这些都是要投合市民的流行审美趣味。

第二，场景不宜平常而要奇绝（悬崖上的村庄）和富于视觉造型性、表现性（红色气球），以便营造浪漫喜剧风味，从而吸引追新求奇的观众。

第三，情节安排首先要服从于视觉观赏效果而不是内心的理性沉思，因为市民观众去电影院主要是找乐子，在找乐子之余能有那么一丁点儿思考就不错了。

第四，情调上不再是谱写无声的生活歌谣，而是演奏浪漫的人生恋曲，因为大众文化不大相信真切的人生痛苦而宁可沉迷在无功利的快乐世界。

这样，上述修辞上的转换，“成功”地导致原来由小说承载的高雅文化的无声悲歌转向大众文化的浪漫的视觉动画，由此拉开了大众文化与高雅文化之间的文化“距离”。

也许有人会单从商业角度解释改编的原因：小说是语言艺术，要求读者沉思；而电影是银幕商品，要追求票房。我觉得不完全是这样。在今天，无论是小说还是电影，都是“文化产业”的产品，都具有商品与艺术双重性。就是说，它们都是艺术与商品的混合物，只不过归属于不同的文化形态而已：借助报章杂志媒介发表的小说更利于传达富于个性和理性沉思特色的高雅文化，而运用摄像机拍摄的影片更有可能传输令人赏心悦目的大众文化。中篇小说《贫嘴张大民的幸福生活》（刘恒著，《北京文学》1997年第10期）被先后改编成电影《没事偷着乐》和同名电视剧，就是一例。我读小说时体会到一种类似“黑色幽默”那种苦中作乐的感受，想笑却又笑不起来，禁不住回头品味张大民因在生活中丧失分量而引发的沉重感；看电影时感觉这沉重感在减去分量，变得轻飘飘；而看电视剧时，张大民的贫嘴与憨态更是吸引了大部分观众注意力，他生命体验中那份不能承受之轻与之重就仿佛快被稀释完了。显然，视觉主导的赏心悦目冲击或消解了语言阅读和沉思带来的想象的生命沉重感。《天上的恋人》的改编效果也大体相当：为着视觉上的浪漫效果而敢于牺牲理性思考的沉重。可见，媒介的差异确实影响到文化形态的不同（当然不能忽略另一面：报章杂志媒介也可以传达大众文化——如金庸，而影视媒介也可以表现带有高雅文化某些特点的大众文化）。

不过，高雅文化与大众文化确实是相对的和可以置换的，不能加以绝对化理解。小说《没有语言的生活》能被顺利地改编成电影《天上的恋人》，以及《贫嘴张大民的幸福生活》的影视改编，本身就是实例，显示高雅文化与大众文化之间的区别的相对性和可变性。它们表明：高雅文化与大众文化之间确实存在分界线，但这种分界线不等于恒定不变的鸿沟，而往往只是忽显忽隐且又相互缠绕的闪烁不定的变线，因为，这两种文化都不得不受制于特定时段的文化语境。例如，追新求奇就是如今这两种文化都悉心求索的。小说把瞎聋哑三人写到一起是如此，因为以前没有人这样写过，这样写本身就是创新，就会吸引读者；电影进而增加悬崖上村落、红色大气球及乘气球飞升等也是如此，也由于没有人这样拍过而这样拍了就是原创。作家和影视导演分别刻画"贫嘴"时也都是如此：突出语言调侃或语言狂欢在日常生活中的强大冲击力。在揭示语言在生活中的作用方面，两篇小说有异曲同工之妙：《没有语言的生活》强调贫于语言（无声）的生活痛苦，《贫嘴张大民的幸福生活》突出富于语言（贫嘴）的生活幸福。而电影和电视都在这方面做足了文章，只是引向不同的表现性目的：小说更善于让读者自己去反思生活的不堪承受的沉重，影视更喜欢让观众领略生活的什么痛苦都可以化解的轻快。这样说当然也只是相对的。可以说，小说与电影两者本身不见得谁就比谁高明，关键是看具体文化语境中的具体表现。

三、有关文学的“乡愁”

无论如何,《天上的恋人》从小说到影片的形成过程,为理解当前我国大众文化对高雅文化的置换以及两者间复杂关系提供了一个有意义的范本。

这里虽然仅仅着重考察由小说的听觉主导到影片的视觉主导的置换而不能顾及其他方面,但它本身就足以揭示大众文化与高雅文化之间的一个典范性差异了。20世纪50年代以来的中国电影,一向是视觉再现性占主导地位,这是服从于以文学占主流的传统写实美学的“真实性”要求。而进入80年代,后来被命名为“第五代”的新锐电影人先后通过《黄土地》和《红高粱》提出了独特的视觉表现性第一的新型美学主张,首次非同一般地突出视觉本身的意义表现力量,显示出与文学及其代表的传统写实性美学决裂的姿态:

> 陕北高原的土通常是浅白或淡黄色的,但《黄土地》却特别突出一种浓重的黄色基调。……最初剧本写的是青山绿水的南泥湾,也没有突出黄土地之“黄”。而张艺谋拍摄时,为了专门突出黄色的表现力,采取了一系列特别措施,如选柔和外景光线、运用长焦距镜头、排除绿色、用高地平限构图以使黄土地占据主画面等等。正是这样,黄土地才显示出人们此前在影片中从未见过的独特的黄色“美”来,形成视觉上的震惊和惊奇效果,对于海内外观众产生了奇异而强大的冲击力,

> 极大地助成了中华民族文化反思和历史批判题旨的实现。也就是说，黄土地的奇异的和富于冲击力的色调，并不仅仅是可有可无的纯形式因素，而具有直接左右“内容”的修辞力量：它为整个影片文本的意义定下了一个情感或意义基调，使得始终结合深沉、博大而富有生机的黄土地从事中国文化和历史的反思成为可能。

而到了几年后的《红高粱》中，该导演不惜一切地“刻意追求红偏黄效果，给人以鲜亮、热烈、火热感觉”，形成了中国电影史上几乎空前的强大的视觉盛宴。[①]随着这种视觉表现性第一原理的深入和扩散，当代电影人对视觉表现的异常重视已变得见惯不怪了。

《天上的恋人》由无声挽歌向视觉动画所作的置换，就是在这种视觉表现性语境下仿佛自然而然地运作成的。这种置换的自然而然正说明：视觉表现性第一原理已经成为当前我国大众文化与高雅文化相分离的普遍性修辞法则之一了。我有理由担心，这一原理的无节制推进有可能导致中国电影遁入“唯视觉表现性”绝境。“唯视觉表现性”指那种不顾意义呈现（如对生存体验的理解、故事逻辑、理性反思和历史真实等）而单纯突出视觉表现效果的修辞方式。当今电影正体现出放纵“唯视觉表现性”的趋势。

对此，作为一个喜欢读小说而又时常看电影的人，我又能说什么？一面观看在视觉动画中飘逝的“天上的恋人”，一面又像蔡玉珍那样对着怀中的小马仔唱着谁也听不懂的无声的语言与生活挽

① 参见王一川《张艺谋神话的终结——审美与文化视野中的张艺谋电影》，河南人民出版社1998年版，第197—198、207—211页。

歌？我的心难免涌动起一股有关文学的“乡愁”。毫不怀疑，文学与影视、高雅文化与大众文化在彼此较量过程中注定了会继续走自己的路；不过，我清楚地意识到，文学的路标上绝不会像电影那样标明视觉表现性第一原理，而电影也不会像文学那样树起生存体验、自由想象、理性反思和历史真实等大旗。其实，包括电影和文学在内的各门艺术，无论自身具有怎样的媒介特点和文化形态，都无法绕开同样一个问题：如何运用合适的媒介方式和文化形态去表现人的活生生的生存体验？具体媒介方式和文化形态的选择与运用可能有其审美合理性与市场合理性，但是，它们只有服务于表现活生生的生存体验时才真正有力量。

第六讲　现代性体验与文学现代性分期

我在这一讲里，打算追问中国现代性的地面问题，从现代性体验的角度为中国文学现代性研究寻求一种新的阐释路径。

一、回到中国现代性的地面

“现代性”已成为近年国内人文学界热烈讨论的焦点话题之一。这些年我参加过一些论文答辩，无论是现当代文学专业、文艺学专业还是比较文学专业，其大部分论文题目都要涉及现代性问题。这促使我思考现代性对文学究竟意味着什么。我发现有个问题一直悬而未决，这就是：从现代性通向文学的桥梁是什么？学者们将思考主要集中在思想层面的现代性上。这些当然有道理。但我想问的是，文学是用语言、形象通向现代性的，那么通向文学现代性的具体通道究竟怎样？我认为思想层面的研究固然有意义，本身却不能完整地回答这个问题。文学现代性应当有自身的独特问题或问题呈现方式。这样就产生一种“发现”：文学领域的现代性追问已经失去或遗忘了它赖以生成的基本的东西，这就是“体验”，人对于其生存境遇的一种独特直觉。正是人对现实的活生生的生存“体验”，构成通向文学现代性的桥梁。

我说的这种“体验”不同于一般的心理学意义上的思想、心理过程，而是指包括感受、情感、欲望、想象、幻想、理智等在内的人的整个生存直觉，是人生意义的瞬间生成。正是这种现代性体验构成现代性的基本地面，即构成所有现代性思想、意念、情感、审美或艺术等的基本层面。现代性转型实际上也就是生存体验的现代性转型。在我们研究文化现代性时，有两个关键问题不能忽略：第一，现代性不只是精英人物的现代性，更是普通民众的现代性；第二，现代性不只是人们的思想的现代性，更是包括日常生活在内的整个生存方式的现代性。

对日常维度的关注，既有助于澄清历史迷雾，也很有现实意义。现在一些学者谈现代性时往往只盯紧那些大政治家、思想家、学问家等的思想演变，而忽略了他们本身以及普通老百姓的日常生活体验。正是从使用望远镜、眼镜、照相机、洋火等日常生活器物的体验中，人们才更真切和复杂地领略到现代性在中国的发生状况。这些日常生活器物的引进确实标志着生活的进步，但同时它又是对中国民族产业的冲击，在清末民初时，使一大批民族产业陷入困境。现代性在中国的发生既有以大炮为表征的强暴的一面，也有以新奇的洋货为表征的诱惑的一面，这一现代性辩证法决定了中国人的现代性体验总是糅合着痛楚与憧憬、悲哀与欢乐、怨恨与羡慕的复杂心绪，这构成中国人现代性体验的基调。因此，人们是用身体和精神同时感受现代性冲击的。文学恰好也在同一层面来思考。文学不仅是在思想层面、情感层面思考现代性，也要直接深入到现代性的体验层面上来把握它。诗人用诗，小说家用小说，他们正是要以语言符号模型所建构的形象系统去把握活生生的、完整的现代性体验，而不单纯是靠现代性思想。这一点对文学来说尤其重要。

二、中国现代性体验的层面

探讨中国现代性体验的基本层面，需要先回答中国现代性的发生时间这一问题。对此历来有几种说法：一是宋代，这以日本汉学家内藤湖南为代表，目前在欧美汉学界仍有不少赞同者，理由是宋代的印刷术、商业、科技思想等是后来现代性的萌芽；二是五四新文化运动时期，它是中国的现代政治革命同时也是现代文化转型的新起点；三是戊戌变法时期，那时的变化导致了古典帝制的崩溃和新的现代性的发生；四是鸦片战争时期，那是中国古典历史与现代历史的分水岭。这几种观点尽管各有其合理性，但我认为都忽略了现代性体验这一关键视点：现代性的发生其实正是现代性体验的发生。这两者不能分开谈，而应当形成一种综合。由此看，我认为中国现代性的发生时段正在于从鸦片战争到义和团运动的60年间。如果说，鸦片战争使中国人固有的古典性体验受到剧烈摇撼，那么，义和团的惨败使中国人对于文化古典性的最后的信心和幻想也丧失了，剩下的就只有义无反顾地走向现代了。

可以做这么一个假设，就是在中国现代性体验之前存在着一个仿佛是共时态的古典性体验模式（仅仅是在想象的意义上），由此来追问现代性体验的内涵。可以看到如下三个层面：

第一，从民族的生存境遇来看，现代性体验意味着全球性与地方性共生境遇的生成，简称全球地方性。同它相比，中国古典性体验的最基本特征是中国中心幻觉。中国的现代性从一开始就是与全球性进程密切地交织为一体的，这需要仔细分析。与古典性文化在古代世界图式中自以为属于世界的中心不同，现代性文化则是在新的全球性世界图式中重新寻找自我，体验到自身从中心沦落为边缘的痛苦现实。也就是说，现代性文化标明的是中国人对于世界和自身的现代性体验的生成。现代性文化的基本追求之一正在于中国人的现代性体验的生成与阐释，即参酌西方现代性文化而重新确立中国人在当今世界上的地位和形象，由中国中心幻觉转换成全球地方性。

"走向世界"自改革开放以来成了一个响彻云霄的涵盖全民族的口号。这个口号引起过很多质疑。我曾写过一篇文章，对"走向世界"作修辞论阐释。中国就在世界中，如何走向世界？这似乎与常识相悖。我还清楚地记得1981年3月20日晚上中国男排反败为胜所引发的全国性大学生游行事件。当中国男排与韩国比赛以0∶2落后时，电视转播停止了，观众的心情都很失望。但晚上11点左右，突然消息传来，中国男排以3∶2反败为胜，夺得冠军。这使全国上下都沸腾了。就是通过那次事件，"走向世界"逐渐地成为横贯体育、外交、金融、哲学、文学、电影、商业等各个领域的全民性口号。"走向世界"用英文应该如何表述呢？我曾经就此问题与多伦多大学的几位教授进行过讨论。译为"go to the world"一定是不准确的，外国人很难理解。中国就是世界的一部分，如何走向世界，要走向哪里呢？他们建议译为"go on into the world"。当然，这个译法也需要加注释才能确保被外国人准确理解。我认为这个"world"实际上是古典"天下"的置换，就是古典传统中"天下之中央"说法的置换。这里隐含的疑问应是毫无疑问的："走向世界"实际上是要在新的全球性语境下重返"天下之中央"，走回中国人过去有过的、今天还应该有的"天下之中央"的地位上去。

中国文化过去是“天下之中央”，今后或今天还应该重新享有它的地位。影片《红高粱》获奖了，人们说，中国电影已经“走向世界”了，就是说中国电影已经被认为是“世界一流”的了，这正是过去中国中心幻觉的无意识演变。①

第二，从本民族与其他民族的关系来看，现代性体验意味着人类普遍性与民族特异性的双重特性的发现，中华民族具有人类民族性。古典性体验有一种典范的特征——“中优外劣”心态。似乎中华民族优越于世界上所有的其他民族，是最高贵的。正因为中国人有“中优外劣”的心态，所以喜欢对其他民族进行嘲笑，比如称外国人“老外”“小老外”“鬼子”“洋鬼子”等。从这些称呼可以看出中国人的自我优越感是长期固有的。中华民族历来是最具有开放性和包容性的民族，但这种开放性和包容性有一个前提条件，就是自己的自尊心要受到充分的尊重，要持有居高临下的态势。现代性体验击碎了这一幻觉，承认中华民族不过是全人类诸多民族的一个，拥有人类诸民族的普遍性。现代性体验意味着中华民族自信心的重建过程，包含了对中华民族的人类民族性的看法。

第三，从文化价值体系来看，现代性体验意味着“器”与“道”的互动性体验，简称“器道互动性”。中国古典性体验认为文化的最有价值、最高的层面是“道”，而不是“器”。在鸦片战争到戊戌变法之间，很多知识分子都认识到这一点：鸦片战争中国输了，输在“器”不如人，“技”不如人，而不是“道”不如人。后来中国造“器”，但是造好后却不会使用。甲午海战，中国和日本使用同样的

① 参见王一川“现代性情结与文化无意识”，《文学理论学刊》第1辑，北京师范大学出版社2000年版。

“器”，中国却惨败。痛定思痛，追本求源，还是要同时从“道”中找原因。中国的问题不仅仅是“师夷长技以制夷”可以解决的，需要的是“道”与“器”同时的、全方位的变革。如果古典性体验是由重“道”轻“器”心理构成的，那么，现代性体验就是意味着“道”与“器”关系的全方位变革。

三、现代性体验的基调

现代性体验的基调，就是现代性体验的基本精神的表征。20世纪初，德国哲学家、社会学家舍勒提出过“怨恨论”观点。舍勒用“怨恨”（resentment）分析德国新教及其内涵。他认为，“怨恨”心理对资本主义文明的发展起到过极其重要的作用。①刘小枫用舍勒的观点来分析中国现代历史，尤其是分析1950年代以来社会主义精神的内涵。他提出，“怨恨”心理也是中国社会主义意识的动力。②这一分析很有道理。不过我认为，在阐释中国现代性时，如果完全套用舍勒的“怨恨”概念就可能遇到问题。应当看到，如果从1840年鸦片战争这一引发“三千年未有之大变局”的事件算起，中国现代性进程至今不过100多年，而欧陆现代性工程至少在17世纪就已启动了。这也就意味着研究中国现代性问题不可能漠视源自西方的现代性思想资源。中国现代性问题既有世界范围内

① 〔德〕马克斯·舍勒：“道德建构中的怨恨”，《价值的颠覆》，刘小枫编，罗悌伦等译，生活·读书·新知三联书店1997年版，第1—163页。

② 刘小枫：《现代性社会理论绪论——现代性与现代中国》，上海三联书店1998年版，第352—434页。

的普遍性，同时又有地方的特殊性，讨论中国现代性体验不能离开中国现代性的历史具体性。

英国社会学家吉登斯在《现代性与自我认同》一书中讨论了构成“现代性”的三大“动力品质”或“因素”，即“时空分离”“社会制度的抽离化机制”与“现代性”的反思性。[①]我认为所谓“时空分离”在中国必然以“时空裂变”这一更激烈而特异的方式呈现出来，指中国原生古典时空观的断裂和外来西方现代时空分离观的置入。中国对先发的现代性国家有一种羡慕和怨恨交织的情结。因为羡慕而开始追赶，追赶不上就产生怨恨。因此，不是西方人那种“怨恨”，而是怨恨与羡慕交织的“怨羡情结”，才构成中国人的现代性体验的基调。现代性体验的基调在于怨恨与羡慕相互交织的心理状态，即怨羡情结。

人们经常听到这样的话，过去的中国是天下的中央，现在的中国已经落后了，落后就要挨打，所以中国人应该团结起来，“振兴中华”。这样的至理名言里已经包含了我们的“怨羡情结”。面对伟大而可怖的西方他者，自我要重新起来，调整心态。“怨羡情结”可以从两方面来看：一方面，当中华民族的深重创痛久治不愈时，容易产生怨恨。怨己贫穷，恨己弱小。同时也怨恨西方对中国的野蛮侵略和无情的冲击。对中国怨贫恨弱，对西方怨强恨霸。这种怨恨可以引发种种其他的怨恨，对他者、对外来的民族、对不同的群体、对家庭的成员，等等。鲁迅《狂人日记》里的狂人虽然没有父亲，没有受到父亲的压制，但是长兄如父，他的哥哥代表父辈

① 〔英〕安东尼·吉登斯：《现代性与自我认同：现代晚期的自我与社会》，赵旭东、方文译，王铭铭校，生活·读书·新知三联书店1998年版，第18—22页。

的守旧势力来压制他，因此，他对哥哥的怨恨是非常强烈的。这种怨恨可以引发种种其他的怨恨，这成了中国现代性的标志。另一方面，在人们对中国怨贫恨弱、对西方怨强恨霸的时候，就更急切地渴望实现现代性的目标，渴望赶超富强的西方。当赶超难以实现时，人们就加倍地缅怀和羡慕中国古典传统的辉煌、荣耀，回头赞叹中华文化的源远流长（当然也包括像阿Q那样说：先前比你阔多了）。所以，羡慕也具有中国的内涵，它时而呈现为对西方现代性的极度倾慕和向往，时而表现为对中国古典性文化的怀慕和悲叹。记得《北方的河》中，研究生和女摄影师到湟水河畔苦苦地寻找美景拍摄，最后从地上找到一片彩陶碎片时，女摄影师说了句："多美啊！可惜它破碎了！"这个细节给我的印象很深。扩展开来看，羡慕和怨恨一样，具有多种多样的丰富形态，两者构成了中国人很重要的心理状况。更为重要的是两者是相互渗透、激发和共生的，它们处在互动性共生的状态中。所以，现代性体验中存在两种相互扭结和共生的东西——怨恨和羡慕，怨恨就是怨贫恨弱，羡慕就是羡富慕强。这可以说是两种基本的现代性体验的心态，它们交织在一起，构成了中国现代性体验的"怨羡情结"。

整个中国现代文学史也可以视为"怨羡情结"的演化场。上面提及的《狂人日记》就体现着这种"怨羡情结"。虽然其发生阶段已经过去了，但是"怨羡情结"还是延续了下来。一个就近的例子是铁凝出版于2000年的长篇小说《大浴女》。主人公是尹小跳，她还有一个妹妹尹小帆。尹小跳十一二岁的时候，母亲和一个医生有了感情，生下了小妹妹尹小荃。尹小荃是个非常可爱的小女孩儿，长着金黄色的头发。母亲把自己对三个女儿的爱全部凝聚到小女儿身上，这就使两个姐姐感受到了极大的冷落，生出极大的怨恨。尹小跳家里有一张长沙发，平时两姐妹最爱在上面玩，但自从有了尹小荃后，她们在哪里玩，尹小荃就跟到哪里，总是抢她们最喜欢的东西，这就激化了她们内心的怨羡情结。终于，致命的时刻来到了。一次，母亲让两姐妹带着尹小荃在外面玩。尹小跳忍心看着尹小荃向一口没有盖儿的井走去，却没有阻拦、没有呼救，也不让妹妹去阻止，眼看着尹小荃掉下去，淹死。按说她的怨羡情结应该平息了，但事实并非如此。从此她心里产生了沉重的负罪感，她的爱情、工作、人生思考等所有的一切都受到了影响。怨羡情结促使尹小跳进行报复，但一旦报复真的实现了，又使她陷入深重的负罪体验中，终生反省。整个小说就是写尹小跳的自我内心反省过程。铁凝想借此说明一个道理：每一个人都可能有个难言的过去，都可能有受自己内心的怨恨或者羡慕驱使的过失行动。但是，只要你善于反省，追求更高的人生境界，那么你就会在经过千辛万苦后找到自己"内心深处的花园"。从我的角度来看，这里正体现了现代中国人的怨羡情结。通过这篇小说，铁凝把怨羡情结及其所左右着的人的现实生存状态表现出来了。[①]怨羡情结深植于现代中华民族的内心深处，它在很多作品中都有所体现，其表达方式多种多样，这里就不展开了。

四、现代性体验的类型

现代性体验类型的划分，要落实到文本上去。我提出现代性

---

① 王一川："探访人的隐秘心灵"，《文学评论》2000年第6期。

体验本来就是要为现代文学，尤其是其具体文本阐释提供一个现代性框架。现代性体验类型的划分，可以采用英国雷蒙·威廉斯的三分法。威廉斯认为，一个特定时期的文化往往有三种形态：主流的（dominant）、新生的（emergent）、剩余的（residual）。[①]主流的就是统治性的、支配性的；新生的就是正在出现的、正在生长的、代表新生力量的；剩余的就是旧有传统的残余。每一种文化都有这三种形态，现代性体验也不例外。我们把现代性体验的三种形态同过去、现在、未来三个时间维度架构到一起：主流—现在；新生—未来；剩余—过去。这样，我们就引申出了中国现代性体验的三种基本类型，而当三种基本体验汇合到一起，走到极端，形成一种悲观绝望时，就增加了第四种体验。于是，中国现代性体验共有这样四种基本类型：一是惊羡体验，即又惊奇又羡慕，涉及到新生——未来的维度；二是感愤体验，即充满怨恨与愤怒，涉及到主流——现在的维度；三是回瞥体验，即对行将消逝的意味无穷的古典文化传统报以深深的回瞥，涉及到剩余——过去的维度；四是断零体验，对过去、现在和未来都感到无望或绝望，颇有多余人、断裂、绝境等感受。

首先来看惊羡体验。它属于新生型的体验，体现了中国现代性中新生的和现代性的东西。它指向中国现代性的未来维度，主要显示的是对于西方的现代生存境遇的惊奇、羡慕心态。惊羡体验的主要代表是近代政论家、文学家王韬。当人们讨论现代性时，有一个人物长期以来一直被遗忘了，这就是王韬。王韬在康有为、

---

① Raymond Williams, *Marxism and Literature*, Oxford: Oxford University Press, 1977, pp.121–127.

梁启超之前就对中国的现代性问题进行了全面的、深刻的思考。王韬有一段特殊经历，他20岁时就到了上海。他的思想本来很顽固，认为洋枪、洋炮、洋器具都不足一谈，只有中国的“道”是最高的。但是，有一件事改变了他。太平天国时期，他曾给太平天国献计攻打上海。太平天国陷落后，他被迫逃到了香港，然后随外国传教士到英、法游历了近三年。1867—1870年间，作为一个中国的流亡者，他独立地感受了西方现代性种种令人惊羡的状况。因此，比起在他前后出国考察的清朝官员，他的视角更独立、更自由，他的变革思想也更激进。

1874年，王韬在香港创立了《循环日报》，这是当时中国人创办的中文报纸中最成功的一家。王韬自己担任主笔，写了大量的政论散文。现代报刊的社论体裁是由王韬开创的，梁启超的启超体或新文体都是在其后。王韬的文章不胫而走，穿过清王朝的边关封锁，受到李鸿章、丁日昌等洋务大臣和其他知识分子官员的重视。他在文章中谈中国要怎么样加强海军、海防，怎么样变法图强，设立报馆、办报纸，怎么样立法、振兴经济，开发矿山、出租土地。王韬以生花妙笔写下了后收录于《弢园文录外编》《弢园尺牍》《淞隐漫录》等中的重要文章，在当时影响很大。他在自己的作品里提出了很多重要的观点，比如，中国现在的历史是数千年未有之“创局”，“盖今日之天下乃地球合一之天下”，以及从“器”的同一走向“道”的大同等思想。

其次看感愤体验。“感愤”这个词来自梁启超评黄遵宪的一句话。中国现代性体验的基调是感愤，是感伤和愤怒相交织的情感，是面对破碎的山河、衰败的社会和文化而发出的感叹。现代文学里的基调有不少昂扬的，但更多的是低回的。黄遵宪在他的一些作品中大量记录了鸦片战争以来中国的历史变迁。黄遵宪的一首诗作充分体现了他的现代性体验的生成过程和他的感愤，这就是他在1885年创作的《八月十五日夜太平洋舟中望月作歌》。

1885年在旧金山当外交官的黄遵宪回国，途经太平洋，在船上度过中秋节，他赏月时写了这首诗。月亮的形象在中国古典传统中不断演变，有大量的诗人在床前、阁楼、江畔关注月亮，获得了对中国人的生存方式的直觉。但是，黄遵宪是在太平洋上观看月亮，星星还是那颗星星，月亮还是那个月亮，但是，生存的境遇改变了，体验会不会改变呢？《八月十五日夜太平洋舟中望月作歌》把"大海"从王韬那种外在于中国人生存境遇的西方奇观，转变为全球化时代的中国人的生存场所，从而以旧体诗形式展示了与古典"海"迥然不同的崭新的全球性"大海"境界。黄遵宪的"大千世界共此月，世人不共中秋节"是他在回国途中感受到的迸裂，认同和不认同、同化和异化的差别。他在要认同自己的中国情怀时，突然意识到，在西方近2000年的纪元历史中，八月十五日只不过是个寻常的日子，并没有人认为八月十五日的月圆之夜有什么特殊。西方人没有必要把月亮的圆同地上人的团圆联系在一起。看着船上金发碧眼的乘客，听着异乡的歌曲，这一陌生的环境增加了诗人的愁烦。正是《八月十五日夜太平洋舟中望月作歌》这首诗典型地体现了他从古典性体验向现代性体验转换的踪迹。诗人敏锐地感到，月亮还是同一个，但是人的体验已经变了。在太平洋上看月亮同以前在床前、阁楼、江畔看月亮已经有了根本性的差异。黄遵宪意识到自己不过是在"九州脚底大球背"，不禁发出"天胡置我于此中"的感慨和疑问。这代表着他对中国中心幻觉的告别和对地球现实的承认。

《八月十五日夜太平洋舟中望月作歌》可以分成5节，交替地呈现出诗人由同趋异、异中见同、同中见异、异中求同的演化过程。正是在这里，同化和异化、辨异与认同同时展开，显示了一个具有浓烈怀旧情绪的现代知识分子对古典性体验的痛苦的诀别姿态，标志着中国人的现代性体验的生成。①

再次是回瞥体验。这是一种剩余型体验，代表了对行将消逝的中国古典传统的深深的惋惜、缅怀或者说怀旧之情。能够突出代表这一体验的小说是清末民初刘鹗的《老残游记》。《老残游记》集中显示了刘鹗对古典文化的深深赞叹之情。刘鹗是中国甲骨文最早的发现者之一，同时还是字帖、古玩收藏家。他的一生中有两件大事。一是洋务运动。刘鹗当洋买办，和外国人打交道，主张尽快把土地租出去，换来外国的技术，却被认为是汉奸、卖国贼。八国联军到北京时，他参与了开仓放粮，后来清廷判他卖国罪，充军新疆，最后他死在乌鲁木齐。二是收藏古典的东西。一旦洋务运动遭到挫折，他就退回内心去缅怀古典的传统。字帖、古玩、破旧的古琴、王小玉的唱段都激起他对古典传统的怀念。表现回瞥体验的不仅是刘鹗的《老残游记》，还有《花月魂》等。此外，鲁迅的作品中也有回瞥体验。鲁迅虽然对古典文化毫不留情地加以批判，认为它“吃人”（《狂人日记》），但他在无意识层面还是对传统投以了深深的一瞥，比如他的《百草园》《三味书屋》《闰土》等作品。②在汪曾祺和贾平凹的小说中都有回瞥体验的东西。这类的作品还

① 王一川：《中国现代性体验的发生》，北京师范大学出版社2001年版，第281—290页。

② 参见〔美〕林毓生《中国意识的危机》，穆善培译，贵州人民出版社1986年版。

有金庸的《射雕英雄传》等。

中国和世界上有些国家不一样，它有一个源远流长的文化传统，时时都要回溯过去。但是，这种回瞥和古人的回瞥不同。宋代人对唐代人的赞叹与刘鹗对古典风景和字画的赞叹就已经不一样了，其中隔了鸦片战争到义和团运动这样一个致命的语境断裂带。古典的东西已经不可追回了，正是这种不可追回才迫使人们充满留恋和惆怅地回瞥。自从五四新文化运动以白话文击败了文言文，文言文就永远地被逐出了中国语言和文学的主流。尽管还有人在欣赏并写作旧体诗词，而且也写得不错，但是这些旧体诗词就像现代文学百花园中的一枝幽兰，孤独地散发着幽香，却永远无法进入百花园的中心地带。钱锺书先生1979年写过一部学术著作《管锥编》，这是一部非常优秀的学术作品，但是还有几个人能像钱锺书先生那样写《管锥编》，写出来又有谁读呢？我们现在大多数人只能用现代汉语去写、去读。但是，无论如何，回瞥还是成了一道现代性风景，作为一种现代性体验延续了下来。

最后是断零体验。断零体验表现出对过去、现在、未来深深的悲怆和愁苦，是上述三种体验类型在绝望中的融会。断零体验的早期代表性作品是苏曼殊的《断鸿零雁记》（1912）。正是在《断鸿零雁记》里，苏曼殊通过主人公三郎的身世对中国的现代性处境表达了一种断零的感受。三郎是日本人，他的父亲去世后，母亲认为日本文化不行，所以托人把他带到上国（“托根上国”），也就是向中国文化学习。然而，年幼的三郎在中国没有感受到文化熏陶和亲情温暖，不得不四处漂泊，竭力要回到自己在日本的家。他觉得中国不是自己的家，他的恋人雪梅也不是自己的归宿。回到日本后，三郎见到母亲，母亲让他娶美丽的日本姑娘静子为妻。但他又觉得静子也不是自己的归宿，又要重新回到中国来。可是，回到中国后，他依然觉得中国不是自己的家。三郎徘徊在三重门之间：家门、国门和教门。三郎在三重门之间徘徊的生存境遇喻示了中国现代人普遍的生存焦虑。此家不是自己的家，此门不是自己的门，此教不是生存之道。三郎徘徊在多重选择之间，面临着生存的困境，找不到自己的归宿。从三郎这里我们可以看到后来鲁迅在《药》《祝福》《阿Q正传》等小说和杂文里所透露出的自己的怀疑、焦虑、迷茫。“中国呀中国！你怎么不富强起来！”“中国呀中国，你怎么不强大起来！”从郁达夫在《沉沦》的感叹和呼唤中，也可以看到怨羡情结带来的深切创痛以及它带来的断零、失望的感受。这些注定要在后来的现代文学中不断地演化。

五、现代性体验与文学现代性分期

研究现代性体验并不是要建立一套现代性体验的理论体系，而是要从现代性体验的角度为中国现代文学的研究找到一种大致适用的阐释框架。中国近代、现代、当代文学都可以说是中国现代性体验的表达形式，从这个角度来说，中国现代文学的三分法应该打破。长期以来几乎形成惯例的“近代文学”“现代文学”“当代文学”三分法无疑因其受制于政治划分而有很大局限性。而“20世纪中国文学”概念虽然曾经起到过积极的作用，但现在看来仍存在问题：第一，在建立“现代文学”与“当代文学”联系的同时忽略了20世纪开始前的几十年间的晚清文学在文学现代性发生上的开启价值。例如，至少从1874年王韬在香港创办《循环日报》并开创现代政论散文文体时起，文学现代性变革就已经开始了，用“世纪”这类西历纪年方式无法准确说明这一点。第二，更重要的是，“20世纪中国文学”这一文学史概念背后缺少相应的总体性文化概念（如现代性体验）去支撑，从而显得空泛。

所以，如果承认现代文学与现代性体验的内在联系，就应该对中国现代文学分期提出新的看法。我认为，正像中国文学古典性经历了从先秦至清代上千年超长时段的发展历程一样，中国文学现代性也应当是一个包含若干长时段的超长时段过程。可以说，从晚清至20世纪70年代构成中国文学现代性的第一个长时段，可称为中国文学现代Ⅰ；而从1980年代至今则是中国文学现代性的第二个长时段，可称为中国文学现代Ⅱ。这两个长时段共同地构成中国现代性体验的表现形态，而它们之间的区别则显示了这种体验的微妙转型轨迹。当然，这里的文学现代Ⅰ和文学现代Ⅱ的划分，首先意味着文化现代性的划分：文学现代Ⅰ和现代Ⅱ虽然有自身的独特风貌，但也可以视为总体上的文化现代Ⅰ和现代Ⅱ的一个维度。

中国文学现代Ⅰ的特点主要在于，以地球体验取代天下体验，即从天下之中央模式到地球之一国模式。相应地，现代中国人在地球上应当怎样与其他民族协同生活，以及这种生活的价值系统怎样，成了现代Ⅰ要思考并解决的重大问题。黄遵宪的《八月十五日夜太平洋舟中望月作歌》通过从内陆到太平洋语境转换下诗人的月亮体验的改变，显示了现代性体验的新内涵：在辨异与认同的矛盾中重新寻求中国人的世界身份。与此相连的是追求汉语的拉丁化、寻求雅文学与俗文学的分合，使得机器印刷媒介在文化中一度占据主导地位。

中国文学现代Ⅱ则以更加富于动感的全球体验取代相对静态的地球体验，即从地球之一国到全球之一地，形成全球地方化体验。这时的中国人不再像现代Ⅰ那样一味地寻求地球化或世界化，而是在承认地球化的前提下转而努力寻找现代中国人在世界中的独特个性，这不再是那种自以为可以超越地方性的世界性幻觉，而是自觉地置于世界性之中的地方性。现代中国人在全球性境遇中应当怎样凸显自身的独特个性，成了一个突出的大问题。在《大浴女》中，尹小跳的生活与国外生活交织在一起，她的生活既是地方的也是全球的，是全球中的地方、地方中的全球。在网络时代的汉语，借助计算机汉字传输新技术，已经越出现代Ⅰ时段的方块字困扰而走上反拉丁化道路，重新确立方块字的传播自信。雅文学与俗文学之间、机器印刷媒介与电子媒介之间的互渗变得更为经常。

思考现代性体验可以为思考现代性文学提供一条思路或一个参照系。以上关于中国现代性体验与文学现代性分期的思考只是粗浅的和不完全的，希望今后能继续这种思考。

第七讲　大海与海的跨文化对话
——分析《你见过大海》

这一讲的任务是分析诗歌文本《你见过大海》（韩东，作于20世纪80年代初），想借助它思考一个更为宽泛的文学理论与批评问题，这就是中国文学现代性的特点。这意味着透过大海这一艺术形象，考察其中的跨文化对话状况，进而由此探讨中国文学现代性问题。

一、中西文学中的大海形象

有关大海形象的描写，中外文学作品已经不少了，《你见过大海》有什么文本独特性呢？

（一）面对大海形象

这首诗全文是这样的：

你见过大海

你想象过
大海
你想象过大海
然后见到它
就是这样
你见过了大海
并想象过它
可你不是
一个水手
就是这样
你想象过大海
你见过大海
也许你还喜欢大海
顶多是这样
你见过大海
你也想象过大海
你不情愿
让海水给淹死
就是这样
人人都这样

我们面对着这样一篇诗歌文本，怎么样进入它？摆在我们面前的这样一个诗歌文本，篇幅比较短小，词语也很简单，大白话。但是，如何来抓取它，如何透过它来思考我们关心的问题？我认为，选择这样一个看起来普通的文本，就是要训练和考量我们的批评功力。这样一个普通的文本，是每个研究中国文学的同学都可能碰到的。这样一个文本，我们怎样进入它？找到一条怎么样的路径进入？确实有它的难度。

分析这个文本，可以有若干不同角度。这里我想从特定的文化语境所提供的条件来解读文本，也就是发现这个文本和它所处的特定的文化语境的相互依赖关系。

首先，让我们来看一下有关海的古典文学描述。不用我多费口舌，很多同学都能想起古诗中有海的诗句。从小学时起，很多同学就已经有关于大海的记忆了。即使我们没有到过海边，没有亲自见过大海，我们也能说出对大海的印象来。没有亲自见过大海的同学，我想问一下，你对大海有什么印象？

学生：我没见过大海，但在电视上见过，也在一些文本中读到过有关大海的描述。我头脑中的大海，沙滩很漂亮，应该不是太波涛汹涌，因为大家说大海是母亲，是宁静的、美丽的。但是，后来读了《你见过大海》，我觉得大海可能没自己想象的那么美好，可能并未承载那么大的文化意象。它的意象可能都是来源于前人追加给我们的，然后一直都刻在我们的脑海里，构成了我们的第一印象。所以，到现在我也没有见过大海，也不知道自己到底对大海会有什么印象。我有点晕水，可能……

老师：有没有一种想去亲眼看见的冲动啊？

学生：想，非常想。我们上小学的时候，每当下雨操场上到处是水，然后我们就在那浅浅的水洼里踏水，在那里都晕，我就想到见了大海肯定晕。

老师：又想去，又怕晕？对吧？

学生：对！有点害怕。

老师：好，说得很实在。没亲眼见过大海，但仿佛已经见过了，你可以对大海驰骋自己的想象，从而拥有它。这，来自教育的力量、传媒的力量！教育、传媒总是在塑造我们。但是，我们在日常生活中亲历的大海，同教育、传媒塑造的大海就未必完全一样。

接着，让我们沿着下面的路线，去看看大海是如何一步步地被我们想象的。这是从古典文学的海开始回溯，中间经过西方文学的大海，再回到中国现代文学的大海的一段跨文化旅程。这里发生的跨文化想象和对话，甚至可以一直延续到20世纪80年代。正是这些跨文化想象和对话及其累积，最终触动诗人去写作《你见过大海》。

（二）中国古典文学中的海

中国古典文学中的海，从刚才这位同学讲的来看，就有它自己不同的地方。我们看到，在古人眼里，在古典诗人眼里，“海上生明月”，“海内存知己”，等等，它代表的是什么样的海呢？海又代表着什么呢？

海，可以说是中国古典文化传统中的一个重要形象或意象，它时常成为文学作品描绘的对象。“海”或“四海”，被视为环绕中国四周的外部边界，属于中国古典文化体系中可以被从容包含的环境因素。海，对于中国古人来说，诚然有处于人的对立面的时候，但也能够被“我”同化，被“我”移情，从而是“我”可以从容包含的、同化的对象，最终被视为“我”的一部分。“万物皆备于我”，“观海则意溢于海”嘛！从这些可以看出，海是“自我”所熟悉的、可以包容和移情的自然“他者”。这个他者，在中国古人的阐释中，根据中国古人的宇宙观，实际上可以转化成为自我的一部分。海和其他的山水是一样的，大家学古典文学，熟悉郦道元引用的那句名言：“山水有灵，亦将惊知己于千古矣！”大自然的山山水水如果还有灵性的话，也会惊奇于“我”这个千古知己的共鸣的。在我的想象中，山水把我、把人当成知音，人也把山水当成知音。

所以，在中国传统，这海诚然有与人类自我相对立的一面，但终究还是自我可以容纳和融入其中的平常之海，亲切的、熟悉的，当然就是平常的海。这里不存在像康德意义上的那种崇高，令人仰视、敬畏、恐惧，不是那样一种具有异己的陌生感和神秘感的崇高。有兴趣的同学不妨追问一下像康德、柏克、黑格尔以来的西方崇高观念的发展轨迹。西方人先要在人与自然之间加以区分，显出对立，然后寻求人与自然的和谐，这属于对立面的和谐。而中国古代，则认为人与自然诚然有区别和对立，也不是性质的差异，而是可以通过人的能动的活动，例如“游”“逍遥游”，去同化的。自然对中国人来说，即便有某种崇高的内涵，也在主体掌握中，也是主体可以通融、同化的一个他者，所以不存在西方人那样的敬畏感。所以，敬畏感是通向崇高感的，两者之间构成相互包含或渗透的关系。这就是黑格尔说的，你自己无法掌握的理念膨胀着，溢出了它的形式，它带有一种令人恐惧又令人敬重、又畏惧又敬重的复杂感觉。这就是海和中国古典文化传统的关系，这个海已经成了中国传统文化意义系统的组成部分了。

（三）西方大海形象及其中国之旅

在了解了中国古典文化中的海以后，我们再来看西方的大海形象，就会有个比较清晰的跨文化视野了，对如何解读《你见过大海》也会有更清楚的立场和语境考虑。

西方文学史上对大海的关注，可以说是比较晚的事情。这同大家的想象或印象可能有所出入。在古希腊，著名诗人萨福的诗里还找不到关于大海的美的具体描绘和欣赏。在整个希腊史诗里，也没有看到这样的对大海本身的具体描绘。尽管有流亡十年过程中的涉及大海及这样一些人的描述，但那时的诗人或讲史者关注的主要是人，而不是人与大海的关系。

西方文学首次真正展现大海本身的独特魅力，应该说还是从英国诗人拜伦开始的，具体说，是从拜伦的《恰尔德·哈洛尔德游记》《唐璜》等浪漫主义诗篇开始的。浪漫主义文学有什么突出的美学特点？

学生：我看是想象力丰富，幻想突出吧？

老师：很好，很准确，但还不够。

学生：还有关心自然，回到自然，注重人与自然的关系。

老师：这也很好。两位同学分别说到了想象和自然这两大要素在浪漫主义文学中的存在。

要彻底说清浪漫主义文学的特征，其实是很难的，不必寻求唯一正确的答案。这一点在西方学术界至今也还是争辩不休的话题。我跟大家建议，如果今后遇到这样的问题，首先可以去询问：是否已经有学者、理论家对这个问题做过探讨？既然有，为什么不把我们的研究建立在他们已经奠定的基础上？学术研究有自己的链条，应当首先明白这个链条的存在。我看关于浪漫主义文学的讨论很多，比较起来是美国文学批评家、学者韦勒克的观点有更大的合理性，大家不妨来看看他对浪漫主义的界说：

> 下面三种标准应该说是特别令人信服的，因为每一种标准都与文学实践的一个方面有着极其重要的关系：就诗歌观来说是想象，就世界观来说是自然，就诗体风格来说是象征与神话。[①]

韦勒克在这里从诗歌的基本观念、世界观和风格三方面来判断浪漫主义，这就有了一种层次感和系统性，比别人说得更清楚些。从他这三方面，可以引申出浪漫主义文学的三点基本特征：第一，崇尚想象。浪漫主义作家总是喜欢在作品中张扬主体的想象、幻想以及相伴随的情感，表现了强烈的主体意识，透露出巨大的主观性。第二，主张回到自然。他们大都把自然视为一个有机整体，主张回到自然，包括回到中世纪的田园牧歌生活；同时，认为人不仅是有机体，而且本身也是一件艺术品。第三，倡导象征与神话。他们大量采用象征手段，使平凡、粗俗的现象作为生活整体而进入文

---

① 〔美〕雷内·韦勒克：《批评的概念》，张今言译，中国美术学院出版社1999年版，第155页。

学的象征系统中；同时，广泛引入古代神话传说、民间故事、异国情调等，使文学作品跌宕多姿，体现出浓烈的地方色彩。

我们不需要太仔细的分析就可以看出，拜伦的诗歌大体符合这种浪漫主义特征。特别是他笔下的大海之美，体现了丰富的想象力、自然观念、有机整体观以及神话系统的支撑。可以说，他的大海形象，完全是他的丰富想象力、自然观在他的亲身体验基础上纵横驰骋、相互化合的奇妙结晶。

我们来看看西方人是如何首次正面欣赏大海的魅力的。拜伦以诗歌文体，写他的主人公哈洛尔德在葡萄牙、西班牙、比利时、瑞士、意大利等国的漫游经历，最后以热烈地歌颂大海结束。拜伦对大海的描写，同拜伦本人的叛逆性格是联系一起的。拜伦是一个出身名门、长相英俊又极富敏感性的青年，可是老天不公，偏偏又让他腿有残疾。高贵的出身，英俊的外表，敏感的心灵，加上身体的残缺，在英国上流社会就出现了一个叛逆的贵族青年形象，引起了很多人的羡慕、崇拜、批评、谴责。英国文坛不见容于他，他的心向往希腊，渴望着追求民主、解放的希腊。所以，最后他将诗歌和行动结合在一起，到民族解放战争风起云涌的希腊爱琴海边去，同追求民主解放的希腊游击队员在一起，整日与大海为伴，直至死在希腊。

拜伦的行动，拜伦的生命轨迹，有力地同他的诗歌轨迹交织在一起，也助长了他的诗人声誉。在这个一生热爱自由、追求自由的诗人眼里，大海已经深深染上了他的浪漫情怀的痕迹。大海，成了自由的象征。所以，大海之所以受到拜伦的关注，之所以对于拜伦成为美的对象，除了它作为自然本身具有的魅力因素、魅力条件以外，更有诗人的想象力、自然观等的深情浇灌。这个时候，好像已经很难分清楚是大海本身的美，还是诗人心灵的美的灌注了，两者交融在一起，无法分辨。不管怎么说，拜伦在欧洲、在西方，首次以具体的、浪漫的笔触描述了大海的风光、大海本身的魅力、大海本身的美。他纵横潇洒地、千方百计地要表达的一个中心题旨就是自由，大海是自由的象征。所以，在他的眼里，大海具有永远不可征服而最终却要征服敢于与它抗衡的任何强大对手的特殊力量，大海象征着自由必胜、暴政必败的真理。

《唐璜》第二章这样写道：

一八三

那是一天逐渐凉爽的时刻，
　　一轮红日正没入蔚蓝的峰峦，
大自然鸦雀无声，幽暗而静止，
　　好像整个世界已融化在其间；
他们一边是平静而凉爽的海，
　　一边是有如新月弯弯的远山，
玫瑰色的天空中只有一颗星，
　　它闪烁着，很像是一只眼睛。

一八五

他们抬头看天，那火烧的流云
　　像一片赤红的海，广阔而灿烂，
他们俯视着海，映得波光粼粼，
　　圆圆的一轮明月正升出海面，
他们聆听浪花的泼溅和细风，
　　他们还看到含情脉脉的视线

从每人的黑眼睛照射对方的心，
　　于是嘴唇相挨，接了一个蜜吻。

一八八

他们远离了世界，但不像斗室中
　　一个人所感到的那种孤独滋味，
海是静默的，海湾上闪出星星，
　　红色的晚霞暗了，天越来越黑，
四周无声的沙石，滴水的岩洞，
　　使他们不由得更紧紧地依偎；
好像普天之下再也没有生命，
　　只有他们两人，而他们将永生。①

这里，既有大海本身的如诗如画的自然风光，更有男女主人公深情的灌注，从而大海焕发出神奇的美。

再来看《恰尔德·哈洛尔德游记》第三章：

起伏的山峦都像是他知心的朋友，
波涛翻腾着的大海是他的家乡；
他有力量而且也有热情去浪游，
只要那里有蔚蓝的天和明媚风光；
沙漠、森林、洞窟以及海上的白浪，

① 〔英〕拜伦：《唐璜》，查良铮译，王佐良注，人民文学出版社1993年版，第214—216页。

这些都是他的伴侣，都使他留恋；
它们有着共通的语言，明白流畅，
胜过他本国的典籍——他常抛开一边，
而宁肯阅读阳光写在湖面上的造化的诗篇。①

大家不妨想想，这位热爱自然、热爱自由的诗人，他为什么会把自己的全副热情和想象，都投寄给了大海？“起伏的山峦都像是他知心的朋友，/波涛翻腾着的大海是他的家乡”，这里的海边的山峦、波涛仿佛才是他寻找已久的真正的知音、家园。这里还有“蔚蓝的天”和“明媚风光”，有“沙漠、森林、洞窟以及海上的白浪”，它们“都是他的伴侣，都使他留恋”。这些自然之物“有着共通的语言，明白流畅”。这些可以看出自然宇宙观、有机整体观等对这位诗人的塑造。

不过，他为什么会说这些自然景色“胜过他本国的典籍”呢？他为什么“宁肯阅读阳光写在湖面上的造化的诗篇”？这里面就有拜伦对英国上流社会对他的拒绝、迫害的反控诉和反叛。当他被虚伪的上流社会排斥时，从大海中才找到了知音、找到了自由。或许，只有渴慕自由的人，才会从大海宽阔的襟怀中，发现和欣赏那无比珍贵的自由！这里，我禁不住想到了人们传诵一时的拜伦在这首诗第四章留下的名言：

在不见道路的森林中别有情趣，

① 〔英〕拜伦：《恰尔德·哈洛尔德游记》，杨熙龄译，上海译文出版社1990年版，第133页。

在寂寞的海岸自有一番销魂的欢欣，
在大海之滨，有一种世外的境遇，
无人来打扰，海啸中有音乐之声。
我爱世人不算泛泛，但我爱自然更深，
经过这些谈心，和自然谈心之际，
就避开我今昔的一切，不论幸与不幸，
而和宇宙打成一片，并且心头掀起
我永远不能表达而又无法全部隐匿的情意。①

是啊，“我爱世人不算泛泛，但我爱自然更深”！它的更有名的译文是：“我不是不爱人类，但我更爱自然！”大家想一想这样一些浪漫诗句，对我们的先辈曾经产生过怎样的震撼和启蒙！我们的先辈，19世纪末20世纪初，正值晚清，他们游历西方，目睹西方文化的强盛，反过来观照我国的落后与愚昧，急切地渴望国家的独立、民族的自由、人民的富强。当他们读到这样的诗篇的时候，心里会是如何地震惊、惊喜、狂喜、顿悟？当他们读到关于大海的这些跳跃着激情和灵感的诗句时，会是怎么想的？你看：“它们有着共通的语言，明白流畅”，“胜过他本国的典籍——他常抛开一边”，这些话是拜伦写的，但读的人，我们的先辈们，他们在共鸣的瞬间，却可能想的是自己的中华大地，想的是国家、民族、人民的自由和解放。所以，拜伦的大海形象对于那时代的中国知识分子的启蒙力量，他的跨文化影响力，可想而知。

① 〔英〕拜伦：《恰尔德·哈洛尔德游记》，杨熙龄译，上海译文出版社1990年版，第287页。

需要注意的是，拜伦写的是大海，确确实实是大海，蔚蓝的天，明媚的风光，波涛翻滚，海边上起伏的山峦，这些确实构成了大海本身的美。但是，他又不只是写大海本身。他通过这些外在的大海景观描写，抵达的却是自己的内心，一个诗人内心对自由的热烈追求："但自由啊，你的旗帜虽破而仍飘扬天际，/招展着，就像雷雨迎接那狂风阵阵，/你的号角虽已中断，余音渐渐降低，/依然是暴风雨后最嘹亮的声音。"①原来他在笔下赞美大海之时，心中所想却是"自由的旗帜"！如此，在他的这些诗篇里，大海就与自由紧紧地联系起来了。

那么，我们进一步来看，就是刚才我提到了，拜伦，他的行动、他的诗歌都是同欧洲的民族解放运动有很深的渊源关系的，首先是南欧或者希腊的民族解放运动。1823年，拜伦放下正写的《唐璜》诗篇，去希腊小岛参加希腊志士争取自由的武装斗争。他参加走私武器，密谋暴动，同抵抗者并肩战斗等。所以，他的生活从诗歌到战斗，从战斗到诗歌，一边写诗一边战斗，一边战斗一边写诗，最后是他的写诗的轨迹和他战斗的轨迹交织在一起，所以在1824年4月19日，死于希腊军中。他的死本身，就是一个象征，对当时的欧洲民族解放运动影响相当大。这种生命行动的影响，加上诗歌语言的力量，传播到了亚洲争取独立自主的文人志士们心中。所以，拜伦的行动，在欧洲使他的诗产生出超越文字的巨大影响力。正是在这种影响中，大海的力量让人越来越不可忽视，越来越大。所以，这些国家，意大利、西班牙、德意志、法兰西、俄罗斯

① 〔英〕拜伦:《恰尔德·哈洛尔德游记》，杨熙龄译，上海译文出版社1990年版，第247页。

等，都受到了拜伦的重大影响。可以说，浪漫主义借助拜伦影响了全欧，又进一步影响到亚洲。当时有许多为民族自由解放而斗争的人，从他的诗里吸取了力量，每一行诗句、每一个意象，可能就像燃烧的火焰，点燃起了文人志士心中的自由的火种。

我们再来看普希金。受到拜伦的巨大影响的普希金，在他的诗里面，有《致大海》这样的名篇。这首《致大海》翻译的人不少，我这里用了戈宝权的译本。为什么？我觉得最重要的就是把“自由的元素”这个词语组合翻译出来了。可能有的译本，在翻译的语言上，汉语的角度可能更好些，但是没把“自由的元素”给译出来。我们来看：

再见吧，自由的元素！
这是你最后一次在我的眼前
滚动着蔚蓝色的波涛，
和闪耀着骄傲的美色。①

这里最核心的一句、最中心的一句，就是“自由的元素”。大海，在俄罗斯诗人普希金眼里，不仅仅是拜伦那里的“自由的象征”，而直接的就是“自由的元素”。那么，这样一个思想的链条，不，艺术形象的链条，这样一个诗歌意象的链条，穿越了不同民族、不同个体、不同人群的围栏，产生了它强大的力量。所以，大海是自由的元素，正传达了浪漫主义诗人普希金和拜伦共同的大海体验。

① 〔俄〕普希金：“致大海”，戈宝权译，刘湛秋、雷霆编：《世界抒情诗选》，春风文艺出版社1996年版，第57页。

鲁迅在早期的《摩罗诗力说》里，以一个中国知识分子的姿态，对拜伦及其影响做了这样的评述："其力如巨涛，直薄旧社会之柱石，余波流衍，入俄则起国民诗人普式庚，至波兰则作报复诗人密克威支，入匈加利则觉爱国诗人裴象飞；其他宗徒，不胜具道。"①鲁迅清楚地看到，拜伦诗歌的力量如大海翻起的巨澜，直接冲击旧社会的支柱，其余波影响到俄罗斯的普希金、波兰的密茨凯维支和匈牙利的裴多菲等，当然也影响了鲁迅本人以及中国其他知识分子。

现在西方的学术喜欢讲什么？理论的旅行。同时也讲文化的旅行，文化借助语言的力量，借助符号的力量来穿越民族之间的堡垒，获得了一种跨文化的流通，所以被认为是文化旅行。这个词叫travel。这个旅行跟通常的旅游交织在一起，但又有它特殊的含义，像文化旅行、诗歌旅行，也是咱们学术界很有意思的一个话题。像拜伦诗篇，它在中国的旅行轨迹，即拜伦式大海形象的中国之旅，我觉得要做一篇博士论文也会很有意思的。我们的诗人最早是怎么翻译的，怎么受他的影响，怎么在自己的诗里面从互文性角度来折射出拜伦的影响、普希金的影响，这些我觉得在今天还值得去做。我在备课的时候就想，如果有时间，哪些题我会做？但是没时间。我把这个题目告诉大家，有心的同学如果有时间和兴趣，不妨关心一下这话题。

拜伦在中国，很长一段时间里也发生了重大的、深远的影响。苏曼殊、马君武、胡适等这么多人相继去翻译《唐璜》第二章中的《哀希腊》《赞大海》，甚至你不做别的事情，就把这几个人翻译的

---

① 鲁迅："摩罗诗力说"，《鲁迅全集》第1卷，人民文学出版社1981年版，第101页。

版本拿来对比，同原文对一对，哪些地方他们是一致的，哪些地方不一致？这种不一致，是故意的不一致，还是别的？以及为什么不一致？那么，这里面或许就有文章可做。咱们要处处做一个有心人，去发现可以做的学术题目。刚才引的鲁迅的《摩罗诗力说》，应该是国内首次论述拜伦以及他的影响。其他人翻译的《哀希腊》《赞大海》，在当时确实影响很大。他们为什么去翻译？翻译后产生何种影响？为什么只提到这四个人？还有其他人呢？还有，他们为什么这么赞赏拜伦及他的大海诗篇？为什么选择了拜伦而不是别的诗人？为什么鲁迅在他的《摩罗诗力说》里欣赏的诗人，是这样一些诗人，拜伦啊，尼采啊，这样一些？这些都是大家可以思考的。

我们再来看看，到了20世纪，法国诗人瓦雷里怎样用他的象征主义笔触来描写大海。他这样描写的时候，已经有了他独特的文体和风格，一种新的表现方式。《海滨墓园》里这样写：

> 这片平静的屋顶上白色的鸽群在游荡，
> 在松林和荒冢间瑟缩闪光。
> 公正的中午将大海变成一片烈火，
> 大海总是从这里扬起长涛短浪！
> 放眼眺望这神圣的宁静，
> 该是对你沉思后多美的报偿！①

老师：这位后期象征主义诗人可能显示了同浪漫主义先辈不

① 〔法〕瓦雷里：《瓦雷里诗歌全集》，葛雷、梁栋译，中国文学出版社1996年版，第138页。

大一样的情感抒发方式。哪位同学说说，这种不一样在哪里？最核心的不一样在哪里？

学生：象征主义是通过“客观对应物”来表达情感的，就是它不是把情感直接表达出来，而是寻找它的一个“对应物”，通过“对应物”来表达。

老师：非常好。一下子就知道引经据典，用艾略特著名的话“客观对应物”来表述。他认为，诗人不是直接表达感情，而是为他的感情寻找“客观对应物”。注意啊，抓住艾略特的这个“客观对应物”概念来分析，我觉得确实是抓到了关键点。

浪漫主义诗人往往直抒胸臆，直接想要表达情感。像法国诗人雨果，诗歌一写就很长，拜伦的诗也同样很长，长得让我有时感到阅读起来很累。而象征主义诗人较多地擅长写短章，即使是在长篇诗歌里，他也往往很注意情感的节制，注意克制自己的感情，总是煞费苦心地转而创作一个“客观对应物”，通过客观意象来表达，而不直接说。我觉得最核心的一点，就是要暗示。抓住暗示，这是象征主义的一个最基本的特征。好诗是要人一点一点地去猜想，这是象征主义理论家马拉美说的。

而瓦雷里这首诗，就是尽量地节制自己的感情，看到的是大海的平静，大海的深思，大海的宁静。诗人自己也尽量克制浪漫主义诗人所有过的那种情感表现方式，所以千言万语仅仅这样简单地说出：“放眼眺望这神圣的宁静，/该是对你沉思后多美的报偿！”这一代诗人，在20世纪氛围中，在20世纪现代主义背景中，来重新审视大海，就跟浪漫主义诗人不一样了。“大海总是从这里扬起长涛短浪”（可参考诗人卞之琳的另一种译法：“大海啊，永远在重

新开始”)，这里说的不再是“自由的象征”，不再是“自由的元素”，而是说大海会自己“扬起长涛短浪”。这就赋予大海形象以新的东西，这种东西与新的文化语境肯定是连在一起的。新的文化语境、新的诗歌美学、新的人生体验等被输入大海形象中，紧密地联系在一起。

到这里我们需要适当归纳一下了。我想追问，刚才引的这些代表性诗人关于大海的咏叹，能够告诉我们什么？

如果我们把这样一种大海形象的创造，放到西方文化现代性长河中来看，我们可以看到，对大海的创造，对大海形象的歌颂、咏叹，是同西方人对现代性的追问紧密联系在一起的。这应该看作是哈贝马斯说的那种“现代性工程”的一部分。现代性所追求的终极价值，那种无限探测的客观世界与精神世界的深度，像自由、平等、公正、至善等，终于在大海中找到了它的一个合适、合理的符号形式或“客观对应物”。用斯宾格勒，也就是《西方的没落》的作者的话来说，每一种“文化心灵”都要寻找它的特定的“基本象征”，那么，大海就应该成为西方现代有关自由、平等、公正、至善等终极价值的“基本象征”。

可以这样来说，大海，它本身是美的，本身是引人入胜的，但同时，也是更重要的，只有当它本身的美能够同自由、平等、公正等价值联系起来，能够被灌注人类需要的精神价值时，这种美才会成为人们普遍赞颂的美。这样，大海的意义才真的是充满的。那么多人——不仅是诗人，他们都赞美、赞颂大海，最核心的一点原因就是，大海同现代性所关怀的这些终极价值紧密地联系在一起了。也可以说，正是在大海中，现代性找到了它的特殊象征物。这是我们在思考大海这个形象时，需要紧紧抓住的一点。

二、大海在现代中国的发生

但我们的问题还没有得到解决或者落实，这就是，刚才讨论的这种西式大海形象，同我们要读解的中国诗歌中的大海形象有什么关系？

其实，大海在中国是一个复杂而又奇妙的故事，既包含着中西间跨文化旅行和对话的内涵，也包含着古今间跨文化旅行和对话的意味。这是一个跨文化和跨时空的叙事，包含了很多丰富复杂的东西。在认真阅读这首诗之前，我还没有想到这一点。正就是在阅读诗歌的过程中，我感觉自己不断面对巨大的跨文化挑战。就这么点句子，怎么样去分析出它的东西来？实际上我在写我的书、写我的教材的时候，很多问题我还没有想明白，就在备这门课的时候，我又不断地去找东西、充实一些东西来，那么今天我想到了这样一个题目：大海在中国，从现代中国地缘政治到审美形象的跨文化变迁。这是我在原来写的时候没有想到的，我想提出来跟大家一起讨论。

（一）中国古代无大海

大海，我们今天可能已经普遍认为是美的象征，是自由的元素，或者是永远在重新开始的无限生命，这些似乎已经成为自然而然和永恒不变的常识了。但实际上，大海绝不是中国本土原产的艺术形象，而是中国现代文化对来自西方的形象进行变形和加工的产物。

对于中国古代来说，大海肯定还是一个少有涉及的对象。这一点只要我们来回答下面的一个问题就可以清楚了：在中国文学的历史长河中，是什么时候开始出现大海形象的？我的意思仅仅就是指现代意义上的大海形象。再具体点，有没有同学在晚清之前、鸦片战争之前的文献典籍里看到过类似现代大海形象的直接描绘，其程度大体相当于拜伦在他的《唐璜》和《恰尔德·哈洛尔德游记》中有关大海的描绘？请允许我斗胆猜猜，你们应该确实没有亲眼碰到过这类资料。我可以告诉大家，这些年来，我为此确实查过一些工具书，也找了我能够找到的学者咨询、交流，希望找到这样一个求证。可是，大家的第一反应几乎都是一致的，先是一愣，紧接着反问我：你怎么提这个问题？他们听我解释后想一想，都觉得还真是一个问题，中国古典文学中怎么就没有出现过有关大海真实的直接描绘，而现在大海却似乎早就是我们的艺术创造了？

确实，下面的问题是可以大体明确的：在中国古代文学中没有关于真实大海面貌的普遍描绘，真实的远海还没有成为中国古人心中的审美对象，古人看到的只是围绕我们陆地的近海——而辽阔的远海景象才接近于现代的大海形象。

（二）中国现代地缘政治形象

可以说，现代文学中的大海形象并非来源于中国古代文学。

而要追究这种现代中国艺术形象的来源，就需要运用跨文化视角。那么，现代大海是怎样跟现代中国、中国的现代性联系在一起的呢？我们不妨来看看它的早期端倪以及随后的前进步伐。这里需要陆续提到的人物有：王韬、黄遵宪、李伯元、苏曼殊、郭沫若等。

现代大海在中国比较早的出现，是19世纪晚期，也就是晚清末年，那应该是在19世纪80年代。流亡香港的思想家、诗人、小说家王韬，在他的文章里出现过"大海"。这是我能找到的现代思想家中较早的直接表述。我不敢说这是最早的，因为可能有些文献还没有涉猎到，但我敢说至少是最早的之一。王韬有两篇《拟上当事书》，集中出现"大海"一词。第一篇出现"大海"3次：

> 水师宜区分为二：一为长江，一为大海。海军与江兵异。大海之中，风涛颠簸，烟雾溟蒙，斯时司炮之人，必当具有把握，远近高下，转侧左右，皆能发有定准，且能因势取巧，变化不测，斯为高手，全船之命皆系于此，且不重哉！①

> 今日所有水师各船，仅可用之于长江，断不能涉海，即各厂所造火轮兵船，仅可以之传递文书，转运粮饷，装载军士，而不能远航大海；况乎冲涉波涛，与敌船击斗也哉？②

这篇写于中法马江之战后，王韬专门分析中法战争的教训。而在

① 王韬：《拟上当事书》，《弢园尺牍续钞》，据《弢园尺牍》，中华书局1959年版，第211页。

② 同上，第211—212页。

内容相近的另一篇同名论文中，“大海”更出现多达5次：

惟长江则有水师，而大海则无战士，所有巨舰战舶皆不能冲涉波涛，所以不能邀截法船，而任其去来自如，此我之逊于法人者一。

水师宜分为二：一曰长江，一曰大海。大海中第一为司炮。

既有水师以战于大海，则非艨艟巨舰，驰驶于洪洋巨浸中不为功。

闽、粤、浙海舶之人俱可募用，盖彼地濒大海，岁必出洋数次。①

在《练水师》中，他还指出：“今海外大小诸国皆叩关入境，通商互市于国中，而自北至南，又皆濒于大海，故海防为尤重，是则水师战舰要不可不亟为讲求矣。”在这同一篇文章里，与“大海”相换用的词是“外洋”和“大洋”：“货艘……不能驶至外洋，纵横于洪涛巨浸中，与泰西诸国争一日之长也”，“西国船制日有变更，精益求精，新益求新，向时帆舶可战于大洋之中，今则航海亦不复用”。②他在《变法自强下》还说：“诸国并以大海为门户，轮舟所指，

① 王韬：《拟上当事书》，《弢园尺牍续钞》，据《弢园尺牍》，中华书局1959年版，第217—218页。

② 王韬：《练水师》，《弢园文录外编》，中州古籍出版社1998年版，第131—132页。

百日可遍于地球，于是纵横出入，骎骎乎几有与中国鼎立之势，而有似乎春秋时之列国。”[①]注意，在这里，在王韬的使用中，“外洋”和“大洋”与“大海”含义完全等同，即都是指现代意义上的大海了，不再是传统的海了。

所以，根据上述辨析，我们不妨归纳一下我们的结论：在目前能查到的王韬著述里，“大海”这个词已经与“大洋”“外洋”等词语替换使用了，可见已经指比传统的海或四海更为辽阔的海洋或大洋了。

从这里我们可以提出这样一个问题：“大海”一词在起源过程中，最初是以什么样的词语进入到汉语语境里来的？对！军事用语，海军的用语，或者也可以说是政治术语，是军事的和政治的术语交汇的结果，由这条路径进入到汉语里来的。

可以这样说，现代大海最初不是作为文学术语进入到汉语里来的，而是作为政治术语和军事术语进入到汉语里来的。当时中国的文人志士，在鸦片战争的惨败中，在第一次鸦片战争、第二次鸦片战争的惨败中，深深地感受到比四海更远的外洋、大洋也就是大海，对于民族国家生存和安全的特殊重要性。他们那时最初不是从什么审美、艺术的高度去看的，那时的他们绝没有那么浪漫和悠闲！正是当时严酷的国家生存和安全的重要性，逼迫他们开始探讨大海的作用，守卫大海对于国家的重要性。

所以，现代大海首先是作为一个地缘政治术语，是基于地理环境的特定限制而产生的政治管理领域的词语。绝不是像我们想

① 王韬：《变法自强下》，《弢园文录外编》，中州古籍出版社1998年版，第90页。

象的那样，大海在当时一提起来就是美的、审美的、艺术的，不是。准确地说，那时的大海，起初是让人感到忧心忡忡的，是需要保卫、守卫的区域，这是一个地缘政治概念。而即使要说有艺术形象的成分，那也可能更多是一种令人恐惧的、可怕的形象。我相信，这个结论对于我们很多同学来说，可能是陌生的、奇特的，但是不要紧，透过它，我们可以看到一些其他的、我们原来可能忽略的问题，在诗篇、在文学之外被忽略的政治与军事问题。

王韬之后的人物中，黄遵宪需要我们重视。王韬是近现代之际值得重视的思想家、文学家，他比大家熟知的黄遵宪大20岁。年轻的黄遵宪当外交官出使日本之初，已经有名气的报人、改革思想家王韬被日本汉学家从香港接到日本。王韬急切地向黄遵宪这位年轻的外交官传授变法图强的思想，给黄遵宪以很大的精神震撼，两人结为忘年交。黄遵宪在日本著了一本书叫《日本国志》，他不通日语，但是敢写日本史，非常厉害。为什么？就是作为一个外交官的职责，逼着他想要知道日本富强的秘密。他要破译日本的秘密，图谋中国富强起来。所以，他悉心地去研究、收集日本材料。其实黄遵宪早在1867年（同治六年）夏《游丰湖》（三首之三）就使用过“大海”一词：“大海泛浮萍，归根定何处？”时年19岁。又在《代柬寄诗五兰谷并问诸友》诗中使用“大海”：“大海容鸥住，高云看鸟飞。”[①]不过，那时的使用主要还是在古典意义上，没有什么新意。但是，到了《日本国志》中，情况就大大不一样了，因为他在出使日本后，已经对大海有了真正的亲身体验。《日本国志・邻交志序》这

① ［清］黄遵宪著，钱仲联笺注：《人境庐诗草笺注》上册，上海古籍出版社1981年版，第134页。

样写道:“日本之为国,独立大海中,于地球万国均不相邻,宜其闭门自守,民至老死不相往来矣。然而入其国,问其俗,无一事不资之外人者。”①他在《日本国志·地理志序》又说了类似的话,可见不是偶然地使用的:“而日本之为国,乃独立大海中,旷然邈然,不与邻接。”②这里的“独立大海中”,就正式使用了“大海”这个词。“独立大海中”,这就使得大海这个词的语境含义已经明显地突破了古代用法而显出新意:大海开始指比传统的环绕陆地的“海”或“四海”更远、更辽阔的海洋。可以这样推断,他刚开始是小心翼翼地斟酌,尝试地使用,还换用外洋、大洋等词语。到后来,用得多了,思考更成熟了,才逐渐地往“大海”上走了,确定为“大海”。

(三)从现代地缘政治形象到审美形象

上面我们已经看到,在王韬和黄遵宪那里,大海已经开始作为现代地缘政治形象出现了。但这时,大海显然还没有成为审美的对象,还不属于艺术形象。在他们之后,第三个人物做出了新的重要贡献,这就是作家李伯元。

李伯元的《文明小史》,发表在1903—1905年间,稍稍晚了一点,但体现了“大海”这个词语使用上的接力关系。我们看到这样一个“接力棒”:

---

① [清]黄遵宪:《日本国志·邻交志序》,《黄遵宪全集》下册,中华书局2005年版,第932页。

② 同上,第1010页。

> 做书的人记得：有一年坐了火轮船在大海里行走，那时天甫黎明，偶至船顶，四下观望，但见水连天，天连水，白茫茫一望无边，正不知我走到那里去了。停了一会子，忽然东方海面上出现一片红光，随潮上下，虽是波涛汹涌，却照耀得远近通明。①

你们看，这里不仅直接使用了"大海"一词，而且还有对它的具体描绘。有两点值得注意。第一点，这是要乘轮船才能看到的那种更大更远的海，显然就是今天意义上的大海了。第二点，这样的大海已经有了它的具体的海洋特征。你看，"水连天，天连水，白茫茫一望无边"，这更显著地就是指今天也就是现代海洋意义上的大海了。可见，到李伯元这里，已经出现了对于大海的艺术意义上的描绘，具有了审美的因素，也就是正式地把大海作为艺术形象来描绘了。尽管具体的描绘还不是太具体、细致，但毕竟属于筚路蓝缕之功，让人开始注意到大海本身的美了。大家注意，李伯元的这个艺术描写是个重要的突破，确实是中国文学史上的一个突破，或许可以属于中国现代文学史上第一次审美与艺术意义上的大海形象描绘。这当然只是我自己的阅历范围内说的，大家如果在读书过程中发现比李伯元更早的实例，请一定告诉我，我可以修正。即使退一步，也可以这样说，李伯元在现代中国文学界是第一批发现和欣赏大海本身的美的作家之一。这虽然不是大面积的而可能只是偶尔的一个开始，但确实已经领略到大海本身的美了。

继李伯元之后，第四个在我们的问题领域扮演重要角色的人

① ［清］李伯元：《文明小史》，江西人民出版社1983年版，第1页。

物，是苏曼殊。我们已经知道，李伯元率先或者说第一个发现了大海本身的美，在王韬、黄遵宪等人之后。还要看到，王韬和黄遵宪首先是属于政治思想界的人物，他们从地缘政治角度来反思大海、探讨大海，还不大可能拥有审美地欣赏大海的雅兴。那么，到了李伯元，他是第一个从审美的意义上短暂地描绘了大海。而苏曼殊的贡献应当同李伯元联系起来考虑。

苏曼殊突出的贡献主要表现在两方面，第一方面是翻译拜伦的大海诗篇，第二方面是直接描写大海之美。曼殊在1906年9月翻译完《拜伦诗选》，其中包括《哀希腊》《去国行》和《赞大海》。注意，我个人认为，《赞大海》这个标题本身的重要性，有可能略大于汉译诗篇内容的重要性。汉译诗篇的正文里，一个大海的词都没有选用，这很遗憾！道理不难理解，因为他用的是文言文体去翻译，四言结构翻译，很难出现双音节词大海。但是，它的标题很有意思：不叫“赞海”，也不叫“赞沧海”“赞四海”，而偏偏就用了一个“赞大海”，这就使得大海这个词语不胫而走，影响相当大。用了“赞大海”，人们一提就提“赞大海”，这个“大海”呢又是从欧洲文学名篇里来的，当然一下子就跟中国古代的海不一样了，就有了鲁迅那种“别求新生于异邦”的特别的启蒙效果了。

所以，他这个《赞大海》诗篇在1906年翻译完后，不仅本身很快就在朋友们中传诵，而且在这部小说中又再度获得传诵的机会，这些都能激起人们对于大海的喜爱，对于自由的向往。这一代人，都在朝思暮想着中国的自由、富强，就像郁达夫在他的《沉沦》里喊的那样：“中国啊，中国，你怎么不富强起来？”就是这一代文人志士燃起了自由的熊熊大火。

《赞大海》翻译完后两年，即1908年就出版了，很快征服了许许多多的青年读者。据说，青年鲁迅读了以后，感到“心神俱佳”。青年作家张定璜对此也是大加称赞。在较早地显示大海本身的美的人物中，苏曼殊当然算一个，而且是影响很大的一个。因为，他是首先影响在日本的革命党人，又通过他们进一步影响更多的现代知识分子。可以推断，就是从苏曼殊的《赞大海》开始，大海这个词逐渐地深入到那时代知识分子的心里，慢慢地扎下根了。这应当说是现代传媒建构的后果，是现代文学想象和教育的后果。

再说，更重要的就是，苏曼殊本人在1912年出版了他的小说《断鸿零雁记》，在这里面就引用了《赞大海》。它的主人公三郎，从中国去日本寻找他的母亲，坐在海轮上面对着大海，然后很激动地拿出拜伦的诗篇《赞大海》朗诵起来。在他朗诵的时候，苏曼殊自己翻译的《赞大海》就搁到小说里去了。这部小说，在一定程度上有他个人的自传体成分，他的个人体验同小说中人物的体验就交织在一起了。即便是这篇翻译的《赞大海》，它在小说中虽然是被引用的，我注意看了，小说本身没有用什么词来描绘大海。为什么？看来苏曼殊本人似乎已经拜倒在拜伦的描绘中了，他觉得自己再想不出更好的词语来描绘大海了，所以引用拜伦的就够了。小说里也写了主人公三郎和他的表妹日本姑娘静子在海面上谈，静子姑娘对他如此地爱慕，但是他心神不定，最后弃爱而回到他的国家。三郎是一个“有疑问的主人公”，感觉左右都不是，赶紧逃离爱情。对爱情又是向往又要逃走，这是很有意思的一种矛盾心态。但是，无论如何，这儿较早地显示了大海本身的美。所以，苏曼殊通过拜伦，向中国的许许多多的读者灌输大海的美。在汉语文学中，拜伦不仅在提醒欧洲人，而且也在启蒙中国人欣赏大海本身的美，把大海作为真正的审美对象来观照。可以说，大海作为审美形象在中国诞生，应该就是在这个时期。

从地缘政治形象、地缘政治概念、地缘政治问题转换向审美形象、艺术形象、艺术问题，转换的原因在哪里？我想，应当是两方面的因素相互作用、相互化合的结果。一方面，是中国的海疆越来越危机四伏，越来越朝不保夕、风雨飘摇，大海的保卫问题越来越难以解决而又需要解决。另一方面，来自西方浪漫主义文学中关于大海的描绘，又同关于自由、关于科学、关于民主等的描绘交织在一起。这样，中国人保卫大海的欲望如此强烈，而追求自由、追求民主解放的欲望也是如此强烈，两者激发起种种冲动，使得地缘政治冲动与审美冲动交织在一起，都一股脑地投射到对大海这一对象的想象中，从而把大海想象成为一个崭新的审美对象。大海，就这么成为现代中国人的一种审美对象。

如果再看看苏曼殊在《断鸿零雁记》中对于大海形象的具体描绘，我们就更知道刚才的判断所言不虚了。他让主人公三郎朗诵拜伦的《赞大海》，对着大海朗诵起来。可以想见当时的那批知识分子，向往着自由，向往着独立解放，满腔的爱国热血无处喷洒，而只能对着宽厚的大海倾诉，这是何等畅快的事情！大家看看，我摘录下来的《断鸿零雁记》的第7章片段：

> 船行可五昼夜，经太平洋。斯时风日晴美，余徘徊于舵楼之上，茫茫天海，渺渺余怀。即检罗弼大家所贻书籍，中有莎士比尔，拜轮及室梨全集。余尝谓拜轮犹中土李白，天才也；莎士比尔犹中土杜甫，仙才也；室梨犹中土李贺，鬼才也。乃先展拜轮诗，诵《哈咯尔游草》，至末篇，有《大海》六章，遂叹

曰："雄浑奇伟，今古诗人，无其匹矣。"

他仅仅用八个字"茫茫天海，渺渺余怀"，就把大海的美给搞定了，我辈今天读来肯定远远不满足，不解恨！但有这层意思，在当时就已经了不得了。可以想象当年的中国知识分子、文人，国际旅行的时候他们口袋里带的什么书，你可以审视一下他们读什么书：这儿就有莎士比亚、拜伦、雪莱。"拜轮犹中土李白，天才也；莎士比尔犹中土杜甫，仙才也；室梨犹中土李贺，鬼才也"。这是他的诗歌审美观，或者是一个评点。然后就是展开拜伦的诗歌，《大海》六章朗诵。注意，他这儿把"赞"字省掉了，叫"大海"。不管怎么说，大海在这儿也出现了。用文言来翻译西方的诗确实受很多影响，我没有工夫去钻研他为什么这样译，有心人可以对比一下：他的翻译跟查良铮的翻译有什么不一样？中间有什么差异？我想，这种比较分析应该是很有意思的。

就是三郎在大海之滨与静子之间，还发生了一场情感战争，这也促成了读者对大海的美的向往。我们看，当母亲向三郎说出让他与静子成婚的决定后，三郎决心抗婚，于是，他与静子展开了一场微妙的纠葛。而纠葛得以发生的场所，往往是在大海侧畔：

是夕，微月已生西海，水波不兴。余乃负杖出门，随步所之。遇渔翁，相与闲话，迨翁收拾垂纶，余亦转身归去。时夜静风严，余四顾，舍海曲残月而外，别无所睹。乃去余家仅丈许，瞥见有人悄立海边孤石之旁，静观海面，余谛瞩倩影亭亭，知为静子……

（第15章）

余胸震震然，知彼美言中之骨也。余正怔忡间，转身稍离静子所立处，故作漫声指海面而言曰："吾姊试谛望海心黑影，似是鱼舸经此，然耶？否耶？"

静子垂头弗余答。少选，复步近余胸前，双波略注余面。余在月色溟蒙之下，凝神静观其脸，横云斜月，殊胜端丽。此际万籁都寂，余心不自镇；既而昂首瞩天，则又乌云弥布，只余残星数点，空摇明灭。余不觉自语曰："吁！此非人间世耶？今夕吾何为置身如是景域中也？"

余言甫发，忽觉静子筋脉跃动，骤松其柔荑之掌。余知其心固中吾言而愕然耳。余正思言以他事，忽尔悲风自海面吹来，乃至山岭，出林薄而去。余方凝伫间，静子四顾皇然……

静子旋欲有言。余陡闻阴风怒号，声振十方，巨浪触石，惨然如破军之声。……

（第16章）

余更无词固拒，权伴静子逡巡而行。道中积雪照眼，余略顾静子芙蓉之靥，衬以雪光，庄艳绝伦，吾魂又为之奭然而摇也。静子频频出素手，谨炙余掌，或扪余额，以觇热度有无增减。俄而行经海角沙滩之上，时值海潮初退。静子下其眉睫，似有所思。余瞩静子清癯已极，且有泪容，心滋恻怅，遂扶静子腰围，央其稍歇。静子脉脉弗语，依余憩息于细软干沙之上。

此时余神志为爽，心亦镇定，两鬓热度尽退，一如常时，但静默不发一言。静子似渐释其悲哽，尚复含愁注视海上波光，久久……

（第19章）

在这些场合，作者虽然一次也没有使用过“大海”这一词语，但对大海本身的描绘，却比以往任何一位中国作家、诗人都更加具体、细致。这可以说是中国文学中前所未有的。大海在这里既成为三郎与静子之间情感较量的场所，也成为他内心情欲与理智间激烈争斗的战场的外化形态。大海的变化，如“海曲残月”“海边孤石”“海心黑影”“海面悲风”“阴风怒号”“惨然如破军之声”等，都表征着他内心的厮杀和他与静子的纠葛。刚见母亲时，大海曾向他展示了令人欣喜的美：“海光山色，果然清丽”。而这时的大海，则又变得阴森可怖了，仿佛变成了一个外在化的敌对力量。

有意思的是，当三郎设计摆脱静子的攻势而逃回中国的途中，大海则似乎再也引不起他的任何兴趣了。与刚见太平洋时不惜长篇援引拜伦诗篇的盛大铺陈相比，这里提及大海的仅如下几句：“二日半，经长崎，复乘欧舶西渡。余方豁然动念，遂将静子曩日所媵凤文罗简之属，沉诸海中，自谓忧患之心都泯。更二日，抵上海。”寥寥几笔，没有关于大海风光的任何描绘，似乎在三郎眼里大海的美已变得不屑一顾了。取而代之，只是简略交代返程路线和向大海抛掷静子信物之事，以表斩断尘缘的决心。在这时，大海就仅仅成为他埋葬与静子的情事和泯灭“忧患之心”的场所了。

这一由铺陈到简约的鲜明对比，说明了一个事实：在小说里，大海的亲近感和敌对感不是固定不变的，而是随个人体验如视野、心境、情感或兴趣的变化而转移的。这一点有力地增强了、突出了大海形象的丰富性和复杂性。这是一种预示：大海会是一种丰富、复杂而又多义的审美对象。

（四）大海形象的诞生

在苏曼殊之后，对于中国现代大海形象创造做出最重要的标志性贡献的人，该是郭沫若了。

这里特别要提到的，就是郭沫若的《女神》。中国现代文学真正开始直接地、具体地、大面积地描写和赞美大海的美，应当说是从郭沫若开始的。前面，李伯元、苏曼殊所分别开创的，可谓涓涓细流，而到了郭沫若这里，则汇成了大海的蔚为壮观的审美形象。或者说，现代中国的大海形象，正是郭沫若来集大成的。在《女神》里，他的浪漫的笔触关注着大海的美，描绘了大海的美：

> 山右有枯槁了的梧桐，
> 山左有消歇了的醴泉，
> 山前有浩茫茫的大海，
> 山后有阴莽莽的平原，
> 山上是寒风凛冽的冰天。①

在这里不停直接描绘大海的风光。在《立在地球边上放号》里这样说：

① 郭沫若：《郭沫若全集》第1卷，人民文学出版社1982年版，第34页。

无数的白云正在空中怒涌，
啊啊！好幅壮丽的北冰洋的情景哟！
无限的太平洋提起他全身的力量来要把地球推倒。
啊啊！我眼前来了的滚滚的洪涛哟！
啊啊！不断的毁坏，不断的创造，不断的努力哟！
啊啊！力哟！力哟！
力的绘画，力的舞蹈，力的音乐，力的诗歌，力的律吕哟！①

这儿虽然没有出现一个大海的句子，但是从它的整体，即《女神》的整体诗篇里，都在显示大海的力量、大海的美。《女神》借助于那铺张扬厉的浪漫主义情怀去勾勒大海之美，感动、影响了一代又一代年轻人。当然，更加重要的是，借助于五四新文化运动这一特殊语境的风雷激荡，大海的美才终于不胫而走，深入人心，润物细无声地塑造着中国一代代读者的心灵。大海，投寄了、被赋予了中国现代知识分子关于未来中国的自由、民主、科学等的丰富想象。正是在这个意义上可以说，正是五四运动给了大海成为审美对象的最终机遇。

所以，大海作为一种普遍的审美对象，是真正地属于现代中国人的。准确地说，正是由于刚才说的这几个作家尤其是郭沫若的创造，大海终于从现代中国人的地缘政治性形象而转化成为一个普遍的审美形象。从地缘政治概念到审美形象，大海经历了几十年的发生或者起源的过程。

诗人郭沫若堪称一个分水岭，属于中国文学中从古典海向现

① 郭沫若：《郭沫若全集》第1卷，人民文学出版社1982年版，第72页。

代大海转变的分水岭。如果说，在他之前，是古典海形象占据主导地位，那么，从他开始，现代大海成为主角。

大家通过我刚才对大海形象的追溯，就算是经历一次大海的发生学的追踪吧，当然是一次有限度的追踪。有个问题请大家考虑：为什么正是郭沫若第一个在这里直接地和明确地区分海与大海，并把描绘大海之美的重任肩扛起来？为什么是郭沫若而不是其他人来完成这一使命呢？

对这个问题，刚开始我是没有解决的，没有研究就没有发言权嘛。一位中国现代文学研究专家发现，郭沫若在日本时住的地方，叫博多湾。博多湾有个特殊的讲究：内海波涛是比较平静的，不太汹涌；但是，它的外海就是波涛翻滚了。他认为，郭沫若对大海的体验跟他到了日本后所处的这种具体的地理环境特点有关系。原来如此，这可以说帮助我搞清楚了郭沫若"发现"大海之美的地理优势：

> 清新明媚乃是郭沫若的基本诗风，最一般的诗风。……综观整个《女神》诗集，除去三本诗剧，有诗凡53首，上述典型地表现豪放粗暴风格的诗不过10首左右。……博多湾的风物景象与生活情境对郭沫若清淡明媚诗风的养成显然有着某种决定性的作用。……被他称为"诗的爆发期"的那一段时间起自1918年，正是他安家于博多湾之后，而且，郭沫若一生中最能体现其才华和风格的诗，也是影响最大的诗，都基本上完成于博多湾旁，里面都或隐或显地投射着博多湾的影子。可见，在铸成郭沫若诗歌基本风格的诸因素中，博多湾的风物景致与生活节律比起泰戈尔、陶渊明和王维来，其影响应该说

更具有决定性意义。①

这里关注博多湾对郭沫若诗风形成的影响，而博多湾对我们的问题的重要性就在于，它为郭沫若具体地体验大海本身的美，提供了足够具体而丰富的地缘环境：

> 从空间上说，海中道内里的博多湾往往风平浪静，而越过狭长的海中道面对更宽阔的海湾，那便是另外一幅情景，尽现着大海的倨傲和狂放。郭沫若的《立在地球边上放号》显然包含着对博多湾外海的空间体验。……郭沫若在《论节奏》一文中说道：《立在地球边上放号》融入了自己对"大海"狂态的体验，"没有看过海的人或者是没有看过大海的人，读了我这首诗的，或许会嫌它过于狂暴"。(《创造》月刊第1卷第1期）不注意博多湾空间结构的读者显然不会在意郭沫若将"没有看过海"与"没有看过大海"的人区分开来，这并不是表述的累赘，而是清楚地说明诗人对海有着两重概念：湾内之海与湾外之大海，同时明确地强调，这首诗的狂暴是湾外之"大海"而不是湾内之海的体验。②

这里的分析很明确，也很具体："湾内之海"与"湾外之大海"，"看过海"与"看过大海"，彼此是不同的，这一点就连郭沫若自己也都清晰地区分了。应当可以说，正是这种区分才直接导致了《女神》

① 朱寿桐："博多湾风物与郭沫若文学及文学活动：论辩与考订"，朱寿桐、武继平主编：《创造社作家研究》，中国书店1999年版，第80—81页。

② 同上书，第83页。

中新的大海形象的诞生。而博多湾的生活体验，就给郭沫若提供了跨越古典海与现代大海的分界线的千载难逢的绝佳机遇。历史老人把这个发现和创造崭新的大海形象的机遇，给了郭沫若。郭沫若是十分幸运的！诗人、作家要描绘对象本身的美，肯定需要有真情实感。光有真情而没有实感，真情就没有附丽、依托；而光有实感而没有真情，实感就会苍白无力，缺乏内涵。“五四”时期特有的狂飙突进的时代精神与丰富的个体情感，由于同日本博多湾地区的特殊的海滨环境交汇在一起，就为郭沫若发现并欣赏大海的美提供了足够的条件支撑。

刚才的分析应该已经清楚了，这就是，这样一个外海的“空间体验”或“地理体验”，正好就激发了郭沫若对大海的辽阔、狂放的那一面的认识，这样才会同狂飙突进的五四精神形成内在的精神感应。所以这才有后话。具体的空间体验对大海的描绘有重要的影响，这是原来没想到的，所以引用在这里，供大家参考。

（五）大海与中国现代性

郭沫若的精彩的大海形象描绘，给了后来的诗人、作家以启迪。徐志摩、艾青、郭小川、舒婷、杨炼等，这些诗人都用自己的笔描绘了大海形象。

舒婷写了与普希金的诗同名的《致大海》，这是大家更为熟悉的。我们就来重温一下吧：

大海的日出

引起多少英雄由衷的赞叹
大海的夕阳
招惹多少诗人温柔的怀想

大海——变幻的生活
生活——汹涌的海洋

“自由的元素”呵
任你是佯装的咆哮
任你是虚伪的平静
任你掳走过去的一切
一切的过去——
这个世界
有沉沦的痛苦
也有苏醒的欢欣

她在这儿除了直接地与俄罗斯诗人普希金对话、引用他的“自由的元素”外，还进一步描绘了大海的真切体验：“大海——变幻的生活”，“生活——汹涌的海洋”，这就直接把大海同人生等同起来了。这也是进一步把大海看成是一种生活方式的象征，看成是拜伦意义上的文化的象征物。

再看散文诗《读沧海》（1984）①，这里面代表了我认为1980

① 刘再复：《刘再复集——寻找与呼唤》，黑龙江教育出版社1988年版，第367—370页。

年代所创造的大海神话的极致。在中国文学建构的现代性神话形象中，大海是很有代表性的：

> 这是北方的海岸，烟台山迷人的夏天。我坐在花间的岩石上，贪婪地读着沧海——展示在天与地之间的书籍，远古与今天的启示录，不朽的大自然的经典。
>
> 我带着千里奔波的饥渴，带着长岁月久久思慕的饥渴，读着浪花，读着波光，读着迷蒙的烟涛，读着从天外滚滚而来的蓝色的文字，发出雷一样响声的白色的标点。我敞开胸襟，呼吸着海香很浓的风，开始领略书本里汹涌的内容，澎湃的情思，伟大而深邃的哲理。

散文家置身海滨，眼中所见与其说是大海本身，不如说是大海所象征的东西："展示在天与地之间的书籍，远古与今天的启示录，不朽的大自然的经典"！他是用一连串的比喻去解读大海的，只看见心中已有的大海幻影，而没有见到大海本身的具体面貌。

在这位散文家兼文论家的眼里，大海甚至直接就成了现代文学理论的一个重要的范畴——"典型"形象：

> 有人在你身上读到豪壮，有人在你身上读到寂寞，有人在你心中读到爱情，也有人在你心中读到仇恨，有人在你身边寻找生，有人在你身边寻找死。那些蹈海的英雄，那些自沉海底的失败的改革者，那些越过怒涛向彼岸进取的冒险家，那些潜入深海发掘古化石的学者，那些身边飘忽着丝绸带子的水兵，那些驾着风帆顽强地表现自身强大本质的运动健将，还有那

些仰仗着你的豪强铤而走险的海盗，都在你这里集合过，把你作为人生的拼搏的舞台。

你，伟大的双重结构的生命，兼收并蓄的胸怀：悲剧与喜剧，壮剧与闹剧，正与反，潮与汐，深与浅，珊瑚与礁石，洪涛与微波，浪花与泡沫，火山与水泉，巨鲸与幼鱼，狂暴与温柔，明朗与朦胧，清新与混沌，怒吼与低唱，日出与日落，诞生与死亡，都在你身上冲突着，交织着。

哦，雨果所说的“大自然的双面像”，你不就是典型吗？

他关于大海的想象所得出的结论是：

大海！我心中伟大的启示录，不朽的经典。我在你身上体验到自由和伟力，体验到丰富与渊深，也体验着我的愚昧、贫乏和弱小，然而，我将追随你滔滔的寒流和暖流，驰向前方，驰向深处，去寻找新的力和新的未知数，去充实我的生命，去沉淀我的尘埃，去更新我的灵魂！

看看，关于大海的描绘在这里纵情展示出来了。这样一篇散文，同他随后的《又读沧海》一道，我认为代表了20世纪80年代中国文学中的大海神话的一个极致，代表了整个20世纪中国文学中大海神话的终结。其实，正像许多诗人、作家、散文家一样，他不仅赞美了大海本身的美，而且更重要的是，透过大海本身的美去纵情想象和赞美人们对生活、对自由、对美的追求。于是，大海就成了中国文学现代性的重要形象，成了一个深度形象，就是杰姆逊说的那种具有深度内涵的形象。

现在不妨归纳一下上面的讨论，这就是大海与中国文学现代性的关系。大海在中国呈现出了从地缘政治概念到审美形象的一个发展轨迹，大海的审美价值同国家独立、民族解放、个体自由等终极价值紧密相连，是它们的典范性象征物，是所有这一切的典范性象征物。由此，大海成了一种富有深度的、富有意蕴的形象。大海不仅本身是美的、富有深度的，还是一个在中国现代文学中被崇拜的神话。我个人认为，大海在人们的想象中，已经逐渐地脱离了当初的语境和动因，越来越走向了一种神话的极端。大家不加区分地纷纷把大海往深里写，往高里写，往神秘里写，这下，仿佛大海什么都可以装下了。大海为什么被等同于"大写的人"，被等同于"伟大的人性""雄伟壮丽的人性"？中国现代文学如果有它的独特而伟大的形象创造的话，如果这种独特而伟大的形象创造又得到承认的话，那么，很重要的一个方面就应该是体现在大海这个形象里。大海成了现代文学特有的一个审美形象。我们说起古代文学时，海是它创造的一个重要形象。海，成为中国古代文学独创的一个重要形象。我们说起现代文学有什么？有《呐喊》中的"铁屋"，还有就是"大海"。

其实，大家可以思考这个问题：中国现代文学中还有过哪些象征性形象的创造？你们也可以去找找。透过这些形象，我们可以去追究它在中国文学现代性演变中的意义。

三、从大海回到海

好，经过了这么长长的铺垫，我们终于必须回到《你见过大海》

这首诗里面来了。我们现在来看看《你见过大海》中的大海究竟怎么样。

大家可能有问题问了：我读一首短诗要费这么大的劲啊？确实，你不可能每一首诗、每一个作品都费这么大的劲，我这样做只是为大家提供一种演示。我自己，对这个问题是花多年的时间，不断地在思考、在积累。我的努力主要就是，在文学文本与文化语境的关联上探讨兴辞的意味。直接地阅读一个文本的语词，看起来不需要费力很多，因为它的基本情况是给定的和不可改变的；但是，你要说明白它的意味，那就需要在文化语境上，以及在相应的文学传统的追究上狠下功夫了。下这些功夫的时间，可能远远多于对文本本身的分析。而这，正是兴辞批评的一个特点。例如，分析文学文本与文化语境的互赖关系，就需要涉及一些之前你可能根本预料不到的问题。例如，刚才说的大海形象的发生问题，就牵涉到中国古典文学传统与西方文学传统、中国古典文学传统与中国现代文学传统、西方大海形象与中国大海形象、地缘政治形象与审美形象的关系等。这样去追究，就必然还涉及历史上的若干杰出个人所发挥的作用，如王韬、黄遵宪、李伯元、苏曼殊、郭沫若等。中西诗歌中的大海问题，从西方到东方，从古代到现代，从地缘政治到美学，确实要经历复杂的跨越、比较。如果不这样，兴辞批评的文本分析也就很难到位。

当然，你们也可以不像我这样读，而只要你读得有道理、能成立，会有你自己的独有的训练作用的。我所主张的兴辞批评，总有特定的追求，例如，从感兴出发进一步分析文本语词，还要引入对于文化语境的追究，分析文本与语境的互赖关系等。至于你们自己的阅读和批评到底做到什么程度，要一步一步来，我想完全可以根据自己的具体情况来定。

(一)从想象回到亲见

我们回头来看这个《你见过大海》,可以看到,它在语言与文体上具有鲜明的特点。

第一,在语音上,它以短促句式造成快捷节奏,又用反复手段形成回环韵律。

第二,在文法上,它选用日常口语词汇。这是它与"朦胧诗"的书面化语言针锋相对的地方。不说别的,我们如果想用朗诵朦胧诗的方式来朗诵这首诗,会怎么样?你就觉得它不太对头,是吧?好像缺失了什么。用普通话朗诵这首诗,确实没劲儿!它确实达不到我们预期的效果。对于这类口语诗,我建议大家尝试用方言土语去朗诵。对于这些"后朦胧"诗人、"新生代"诗人写的诗,你不妨就这样土法上马,用方言去读。这样,它独特的美学效果才能呈现出来。那我来试试用四川话来朗诵,四川话有一种特有的幽默感,让幽默、讽刺、自嘲等感觉在这里体现出来了。而用普通话去朗诵,你集聚起你所有的情感,最后却找不到地方抒发。所以,对于这类诗,用方言土语能更准确地传达它们特有的解构的意思,消解神话的意思。通过这,我们看到,有些诗确实需要用方言来读,正像有些诗需要用普通话去朗诵一样。

第三,在辞格上,它运用反复手段。反复用一个词语,让一个词语重复使用多次,可以达到让你烦恼、不舒服的效果,简赅有力地形成对"大海"模式的消解效果。

第四，在篇章上，它不仅总的篇幅短小，而且语义上的分节也短小，形成结构简洁而又蕴含丰富的构造特点。全诗这么短小，却可以分成5节或5段：1至6行为第一段，7至11行为第二段，12至15行为第三段，16至20行为第四段，最后一行为第五段。

我们来看第一段的读解。1至3行，点出了全诗的中心话题："见"和"想象"。它告诉我们，这首诗探讨的是见和想象之间的关系。"你见过大海/你想象过/大海"，属于提问：到底是亲眼所见为真，还是想象为真？一开始就提出严峻的问题。"见"，就是"亲见"，亲眼看见，肉眼所见，属于日常生活中直接的亲身体验。而"想象"则是间接的虚构性、假想性体验。这两者之间究竟是同一的还是冲突的？从来没有见过大海的人，就让你这样想象它么？这样的想象就能替代亲见么？所以它一开始就回顾并提出这样一个问题。第4至6行，追溯了大海体验的历程。这是怎样的历程？你看，先是"想象"，然后才是亲"见"。"你想象过大海/然后见到它/就是这样"。你先是想象大海。你先前没有见过大海，所以通过阅读、通过教育、通过文献、通过学习、通过学校老师的传授、通过电影电视观赏等，才知道了大海怎样，它如何美。不过，你真的到了海边上一看，有时可能会大失所望，或者说是产生别样的感受。例如，那要看天气，那要看个人的心情。这一段，冷峻地总结和披露20世纪中国诗人的大海体验的渊源。他们是在中国特殊语境中接受了来自西方的大海形象的魅力感召，并出于现实的需要，在现实中追求自由的需要，才在心中预先形成有关大海的浪漫"想象"的。先有了这种想象的大海，然后才凭借这种大海想象的规范，去看"见"大海。也就是说，先有了一种英国艺术批评家贡布里希所说的那种"心理定式"，然后根据这种"心理定式"去解读这个大海。

这样一来，看到和没看到过大海的人，都敢于去写大海了。即使你到了海边，面对真实的大海，你也可以视而不见地只顾展开自己内心的大海想象，就像前文引用的《读沧海》中的描述，把大海直接想象成“我心中伟大的启示录，不朽的经典”。这实际上是用个人的想象去取代亲见，征服亲见。这就是今天现代中国很多文人和读者他们共有的大海体验的轨迹。这时的“见”，即便是亲自目睹，但已经过了人为的先入为主的想象的过滤，因而不能被简单称为亲身体验了，而是由预成的大海话语、大海想象创造而成，沉淀着现代作家、诗人的大海想象。例如，渗透了拜伦、雨果、普希金、苏曼殊、郭沫若、徐志摩、艾青、徐敬亚和舒婷等所创造的大海形象意味。这样，这时的“见”与“想象”实际上是一回事了，“见”已经渗透了“想象”，被“想象”所制约了。先在的“想象”已密不透风地制约着我们的亲“见”，最后已经没法用自己的肉眼去看了，已经没有了像英国艺术批评家罗斯金所崇尚的那种“纯真之眼”了。

所以，这样的诗句，我觉得意在直接暴露大海形象的话语机制：大海如今归根到底已不再是个人亲身体验的产物，而是先入为主想象的结晶。从这点来说，大海符号的权威性必然受到质疑，受到消解。

（二）反思现代性深度模式

再说得开一点，从中国文化现代性的语境来看，诗人的拆解，其实针对整个中国现代性话语中更为普遍的深度模式或传统。那么，我们从大海形象这里可以受到启示，还有没有别的形象也是这样，需要反思和消解呢？它们是否也是先想象了然后再看见，用想象取代看见，用过于丰富的过度想象去蒙蔽我们肉眼的观照呢？当然，要真正根除先入为主的东西去观察事物，实际上历来是一个难题。如果用海德格尔、伽达默尔的阐释学原理来说，你就总是带着你的“前理解”、你的预成的“成见”或“偏见”去看的。任何人都没法做到罗斯金说的“纯真之眼”。你早被已有的教育、传媒语言所熏陶。这有点类似拉康的“象征界”，你自从进入了这个象征界，自从打破了你的照镜子的阶段，你就会被理性的、语言的东西所塑造，这就是你必须面对的一个难题。

诗人显然就想追问，现在的大海模式试图处处赋予平常的或卑微的事物以雅正内涵，把失去中心权威的事物再度中心化。而真正的最终目的，它则隐藏起来，就是要重建中国在世界上的中心地位。有同学可能要问了，老师你说的这些东西，诗人自己写诗的时候会想得这么明白吗？确实，诗人自己未必那时能想这么多，他主要是用直觉去抓取形象，通过艺术形象来说话，而未必要用我们现在这种过于清晰的理智语言去表述。当然，我还想加一句：未必不然。诗歌的形象是大于思想、大于阐释的。诗人对有些东西可能已经有朦胧的直觉，直觉出他想象的形象富于某种深意，只要把这种直觉端出来就行，没必要一时想得、说得那么清楚。有些东西他那时可能也没有想那么清楚，而有些东西确实意识到了但不一定用我们这类语言说出来。也许我用我的语言去阐释，诗人还不屑一顾呢。那没有关系，他写他的，我评我的，各司其职。我们针对的对象不一样，人有精神追求，可以进行诗歌创作，也可以诗歌点评，都是人类精神追求的一部分。所以，诗歌流露的这种拆解意图，可以说是有意识的东西加上无意识的东西的混合物。诗人自己未必然，读者也未必不然，我觉得还是结合起来理解更合理。但是，只要你言之成理、持之有故，只要你或多或少地相信我刚才说的这套东西，那就会同意，上面的理解有一定的合理性。至于说是百分之百同意还是百分之五十同意，那没关系。有一定的合理性就行。那么，这样去阅读、分析、批评一个文本是可行的，但要尽量地言之成理。

再来看第二段，它进一步直接瓦解大海形象的虚幻性。“你见过了大海/并想象过它/可你不是/一个水手/就是这样”。你老说你是一个水手。朦胧诗人的诗里就老说“我是一个水手”，很喜欢说自己是一个水手，扬帆去远航，去追寻远方的浩瀚无际的大海的美。但是，这里直接去拆解它。他的意思是，水手才有权力说他亲见大海，你们算什么？朦胧诗人会这样辩解说，尽管“生来就不是水手/但我把心挂在船舷/像锚一样/和伙伴们出航”。“把心挂在船舷”？在实际生活中可能吗？当然只能是在想象中才成为可能，这是在浪漫主义诗人的想象中才可能。而这里是要直接同朦胧诗人对话，用一种随意的、调侃的口吻来消解大海的神圣性、终极性、虚幻性。

再看第三段。“你想象过大海/你见过大海/也许你还喜欢大海/顶多是这样”。这是一种让步陈述。你想象过大海了，你去见过大海了，你还喜欢它，大海可能确实有它本身的美，你还喜欢它，这些无需否认。但是，你顶多是这样啊。进一步，以日常生活感觉去重新界定大海形象，肯定其形式美感，但仅仅如此而已。这就消解了人们加诸其上的多余的厚重的深度，比如历史感。

第四段，“你见过大海/你也想象过大海/你不情愿/让海水给淹死/就是这样”。这里直接把现实的一个生存安全问题凸现出来了，海上的安全。以前我在别的地方讲到这首诗的时候，一个编剧告诉我，有一年她好不容易打报告跟随海军去了一趟西沙。她说，哎呀，呕吐得不得了，上了那个船啊就不停地吐，什么都吐出来了，吐得五脏六腑似乎都出来了，还是不断地晕船。真想赶紧撤回去，但是已经没有办法了，已经上了船了。好不容易申请去了，还体检，层层过关，经过好久的折腾才到了西沙海上，退也退不了，只能熬煎着。我再问去一趟怎么样？她说，嗳！太值了！换我一条命去那也值！你瞧瞧，一边是特别难受，一边又觉得特别值。这就是西沙，那种纯净的海上风光确实是在别的地方看不到的。一生就那一次啊，第二次再也不敢了。这就是说，大海的安全也是重要的，大海同人的生命安全联系在一起，所以这里要说，谁都不愿意“让海水给淹死”。诗人通过这种世俗化的、日常化的大海描绘，体现出人们的日常生活生存的重要性。你不能够对大海畅想于无穷，而要看到最基本的日常生活的安全性。

第五段，最后一行，以“人人都这样”一句作结，意在以强调的语气宣布想象/虚构的大海为假，亲见/真实的大海才真。这样做，有助于消解前人加诸大海形象之上的沉重话语负载，激励诗人们突破前人规范的桎梏，凭借亲身体验去从事独特的审美与文化创造。

这首诗在数据上也可以说明问题。全诗21行，反复出现“大海”达9次，加上两次以“它”代替，共达11次。11次反复出现大海，到最后第19行“让海水给淹死”，就再也没有出现大海了。我可以猜想，这种修辞上的反复使用，在直觉的意义上体现了诗人无意识地从想象的大海回到古典平凡的海的企图。最后一次出现“海”

这类字眼的时候，已不再是“大海”，而是“海”了。就像郭沫若本人所区分的“没有看过海的人”与“没有看过大海的人”那样，只不过这次是倒过来了：回到处于郭沫若区分前的那个古典的海去！这应当说体现了从大海回到海，从伟大的大海回到平凡的海、回到小海这样一个企图。因为这个“大”，是人们凭借想象力加在它上面的，大海本身没那么“大”啊！

（三）深度模式的肯定与反思

这首诗体现了从郭沫若到后朦胧诗人之间的大海形象的演变轨迹，体现了透过大海形象而对中国文化现代性的追求的反思或自反。它力求拆除现代性深度模式而回归平常的语言形式。不过，它不是要消解文化现代性本身，而只是显示了文化现代性的两个阶段的划分。这用我的话来说，就是代表了中国文化现代性从现代Ⅰ到现代Ⅱ的转变轨迹，或者说，这是从深度的现代性回到日常的现代性。如果说，从晚清王韬到20世纪80年代的现代Ⅰ属于一种深度式现代性，那么，从20世纪80年代兴起的现代Ⅱ，则属于一种日常式现代性。深度式现代性以对自由、民主、独立、解放等终极价值的渴慕为基础，总是在艺术形象中蕴含无限、伟大、雅正等深度。日常式现代性则作为它自身的消解方式而出现，总是以回到日常生活本来面目为基础，总是起来证明深度模式是人为的虚构。

这首诗可以说体现为列维-斯特劳斯说的那种凝缩模式，小中见大地瓦解现代Ⅰ特有的深度模式。它涵摄了中国现代文学界的一个变化。刚开始是善于创作伟大的神话、深度的神话，这些东西刚开始富于历史意义、历史深度，这一点必须承认。但是，后来不断地被重复，就泛化成俄国形式主义意义上的“自动化语言”，让人熟视无睹，没有新鲜感，缺乏独创性。这就必然迫使诗人起来打破它，转而去创造平常的、日常的东西。建立在深度模式上的现代性主流话语模式受到了质疑，受到了解构，这同后来的新写实潮流的勃兴是联系在一起的。

所以，自从《你见过大海》出现以后，所有的诗人再写大海的时候就不得不掂量掂量，因为一不小心就“让海水给淹死”了。自从这首诗以后，所有人再要描绘深度的时候，当然可以继续描绘，但是也要再想一想了，想想别人的质疑，想想你是否在重复前人所做的东西，想想你是否已经失去了你个人的独立自主的创造。

当然，我必须郑重地补充说，虽然可以肯定《你见过大海》在消解现代性深度模式方面的特定意义，但并不必然等于彻底否定现代性深度模式本身。恰恰相反，我们应该历史地高度肯定大海形象，以及中国文学现代性在建构深度模式方面的努力，因为这种努力正是中国现代历史本身的决定作用的产物。正是中国现代性体验这种触及现代中国人生活状况之根本的生存方式本身，建构起了自身需要的这种深度模式，而这种深度模式又恰好及时地满足了中国现代文学重建自身历史的强烈需求，从而为中国现代人把握国家、社会和自我提供了宝贵的深度模式。然而，这种肯定并不意味着可以不反思这种深度模式所得以产生的历史原因，以及它在今天留下的弊端。

今天追究这种历史原因，有助于我们在把握这种深度模式的历史根基及其美学意义的同时，也能适当地反思这种深度模式必然伴随的某种历史限度。当中国历史已经不停顿地前行的时候，当这种前行是在适应现代世界语境的大趋势的时候，如果我们继续停留在这种深度模式上，必然会犯历史性错误。正是在这个意义上可以说，坚决地肯定和冷峻地反思现代性深度模式，这是必须同时进行的两个过程。如此说来，如果在《你见过大海》之后再出现深度模式的建构，那也应当是可以理解的，只是这种深度模式应当属于解构后深度模式了，或者说是重构的深度模式了。重构的深度模式同深度模式本身之间应当是存在分别的。不过这已经超出这一讲的讲授范围了。

第八讲　当前文学批评新趋势

这一讲的目的，是让大家在前面修读了相关课程后，进一步了解文学批评的有关基础知识、发展现状，在这个基础上尝试学习和实践文学批评。

大家一定会问：什么是文学批评？怎么学习文学批评？这样的问题都很有意义。我不妨跟大家讲讲我们北师大文学院，也就是原中文系已故教授、著名批评家李长之先生。很多年前的一天，我来到中文系资料室找书，偶然见到一本李长之先生的《鲁迅批判》，感觉很惊喜：因为我虽然读过他的脍炙人口的《司马迁之人格与风格》，但只听说过《鲁迅批判》而没读过，一直在期待着。这次见到，十分意外而又兴奋。一翻开，看到扉页上有当年红卫兵写的"大毒草供批判"字样，又加重了一丝好奇心。我禁不住翻下去，一口气读完，感觉确实才华横溢，见解独到，深得鲁迅，哪里是"毒草"，绝对是"香花"啊，大家气象！从此我对李长之爱不释手。我后来不惜卖力地推荐给不同年级的学子们欣赏。当年的青年学人李长之于1936年发表《鲁迅批判》时，也不过比在座各位年纪大几岁，但表现出了那样卓越的才华、见识。他在书中特别欣赏鲁迅的小说《伤逝》，独出心裁地认为涓生的性格正是鲁迅本人的"内倾型"人格的一种映射。他甚至断言"《伤逝》可以代表鲁迅的一切抒情的制作”，是“鲁迅最成功的一篇恋爱小说”。[1]设想他起初阅读小说时，还只是读者，与普通读者并无质的区别；但当他在阅读中有感而思、有思而论、有论而发，直到用专门术语和学理去论证和表达批评洞见时，他就从读者变成了批评家，而文学批评也就发生了。

从李长之先生的这个实例看，文学批评就是在具体的文学文本鉴赏基础上产生的带有评论性质的活动。同时，咱们每个学子都可以从事文学批评工作，也都可能从读者演变成为文学批评家。

一、文学理论与文学批评的关系

（一）网络时代的四种学习方式

今天使用网络，并不是为了赶时髦。网络对我们有什么好处呢？打一个比方，我们饿了想吃东西。如果老是把东西喂到你嘴里，你会感觉很难受，不想吃。我们人类吃东西的方式至少有四种。

第一种是喂食。父母在你幼小的时候把食物送到你嘴里，念叨道：营养很丰富，很好吃，你要吃啊。你这是被动地进食，被灌食。

第二种是摆食。食品摆在桌子上，摆什么吃什么，一家人都来吃，没得可挑的，想吃的不一定有，有什么就将就着吃吧。虽然吃的自主性有那么一丁点了，你可以吃也可以不吃，父母不再像灌食

① 李长之：《鲁迅批判》，北京出版社2003年版，第83页。

那样强迫你吃，但不吃就只能饿肚子了，所以终究还是得吃。你还是感觉没有选择上的自由，仍然是被动地进食。

第三种是选食。把多种食物放在桌子上，你自己去挑，又叫自助餐。这种自助餐表明你的选择余地大多了，自主性明显增强。

第四种是觅食。本来不知道哪儿有食物，自己饿了到处去找，东找西找。在饥饿的压力下急切地去寻找食物充饥。

教学方式也像这样。过去我们的教学可能更多的是喂食，喂到嘴里，大家感觉很难受，而且就喂这一种，老是吃这一种。后来有了摆食，告诉你在一个问题上有多种治学、思考或学习方式，你有了独立地展开比较和鉴别、分析和判断的机会。

这四种哪种好呢？我觉得说不上哪种最好，哪种不好。它们今天在共存，喂食、摆食、选食、觅食四种方式结合着来，将越来越多地加强后两种即选食和觅食，把各种材料挂到网上，到网上去找。自己在找的过程中，有一种积极性、主动性，有一种开放自由的感觉，有一种狂欢化的效果：我在找东西看，我在找知识吸收。这是今天网络给我们带来的最大便利。我们还可以对话，还可以双向交流，双向互动，所以我觉得网络提供了选食和觅食的广阔天地。选食，我们在课堂上给大家提供相关的书和论文供大家看，你爱看就去看，你没看也没有关系，反正这个课能过得去也可以了。我不要求每位同学都要用觅食精神上好这门课，但是你如果想到了愿意这样做，也是值得提倡和鼓励的。所以，我们希望更多地加强选食、觅食。当然有时候，喂食也可能需要，例如有时候你还感觉不到它的营养价值、它的味道，那么给你推荐、给你送到嘴里来，也是需要的。但随着年龄的增长，随着年级的增长，喂食所占的比重会越来越小，所以在这个时候加强选食和觅食非常重要。

（二）文学理论与文学批评的传统关系

上面主要介绍了文学和文学批评的新趋势。我们从手机短信入手，从网络互动式的图文文学入手，分析了几种新的文学现象。第一种是影视文学的崛起，第二种是跨体文学，第三种是短信文学。其实还有图像文学、网络图文式互动文学等。它们的出现，给我们的文学含义带来了新的内涵，给文学研究提出了新的课题，也对传统的文学概念、文学定义提出了新的挑战。带着这样的问题我们来思考今天的文学批评该怎么做，就有了一定的针对性。在这个意义上，我区分了传统批评和当代批评的一些特点，给大家介绍了一些观点，尤其是要抓住今天的一个趋势：理论和批评形成了一种分离式的发展。传统的理论和批评，则被认为应当是分开存在的，谁做文学理论，谁做文学批评，各有不同的任务。这种分工在今天看来正是传统的文学理论、文学批评的一种研究方式。我想补充一下，归根到底，这种模式是从苏联学来的。

新中国成立之初，我们学习苏联的教学体制，建立了教研室，每个系下面有教研室，教研室分得很细，文艺理论或文艺学就是从那时起独立成为一门二级学科的。有一次在中国社科院开会，我见到了苏联高尔基文学研究所的一位研究员。他看过我写的一本《张艺谋神话的终结》，来到中国时特地要跟我交流，所以跟我见了一面。我就顺便跟他聊起现在的俄罗斯的大学，它们的体制怎么样。他说已经有很大的变化，过去分得很细的已经开始打散。我看到的欧美的英语系、哲学系、东亚系等一些院系所，它们都没有像我们中国这样分得这么细。比如说我们文学院，已经取消教研室了，改为建立十一个研究所，每个研究所代表一个二级学科。你将来要考研究生，就是要选择二级学科，这是分得很细的一种体制，而在国外就没有这么细。比如说英语系，它可能就只有两个专业，一个是语言学，一个是英语文学，就分这两大类。将来我们会不会走这样的路？我觉得有这样的趋势，就是分工的具体化开始受到挑战，越来越拆除了它的藩篱，走向了跨学科的、多学科的、大学科交汇的格局。

回过头来说，传统批评被认为与理论是分开地存在和发展的，各行其道。理论研究普遍性的问题，它对批评有指导作用；批评研究个别作品和现象，它是理论的具体运用。但现在，这种关系已经发生变化。

从20世纪60年代起——在西方是1960年代，在中国应该是1980年代后期，尤其是1990年代开始，出现了文学理论与文学批评之间的断裂和重组的趋势。主要的影响源就是米歇尔·福柯和德里达。他们搅动了后结构主义思潮，把过去认为是确定的东西拆除了，分解了，认定那是人为的假设。

比如说我们通常认为的文学本质，在20世纪70年代末我们这一代人上大学的时候，赶上了本质论的末期，认为必须首先解决文学本质问题才能去解决文学的其他问题。我们跟着津津乐道的是，把美的本质、艺术的本质、文学的本质说清楚。为了这个，我自己下了很大的功夫，花了好多年时间，一直到读博士的时候，有一天我才发现我找到了思考美的本质的途径，激动了好多天，写了一篇文章，后来还发表了。当时觉得自己找到了真谛。但是没过多久，我开始沮丧起来。因为，随着阅读的增加、思考的增加，我越来越发现，痛苦地发现，本质问题其实是个虚幻的问题。为什么？不同论者各自都可以说出一套本质来，但是哪一个本质是唯一正确的本质，是最后的真理呢？没有。这才有了分析美学，强调本质是个伪问题，不存在，应当取消。

从此以后，我就把自己的精力挪开了，不再去探讨文学的本质、艺术的本质了，不再对本质问题感兴趣了。但是，本质问题你还是要有所了解，别人要研究也可以。但是我觉得我说不清楚，至少在我们这一代人看不到那个唯一的本质问题被解决的希望。从此以后我就把本质放在括号里括起来，搁置在一边。就像胡塞尔说的那样，关心具体的现象、具体的阐释、具体的阐释方式、具体的阐释模式吧。

我想，像我这代人走了一些弯路，这实际上是一种精神财富、一种代价太大的收获。这可以告诫我的学生们，你们没有必要再把宝贵的精力用在这上面了，干别的去吧。你们今天跟我当时遇到的问题不一样。我进大学，自己抄《西方文论选》《西方美学史》，因为借不着，没有库本，好在可以利用"文学概论"课代表的特权，自己首先借来看，看了以后就去抄，一本本的笔记抄下来，很笨、很傻啊。但是今天，咱们要的书都有，甚至网络上一复制就下来了。这就是我说的，给你吃的东西太多了，就有一个选食和觅食的问题。你们遇到的问题是新的，知识呈爆炸趋势，我们该学什么，什么东西对我们才是有用的？这些成了经常遭遇的难题。而我当时是没有东西可读，没有这么多书可看，有一样就足以让我激动了。所以，怎样找到适合于自己的知识去消化、去吸收，我想这是各位学习文学批评、学习文学理论时要遇到的很大的挑战。

我给学生上文学概论课的时候一再说过，读大学最重要的就是要找到自己的立足点。我想，读大学有下面这样几点好处，我就发表我的建议，供大家参考。

第一，大学是通学。大家都知道，大学就是university，它是普遍的、普世的、会通的地方，是学问、知识会通的地方，有关于普遍的学问、会通的学问。所以，大学，它不是只学习单一学问，而是要通学、会通多种学问，实现多种学问的会通。大学就是要大大地学，好好地学。大学就有这样一个好处。这是第一点。但是，另一方面，你如果以为大学就是什么都学、什么都会、什么书都读、什么讲座都听，那就大错特错了。这就是我特别要谈的第二点。

第二，大学是由专学到通学。这是说大学要在专业学习中实现会通，通过专业去达到知识的会通。大学更要紧的是一门专业知识技能的掌握。这一点特别重要。在大学虽然要通学、会通多种学问，但你必须通过单一的专业学问这个口径去达到通。不能以通达通，而是以专达通，由专到通。你或多或少总要掌握一门专业知识技能，在某一方面有专长。你只能通过专业口径去会通天下学问。大学就是学习以专业会通天下学问的本领的地方。尽管你分配出去换到别的行当了，不是你最初学的，但是你有这个能力以后，一通百通，别的能力你也能学会。在这一点上，我反对国内某些名牌大学提出的所谓教学改革口号："淡化专业"。我感觉这个口号是个错误，会误导大学管理者、师生，误导天下英才。这是个要命的错误，可惜还很少有人注意到并且起来"拨乱反正"。我的观点是，你可以"淡化专业界限"，但不能"淡化专业培养"，相反，你应当"强化专业培养"。也就是说，你尽可以调动各种手段拓宽专业口径、加强通识教育，但你必须是在特定的专业平台上、专业范围内，并且紧紧地依托这个特定专业。我们的学生在学习时同样要注意这一点。你不能“门门懂，样样瘟”。不能啥都学，啥都不会。你只能从专业出发会通多种知识，集中运用多种学科知识去解决专业问题。所以，专业学好了，同时又兼通多种学问，那才是大学所要培养的，也就是大学生们需要的。

第三，大学培养可持续学习能力。大学的一个重要任务就是培育个人终身学习、活到老学到老的能力。你有了大学的学习能力，今后不管你干什么，无论是继续深造还是改行，不管做什么都会对口。你有这个可持续学习能力，今后干什么都行。

第四，大学培养创新能力。这一点更高了，就是培养你创造新知识的能力，培养你的独立创造、自主创造的能力。这个很高，并不是每个人都能达到，更不是仅仅在本科阶段就能达到，但是大家可以向着它逐步地努力。本科、硕士、博士等，是今天成才的不同的阶梯，也是创新人才培养的不同阶段。

要培养创新能力，对本科阶段来说，重要的是在知识的积累中逐渐地明确学术立足点问题。大家到了三年级就要想想，我的毕业论文、我的发展今后向哪一个方向倾斜？往哪一个专业、哪一个具体的领域、哪一个人、哪一个课题上倾斜？这样，平时尽一切可能寻食、觅食的时候都向这个方向倾斜，那你学的东西就活起来了。听课学习知识，可以大、宽、博，但是最后落实成自己研究的东西出来要小，要细。我希望大家善于提问题，善于想问题，提很具体的问题，千万不要提大而无当、太大的问题，搞得自己最后无从下手。这里最重要的就是要找到自己的立足点。那么，我们就要明白今天学术的新趋势，知道自己在哪一个方面去定位。比如说上学期我给研究生上课，我就感觉到有的新生耿耿于怀的就是文学本质是什么。老师要费很大的精力去给他们解释，为什么我们今天研究文学的本质是空耗精力，要讲很多话。他们走了很多弯路，而且还认死理，把思路扳回来，要费很大的劲。有的经过了一学期，才有所改变。现在明白这个道理后，我们就可以单刀直入，抓紧时间去学我们该学习的东西了。

（三）文学理论与文学批评关系的重组

近来，大家可能已经注意到有关文学理论发展取向的争论，在一定范围内聚焦在是要“文学研究”还是要“文化研究”这一非此即彼的选择上。这当然有道理，但我认为，另有一个重要问题被忽略了，这就是文学理论的存在方式本身的转变，即文学理论内部理论方式与批评方式之间的新型关系的生成，这使得我们有必要正视当前理论与批评的互渗关系及批评理论的兴盛。

人们长期以来习惯于文学理论与文学批评之间的分离式发展。文学理论被看作一种普遍性表述方式，更关心从具体上升到普遍，焦点是普遍性。人们常常“把理论理解成在某种概念普遍性系统中，来确立文学阐释和评估”①。与文学理论在概念普遍性系统中展开文学阐释和评价不同，文学批评则被视为一种个别性表述方式，它更关心从普遍理论推演到个别作品，焦点是个别性。前者如德国美学家黑格尔有关象征型、古典型和浪漫型艺术及其变化的艺术史理论，后者如法国批评家圣伯夫有关雨果等作家的传记

① 〔美〕保罗·德曼：《解构之图》，李自修等译，中国社会科学出版社1998年版，第96页。

批评。在人们眼里，文学理论更关注普遍性，它指导文学批评；而文学批评则更关注个别性，它正是文学理论在文学现象研究中的具体运用。这种区分有一定合理性，大体符合欧美20世纪60年代以前、中国20世纪90年代以前的文论总体情形。

不过，此后西方和中国文论界都先后出现了各自的新变化，其焦点之一就在于文学理论与文学批评的传统关系遭遇断裂而走向重组。从20世纪60年代后期起，以法国思想家米歇尔·福柯的影响加深、雅克·德里达的解构理论崛起并搅动欧美文坛等为鲜明标志，欧洲结构主义转向后结构主义，美国新批评的主流地位被解构批评所取代，加上阐释学、接受美学、新历史主义、女性主义、新马克思主义等文学理论与批评思潮相继兴盛，文学理论对文学批评的指导地位及两者之间的传统界限受到了致命的质疑。这时，与以往把文学理论与文学批评分别看待不同，越来越多的文论家致力于认同两者的重新组合或渗透。这具体表现为以下三方面。

第一，文学理论的批评化。文学理论越来越寻求批评化，理论跟批评不再分家。理论没法再固守自己研究普遍真理的阵地，而是要到批评的原野上去重新开拓，重新突围。换句话说，当文学理论的传统的普遍性指导权威衰落而具体性受到重视时，重心必然向以具体见长的文学批评偏移，直到演变为以文学批评的形态而寻求新的存在。

第二，文学批评的理论化。批评也要讲究理论化，在批评中研究新的理论问题。很多理论问题是在批评中出现，通过批评提出来，所以批评成了一个新的领域，一个引起人们极大兴趣的领域。鼎鼎大名的赛义德、杰姆逊、伊格尔顿等这些文论大家，他们都称自己为批评理论家，既不是理论家，也不是批评家，而是叫批评理论家，原因就在这里。从文学批评来看，当其摆脱传统的理论附庸地位、通过具体文本分析而在文学的一系列重大问题上大显身手时，本身已经承担起新的理论先锋角色了，只不过这种理论先锋角色是始终以具体批评面貌出场的。美国当代批评理论家莫瑞·克里格描述说："作为一种知识形态，而不是仅仅作为我们与文学的情感遭遇的详细描述，文学批评必须理论化。"正是这种理论化的批评使得"理论的作用业已深化和广泛"。批评的理论化的显著后果之一便是，文学研究越来越具有深奥的理论特征：

> 今天，在文学学术研究的各个领域的任何地方，都不能避而不谈理论问题了。……如果文学家今天的话语似乎深奥难解，那么，我们愿意这样认为：那是因为他们所讲的愈来愈敏锐深刻，超越了直接的诗学反应，而接近他们对自己的文化及其产品所提出的哲学问题。①

其实，现在很多新的问题是在批评中出现的。所以，大家读外国的这些大家的文章，读国内的一些名家的著述，你就会感到批评跟理论在他们的文章里是会通在一起的。那么，这就导致了一个结果：文学研究越来越具有深奥的理论性，要读懂一篇理论文章越来越不容易，因为它们的新词太多，它们提的问题太多。原因在哪里？这就是第三点要说的。

第三，文学理论与批评的跨学科化。这就是说，文学理论和批

① 〔美〕莫瑞·克里格：《批评旅途：六十年代之后》，李自修等译，中国社会科学出版社1998年版，第226页。

评越来越具有跨学科形态特征。这一点可能尤其重要。莫瑞·克里格清晰地指出：

> 此前兴旺发达的文学理论学科……将扩展为更广泛的、现在称为批评理论的跨学科研究，并试图涵盖我们过去认为是人文科学和某些社会科学中的许多不同理论文本，也就是我们依照法国人称之为“人学”的东西。①

如果这一描述是准确的，这样一来，文学理论、文学批评也就成了人学了，这个人学也就是广义的人文学科了，越来越具有这样一个跨学科的态势。所以，在此我愿意用“跨学科互渗”来加以描述，就是说，文学批评中出现了跨越不同学科界限的多学科相互渗透状况。我们要看到跨学科互渗这样一种趋势。它的一个必然后果就是批评理论的兴盛。批评理论，就是critical theory，成了今天人们谈得比较多的话题。从文学理论和文学批评的学科语境来看，随着文学、语言学、美学、哲学、社会学、人类学、政治学、历史学等学科之间的跨学科互渗变得越来越经常，文学理论与批评之间不仅更为经常地实现跨学科互渗，而且这种跨学科互渗已经成为它们存在和发挥作用的通常方式；与此同时，它们还与上述其他人文社会学科之间形成更广泛的跨学科互渗，并且还反过来成为这些人文社会学科之间的跨学科互渗的富于示范意义的实验场。正是在理论的批评化、批评的理论化和跨学科互渗语境中，批评理论

① 〔美〕莫瑞·克里格：《批评旅途：六十年代之后》，李自修等译，中国社会科学出版社1998年版，第238—239页。

似乎寻找到自身合适的存在理由和发挥作用的开阔地带。当文学理论与文学批评之间的相互跨越，甚至当文学研究与其他人文社会学科之间的相互跨越已经成为几乎司空见惯的事情时，批评理论在欧美的生成和登上主流宝座，显然就是必然和合理的了。

具体到文学批评中，就是多种学科交叉地运用到对于一篇小小的作品的批评里。哲学、语言学、心理学，这些传统的影响文学研究的就不说了，一些新兴的学科被大量运用进来，社会学、人类学、传播学、媒介学……，这些学科的素养大大地渗透进来，形成了一个跨学科趋势。其实，不只我们的文学研究是这样，如果好学的同学可以了解一下我们学校人文社会科学别的院系，哲学系、历史系、教育系、经济系，政治与国际关系学院，艺术传媒学院，大家用的术语越来越接近，越来越趋同。为什么？因为跨学科已经成了普遍的态势。每一个学者，写一篇文章、考虑一个问题，可能都要受到多种不同学科的交叉影响。福柯、德里达，每个学科都在谈；后现代、后殖民、文化研究，不同的人文学科都在说。所以，没有什么可奇怪的，大家读的书都差不多，想的问题也大致差不多。传统的学科分类越来越显出它的局限性，但是已经这样分了，我们也没有办法。承认这个现实，同时又能自由地会通。既有边界，又没有边界；既有学科的边缘，又没有。我们就需要积极、主动地出击，适应这样一个跨学科的会通趋势。

有一点我要强调一下：尽管有跨学科会通的大趋势，但每个具体学科毕竟有自己的研究传统、研究重心和研究方法，所以还是有不同的东西。即便是在跨专业氛围中，这些也并没有消失。例如，文艺学专业研究中国现当代文学，就与中国现当代文学专业各有不同的侧重点，两家不会轻易雷同。这个专业意识一定要明确。

中国当代文学界的情形与欧美诚然有不同，但自从20世纪90年代以来也已经且持续不断地发生重大变化。这种变化表现在文学研究领域，就是文学理论与批评的传统关系也解体了，出现了新的理论与批评互渗的批评理论形态。正是伴随着文学理论与文学批评的互渗，一种新的文学理论形态诞生了，这就是批评理论（critical theory）。

（四）文学理论与批评的互渗形态：批评理论

批评理论是大约从20世纪60年代起在欧美逐渐流行开来的。从事批评理论的学者既不再被称为理论家（theorist），也不再被称为批评家（critic），而是被合起来称为批评理论家（critical theorist）。这个变化突出地表明了文学理论与文学批评互渗为批评理论的新变化。这可以让我们看出当代文学理论与文学批评之间的新型关系：批评理论并不是文学批评与文学理论之间简单相加的结果，而是当文学批评与文学理论的关系在20世纪60年代发生历史性变迁时才逐渐出现的一个新概念、一种新形式。用最简明的话来说，批评理论是一种在具体的文本分析中探索文学的普遍问题的文学研究方式。这意味着，批评理论既是一种对于具体文学文本的批评，同时又是一种对于普遍性文学问题的理论建构。

批评理论有哪些特征？由于特征一般是指能显示事物实质或内涵的那些特定的个别标志，批评理论的特征应是指能显示特定批评理论的实质的个别标志。批评理论在当代有着怎样的特征呢？下面不妨先看看三家说法。

1. 卡勒论文学理论的特征

美国当代批评理论家乔纳森·卡勒归纳出当今理论的四种特征：第一，理论是跨学科的——一种其效果在原初学科之外的话语。第二，理论是分析性的和沉思性的——一种从我们称为性、语言、写作、意义或主体的事物中找出其含义的尝试。第三，理论是一种对于常识的批评，是对被指认为自然的那些概念的批评。第四，理论是反思性的，是思维的思维，我们用它向文学和其他话语实践中感知事物的范畴发出质询。①这里的第一条涉及批评理论的开放性和跨学科性，第二条解释其传统的演绎研究被归纳研究所取代，第三条显示了其反常识性和解构性，第四条体现了其自我反思性或质疑性。

2. 艾伦论当代批评的特征

再一个，大家要关注美国电视理论批评家艾伦（Robert Allen）的观点，他认为现在的批评跟传统的批评存在差异。给大家推荐一下《重组话语频道》这本书，这是在英美大学文学系、艺术系、传播系比较流行的一本教材，它是一本论文集。现在能够衡量学术水平、代表学术新趋势的不一定是学术专著，而可能是论文集；许多学者共同撰写或者是一位学者写的论文集，往往很能够看出学术含量。这本论文集代表了英美的一些学者，他们对今天的批评理论、电视批评、文学批评的一个共同的贡献。与乔纳森·卡勒主要针对批评理论发言不同，罗伯特·艾伦则从当代电视批评的新

① Jonathan Culler, *Literary Theory: A Very Short Introduction*, Oxford: Oxford University Press, 1997, pp.14 – 15.

特点及其对文学批评理论的影响出发，揭示了当代批评区别于传统批评的新特征：

> 相形之下，传统批评强调艺术作品的自律性，而当代批评注重文本与特殊文本之基础的惯用技法之间的关系。传统批评以艺术家为中心，当代批评注重文化产品制作的环境，即对产品生产及产品传播渠道起作用的外力。传统批评把意义看作一件艺术作品的特性，当代批评将意义看作读者或读者群体参与文本的结果。传统批评的任务在于确立作品意义、区分文学与非文学、划分经典杰作的等级体系，当代批评审视已有的文学准则，扩大文学研究的范围，将非文学与关于文本的批评话语包括在内。①

这里显示了当代批评理论的四方面特征：注重文本与惯用技法的关系、文化产品的制作与传播环境、观众在文本意义建构中的作用、对现成文学准则的审视和文学研究范围的拓展。

3. 杰姆逊论“元评论”

再一个，介绍一下美国“西方马克思主义”批评家杰姆逊的元批评或元评论说，它正是对于批评理论的特征的一种独特概括。他在《元评论》（1971）一文中宣告，传统意义上的那种“连贯、确定和普遍有效的文学理论”或批评已经衰落，取而代之，文学“评

① 〔美〕罗伯特·C.艾伦编：《重组话语频道》修订版，麦永雄、柏敬泽等译，中国社会科学出版社2000年版，第28—29页。

论”本身现在应该成为“元评论”（metacommentary）——“不是一种正面的、直接的解决或决定，而是对问题本身存在的真正条件的一种评论”。作为“元评论”，批评理论不是要承担直接的解释任务，而是致力于问题本身所据以存在的种种条件或需要的阐发。这样，批评理论就成为通常意义上的关于理论的理论，或关于批评的批评，也就是“元评论”：“每一种评论必须同时也是一种评论之评论”。对于注重历史视角的杰姆逊来说，“元评论”意味着返回到批评的“历史环境”上去：“因此真正的解释使注意力回到历史本身，既回到作品的历史环境，也回到评论家的历史环境。”① 在他看来，批评理论不必承担直接的解释任务，而是致力于问题本身所据以存在的种种条件或需要的阐发。元批评就是关于批评的批评，就是对于批评的原初根基的追寻。西方人喜欢创造新的词，用英文的前缀meta-，通常翻译成“元”。这个“元”，港台有的翻译成“后设的”，就是过后追问、过后追究。元批评、元话语、元理论、元哲学、元历史学，就是关于某某东西的根基的追究，是关于文学的文学，关于批评的批评，关于理论的理论，关于哲学的哲学，关于历史学的历史学……，它就是要重新思考这门学科原有的根基。这就是前面卡勒说的第四点，理论是自反的，自我反思自己，自我反对自己，自我颠覆自己，它就是理论的理论，批评的批评。那么，杰姆逊强调批评理论的一个新特征，就是它成了元批评。

杰姆逊说每种评论必须同时也是一种评论之评论，这是说，在

① 〔美〕弗雷德里克·詹姆逊：“元评论”，《快感：文化与政治》，王逢振等译，中国社会科学出版社1998年版，第3—4页。

人们实际地从事研究时，一些评论总是去颠覆已有的评论，反思已有的评论，向常识发出挑战。这样，元评论意味着返回批评的历史环境中。

老师：为什么杰姆逊说元评论意味着返回批评的历史环境中，他为什么用"历史环境"这个词？他可以说返回到历史根基上去、历史假设上去，他不用这些词，偏说返回到历史环境中。为什么要用这样一个具体的词？首先想一想杰姆逊是哪路的，谁能够说一说？

学生：他是西方马克思主义的。

老师：对了对了，太好了。再说下去……马克思主义强调什么？

学生：强调历史决定论……

老师：还不能简称为历史决定论。你已经挨着题了，不错，知道我是什么意思了。但你还需要知道得更多、更具体。

马克思强调历史环境决定文本，决定文学，决定批评，决定理论，但是关于历史，马克思主义还不能简单地称为历史决定论。有好几种历史主义：第一种是以黑格尔为代表的历史唯心主义。它强调精神决定存在。先有这样一种精神，主观精神、客观精神、主客观精神，然后才有别的东西。比如说，世界是由理念构成的，先有理念，它不断地演变，变成具体的人物如歌德、拿破仑，变成世间的万物。这是黑格尔、赫尔德尔为代表的经典历史观。第二种，就是大家熟知的马克思主义社会存在决定社会意识的历史观。第三种，相对主义的历史观。这就是克罗齐为代表的"任何历史都是当代史”的历史观，都是现代人重新建构的既往历史。所以，历史中渗透了当代人的书写，历史永远不是纯客观的，永远是当代人的。司马迁记录的项羽说“旦日飨士卒，为击破沛公军”，项羽当时是否真的说过这句话，不可考。但司马迁用他特有的历史笔法建构了这段历史。第四种，就是福柯以来的历史观。历史已经变成了浓浓的迷雾，淹没在既往的历史文献典籍的海洋中。我们只有用心灵的强光、知识的强光去重读它，在它的字里行间里，在它的注解里，在它的空白处，去重新发现历史的踪迹。所以福柯提出知识考古学，重新追问历史。还有新历史主义，受到福柯启示，重新追问历史的文本性和文本的历史性等。

所以，谈到历史，据我的理解至少有四种历史观。我们在思考问题的过程中，怎么样来看待历史，怎么样来把握，我觉得可以更加冷静和全面地思考。

当然，马克思主义在杰姆逊手里，跟经典马克思主义作家相比，已有了很大变化。如果说，马克思主义经典作家原初创立了“社会存在决定社会意识”的历史观，那么，以杰姆逊为代表的“新马克思主义者”，则是在参照、借鉴和吸收20世纪西方种种历史观的过程中，重新建构了马克思主义的历史观。杰姆逊谈到历史时，好像历史已被锁在了浓雾中，历史已被挤压到了文本里，成了一种含蓄、隐晦的“寓言”。我们只有通过文本分析，通过对“符号矩阵”的阐释等，才能够从文本中抢救出已被掩盖了的“大历史”。西方的右翼批评家一向强调传统，如丹尼尔·贝尔、爱德华·希尔斯等；而以杰姆逊为代表的左翼批评家则主张把主流传统拆除，还原它的历史根基。这里说到历史决定论及环境，给大家补充一下。

杰姆逊强调的是马克思主义历史环境决定历史观念的观点，但他不同于19世纪至20世纪早期机械的唯物史观，而是更加强调语言等多种因素的作用。他说，真正的检验是使历史回到本身，即回到文本的历史环境，也回到评论家的历史环境。今天解读莎士比亚，就要回到莎士比亚那个时代的历史环境；同时，在批评莎士比亚的时候，也要回到评论家的历史环境。如果我们研究一位20世纪的莎士比亚评论家，要研究这位评论家的思想，就既要回到莎士比亚的历史环境，也要回到这位评论家的历史环境。比如说，美国哈佛大学教授斯蒂芬·格林布拉特，他写他的“重读莎士比亚”，我们既要追问莎士比亚所在16世纪的历史环境，也要追问1980年代格林布拉特所在的美国文学批评的历史环境。这样，批评就变得复杂了，总是要推翻批评已有的根基，去思考更广的、更深的学术问题。

二、批评理论及其特征

要了解批评理论，一个简便的办法就是抓它的基本特征。关于批评理论的特征，前面我们已经介绍了三家观点。现在不妨来谈谈我自己关于当前批评理论的特征的看法。

（一）当前批评理论的特征

我认为，在我国，当前批评理论正呈现出如下六种特征。

第一，跨学科性。跨学科性恰好成了当前批评理论的学科特征。批评理论可以跨越不同学科之间的界限而相互渗透，与语言、历史、心理、哲学、政治、伦理等其他学科话语紧密缠绕，形成跨学科交响。跨学科性，从学科特征看，指批评理论可以跨越不同学科之间的界限而相互渗透。

请大家注意，我在这里没有用过去的表述“形成一个多学科的有机整体”，在我的课堂上不容易听到这样的话，因为我多年来已经不再敢用“有机整体”这类概念了。什么叫“有机整体”？怎么个“有机”法？已经很难讲清楚了。这“有机”可能是人为的看法，它们也许是“无机”的，被人为地汇到一起了，成为人为的所谓“有机整体”。而现在已经很难理出这样一个“整体”来，理出来了也不容易让人信服。所以，我刚才小心翼翼选用的词叫“紧密缠绕”，缠绕在一起，你不一定理得清楚，但它们是纠缠在一起的。你可以说你理清楚了，他却可能说你还是没有理清楚，谁都可以跟你辩。但说缠绕在一起，这个事实不好反驳掉。所以，我小心翼翼地选用了“紧密缠绕”。

这样，有时候选择一个语词，实际上就相当于选择了一种学术立场、观点、表述。如果用维特根斯坦的话来说，就是“想象一种语言就意味着想象一种生活形式”，那么我们就可以说得更厉害点：“选择一个语词就是选择一种生活形式”。所以，你要用什么词，在关键词上要小心一点。别人用惯了的大路货，也许恰好它的前提就是值得怀疑和追问的。所以这个时候需要小心翼翼地换用别的词。“形成跨学科交响”，我只能说它是跨学科交响，我没法说它是一个有机整体。我用“交响”来说，也不一定合适，这只是一个比喻性说法。

第二，文本修辞性。现在的批评理论往往注重文本的修辞性解读。无论是文学文本、艺术文本，还是理论文本本身，都要对它加以分析，分析它的文本性。修辞性在这里就是说，看文本是在什么样的历史环境中运用语词的：为了在特定环境中造成特定的效果来调整和运用语词。所以，文学批评始终依赖于文学文本的修辞性细读。说一句话，要有来历，不能凭空地说，而要扣着文本的具体性来说。不能再像黑格尔时代拿着一个理论就到任何一个地方去套。而现在去套的话，人家已经不相信你了。如果在我刚读大学的时候，那个时候人家不知道，还可以拿理论去套；谁套得好，老师就认为谁不错。但是今天已经不是这样了。要展开修辞性的细读，进行更广泛的理论分析。批评同时把批评和自身都作为批评对象，总是反思自己用的概念、判断、方法、前提，它们的可靠性。怀疑别人首先要怀疑自己。

如果说第一点是讲学科背景，第二点讲的是直接的工作方式、操作对象，那么，第三点注重的就是自己思考的限度、思考空间的问题，也就是要讲究意义的开放性。

第三，意义的开放性。从问题重心来看，批评理论追求文本意义的不确定性和读者对于文本意义的参与性，这样文本可能开放出丰富而复杂的社会意义来。每一个问题也许都引申出多个问题、多种看法、多种观点。所以，文本的意义是开放的，不存在唯一的、正确的文本解读。这样，批评理论追求文本意义的不确定性。不确定性，就是对开放性的一种解释。人家问你什么是文本的开放性，那你换个词就是文本的不确定性，文本的意义总是不确定的，总会向不同的读者开放其阅读空间，这就要注意文本意义的不确定性和读者对文本的参与性。

文本意义的不确定性是由谁决定的？传统批评会倾向于作家，认定文本的意义是作家赋予的。现在会认为不单纯是作家，而是至少包括作家、文本本身的语言与意义可能性和读者三个方面。尤其是读者的角色越来越受到重视。读者在阅读的时候，不是凭空来读，而是带着他全部的存在、全部的生命来阅读这个文本，所以，他当然就有自己的存在。最好的比喻，就是人们在网络论坛上互动的时候，想说什么就说什么。“想说什么就说什么”，我是从我的角度来说，我有我的看法，跟你不一样，那就是不一样。所以，文本可能开放出丰富而复杂的社会意义来。这个观点当然是吸收了阐释学、接受美学、读者反应批评等的看法。

第四，自反性。从批评的内在属性来说，批评具有质疑常识、成规乃至批评理论自身的自我反思品格。这就是自反性的大体意思。通过批评、通过理论，人们来质疑已有的文学理论，这就使得现在的批评家、研究者在研究一个问题的时候，都小心翼翼地不要重蹈覆辙，不要踩地雷，而是寻找新的可能性。所以，自反性，我觉得相当重要。这是今天的批评的一个性质，也对我们今天年轻的大学生提出了挑战。你在读的时候更要强调这种创造性，更要强调自己的新发现或独特看法。因为今天的知识太多，语词太多，文章、书要读的都很多，怎么样才能找到一个独特的自我？这就是要学会自反，学会颠覆常规、常理、常识，谁都可以对已有的看法提出新的不同看法来。这样，读者阅读的自主性增强了。当然，同时读者滥用自主性的可能性也在增强。我们不能只看到肯定性的一面，也要同时看到否定性的另一面。

第五，元评论性。从前提条件看，批评理论总是对理论自身的历史条件的重新确认，是关于理论的理论。跟前面第四点结合得很紧，它就要追问文学理论批评的前提条件，是对理论自身的历史条件的重新确认，是关于理论的理论；跟第四点合起来说也行，但是为了突出这一点，我把杰姆逊的观点吸收进来。

第六，修辞实践性。这是最后一点。从社会功能看，批评理论总是通过文本的修辞性细读而关怀社会问题，寻求社会矛盾的解决。这表明，批评理论常常就是一种修辞实践，即以文本修辞细读方式呈现的社会干预。我把“实践性”这个词加进去，就是为了突出批评的社会功能特性。这是十多年来，我做批评研究的时候一直在做的一个假定，你们也可以不管它，但是我是这样看的。我的意思是，任何一种批评理论，不管是直接还是间接，都或多或少有其社会行为指向，都倾向于介入社会问题的探讨。提出修辞实践性，就是提倡批评理论通过文本的修辞性细读而关怀社会问题，寻求社会矛盾的解决。

我这些年固守这样一个原则：对社会问题我关心，但我是小心翼翼地从文学文本分析的角度去关心。我从来不会直接写文章去谈论社会问题，而只是从文学这个专业立场或学理角度去关心。因为我觉得我自己的能力有限度，很多问题我关心不了，比如说治理乱收费、反腐倡廉，或者要重视教育、要治理环境污染等。很多问题我管不了，我就只能在我的学科专业范围内来发言。这是本分，更是专业人员的责任。但社会问题你难道没有责任去关心？那你不是逃避又是什么？那该怎么办？我把我的社会关怀分解到、渗透到、积压到我的批评著述里面去。我以我的学科方式来关心社会问题。我不是不想关心社会问题，而是紧守着学科地盘，以学科方式去关心。这用伏尔泰的话来说，就是“还是把我们的园地种好更要紧"①。种我们自己的文学批评园地要紧，因为别人的园地我们一时管不了。如果一说出口就是外行话，比如说发现中国文化的起源、找到东方文化的命脉等，都是很大的大问题，我就不敢去说了。我就只能说我自己本学科的小问题。固守着学科的本分，然后从这个角度再来体现我的社会关怀。当然，有部分学者，他们希望做得大，越做越大，我们应该尊重他们的选择，但我自己，还是种好我的专业园地吧！

关心社会矛盾？当然，决不躲避。比如我在我的《中国形象诗学》《中国现代卡里斯马典型》里，也很关心政治问题、社会问题、知识分子问题，包括非理性、情感等。但是，我把它们都放到我的文本批评中，结合文本分析去讨论。通过分析长篇小说，我把我的社会关怀、人文关怀都投射进去。康德关不关心社会？看起来一点都不关心。整天就定时行走在他哥尼斯堡的"哲学家的小路"上，每天下午三点钟准时地出现在那条小路上散步，后面跟着他的一个仆人叫兰博，腋下夹着一把雨伞，下雨的时候就赶紧上去给康德打着。康德就在他的"哲学家的小路"上徘徊、散步，在他的学科领域里不食人间烟火。没有家庭的欢乐，只有哲学批判。但是康德提出的二律背反，提出的审美无功利、审美判断在先、无目的的目的性、美在形式等命题，养活了多少后世哲学家、美学家？给他们贡献了多少后世频频涉及的哲学问题、社会问题、人生问题、美学问题？

所以，我们在座的学子们，当然既要关心社会问题，但作为大

① 〔法〕伏尔泰：《老实人》，沈昉译，《伏尔泰中短篇小说集》，曹德明、沈昉等译，译林出版社2000年版，第82页。

学培养的高级专门人才，更要善于以学科的方式、以专业的方式来关心社会问题，这样我们才是今后专门的人才。你首先把自己的专业园地种好了，再积极地关心社会问题，那多好。

批评理论，说到底就是一种修辞实践，是以文本修辞细读方式呈现的社会干预。现在的大学生跟1980年代、1950年代、1940年代的大学生都不一样，今天的社会分工越来越细，越来越是韦伯所说的“科层制”，或者叫“合理化”，这要求我们在一个分工细密合理化的社会中找到自己的专门人才的位置，所以，尤其需要用学科的方式投进我们的学科关怀。把这一点做好了，将来在社会上有发挥自己的天地，那么你才能对社会、对人类做出更大的贡献。

（二）批评理论及其作用

什么叫批评理论？在今天的情况下怎样认识批评理论？我想，为了帮助大家思考和复习，我就给大家一个定义，但是你要知道，这个定义只是一个操作性的定义，不是最后的：批评理论是指文学理论与文学批评之间的传统鸿沟被填平时的重新反思与自反状态，即是那种始终不离批评并处处从批评出发的理论。

如果你要记住什么叫批评理论，那么就以下面的为准：批评理论是在对文本修辞的开放性分析中质疑常识、透视社会、反思理论自身的跨学科言说。

我有这样几个要点：第一，文本修辞；第二，要有一种开放，意义的开放；第三，要质疑常识，就是自反；第四，就是要透视社会、关怀社会；第五，要反思理论自身，也就是元理论，同时又是跨学科言说。同时大家注意，我这个定义已经把前面说的六条都包括进去了，都渗透进去了。你谈了六条，下个定义就要把前面的六条拷到一起来，不是有机整体，而是一种相互缠绕的东西。所以，大家写文章、想问题，你要下结论的时候，你一定要想办法分成几点，然后合起来说，而且相互之间有关系，有分有合，善于分，善于合。光善于分不行，还要善于合；光善于合不善于分，也不行。这样你的学术能力会越来越强，因为做学术无非“分”与“合”两个字，学会了分与合，你们的学问就会大有长进。

因此，批评理论同通常的文学理论和文学批评有着一定的区别。如果说，一般地看，通常的文学理论总是指关于文学的普遍问题的言说，文学批评总是指运用理论对于具体文学现象的评论，那么，如今的批评理论则是指文学理论与文学批评之间的传统鸿沟被填平时的重新反思与自反状态，即那种始终不离批评并处处从批评出发的理论，更具体地说，是指在对文本修辞的开放性分析中质疑常识、透视社会、反思理论自身的跨学科言说。在这个意义上，目前学术界有关“文学研究”还是“文化研究”的非此即彼争论的发端，它的原因，在于忽略批评理论的当前存在这个客观事实。作为批评理论，文学理论当然要以文学文本的跨学科分析为基本特色，也就是既以文学文本修辞为中心，同时又体现跨学科视野。既是文本的又是跨学科的，这里就不存在简单的“文学研究”与“文化研究”的非此即彼争论，而是尊重如下现状：文学文本研究可以体现跨学科的文化研究视野，而跨学科的文化研究视野需要坚持文学文本的中心地位。

(三)关于批评理论著作与批评根基的讨论

老师:现在咱们先来一次互动:哪一位同学来说说,在学习本课或者在做文学研究的过程中,有哪些困难、哪些困惑,现在想拿出来讨论讨论?刚才已有同学跟我在下面探讨了,看其他同学还有没有问题咱们在课堂上交流,谁来讲讲?哪个同学第一个打破沉默,把自己的问题提出来?

学生:我现在在看伊夫·瓦岱的《文学与现代性》,但是觉得理解起来非常困难。我想问一下,是这个问题本身太难以理解呢,还是自己需要阅读其他相关的书?

老师:我想问一下,你是怎么想到阅读这本书的呢?

学生:别人推荐的,说是这本书是您推荐大家读的。

老师:很好的问题,一本好书但又确实有难度。你读这本书是有作用的。首先,这本书在我个人认为是本好书,一本薄薄的小书,触及到了文学现代性的一些根本问题。这本书很好,好在哪里?它不仅有理论,而且还有具体的文本分析。它把文学现代性分成几大类,每一类都去找它的文本特征:累积型、扩展型等。它是通过作家、诗人的作品而寻找到文学现代性的特征。这是给我们具体的可以把握的东西,所以我觉得是一本很好的书,推荐给大家。

其次,这个同学选的这本书和提的问题都很好。她能提出这个问题,就是读这本书为什么感觉这么复杂,说明她着实下了一番功夫了,动了脑筋。这种好学精神很值得鼓励!只有这样才能提出这样的问题。因为这本书涉及的是比较复杂的文学现代性问题，而文学现代性又涉及现代性的定义、现代性的发生、现代性的特征、西方的现代性、中国的现代性、现代性和现代化……这么一大堆问题啊！这么多问题就靠读这么一本小书？当然不可能马上解决。所以，这位好学的同学啊，我建议你继续好学下去，再读一些相关的书。一本是吉登斯的《现代性的后果》，是一本薄书。它提出现代性有三种动力。你看看现代性有哪三种动力？时空分离，抽离化，自反性。再一本还是吉登斯的，叫《现代性与自我认同》。这本书离我们文学更近，它分析自我认同，从这个焦点来挖掘现代性。再有一本书《现代性的五副面孔》，美国学者卡林内斯库的。那里面对现代性还有更多方面的展开，还有具体的分析。如果你把这些书参照起来阅读，一本书没有读懂，再读另一本相关的书，再回头来比较和体会，就会左右逢源。上下求索，你可能就会更明白一些。

再次，我觉得大家也一定要有像刚才这位同学一样的钻研精神，就是敢于去刨根究底。这些外国学者，不像我们编教材的老师们，生怕你明白不了，老是下定义，还要列一二三四什么的。人家没有这么多讲究，这么怕你不懂，而是常常把一个核心观点掩藏在字里行间，包含在一句话的缝隙里，你要读很多遍才知道哪个是它的关键概念、关键表述，需要读很多遍啊。同学们，不要怕，一开始不要怕，开头觉得自己笨，谁都一样，我也一样。我读第一遍的时候也一样，要读很多遍以后，好多本书参照着读，慢慢地才会明白一些道理来。要充满自信，充满耐心，要以最大的自信、最大的耐心去阅读、比较、思考。如果遇到点困难就不坚持下去了，那这个问题你读不懂，别的问题也读不懂，困难和障碍就会堆积成山。我觉得你们只要肯下功夫，只要读懂了一本难的书，其他所有的书都能读懂。所以，要下决心去认真地读懂一本书，从不同的角度，花很多功夫，下功夫把它读懂，读懂了，读明白了，脑筋清楚了，思路打开了，再从它的角度看其他的书，你就看明白了，一通百通！所以，一定要有把一本书读懂的精神。读懂一本书，其实就是读懂一批彼此血脉相连的书。

学生：我想问一下，就是咱们的文艺理论或者说文艺学，今天一个主义，明天一个主义，让我们学习的学生觉得文艺学缺乏一个根基。我想问一下老师，您的一个研究根基是怎样的呢？

老师：说来话长啊！就简单地说吧。我这一代人是走了弯路的。在我读本科、硕士、博士的时候，都曾经走过一段长长的弯路。那是受当时的学术环境影响的。最初是从理论到理论，觉得我是学文学理论的，我的专业是文艺美学，那么就想从理论到理论。后来博士论文写完了，自己有所怀疑，老是从理论到理论，把理论假设定得很高，诸如"优秀的艺术、伟大的艺术都是体验的结晶"之类。这个"体验的结晶"很不容易找啊，哪有这样一个结晶啊？用这样一个标准放眼当代文学，看不到多少精品，所以搞得我连自己都怀疑了，自己觉得没劲儿了。刚好有个机会到国外去学习，那是1988年秋，我受教育部和学校派遣到牛津大学做博士后研究。我就是在那里通过读书、学习、见闻，产生了一种我后来叫"语言论震惊"的转变。在我们中国当时还是所谓"三热"，就是尼采热、弗洛伊德热、萨特热。尼采的"酒神精神"、弗洛伊德的"原欲"或"无意识"、萨特的"他人即我的地狱"等风靡一时。我在牛津的时候，有机会接触到一些东西才发现，语言、语言学在西方的文论界已经大行其道，而我们知之甚少。而语言、语言学的一个很重要的特点，语言学革命的一个很重要的特点，就是强调文本本身的恒定性、客观性，反对单纯的、主观的阐释；同时，反对确定的结论，主张意义是开放的，理论要反对自己，理论要开放化。就在那里，我知道还有“批评理论”这个词，伊格尔顿教授给我写一份推荐信的时候，他在署名时头衔就是“批评理论家”，而不是“批评家”也不是“理论家”。这些都让我思考，让我受到巨大的学术冲击。

于是乎，我在那里，在自己三十岁生日的时候，做了一番痛苦的反省，产生了两个转向。第一个是从纯理论研究转向批评，就是非同寻常地注重文本研究。我研究的第一个文本是《红高粱》。当时在那里受到一次冲击。正好是中国电影《红高粱》在英国放映。一个英国小伙子，学神学的，我鼓动他去看。没想到他看了后就来跟我说：你们中国怎么拍出这样的片子来？中国不应该拍这样的片子。野蛮、凶杀，还有剥人皮。这让我受到一次巨大震动。再有就是从报纸上知道，日本的麻风病人协会抵制《红高粱》在日本上映，因为它侵犯了麻风病人的生存权利——那个李大头是麻风病人。这两件有关《红高粱》的事对我形成了前所未有的冲击。当时，又正好学了这套语言论、意识形态批评，我随即就在牛津写成了我的第一篇文本分析文字——分析影片《红高粱》，尝试运用杰姆逊改造的“符号矩阵”去分析这部影片，这就是《茫然失措中的生存竞争——〈红高粱〉与中国意识形态氛围》这篇论文。后来有人据此说我是大陆学人中第一位用语言学模型去做电影批评的人，我不知这说法是否属实，但这并不重要，重要的只是：它是我个人的学术转型的一个标志。

第二个转向是从西学转向中学。我觉得作为一个中国学人，最重要的任务还是研究中国问题。而之前我却一直对西方文论、西方美学感兴趣。这下来了个很大的急转弯，一下子就转回来了，而且一发不可收拾，从此把研究中国现当代文艺文本作为自己的主业，主要研究中国现当代文学，也做做中国电影或者文艺思潮，就做这一段。我就小心翼翼地紧守这块地盘。古代的——晚清以前的，都不敢去做，因为我知道自己不懂；外国的文学我也不去研究，因为我也不懂。

我还想同你们分享的一点是，我在学习、研究的过程中是走了一段弯路的。记得在北大读研究生的时候，那个时候北大一次可以借20本书，因为借书证有20张借阅卡片。我整天泡图书馆。分析哲学、系统论、信息论、控制论，各种各样的书都去借来看，但大多读不懂。借来然后就还回去，还是读不懂。后来我经过自己的反复摸索、思考，才知道自己应该有自己的立足点。任何一种理论、一篇文章、一本书，都有它的道理。哪个人都会说自己有道理，哪个老师都会用自己的那套理论来说它有道理，让你跟着走。但是，你却注定只能走一条路。怎么办？那就是要痛下决心，走自己的路。在不同的路之间反复比较，尤其是面对“交叉小径的花园”，你就要反复去比，反复去看，从中找到一条自己的路。自己的路再不好，再细，再小，再没有走过，也是自己的脚踩出来的，很有意义。所以，我强调大家要找到立足点。

现在读过很多书，也没有读懂，也没有找到自己的路，不用怕！从现在沉下心来，找到一条自己的路。任何一个学派、任何一个观点，都有毛病，都有缺点，都不是万能的。每一种学派、每一种观点，它的最大的用处、最大的好处就是它有一种用处。它有那么一点点局部真理，深刻而又片面的真理，那就行了。所以，你千万不要什么都看不起，什么都不要，好像我有很高的东西而你找不着似的。想得很高，想得很远，没法落实到脚下，没法落实到一篇小说、一首诗的分析中，那你学的东西就还没有落到实处，还没有找到用处，就还没有用。所以，一定要痛下决心，做具体的事情。比如说，刚才这位同学，阅读伊夫·瓦岱的《文学与现代性》，读它的现代性分析构架，那我就用它这个现代性构架去套，我去分析中国的一首诗、一篇小说，看看它是注重累积型还是扩展型、动力型，是哪一种现代性，我就去找符合它特征的某一个文本来解剖。比如说它还有一个展示型——现代性的一个很重要的特征是展示，它展示出来就行了，好坏它不管。它就有一个展示的欲望，把自己的东西展示出来、表现出来。那你想想，影片《英雄》追求画面的唯美，一个又一个画面的拼贴，就像坐在家里按遥控器，不断换台，一个又一个风景展现出来，只要不断展现出来就行了。这样，《英雄》就好比一个又一个精美画面的拼贴和展示，它就符合现代性里面的一个功能。那就套上去，刚开始不会原创，那就像别人那样去套，套到一定的程度不满意了，那我再去原创一下。没关系，每个人都有一个学习、模仿的阶段。你可以用注解来注明师承关系，不要忘了注"本文尝试用伊夫·瓦岱《文学与现代性》中的分析模式"，也可以这样。就是，一开始我们不会时，可以去模仿、去学习，等积累到一定程度，再去反它、跨越它。就像尼采说的，"当你们都背弃我的时候，你们会向我回转"。要敢于去背弃，但首先要学习。

我觉得刚才这位同学提出的这两个问题是相当好的，相当有启发意义。我估计，我们有些同学或多或少还是会遇到这样的问题。遇到这样的问题不怕，提出来，大家一起来沟通，来商量。以后有问题咱们随时再讨论。

刚才我们对批评理论下了这样一个定义，供大家参考的一个

定义。这样，它要求要以文本的修辞为中心。文本的修辞就是要从语词入手，从它的语言结构入手，从它的文本的具体的东西入手，揭示出其中所投寄的情感、想象、思想、幻象、意念等。要以文本修辞为中心，要体现跨学科的视野。但是，其实同学们，这里只是我的说法而已，你不走跨学科的路，你说你坚持某一个学科来分析也可以，完全可以。但是，你要知道今天的学问大变化、大势是在哪儿，自己再固守某个批评流派、某一个观点、某一个角度，选定自己的特定视角或立场，也是可以的。你没必要总按老师号召的思路走，你可以坚持自己的，但要做一个明白人——明白自己坚持什么、放弃什么，为什么而坚持。现在的批评理论既是文本批评的，又是跨学科的。这样，大家会提一个问题："那你这样说，文学理论、文学批评是不是就像某些学者说的可以无限地扩展？"扩展得就像我们有的先生所质疑和批评的那样，文学批评可以去研究街心花园、模特、广告，研究人的身体，研究图案等。是不是就走向那种路子？我觉得大可不必担心。我有一个放风筝的比喻。你放风筝，要敢于放出去，放长线，让风筝往高处飞、往远处飘，可高可低，随心所欲，有时也可以越高、越远、越飘越好。但是，一定要把那根线、那个线团紧紧攥在手里，不能放手，更不能断。那个线团就是文学文本。以文学文本为中心，展开跨学科研究，就不用怕。这样就不用怕自己的研究失落于无极，不用怕自己的风筝飘落于九天之外，离开了我们脚下的大地。所以，我觉得紧紧固守文学文本这个中心，分析电影，分析广告，分析图像式文学、网络式文学等，回过头来还是为了要分析文学。

我要分析电影，凡是有改编的，我就注意它原初的文学文本是怎么样的。为什么改编成电影，中间出了这些变化？为什么会有这些变化，它的变化仅仅是因为媒介吗？中篇小说原著《贫嘴张大民的幸福生活》，被改成电影后叫《没事偷着乐》，仅仅是改了媒介吗？我认为，改变一种媒介就意味着改变一种意义建构方式，就意味着改变一种理解社会、理解人生的方式。它选用著名笑星和歌星做演员，它背后的推动力是什么？明星效应。所以电影它还讲究明星效应，讲究观众看了好看，愿意掏钱进电影院，就要照顾到它是大众媒介。从小说到同名的电视剧文本，它就要照顾公众的兴趣，照顾到票房。电视它照顾什么？收视率。收视率高的话，可以插播和植入好多广告，这是电视台的生命线。所以，它就要照顾到观众——他们要喜欢。如果老看不到观众笑，观众不爱看，回到家不是在黄金时间看《贫嘴张大民的幸福生活》，那它就拍得不成功。从一个文本转向另一个文本，不仅是文本的转换，同时还是媒介的转换，是意义的移植、意义的改变，那么我们就要关心这个问题。所以我们要搞跨学科研究，要打开思路，要扩展，但是要始终坚守或回到文学文本这个中心来。撒得开收得拢，收得拢撒得开，收放自如。不要只是小心翼翼的，好像文学理论就只能研究文学本身，只能守着这个边界，出去了就是越位，就不行。

有个同学向我提出一些问题：文学理论有没有边界？你怎么看？可不可以研究“日常生活的审美化”？我觉得不用怕，我们可以开放，可以跨学科，但是始终坚持文学文本这个中心。因为文学文本都研究不过来，我们有这么多事要做。所以有的学者要去研究街心花园、广告、时装，那是他们的权利，我们可以不管。你要管也可以，就去争论吧。我就不想参加这种争论，因为这么多事情都忙不过来，去争论干什么？我只要心里有数就行了。所以，既是文本分析的，又是跨学科的，我就坚持这两条合在一起，不用怕。

三、批评理论模式

(一)关于批评理论的方法与模式

研究批评,很重要的一点就是研究怎么从事批评。同学们可能关心的是,老师你能不能给我们讲一讲怎么做文学批评。我要选择我今后的道路,选择专业,要写毕业论文,要写学期的论文,要为进一步的深造打下基础。做文学史、做文学理论、做文学研究,我怎么学到一点本事?我觉得这就是要学习具体的批评理论的方式。

我说过,批评理论实际上是把文学史、文学理论、文学批评打通了。怎么做?那么一个简便的办法,就是学习它的模式,学习它的方法。所谓文学研究方法,往往是对已有的研究路径的一种事后的归纳、整理或概括。为什么我们最终没有用"方法"这个词?是因为我对方法有保留的看法,有想法。因为"方法"是过去一个传统概念,好像每一个学科都有它既成的方法。但是自从20世纪分析哲学兴起和传播以来,人们对方法采取越来越坚决的质疑态度,认定没有固定不变的方法。不少著名的专家都起来质疑方法。德国的阐释学家伽达默尔,在他的名著《真理与方法》里直接就批评"方法"这个词。实际上,书名更准确的翻译应该是"真理还是方法"。他觉得,文学阅读、文本阅读最重要的就是真理的自行生成、自行发生，就是海德格尔式的存在亮相，而没有固定的方法可寻。这是人自身存在方式的亮相，而不靠什么固定的方法。这确实有道理。

我于2001年在哈佛大学访学的时候，著名学者宇文所安（Stephen Owen）教授，就是研究初唐诗、盛唐诗，研究“他山的石头”的知名汉学家。他跟我说，他反对“方法”这个提法，因为并没有固定的方法，只是有对具体问题的研究、追究，追究完了以后被别人认为“噢，他有一个什么什么方法”，去规定他的方法、他的假定是什么，列出一二三四，这些都是别人后来总结的。也许是胡说，也许是硬套，姑妄听之。这个观点有道理，我赞成。

但是，话又说回来。在我国高校，老师们上课为了教学方便，还得去归纳一个又一个的所谓方法，方便同学们在大一、大二入门时学习。因为，我们的学子在多年的基础教育阶段就是按这样的依赖式、偷懒式接头方式训练出来的，习惯成自然了。要你归纳出一种唯一正确的答案给他，否则怎么应对高考需要的唯一正确答案呢？你变化得太大，他一时会适应不了。所以，对于大一学生，我们一面要跟他讲清楚大学阶段教学的新要求，一面还是需要一定的归纳。不过，归纳这些方法，给他们的大学学习搭建一个台阶，目的其实只有一个：让他们最终忘掉属于别人的研究印记，而开拓自己的研究路径。这是对方法的质疑。但是总得有个合适的词儿啊，总得用它来把握批评理论的具体运行方式啊，要不批评理论怎么做呢？我说那就改用“模式”呗。

每次讲课，我在讲到自己提出的新看法时，总会注意把我这个看法的来历告诉大家，我把我的底告诉大家，这也相当于是一种元理论、元批评，都把我最后为什么用这个词跟大家说了，其实就是一种自反的东西。这也是告诉同学们，不仅知道“然”，而且更要知道“所以然”。

这样，我只好用“模式”这个词了。模式也不是固定不变的，也是后人、他人总结出来的，方便你们学习的时候理解。你掌握了它的真谛以后，就忘记它吧，这没有问题。讲到批评理论的模式，现在的批评理论有很多不同的做法、不同的方式。那么，我们要把握它，太多、太多，简便的方法就是寻找它大致的模式，看到它不同的路数，再自己寻找一个适合自己胃口的路数。你不知道怎么做，就看看老师介绍的，书上说的，想一想哪一种模式跟自己对胃口，去试试，试试就知道自己该怎么做了。今天试了这个不行，我就再试另外一个，“总有一个适合你”，就像这句广告词说的一样。

批评理论模式，是指特定的批评理论所呈现的独特概念与普遍性系统及其组合方式。所以，用这个词我都会告诉你们我是在什么意义上用。是指特定的批评理论所呈现的、它呈现出来的，独特的概念、普遍性系统，它有它的概念、普遍性系统以及组合方式。中国的不大好概括，我就跟大家介绍几个西方的。如果说批评理论的存在是一个无可否认的客观事实，那么，中国当前文学理论应当如何前行？要回答这个问题，需要首先了解当前西方批评理论的大体模式状况及其对我们可能的启示。尽管批评理论是在20世纪60年代后期（欧美）和90年代以来（中国）才逐渐生成的，而相对成熟的批评理论更是在那以后的许多年里才逐渐显出其大致轮廓的，但这不应妨碍我们以批评理论为视角，去对批评理论模式做一番回头审视。

（二）批评理论的主要模式

简要地回顾，批评理论在西方的发展中呈现出几类主要模式。

1. 词语批评

第一种是词语批评。这是指20世纪20年代到50年代英美“新批评”所代表的注重文本细读与词语分析的批评模式。它的主要代表是英美大学的一批学者或学院批评家。认为文学不是对社会的再现或情感的表现的产物而是词语的构造；不是作家或社会状况而是作品本体是批评的对象；致力于分析作品词语中的富有意义的特殊状况，如“朦胧”“张力”“反讽”“悖论”等；采用文本“细读”法，即异常精细地阅读和分析具体文本词语。这个将来要具体说，具体结合文本来说。再解释一下我这里为什么用“词语批评”去概括。词语批评，也可以换一个词“形式批评”，但我还是用“词语”更好。它有几个特点，注重文本的细读，要细读。“细读”这个词，英文作close reading。close，有的把它翻译成封闭式阅读。封闭式阅读有点可笑，其实就是细读。这就是新批评的一大特色，它的一个绝活。细读每一个可疑的和有意义的语词，找到它内在的机理，细读文本是为了做词语分析。我理解新批评有两大特点，一是细读，一是词语分析。它致力于分析作品词语中富有意义的特殊状况，如诗的特点是“朦胧”还有“张力”“反讽”“悖论”等。所以，这些只有用细读才能读出来。

2. 结构批评

第二种是结构批评。它也是一种形式批评。形式批评在20世纪有两家，一个是上面说的词语批评，另一个就是结构批评。结构批评，是指20世纪50—70年代盛行于欧洲的结构语言学批评模式。它的开创者是一些语言学家、人类学家，它的奠基者是瑞士语言学家索绪尔，这个学派开山的人。结构批评可以分成三个阶段：莫斯科、布拉格、巴黎。有一本书叫《结构主义》，比利时的布洛克曼写的，它的副标题就是"莫斯科—布拉格—巴黎"，代表着莫斯科学派、布拉格学派、巴黎学派。俄国形式主义代表人物是雅各布逊和斯克洛夫斯基。第二个阶段就是布拉格，就是捷克结构主义，它的代表穆卡罗夫斯基。第三个阶段，巴黎结构主义，就是结构主义横空出世的这个阶段，这就是列维-斯特劳斯。第二次世界大战之后，他在巴西做田野调查，研究原始部落的生活状况。他就借鉴了结构主义语言学方法，去研究部落的生和熟、文明和野蛮等。对文学界来说，他最要紧的就是分析了古老的俄狄浦斯神话，从此拉开结构主义文论大潮的闸门。许多人蜂拥而至，结构主义一时成为欧洲文学界的一大显学。结构批评的主要特点，就是用语言学模式来批评文本。他认为文学是一个普遍的语言系统的产物，关注的目标是支配作品的那整套深层逻辑程序。它跟新批评不一样，它不关心语词，它关心的是深层的结构，背后怎么样。它要建立制约作品意义系统的语言学模型，如二元对立模式、符号矩阵等。它忽略文本的社会再现、情感表现或词语因素而专注于更大的深层结构的发掘。社会问题它不管，它就是要钻到深层结构的模式中去分析，这是20世纪西方最有影响力的批评模式。直到今天，后殖民主义、后现代主义、文化研究，都还在受到结构语言学和结构主义的深刻影响，语言学模式是没有变的。

3. 心理分析批评

第三种是心理分析批评。这是指20世纪前期盛行于欧洲的由弗洛伊德开创的心理分析学派批评。这种批评模式认为文学是作家被压抑的无意识的升华的产物；文本语言的隐意成为批评关注的对象；批评的焦点是建立显意与隐意之间的总的语法结构——“化装”，其具体语法规则包括凝缩、置换、视觉形象、二度润饰；批评的方式为像“释梦”那样阐释文本，主要是作家或人物的无意识结构。心理分析批评，也是20世纪文学批评的最大发现之一，被称为“哥白尼式革命”。

老师：据说人类已经有过好几次“哥白尼式革命”了。第一次是哥白尼本人的革命，就是从地心说转向日心说。后来还有几次，谁知道这几次“哥白尼式革命”？

学生：达尔文。

老师：达尔文！好，一次。

学生：弗洛伊德。

老师：好！弗洛伊德，对，这就是我们要讲的。还有没有？

学生：爱因斯坦。

老师：很好，还有马克思等。还有索绪尔，索绪尔的语言学革命，也被认为是“哥白尼式革命”。那么，弗洛伊德也被认为是一次“哥白尼式革命”的开创者。他的最大的发现是什么？

学生：无意识、潜意识。

老师：对，又不对。为什么？在弗洛伊德之前，早就有人发现了人的无意识，早就有人谈到了无意识的重要性。弗洛伊德的“革命”的真正的标志，可以用法国学者克莱芒的一句话来概括：与其说在于无意识的发现，不如说在于对“语言在文化中的功用”的发现。①

弗洛伊德强调，无意识像语言那样具有语言的结构，对无意识展开语言分析，并且阐释它在文化中的功能，这才是弗洛伊德主义的最大贡献。弗洛伊德给人看病，不吃药、不打针、不照X光、不用仪器、不吃维生素，他靠什么？语言分析。病人向医生讲述自己的病情，医生对他的梦展开分析，分析出他的梦的原因、梦的结构，找出他的梦的结构、他的病理。梦的无意识的根源找到了，他的病也就治好了。所以，心理分析疗法，就是一种语言疗法。弗洛伊德用心理分析研究个人，实际上就是一种语言分析方法，他自己把它扩展来研究文学，文学好比白日梦，可以通过释梦而释艺释文，如研究米开朗琪罗，研究达·芬奇，研究歌德，研究卢梭，研究易卜生等。在弗洛伊德看来，凡是人类的美的创造，伟大艺术的宫殿、辉煌的宫殿，都是由见不得人的、被压抑的、变形的无意识升华而成的。他最大的贡献就是分析这些无意识的语言结构以及它们在文化中的功能。希望大家记住这一点，就是心理分析或弗洛伊德主义的最大贡献，不是在于无意识的发现本身，而是在于无意识的语言分析及它的文化功能，你要这样说就全了。

① 〔法〕C. 克莱芒、P. 布律诺、L. 塞弗著：《马克思主义对心理分析学说的批评》，金初高译，商务印书馆1985年版，第2页。

他认为文学是作家的被压抑的无意识的升华的产物；文本语言的隐意成为批评关注的对象。所以，心理分析批评的最大关注点是文本语言的无意识隐意，从显意回到隐意，表层深入深层，回溯人的被掩盖的无意识。它的焦点是建立显意与隐意之间的总语法体系，这就是“化装”术。他要分析人是怎样把自己的无意识巧妙包装起来的，化装，就是掩盖、修饰。批评方式就是像“释梦”那样，去阐释文本，主要是作家或人物的无意识结构。“释梦”那样去阐释，分析它的化装。由显意到隐意怎么找，就像结构主义从表层结构到深层结构一样。

4. 解构批评

第四种是解构批评。解构批评，是指20世纪60年代到80年代先后兴盛于法国和美国的以“解构”为特色的批评方式。代表有德里达、后期的巴尔特、克里斯蒂娃、美国“耶鲁学派”等。这种解构批评模式的特点有：文学不再是意义自足的有机整体而是充满差异的零散结构，文本也不再由作家主宰而是已经变成“孤儿”；文本的缝隙或边缘成为批评关注的对象；批评的焦点在于透过文本缝隙或边缘而发现制约意义的形而上思维的虚幻性；批评的方式为解构性细读，这种阅读具有“新批评”那种细读精神，却让其服务于揭露文本的零散性和虚幻性，从而带有修辞性特征。

大家可能都知道这样一个事件：1966年10月，德里达到美国霍布金斯大学参加学术讨论会，他的演讲一下轰动了美国大陆学术界，把后结构主义的种子、解构批评的火种带到了北美，震动了包括保罗·德曼、希利斯·米勒在内的批评家。他们很快地聚集起来，后来到了耶鲁大学，结成了著名的解构批评学派——“耶鲁四人帮”，树起了美国解构批评学派的大旗。在欧洲，还有后期的巴尔特，前期是结构主义者，后期转变成了后结构主义者，还有当时从保加利亚到法国的克里斯蒂娃——这位女性是很著名的解构批评代表人物，“互文性”（intertextuality）这个理论（或者译作“互文本性”“文本间性”），就是由她创造的。

在他们看来，文学不再是意义自足的有机整体而是充满差异的零散结构，文本也不再由作家主宰而是已经变成“孤儿”。作家已经死了，就像上帝已经死了一样，作品成了孤儿，批评家可以游离到文本中去狂欢。那么，文本的缝隙或边缘成为批评关注的对象、批评的焦点；批评的方式就是解构性细读。美国的解构批评也吸收了新批评的细读法，但是属于一种解构、解构性细读，它就有了变化。大家要关注解构批评，可以看“北大未名译丛”，里面翻译了几本书，有《后叙事学》，还有《解构批评》，有希利斯·米勒的书，也有其他几位理论家的。其中有几本书不错。大家要了解解构批评，尤其要读米勒那本，他首先就解构亚里士多德的诗学。亚里士多德自己跟自己都是不一致的，他就挖掘了亚里士多德的裂缝，把这位大家给拆解开来。米勒这个老狐狸做得很到位。你们有兴趣可以看看，他怎么在拆解中获得自反性的愉悦。

5. 意识形态批评

第五种是意识形态批评，就是西方马克思主义的意识形态批评。它在20世纪马克思主义在西方处境最艰难的时候，在无可奈何的绝境中，大胆地吸收了语言学手段，突围而出，杀开了一条生路，使得马克思主义在西方文学批评界重振旗鼓。西方马克思主义展开的这种意识形态批评，大家下来可以多了解。刚才我们谈到的伊格尔顿和杰姆逊，就属于这样一个批评模式。意识形态批评，指20世纪60年代至80年代在欧美流行的“西方马克思主义”批评模式，其代表人物有法国的阿尔都塞、英国的伊格尔顿和美国的杰姆逊等。这种批评模式的主要特色有：文学不再是对意识形态的直接反映，而是通过特定语言结构而做出的想象性再现或“挖空”；文本语言及其意识形态蕴含成为批评的主要对象；批评的焦点在于借助语言学模型而重构意识形态及更深邃而微妙的历史；批评的方式为文本细读与意识形态阐释的结合。

阿尔都塞、巴尔特、鲍德里亚，还有德里达等，这批法国人对西方文化乃至世界文化都产生了很大的影响，在整个20世纪，法国人的影响可能超过了德国人。相比较来说，德国人在19世纪的影响可能是无与伦比的，康德、席勒、谢林、黑格尔、费希特、费尔巴哈、叔本华、尼采、狄尔泰等。当然我们也可以举出很多例子来说德国人在20世纪也很厉害。但是在20世纪文论界，法国人确实是相对更厉害的。阿尔都塞借鉴了结构主义和心理分析的观点，重新改造了马克思以来的意识形态理论，在ideology（意识形态）领域开拓出一片新的绿洲，实现了西方马克思主义文论的语言论转向，尝试用语言论来研究马克思主义的经典概念，有了一些新发现。在1980年代后期，像我们这一代人，没有出去过，以为西方还是尼采热、萨特热、弗洛伊德热，还是谈人的生命、人的体验。我们以为国外也是这样，在我出去了一趟之后，我大吃一惊。我原来以为，ideology这个概念，仅仅指国家或政党的政策方针以及相联系的政党观念形态。出去以后才发现，意识形态还可以看成语言，或者把它看成话语，话语里面又可以划分为话语实践。福柯把马克思意义上的实践概念改一下，改成话语实践，一字之改就把语言学的理论吸收到了实践观点，把实践概念语言化，语言概念实践化，带来一种新的可能性，任何一种语言就是一种实践，意识形态也是一种实践，不仅是政党的、政府的、官方的，而且也是民间的、个人的、公众的，不是静态的思想观念，而是处处与日常生活、生活实践发生联系的一种状态、一种冲突。我当时读到这样的句子，有一种豁然开朗的感觉。伊格尔顿在他的《二十世纪西方文学理论》这本书里，就这样对意识形态下了一个定义，不是定义的定义：

> 我用“意识形态”约略地意谓我们所说的和所信的东西与我们居于其中的社会的权力结构（power-structure）和权力关系（power-relations）相联系的那些方面。①

大家看一下他的这个定义，意识形态是指“那些方面”。“那些方面”是指“我们所说和所信的东西”，我理解这实际上就是“话语”，它“与我们居于其中的社会权力结构和权力关系相联系的那些方面”。说白了，这里的意识形态就是指话语和社会权力结构、权力关系相联系的领域。在这种意义上，任何说过的话，所信仰的东西，所做过的事，都可能和意识形态有关。远远不止政府的文件、观念、思想，甚至个人的言行都可能属于意识形态。这样一来，意识形态概念就被大大拓展了：一是被语言化了，吸收了语言学分析

---

① 〔英〕特雷·伊格尔顿：《二十世纪西方文学理论》，伍晓明译，陕西师范大学出版社1986年版，第19页。

手段；二是指称领域被大大拓展了，涉及人们的日常话语行为、集体话语实践、民族话语等。这样，西方马克思主义在面对西方新的批评方法的时候，就有了它新的灵性。

对比之下，在我们的“文革”时期，马克思主义被庸俗化了，直接一一对应，有什么样的阶级出身就有什么样的话语。而经过西方马克思主义的“语言论转向”，马克思主义的分析能力大大增强。马克思主义面对西方的东西，特别是资本主义的东西，所谓资产阶级，曾经视若洪水猛兽，拒之于国门之外。从这一代人开始，从阿尔都塞、杰姆逊、伊格尔顿开始，他们是且战且退，且退且战，在四面楚歌、硝烟弥漫中重新寻找自己的坚强阵地，实施一种突围。用我的比方来说就是，马克思主义者原来觉得自己的果园里，水果又大又甜又好，一到别人家的果园，认为它们长得不好，不屑一顾，大加讨伐。现在不一样了，马克思主义者走到别人的果园里去，看见人家的果子又大又甜又香，可以发自内心地流露出羡慕之情，但是同时又不忘说，你们有缺点，还有哪些不足，富有勇气和开放态度地提出把别人的秧苗移植到自己的果园里去，把它嫁接或者杂交过来，再重新施肥、浇水、培育，最后结出新的又大又甜的果实来。它就可以大胆地移植别人的东西，最后变成自己的东西。这是没有办法的办法，但也是一种明智的办法。面对20世纪情境，这些马克思主义者有了新的选择的可能性，所以才有可能在结构主义如日中天的情况下，像阿尔都塞、杰姆逊、伊格尔顿这些人，他们异军突起，实现了西方马克思主义文论的语言论转向。所以在那个意义上，某些人又把这几个人合称为“阿尔都塞派”。

属于阿尔都塞派的人物，都受到了阿尔都塞的启示。阿尔都塞综合了结构主义和心理分析，强调了意识形态和个人的存在以及他的想象性、情境之间的关系，这才有了后来的镜像理论，研究电影的符号学理论。电影的意识形态符号批评就是吸收了阿尔都塞的一些观点。直到今天，一些电影评论家还在继承阿尔都塞的遗产。他们的观点就是文学不仅是意识形态的反映，而且还是特定的语言结构做出的想象性再现。他不是一对一地反映意识形态，而是采用"挖空"现有的意识形态。在它的边缘处、沉默处，着墨不多处，重新虚构或建构一种新的话语体系，实施想象。所以用这种理论研究电影就非常合适。银幕就像一面镜子，但是这面镜子并不直接反映现实的光芒，而是用折光，用另一种方式去反映。它是人生活的一种梦幻式显示。它是要挖空现实的东西而重新创造。所以，人们看好莱坞电影，悬念、打打杀杀、枪战、惊险、刺激等，会以为美国社会每天都是这样。其实，美国社会跟它反差很大。美国社会是讲究法治的社会，很有秩序，很有规律，你从幼年就遵纪守法，能在这个社会中找到位置。但如果有一次不良记录，就会记到你的身份卡上去，社会安全号上去，工资都打到这上面去的。美国社会是非常注重法律、非常注重安宁的社会。这是银幕虚构与日常生活之间的一种显著的反差。人们日常生活缺什么，好莱坞就要给他什么，给的恰好是现实生活中缺少而又想要的东西。所以，好莱坞为什么叫作"梦工厂"？不是日常生活原料的加工厂，而是日常生活生产梦幻的原创工厂——它的电影就是人们日常生活中被压抑、被置换的东西的一种再现。尤其是意识形态理论吸收了其他一些东西之后，就变得越来越强劲，可以生存下来。

阿尔都塞理论在法语国家异军突起，使得马克思主义在欧洲突出重围。后来英语世界则靠了两个人打天下，一个是英国的伊格尔顿，一个是美国的杰姆逊。杰姆逊稍稍大一点，记得是1941

年出生，伊格尔顿是1943年出生，他们重振旗鼓，为马克思主义赢得了很大的声誉。它就不再是过去机械式的一对一的方法，而是采用“挖空”方法。它的主要研究对象是文本语言及其意识形态蕴含。首先，它要追问的是文本的语言或者话语。过去的马克思主义首先研究思想内容，研究思想内容如何体现了作家、艺术家的世界观、方法论，然后才研究文本的语言如何有特色。它就把语言放在“此外、同时、另外、然后”一类里去了；而西方马克思主义首先讲究的是文本的语言，从文本语言打入。杰姆逊在《后现代主义与文化理论》这本书里，他运用马克思主义意识形态批评的方法去研究凡·高、蒙克。他还研究鲁迅，以及鲁迅的《狂人日记》《阿Q正传》，甚至研究我们古代的《聊斋志异》中的一个短篇。他的分析你开始看好像有点怪，有点不伦不类，但是如果了解了他的观点或立场，你就会不得不佩服。他们批评的焦点，就是借助于语言学模型来重构意识形态以及它更深邃微妙的大历史。它不再是过去那样以思想和意念来分析。这是不一样的。批评的方式呢？他用了文本细读和意识形态文本阐释，他最后的落脚点还是马克思主义的话，“社会存在决定社会意识”，任何一种文学艺术作品，归根结底，都受制于特定的历史状况。历史就是阐释的地平线。最后还是要归结到这一点的。但是他主要采用了文本细读，语言学模式的方法。我这里讲这些，是为了帮助同学们在读书的时候，知道不同的批评方式是用了怎样不同的路子。

很多同学平时都很好学，也都知道各种各样的方法。但是我想建议，不仅要了解各种方法之间的差异，而且要敢于下水，这才是最重要的。如果你读到某种方法，你怦然心动了，有点体会了，你就坚决要求自己尝试用其中的某一种方法去分析一个作品，尤其是中国的作品。你要敢于用其中的任何方法，仿效它，模仿它。首先是模仿，不要怕别人说你傻，说你太老实。要先敢于模仿，吃透了，然后才能找到它的缺点、弱点，冲破它、破解它、改造它、超过它。一定要敢于动手去做。脑筋里有十种、百种优美的方法，不如用一种成熟的观点去做。你做的过程中才会知道天高地厚，知道哪种方法合适，哪种方法不合适。千万不要只说不练。前几天我还跟我的几个研究生说，你们光知道在岸上学游泳，不知道下水去扑腾。比如说蛙泳、仰泳、蝶泳，哪种方法好。不如用其中一种方法下水去尝试。我们读书的时候都有一个指点江山、激扬文字的时期，有种目空一切的气势，但是实际上很多时候我们都是眼高手低。很多同学可能自视很高，但是实际上要首先从脚下做起，做具体的事情。

6. “文化研究”批评

第六种是“文化研究”批评。这是指20世纪90年代，主要是柏林墙倒塌、苏联解体以来，西方社会在经济全球化的形势下，兴盛起来的一种研究路子，一种西方的文学批评模式。它是英国1960年代后期兴起的伯明翰“文化研究”学派在北美及世界上其他地区进一步扩展的结果。它的直接源头是在伯明翰大学1968年成立的“当代文化研究中心”。后来扩展到北美、大洋洲，还有一些第三世界国家。这种批评模式的特点有：文学被视为更大的文化实践的一部分；文学的大众文化、民间文化、亚文化等边缘文化类型成为批评关注的主要对象；批评的焦点在于文本中的异质文化冲突；对文本的具有跨学科特色的文化分析成为主要的批评方式。

“文化研究”批评就是往往要干这样的事情：过去认为是高雅的东西，高雅文学、高雅文化，它不重视。它去大力研究的是通俗的、大众的、流行的文化，不入流的、不入法眼的文化。它利用新方法、新手段去研究，得出新的发现，然后确立他们这一派新的学术地位。这种文化研究是在继承原来的结构主义、解构批评等包括意识形态模式批评的基础上，拼贴起来的。“拼贴”，我没有用其他的词，是说它不是有机整体，都已经成了碎片，被拼贴起来。虽然它的一个基本假设是，文学是更大的文化实践的一部分。要研究一个作品，就要把它放入更大的文化中，而这个文化不再是过去笼统意义上的所谓“高雅文化”，而是包含了更加丰富复杂的多方面内涵，尤其是强调文化中的特殊形态——大众文化，而且把它们当作文化研究的主要对象之一。这样，文学的大众文化、民间文化、亚文化等边缘文化类型就成为批评关注的主要类型。批评的焦点，就是文本中的异质文化冲突。它的批评方式，就是对文本做跨学科的分析。前面我们谈文学批评理论的时候，谈到了跨学科的手段。异质，大约是从生物学引入的一个概念，原来是指不同的生物体之间的不同质，引申到文化上，异质就是指不同民族的文化具有不同的性质和特征，是说不同文化传统的民族具有不同性质的文化。

关于批评理论模式，当然还可以举出一些，但上述模式已能大致显示其现有的总体轮廓了。

四、认识批评理论的意义

我们前面了解了批评理论发生的新变化，了解理论和批评的分家所造成的批评理论新形态，这些会给我们认识文学批评带来有益的启迪。现在就来探讨，怎样看待批评理论新趋势对今天文学批评的启示。

（一）批评理论对文学批评的启示

我们从上述批评理论新趋势中，可以提取出这样几点启示。

第一，批评理论的新发展有助于重新看待文学理论和文学批评的关系。过去，我们可能认为批评是一回事，理论是一回事，但是我们了解了这些趋势以后，会形成一个新的认识。理论和批评之间在今天的联系已经越来越密切了，没有必要把它分开来看，没有必要把它强行划开。这实际上是"抽刀断水水更流"。它们之间的联系很密切。比如说我自己的工作，我的体会比较深。你要让我说，我做的东西，哪一部分是理论，哪一部分是批评，我确实分不出来，更觉得实在没必要分。在我说来它们就是一回事。很多学者也在这样做。这是第一点。

第二，它还有助于重新认识文学批评的性质、任务和目的。文学研究意味着什么，过去很长时间，我们有一个假设，要了解文学作品，首先就要了解创作它的作家。因为文学作品就是作家的情感、体验和天才想象的结晶。有什么样的作家就会有什么样的作品。但是随着研究的进展，人们越来越认识到，尤其是批评理论界认识到，作品和作家不能画等号。作家心里想的意图并不能完全地、直接地、忠实地、像镜子一样地实现在文本里。文本很可能要起来造反。罗兰·巴特就曾经宣布，作家死了。就像尼采宣布上帝死了一样。作品像孤儿一样，没有父母，任何一个读者都可以去亲切地抚摸他，指认他，把自己的意义灌输给他。虽然文学研究的性质，不再是忠实地繁衍作家的意思，不再是追究作家投射到里面的体验和情感，而是读者根据自己的阅读体会结合特定的文化语境，去再度建构文本的意义。

大家注意，是读者根据自己的阅读体会，结合特定的文化语境，去重新再度建构文本的意义。所以，任何一个读者都可以发表自己的意见，一下子就给我们的读者带来了解放的可能，带来了自由的可能。谁都可以说一把，过把瘾，把自己的观点投射进去。但是无形之中，也给我们的学者带来了困难。多年来，我们习惯应试教育，尤其是中小学教育习惯于应试教育，它的习惯就是，老师指定一个中心思想，段落大意，我们就去接受。我们已经习惯于只有一种确定的看法了。所以，给了你一种自由，就像一本书里面说的，不知道该怎么办，给了自由以后，不知道该怎么办，这叫“逃避自由”。我想很多同学或多或少都有过这样的困惑：一旦不要我们忠实地追问作家的本意之后，我们怎么办？

20世纪90年代初，《中华读书报》让我主持一个栏目，重读一些文学作品，我说要重读1980年代文学，我就主持这个栏目，找一些学者写，硬着头皮去做伤痕文学、反思文学、寻根文学等，我拿起一些小说，不知道如何下手，就花了很长时间去想怎么去读它。我去读“文革”时期的作品，读20世纪50年代、60年代的作品，还去读更早的一些作品，尤其是革命文学的作品，那些革命现实主义、革命浪漫主义两结合的作品。总得想办法打进它们中去，最后才能说出一点别人没有说过的东西，这才能够确立自己新的研究者身份。因为要创新，所以只好读了一遍又一遍。什么时候都在想，好不容易才想到一个办法。这就是为什么我在分析这些东西的时候，全力以赴地要找到自己的一条路，跟别人不一样。你只有这样，才能够赋予文本一个独特的阐释，找到它新的意义。所以，我们今天要了解文学研究的目的、性质和任务。首先，它的性质就不再只是复述或找到作家的原意。同时，它的任务也变了。目的、性质和任务，这三个问题，在我看来就是一回事，三个问题就是绞在一起，很难把它拆开。我们研究的目的，就不是要跟在前人背后去复述作家的原意和理论家、批评家的观点，而是要谈谈我们自己的新体会，要寻找新发现。

第三，它有助于我们重新认识人生状态、人生的价值。人生往往不只是单纯地重视某一种动力，往往可能受制于多种不同的因素，了解人生的力量是来自多方面的。

比如说，探讨一个人，可以有多重不同的方法。我们用黑格尔的观点来看，要了解一个人，要怎么了解。黑格尔的意思是说，要了解一个人，你不要光看他的长相、表面、衣着、神态，这些不能说明什么问题。你首先要做的是透过这些表面的东西而抓住他的本质，抓住了他的本质你才能理解他的外表。抓住他的本质之后，你就可以把握他的出身、身份以及一言一行。这是黑格尔式的研究方式。比如说理解拿破仑，拿破仑的意义和地位在哪里。如果按照黑格尔的理论，他就不能简单地去评论拿破仑个子怎么样，长得怎么样，他的形态怎么样。他直接抓取的是拿破仑本人所体现或代表的绝对理念或世界精神，因为在黑格尔看来，“世界精神”是一个不断变化的注定要具体化的辩证运动的过程，它总会分解到具体的事物或人物上，具体的事物或人物的存在似乎就是为了体现这种“世界精神”。由此出发，黑格尔把拿破仑看作“马背上的世界精神”。黑格尔眼中的拿破仑，是改变历史进程的一个巨人，就是“骑在马背上的世界精神”，他的身上体现了“世界精神”运动变化的规律。所以黑格尔说，要了解一个人，你要抓他的本质。

同黑格尔不一样，丹麦的存在主义哲学家克尔凯戈尔针锋相对地认为，要了解一个人，你首先必须看他个人怎么样。他说，我宁愿做个体的一刹那，而不愿做体系的一章一节。他就反对把一个个体纳入到一个宏大的体系中去看，不能先有本质然后才有现象。最重要的是抓住个体的一刹那，他的个体的生成状态本身。所以存在主义者了解人，并不想去了解人所可能具有的本质，而是要直接去了解个人的个体生存状态本身，就是了解他的 to be、being there，也就是存在、此在，了解个人的此时此地的生存状态。所以海德格尔才会进一步把个人理解为单独的、忧伤的、烦恼着的个体，要求去直接了解个体本身。难怪他就把哲学的焦点确定为个体生存本体论。

那么，同样的道理，我们的文学研究也需要参照多种不同的批评理论模式，考虑不同的研究路径。我们一旦改变过去固定不变的对于文学研究的单一视野或漠视，就可能会看到文学中由多方面合力交织构成的东西，也就可能看到，影响文学的因素既可能是一言一行，也可能是一种集体的东西，也可能是上述众多因素相互共存的空间。这种情形很微妙，很多样，很复杂，需要根据具体对象，从不同的角度去把握。

(二)我们现在怎样做文学批评?

我们现在是在批评理论的氛围中做文学批评,这种氛围决定了我们的取向:把文学批评当作文学理论与文学批评的综合运用来对待。这就是说,不再像过去那样把文学批评看作文学理论的应用,而是直接看作当前文学理论的存在方式。在当前,文学理论是可以而且应当以文学批评的方式存在的。这就对我们提出了下面三点要求:

第一,吸纳批评理论资源。建议大家从文学批评角度,去重新吸纳以往文学理论与文学批评的种种资源,以便丰富自身的批评理论素养。不管它是文学理论还是文学批评,反正我都从现在的文学批评角度去重新看待、比较、鉴别,由此丰富自身。

第二,寻找批评构架。再从种种批评理论中寻找适合于自身兴趣,同时又符合文本特点的特定批评构架。批评理论中已经留下了多种多样的理论构架,但不一定都适合。这就需要针对具体的文艺文本去选择。在这里,我感觉"匹配"这个词语比较有意思。就像找对象一样,要两厢情愿,要相互配得上。你用的批评理论模式这个武器,要适合于这个文本的特点,它们相互配得上,才用得好,才是好姻缘。

第三,分析特定文本。你不能光说不练,那样永远不会做文学批评。你就是运用特定批评构架去分析特定的文艺文本。我特别郑重地提倡大家来分析中国文本。外国的文本已经被外国学者分析过了,现在更需要分析的是我们所熟悉但未必能加以批评的中国文本。分析我们自己的文本，这更有利于我们对自我的认识。这是更大的学术挑战。

第九讲　怎样读书
——兼谈我所看重的十本书

怎样读书的问题，我想跟大家交流一下我的看法。这几年我带研究生时采取读书会办法。他们在阅读专业文献时，往往遭遇一些具体问题。我针对这些问题不断进行总结和思考，得出了一些想法。你们这一代人在读书中会遇到什么问题，到底应该怎样读书？我觉得你们自己应该认真思考。下面我来谈一下我的一些看法。

一、读书的关注点

读一本书，该如何来把握、了解它？这里有很多关注点。我们要关注什么？我想谈以下几点。

第一，著者的学术建树。读者拿过一本书来，就要向自己提问：著者的学术建树在哪里？读巴赫金，读杰姆逊，读伊格尔顿，读他们的书，我们首先就应提问，我该怎样把握它，到什么地方去把握？不是说我什么都读了就完事了，要给自己提出问题来。要看到你读的这本书在学术发展链条上处在什么样的地位上。我在把握它的时候，它旁边的、前边的、相关的不同流派学者之间的意图在哪里？我们把握了这一点，我们在自己做学问的时候才能知道我们要从哪一点上去创新和突破。列维-斯特劳斯说了二元对立模式之后，格雷马斯再来做就要想二元对立模式好在哪里，不好又在哪里。好就好在揭示了事物的矛盾性、冲突性；不好就不好在太简单了。事情那么复杂，都把它安排在二元框架中，难以把事物的丰富性和复杂性解释清楚。格雷马斯就提出了符号矩阵四要素。他的"四"就是把"二"复杂化、多样化，看到它们之间更复杂的联系。所以新理论的提出，在它的学术链条上有自身的逻辑，它变要变得有道理，不是乱来。1980年代，很多学者一拍脑袋就要创新，有人说："每个人都被创新的狗追着。"但创新，我们要知道我们在什么样的链条上，在哪个环节上创新，这一点很重要。

第二，著者的治学经验，尤其是搜集和引证材料，求实求证的功夫。他有学术建树了，那么他如何来支持、证明自己的理论？他要收集材料，要找证据。学术大家的思想远远不像我们教科书上说的那样明白和直接。你去读一下杰姆逊的书，你就会发现，他有时候最核心的论点就隐藏在他的某一句话里，不一定是最后，也不一定是开头，而是在某一段里闪现出来，他就不再提了。那你就要去找。这首先你就要明白他的学术链条的环节，他的位置，他的学术建树的特点。所以要看到他求证的功夫，搜集材料的功夫。比如说李泽厚先生，他是1980年代令人景仰的美学家、思想史家。他的地位在1980年代整个人文学界可以说是第一了。他的思想出彩，创新的火花随时闪现。但有很多做学问的人对他嗤之以鼻，为什么呢？他在不少地方有这样那样的错漏，他的求实求证搜集材料的功夫有所欠缺。当然再好的学者，他可能在某个方面都有他的薄弱环节。再比如钱锺书先生，他在引经据典上、占有的材料上很丰富，做得很扎实，但像李泽厚那样提出新锐问题来，他不擅长，也不愿意这样做。所以不同学者有不同的绝活，但最完美的是这两样都有。

第三，著者写书的技巧。有的老老实实摆材料，同样是做学问的考据家们，史学家们看了会赞同著者在某一材料上的功夫，但是不同的人可能就是不喜欢。有的喜欢语言狂欢式的效果。我们中有些研究生可能喜欢某某大学的某某教授，喜欢模仿他的狂欢式文体。喜欢很好，但是要去模仿的话，我就会告诫：最好别去模仿，学不来的。写学位论文应当学会怎样用准确的学术语言来表达。知道了舞蹈的规矩以后，你才能自由地创造新舞蹈。首先你要知道规矩，然后再去创新。作者的写书技巧，甚至他的第一个句子怎么写，论文摘要怎么写，都是有很多技巧的。每逢我指导本科生论文，总要花很长时间来改他们的句子和文体。他们那种随感式的激情洋溢的话，读起来很舒服、很好。我也很喜欢。但是，如果他们能够知道写更标准的学术论文句子，那就更好了。两者是不一样的。写书的技巧是一点一点积累、训练出来的。我们研究生要自己注意训练。要折腾，来回折腾。写不好，再写。经常处于一种焦虑中。还要多看一些比较规范的学术刊物上的论文，看得多了，你就会看到你喜欢的学者的表述方式；看得多了，你自己再去练习，你就会明白学术论文的语言该怎样用了，然后创出自己的路子来。我发现同学们平时写起作业来，语言往往很潇洒，但一到写学位论文时就有话不好好说了，主语、谓语都搞不清了。所以我改他们的论文时，我就禁不住问："你怎么就有话不好好说呢？"我也理解为什么，在自己有原创思想的时候，做从来没有人做过的东西，表述起来就是生涩，就是麻烦，迟迟找不到感觉。但是经过千回百折，过一段时间之后，最后会找到的。所以从现在就要注意去学习优秀学者的表达技巧、语言技巧、思想表述技巧。

第四，著者的得失。他在理论上、思想上的得失。他的得在哪里，他的失在哪里。我觉得我们有必要提出这样的问题来。这不是去挑剔这些学者，而是在让我们自己做的时候经常能够记得住。

第五，通过阅读领会著者的读书经验。了解他们是怎样读书的。我自己原来经常感到不知该怎样读书，所以我在读别人的书时，就注意这样的蛛丝马迹。他是怎样读一本书，读了以后感觉怎么样。我就很注意体会它。我现在读书的时候，经常是这样：读没劲儿的书，我看得很快，恨不得很快读完；读好书的时候，自己有新的体会的书，我读得很慢。读一些，就扔到一边，为什么？它让我思考。读着，读着，就有了感觉，就要离开它，离开之后又要回来。有时候，一口气读完，读完以后再来找感觉。有时候带着问题去读，可能想法又不一样，有时候读到会意的地方就得停下来想，把它的一个句子想成十个、一百个句子。

第六，关注学术前沿发展。尤其是一些新书。我们在看的时候，要看到它所代表的前沿进展是往哪个方向引申的，对此要有一个了解和把握。

第七，对本人本学科研究的启迪。我们在读的时候，要反思它对我们有什么价值和作用。

第八，相关问题的扩展性讨论或者个案分析。我在要求我的学生们做读书报告时，尤其是读国外新来的书时，一定要有相关问题的扩展性讨论。一定要提出问题来，自己加以讨论。最好是引出一个中国个案来分析。我们用这样的武器来面对中国问题，我们该怎么用，有哪些地方需要调整，有哪些地方需要转换，要结合个案来具体说明。不要空对空，一定要找具体文本来试试。怎么打入，怎么冲出来。如果打进去，全胜而出，那说明还有点道理；如果打进去以后，头破血流，那就说明，要不是方法上有问题，要不就是你自己做得还不好。那么落实到实处了，对这些新理论理解了，我们就觉得有用了。

二、读书建议

对于读书，我还有几点具体建议。

第一，读一本具体的书或者文章的时候，要知建树、究得失。我们要从总体上知晓该书的学术建树和它的贡献、特点、影响、意义等。同时在细节上，细细地琢磨它的治学得失。“得”是它的学术建树，是学术成就，是学术史上的地位。以此为基础，冷静地评判它在治学上的长短。这些对我们正确地选择一条学术道路是有帮助的。读书的时候，要留心地去想，而不要为完成读书任务而被动读书，要把读书的主动权牢牢掌握在自己的手上。

第二，取人长、开己窍。读书的时候，就要想如何取人家的长处，开自己的心窍。读书的时候，要全力以赴吸取别人的长处，获取宝贵的学术灵感。我们要时刻准备着，像海绵吸水一样吸收每一滴宝贵的学术养料。我带过的一些学生思想活跃，眼光敏锐，这是非常好的。但是有时会走到另一个极端，读每一本书只看到它的缺点。这一方面怎么不行，那一点怎么不对。聊起来时，觉得他眼光很高，但一落到实处，他就不知道该怎么做了，空对空，没法找到自己的学术立足点，不明白自己该怎样做。所以，冷静地发现他人著述中的缺点和不足，善于发现前人在治学上的漏洞和不足，以寻求突破，这是我们青年学子一个很重要的学术心态。但在另一方面，如果仅仅满足于揭别人之短，并以此为荣，就会极大地阻碍和限制自己的发展。所以成功的大学者往往是既沉浸在自己的学术发展天地中，同时又不会轻易放过吸收他人以丰富自己的每一次机会。有时候机遇是不多的，只有时刻准备着的人才能得到它。所以，脑袋里时刻都要有这样一个警觉，才能发现别人的得与失，然后最重要的是要开自己的窍。

第三，他失九不及己得一。这还是接着第二点来的。他人有九条过失，也比不上自己有一条所得、一点收获。我们在读前人的书的时候，会感到不满意。但你不满意别人，最重要的是你自己有东西才行。我们的青年人往往志向高远，目空一切，指点江山，激扬文字，这也很正常。但是，要知道自己该从哪里着眼，自己的长处在哪里，自己如何去锤炼自己的特长，这是很重要的。一个学人如果仅仅满足于一辈子评说别人而不建树，那很难说得上是一个合格的学者。他人的得失当然要评点，但自己的建树更为根本。一个成熟的学者应该随时问自己这样的问题：如果换了我，我会怎么做？我有他做得好吗？他在那样的历史条件下写出这样的东西来，我能写得更好吗？比如说，阿英写的《晚清小说史》今天看来有很多缺点，很多地方没看到。但我在读的时候，就很佩服他在那样的一个条件下写出来这样一本书，了不起。

第四，读人书、想己事。也许这点我说得有点极端了，但我觉得还是有道理的。我认为读书的一个秘诀，就是读人家的书的时候，处处想着自己的事，筹划自己的学问该怎么做。读别人的书时都要想，哪些地方用得上，哪些地方可以丰富自己。所以我提出，

"书山有路我为径，学海无涯己作舟"，自己给自己作舟，自己给自己开路。在书山上攀登，往学海里遨游。一边读书，一边想自己该怎么治学。这样读书才会有收获。把别人的书读成自己的了，别人的书也变成了自己知识储备的一部分。

第五，先梳理、后立说。我们要创新，要提出一个论点，要像胡适说的那样"大胆提问，小心求证"。提问题可以大胆一点，但论证要小心。提出一个新的观点，要看前人是不是已经提出来了。如果前人早已经发明了，你再来"发明"，那会被大家笑话的。所以首先要梳理已有的学术成果。我们的创新，应建立在对现有的学术成果的了解和尊重上，不可说大话，要小心谨慎，甚至有时要战战兢兢，如履薄冰。所以小心求证求实是很必要的。

第六，广读书、小落笔。读书破万卷，博览群书，这是很必要的。一个学者要兴趣爱好广泛，视野开阔。读书要广，视野要宽，但要小处落笔。做学问要到小处落笔，将广泛的兴趣沉落到细小问题的追究上。在读书时就要想怎么落到实处，怎么样在小处上见真功夫来。所以广读小落才会做出真正的学问来。广读广落，听起来很美，但终究会颗粒无收。

第七，读西书、做中学。这一点是我一再强调的。我们可以多读西方的东西，因为人家毕竟走在前面。现代性，它是原生的，我们是后发的。这是没办法的事。"拿来主义"在今天还是有道理的。我们年轻的时候往往很喜欢西方的东西，以做西学为乐为荣。比如说，我这一代人，1980年代我在读书的时候，由于封闭很长一段时间的大门打开了，我们当然会对西方的奇彩异景流连忘返。我的硕士论文和博士论文都有这样的特点。但是后来我才明白，我们怎么做都做不过西方。我跟我的研究生们讲，选题最好选中国的，做西方的做不过人家。你若不懂外语，质量就很可疑。

有一个博士生最初要以意大利作家为博士论文。开题时都通过了，但写到后来差几个月就要答辩了，他的导师左思右想最后做出一个重要决断——换题。你不懂意大利文你怎么做意大利作家？我觉得这位导师替学生、也是替学术做了一个正确而明智的选择。没有金刚钻就别揽瓷器活。所以做一个题目要首先自己掂量掂量，可不可以做，值不值得做。当然外文好的做西方的也不是不可以。有一位博士要做费斯克的大众文化理论，他到了国外做了一年访问学者，又是外语系教师，我当然支持："这恰好是你的强项啊！"他把费斯克的所有书都搜集到了，已经做了长时间充分准备。这种情况当然是可以的。

我让现在的学生大部分去做现代中国文学问题。我们中国有那么多问题，需要你们去解决。你在外国学术链条上加一环，意义充其量是介绍了西方。可是以后随着翻译的发展，你这样的选题就很快会成为被人遗忘的东西。要做一个能留下什么东西的题目来，别人再要做的时候就绕不过去的那种，这样才会更有意义。当然，我觉得打开一个窗口向国人介绍西学进展也是有意义的，但作为中国人，更应实实在在地想到自己的学术发展，研究中国自己的问题，这样才能在学术界立足，赢得中外学者的敬重。你跟着外国学者做西学，人家反而奇怪：你怎么没有自己的问题，老跟在我们的后面？你要有中国体验，要把你的中国体验放进去。而做这些，也是为了研究中国问题做准备。

最后一条，谈空不如做实。做文学理论很经常出现的一个弊端，就是说得多、做得少。想得很开很大，但很少、也很难落到实处。关于这一点，我这几年深有体会。为了帮助有些研究生转变思路，我颇费苦心，可以说是苦口婆心、循循善诱地指导。有时候也很着急，免不了要生气，老不开窍怎么行。但好在他们都很争气，经过痛苦的转变，到底还是转过来了。所以，要落到实处，切忌空谈，总结具体实际问题，在读书时细心寻找个人具体的落脚地面。比如说，文本分析和个案应该是最要紧的事。

怎么样读书就跟大家介绍到这里，下面再来说一下我所看重的十本书。

三、我看重的十本书

第一本，是黄仁宇的《万历十五年》。我曾经向北京师范大学本科生推荐这本书，过了好多年，没想到有的学生见到我的时候，还在跟我提及，“老师，你当年推荐我读这本当时在社会上听说过的书。我读完后感觉很好。现在，在社会上已经很有名了。我庆幸自己很早就读过”。我都忘了这事儿，但是学生还记得。黄仁宇的《万历十五年》，当年我刚开始看的时候，曾经觉得莫名其妙，还不如读真正的小说呢！但读下去之后，我就被他的文笔和思路吸引住了。我觉得这是一部非常优秀的不可多得的历史著作。它透过万历十五年的场景，揭示了明代中国社会的深沉症结，也透过明代社会揭示了中国古代社会的发展生成的症候，是人治而不是法治耽误了中国社会发展演变的步伐。靠法律来治理国家，而不是靠仁义道德来治理国家，那是很不一样的。他在这里看到中国古代社会已经走到日薄西山的尽头。这样一本薄薄的小书就揭示了中国古代社会崩溃没落的必然性。而且这无关紧要的一年——它的英文书名就用了“insignificant”（无关紧要的），恰好对中国社会的发展是举足轻重的。这本书刚用英文写成后，相继投递到美国一些著名大学出版社，先后被退稿。万幸的是，有一家出版社接受下来了。一经出版，立即名动江湖。后来1980年代翻译到中国来。我怀疑，那些外国的责任编辑甚至连书稿都还没有读完。“讲故事，这算什么呀，乱七八糟的”，所以就拒绝了。这本书正是以叙事手法来讲史的。尽管这本书是史书，但它很值得我们中文系学生好好地读一读。它读起来不费力，但它所触及的问题值得我们很好地思考。在思考中，我们会有一种豁然开朗的感觉。

第二本，罗尔纲的《师门五年记·胡适琐记》（增补本，三联书店版）。罗尔纲这位著名历史学家，太平天国史专家，他跟着胡适先生学艺五年。他这本书就记下了这五年中的点点滴滴。我们从中可以看到一对大学者师徒是怎样传授、怎样学出来的。这样的师徒情谊传为佳话，令人神往。透过这些，我们会学到很多做人做学问的东西。中外学术史上就有很多这样的例子。比如说，艾略特，他成大气候，是靠了一个有力的帮手——庞德。庞德看了艾略特长达两千多行的《荒原》，看到里面有很多精彩的句子，可惜杂乱无章，枝蔓太多。庞德用他的大笔一挥，删除了一些，留下了他认为必须保留的，最后发表出来，成了现代文学史名篇。像这样又是师徒又是知己又是朋友，确实是令人神往的学界友谊、文坛佳话。可以说没有庞德，就没有艾略特；没有胡适的教法，也就没有罗尔纲后来的成就。通过这一些，我们往往看到一个大学者后面有一个更大的学者。这样的师徒情谊是令人感动的。学问，学问，光学不问是不行的。学了要善于问，问了还要善于学。这样才会成为一个合格的、成熟的、优秀的学问家。

第三本，李长之的《司马迁之人格与风格》（人民文学出版社1984年版）。如果说20世纪中国有杰出批评家的话，我要排的第一位就是李长之。李长之是已故北师大中文系教授。他的书很多，《鲁迅批判》《迎中国的文艺复兴》等，有的不好找。他写得最好、最代表他的风格的书应该是《司马迁之人格与风格》。1993年我在中文系资料室里找出一本红卫兵批判用的书来，是《鲁迅批判》，读了第一页，我就没撒手，一口气把它读完。这是一本闪烁着才华的书。再读了他的《司马迁之人格与风格》，我就觉得更好了。李长之作为一个20世纪最杰出的、最优秀的批评家，他有这样几点素质值得我们今天来认真总结和学习。

第一点，宽广的文化视野。一个大批评家如果只是就文学而论文学，成不了大气候，大家看一看，黑格尔这么厉害，因为他是哲学家，他来谈美学，就站得高，谈得深。巴赫金提出小说杂语，他也是一位有哲学思想、社会学思想等的文化思想家，视野开阔，知识丰富。他们的背后都有一个更大的文化视野作为地面，在这个地面上支撑起他们思想的框架。像杰姆逊也有他广阔的文化视野，他在这个视野之中来分析中国的《聊斋》、蒙克的《呐喊》等。李长之写了一本书叫《迎中国的文艺复兴》，他在这里面就提出了新的文化见解。认为五四运动远不是中国的文艺复兴运动。他反驳了胡适等人提出的五四运动是中国的文艺复兴运动的说法，指出五四运动只是中国的启蒙运动，而真正的中国文艺复兴运动还是未来的事情。中国是倒过来的，先启蒙后复兴，不像西方先文艺复兴后启蒙。他认为“德先生”“赛先生”这些口号都是要破除中国过去的蒙昧，走向理性的科学的道路。在今天看来当时他力排众议提出的观点是非常有道理的。他由此提出要迎接中国的文艺复兴。这是他在1940年代提出的一个观点。中国的文艺复兴是需要迎接的，还未到来，即将到来。

第二点，博采中西地提出了“理想人格”这一核心概念。他认为一个人最重要的是他的理想的人格，他的内心，德性的闪光。他有这样的德性的闪光，才能像一座明亮的灯塔一样，把周围的黑暗驱散，把周围照亮，变为诗，变为小说，变为学术。他糅合了德国古典美学人格概念和中国古代儒家德仁的思想传统，提出了理想人格的概念。用这个概念来分析李白、韩愈、屈原、鲁迅和司马迁，形成了他在批评中独特的建树。比如，他分析鲁迅，认为鲁迅最好的小说不是《阿Q正传》，也不是《狂人日记》，而是《伤逝》。因为，《伤逝》更完整地透露出鲁迅的理想人格。而这在鲁迅的其他小说如《药》《祝福》等中是看不到的。他之所以有他的独特眼光和道理，是因为他固守在他的理想人格这一个立足点上。李长之有自己的文化理论作为地面，同时又有理想人格作支架，建构起来他的批评大厦。李长之处处都是以理想人格来看问题，看到的都是李长之本人的，而不是宗白华的、朱光潜的。

第三点，活生生的体验。他有对作家作品活生生的体验。由于有了理想人格的支撑，李长之在阅读文学作品时就会注意调动自己活的理想人格，调动自己所有生命力去体味文本，以及文本后面的作家心理，看到作家心灵的反光，再用这种反光把文本的每一个细节都照亮，让它们都鲜活起来。你读了他的《司马迁之人格与风格》，处处都能感觉到，在字里行间，跳跃的是李长之激扬的人生体验和活的理想人格。一个批评家如果不能为文学作品激动，那是很难有成就的。有些人西学功夫很好，但对中国现代和当代新的作家、作品太冷静了，缺乏一些必要的体验，所以就有他的得也有他的失。李长之就是用这种活生生的体验把沉睡在字里行间的生命点燃了。李先生到了1949年以后，每况愈下。被打成“右派”以后，整天写交代书、悔过书。到了1970年代末平反后，才气和思路就再也没缓过劲来，1978年就去世了，非常令人遗憾。如果他能像宗白华和朱光潜那样再多活十年或者十几年，可能他在学术界的影响会更大。现在古典文学界专家们对李长之很是佩服。许多人认为李长之是很优秀的文学史家，我认为他更是一个优秀的现代文学批评家。

第四点，文本的修辞论阐释。他对文本也做了一种带有修辞论特点的阐释。他往往紧紧抓住一个语词或者句子深入进去，去发现作家的理想人格的颤抖。他不是只从大处着眼，天马行空地看了作家的书，就去想自己的理想人格，而是处处落到作品的每一个字句里，从这里找到作家的灵魂，找到文学的秘密。

我认为李长之是20世纪中国最优秀的或杰出的批评家之一，正是根据这四点。其实这四点也是我自己评价理想的中国现代批评家的标准。如果这四点都能做到，那么这样的批评家就会非常优秀，人们是不会忘记他的。

第四本，李泽厚的《美的历程》（文物出版社1979年版）。李泽厚写了很多激动人心的美学作品，每一篇文章、每一本书出来之后，青年学子们如痴如醉地争相阅读。但比较起来，他的《美的历程》是写得最有文采和最有活的体验的一本。《美的历程》从古到今一直写下来，贯穿着李泽厚本人对中国古典文化艺术、古典文物的活生生的体验。其实，我觉得他也是带有李长之的某些特点。甚至，他的书里关于楚汉浪漫主义精神的研究，我想也可能从李长之那里得来灵感。

第五本，特雷·伊格尔顿的《二十世纪西方文学理论》。这本书同杰姆逊的《后现代主义与文化理论》都是我很喜爱的，我从中受到很多影响，也曾是我的书架上翻的次数最多的两本书。伊格尔顿用一个大家的手笔把20世纪西方林林总总的理论流派都梳理了一遍，有自己的主见，也有自己精辟的独到的看法。不像一般的文论史家那样太老实去求证，而是站在一个很高的地方评论，而且文笔流畅、潇洒，所以可读性很强。伍晓明的译本，我觉得是三个中译本中最好的了。

第六本，弗雷德里克·杰姆逊的《后现代主义与文化理论》。我原来跟大家说过它也是用新马克思主义理论视野重新改造西方语言论转向以来种种美学思潮后的成果。把语言论模型重新嫁接到历史的肥田沃土中去，体现了马克思主义美学语言论转向的新成果。在这个基础上他铸造了自己的晚期资本主义消费文化与后现代主义分析框架。

第七本，乔纳森·卡勒的《文学理论》。这本小书以极简略语言勾勒出文学理论的当代景观，清楚而精当，应是一本优质的入门书。

第八本，伊夫·瓦岱的《文学与现代性》。这是我喜欢的一本薄书。这本书有厚实的文化理论基础，也有对文学史的清醒梳理，再一个就是具体文本分析。这三点使得这本书具有很高的学术价值。尤其是对我们研究文学问题应该很有启发。

第九本，约翰·汤姆林森的《全球化与文化》。这本书是到目前为止我读到过的关于全球化与文化问题的最好的一本书。作者很细心地关注了文化的全球化问题，总结、归纳、评价了目前种种全球化理论。对我们思考文学问题也很有帮助。

第十本，宗白华的《美学散步》。在上海人民出版社出第一版的时候，前面有李泽厚写的一篇序言。这篇序是李泽厚写的序里面少见的佳作。《美学散步》这篇序对宗白华的声名鹊起起了很大的作用。在这篇序里，李泽厚告诉人们，宗白华是一个生性淡泊的人，不愿跑步，也不愿坐车，他愿意走路，走路也不是快走，而是散步。他的一生就是美学散步的一生。在未名湖畔，一个穿着长衫、拄着拐杖的老人，走走停停，这就是宗白华。他用他一生的生命体验去体味中国古典文化遗产，发现了让人流连忘返、意味深长的美。李泽厚接着说，朱光潜是现代的，而宗白华是古典的；朱光潜是西方的，宗白华是中国的。这些话细究起来都是不大确切的。我认为他们其实都是现代的，哪能这样分，太简单了。但这些话，在当时引起了包括我在内的许多人的感动。朱光潜是大家公认的一位美学大家，这样把朱光潜和宗白华二人放在一起，一下子就把宗白华的地位提起来了。宗白华在1940年代没有这么大的影响，到了1980年代，加上当时的文化语境，比如文化寻根等等的原因，使得宗白华的影响扩大开来。所以这篇序和这本书一起成了现代美学史上的一段佳话。宗白华的文章和书没有体系，逻辑性也不强，也没有注，甚至很多材料也不可靠，他的记忆有时难免也有错误。但他是在1940年代那样的环境下写作的，没有地方找材料。但他的思想具有穿透力，他的思想可以更长时间地保存下来。他所做的是在现代性条件下对于中国文化根基的重新寻找。这其实是现代性的。他提出的问题就是中国人在现代世界上如何寻找更有价值的生活。宗白华说：古人已经给我们提示了，那么跟我走吧。古人风神潇洒，行神如空，行气如虹，他们在山水之间流连忘返，我们今天还能做到吗？宗白华为此去寻找中国文化精神的“象征物”，他找到的是“节奏”。“节奏”这词儿合不合适还可以去商量。但你起码可以想见，他在追问这样的问题，探寻到了中国文化固有的音乐性问题上。一开始读宗白华，有些人读不进去，但我想读了上面说的一些书之后再来读，可能会更有收获。

关于怎样读书，今天就跟大家谈到这里。这十本书应当说各有其作用，相互不可替代。相信我，读完后你会感觉不虚此行。

附录：各章修读参考

第一讲　文学与文学理论

提要

阅读文学作品就行了，为什么还要学文学理论？

文学作品与文学理论有什么关系？

文学理论的属性怎样？它有什么作用？

怎样学习文学理论？

小结

文学是对人生意义的探索。当现实生活中其他探索方式都不能解决或不能完全解决人类面临的挑战性问题时，文学总会出场，以自身的方式去替人类寻求解答。正是在文学作品本身中铭刻下人类思考文学意义的印迹，留下人类对文学的意义的反思性追究。每当此时，文学与文学理论之间就豁然贯通了。文学理论是一门人文学科，是关于文学的普遍问题的思考方式。当前文学理论的特征有跨学科性、分析性、反常识性、自反性等，但文学理论毕竟要努力寻找属于自身的特殊立足点、相对连贯性和有序性。文学理论没有固定的门窗，是开放的，但需要守住一个底线：无论怎么开放，都需要跟文学文本有关。关于学习文学理论方法的建议：多读作品、体验艺术、涵养理论感、跨学科拓展、人生体验、文论实践。文学理论有这样几个品质：体验性、阐释性和实践性。

思考与练习

1. 文学作品与文学理论之间的联系在哪里？
2. 文学理论的属性怎样？
3. 文学理论如何既要开放，也要守住底线？
4. 谈谈你最有心得的文学理论学习方法。

第二讲　文学的含义与属性

提要

文学一词在中国古代有过哪些含义？

历史上的文学观念怎样？

什么是文学？能否给文学下个定义？

文学的属性怎样？

小结

文学在中国古代出现过三种不同含义：一是文学即文章和博学；二是文学即有文采的缘情性作品；三是文学即一切语言性作

品。第一种显示了文学与学术双重含义；第二种直接指狭义上的文学；第三种则呈现了文学的广义用法。文学是一种语言性艺术，是运用富有文采的语言去表情达意的艺术样式。有关文学属性问题，中外曾出现过大约八种文学观念：模仿论、实用论、表现论、客观论、体验论、语言论、修辞论和文化论。当前文学观念需要以属性论取代本质论，从单一到综合，从全面到特色，自觉追求属于自己的富有特色的文学理论框架。文学同时具有传播媒介、语言系统、活的形象、体验、修辞和文化产品等多重属性。综合文学含义和文学属性，可以给文学下一个操作性定义：文学是以富有文采的语言去表情达意的艺术样式，是一种在媒介中传输语言、生成形象和唤起感兴以便使现实矛盾获得象征性调达的艺术。简单地说，文学是一种感兴修辞。更简洁地说，文学是一种兴辞。感兴修辞性或兴辞性是文学的主导属性。文学的感兴修辞性，是指文学具有感物而兴、兴而修辞的属性。感兴修辞是指以语效组合去调达或唤起活的生存体验。从读者的文学阅读角度看，感兴修辞可能会由外向内地依次呈现为四层面：感触修辞、修辞生兴、兴会酣畅和兴味深长。感兴修辞有三种类型：同情式认同、对立式认同和无意识认同。兴辞的主导文体是兴体，即感兴修辞的集中展现形式，在具体文本中有五个构成要素：兴辞、兴象、意兴、类兴、余兴。感兴修辞批评的阐释圈，是指感兴修辞批评特有的由若干循环互动的同心圆组成的阐释程序，包含如下五个阐释圈：文本感兴激活、文本语言阐释、文本深层结构阐释、文本与语境的相互阐释、文本独特意义阐释。

思考与练习

1. 今天文学一词的含义，跟古代的文学含义相比，有什么不同？

2. 历史上曾经出现过哪些有关文学属性的观念？

3. 怎样理解文学的兴辞性？

4. 感性修辞批评涉及哪些阐释圈？

第三讲　当代中国文学语言状况

提要

语言在文学作品中的地位怎样？它是次要因素还是主要因素？

当代文学语言发生过怎样的演变？可以梳理出哪些阶段？

每个阶段的文学语言有何特征？

小结

语言在文学中的地位可以理解为：语言构成了文学的地面，构成了文学的基本。如果没有语言，我们就很难奏响文学琵琶。语言不仅创造形象而且本身就是形象。语言是文学作品审美价值的一个组成部分。语言本身就有美。当代文学语言状况可以分为四阶段：大众群言、精英独白、奇语喧哗和多语混成。大众群言是一种脱离上层文人旨趣、符合工农兵大众群体审美需要的文学语言状况。精英独白是渗透了浓重的文人或精英人物语调的语言形态。奇语喧哗是1980年代后期至1990年代前期文学新潮显现的多种新奇语言竞相喧哗的状况，有白描式语言、立体式语言、旧体常语式语言、调侃式语言、口语式语言、间离语言、自为语言。多语混成是1995年至21世纪初的语言形象，是指一个特定文学文本综合地运用了多种彼此不同的语言碎片的语言状况。这五十年来当代文学语言呈现出语言俗化、雅化、多元化和碎片拼贴的演变轨迹。

思考与练习

1. 结合当代文学语言演变轨迹，谈谈语言在文学作品中的作用。

2. 当代文学语言经历了哪些变化？

3. 在当代文学语言的四阶段演变中，你印象较深的是哪个阶段？尝试举例谈谈该阶段文学语言的特点。

第四讲　从诗意启蒙到异趣沟通
——当代中国审美精神的演变

提要

什么是审美精神？

当代中国文艺中的审美精神经历了怎样的转变？

如何理解20世纪80年代文艺中的审美精神状况？

20世纪90年代审美精神怎样？

小结

审美精神是在文艺作品的活的形象中并通过活的形象去呈现人类生存意义的带有一定普遍性的态度或意向，它的特点在于寻求一种象征物，具有多样性和多元性。20世纪80年代审美精神的特点在于诗意启蒙，这是一种以活生生的艺术形象体验去传达理性意图、凭借艺术审美体验而使蒙昧心灵获得解放的心灵状态。与理性启蒙突出理性觉醒、道德启蒙强调道德责任、情感启蒙重视情绪感染不同，诗意启蒙要求启蒙意图必须寓于艺术形象之中，并始终不离开艺术形象体验。审美精神从1980年代到1990年代经历了演变：一是从纯审美到泛审美，二是从精英文化到大众文化，三是从一体化到分流互渗，四是从喜剧性到悲剧性，五是从单语独白到杂语喧哗。这种演变的主要特点在于，随着经济形式的多元化和社会分层的多层次化，中国人审美趣味和艺术趣味及语法和词汇都产生新变化和分化。1990年代审美精神的特点在于异趣沟通，是指不同审美趣味相互融通的状况。异趣沟通不是最后消除了差异，走向了完全的一致，而只是承认差异、尊重差异，在差异中融合，在融合中找出差异。异趣沟通在不同审美文化现象中会有不同的表现：对话、仲裁、阐释、评价、体验、认同。

思考与练习

1. 思考审美精神问题，对于研究文学和文学理论有什么意义？

2. 20世纪80年代审美精神有何特点？

3. 从20世纪80年代到90年代之间，审美精神经历了哪些变化？

4. 怎样理解20世纪90年代审美精神的特点？

第五讲　从无声挽歌到视觉动画
——兼谈大众文化对高雅文化的置换

提要

要理解文学，有时需要跳出文学而从其他艺术门类去看。

从小说媒介到电影媒介的变化有助于显示文学的特点。

小结

从杂志媒介（小说）到电影媒介的转换是必要的：原有的文字描写要转换为电影特有的视觉造型、人物动作和影像蒙太奇等。从小说到电影之间的转换不仅出于媒介需要，还融入了更多改编因素。这些改编因素是积极的和自觉的：人物、场景、事件、情调等。如果说，小说通过发生在瞎子、聋子和哑巴之间的没有语言的痛苦生活过程，上演了一出在无声挽歌伴奏下的冷峻甚至冷漠的人生悲剧，读来令人掩卷沉思，对语言的权力深感震惊；那么，影片则竭力勾勒富有视觉观赏性的浪漫人生喜剧动画，看后让人在轻松与愉快中忘却生活中的沉重与苦痛。单就电影这种大众文化本身特点看，《天上的恋人》对《没有语言的生活》的改编体现了如下文化修辞法则：一是主要人物性格变得更清纯、善良、可爱且富于浪漫情趣，以便投合市民的流行审美趣味；二是场景奇绝、富于视觉造型性和表现性，以便营造浪漫喜剧风味；三是情节安排首先要服从于视觉观赏效果而不是内心的理性沉思；四是情调上不再是谱写无声的生活歌谣，而是演奏浪漫的人生恋曲。上述修辞上的转换导致原来由小说承载的高雅文化的无声悲歌转向大众文化的浪漫的视觉动画，由此拉开大众文化与高雅文化间的文化“距离”。高雅文化与大众文化之间确实存在分界线，但这种分界线不等于恒定不变的鸿沟，而往往只是忽显忽隐且又相互缠绕的闪烁不定的变线。

思考与练习

1. 小说到电影之间的转换是仅仅出于媒介需要，还是出于更多因素？

2.《天上的恋人》对《没有语言的生活》的改编，体现了怎样的文化修辞法则？

3. 从这则改编案例可见高雅文化与大众文化的何种差异？

第六讲　现代性体验与文学现代性分期

提要

现代性体验与文学现代性之间有着怎样的联系？

现代性体验的层面怎样？

现代性体验的基调和类型有哪些？

从现代性体验去给文学现代性分期会怎样？

小结

现代性体验构成现代性的基本地面，即构成所有现代性思想、意念、情感、审美或艺术等的基本层面。现代性转型实际上也就是生存体验的现代性转型。文学不仅是在思想、情感层面来思考现代性，还要直接深入到现代性的体验层面上来把握它。现代性体验有三个层面：一是全球地方性，二是人类民族性，三是器道互动性。现代性体验的基调在于怨恨与羡慕相互交织的心理状态，即怨羡情结。中国的现代文学史可以视为“怨羡情结”的演化场。中国现代性体验共有四种基本类型：惊羡体验，对于西方现代生存境遇的惊奇、羡慕心态；感愤体验，是感伤、感受和愤怒相交织的情感状态；回瞥体验，代表了对行将消逝的中国古典传统的深深惋惜、缅怀或者说怀旧之情；断零体验，表现出对过去、现在、未来深深的悲怆和愁苦，是上述三种体验的类型在绝望中的融汇。从现代性体验看文学现代性，可以把中国文学现代性视为一个包含若干长时段的超长时段过程，从晚清至1970年代构成中国文学现代性的第一个长时段，可称为中国文学现代Ⅰ；从1980年代至今则是中国文学现代性的第二个长时段，可称为中国文学现代Ⅱ。这两个长时段共同构成中国现代性体验的表现形态：中国文学现代Ⅰ的特点主要在于以地球体验取代天下体验，即从天下之中央模式到地球之一国模式；中国文学现代Ⅱ则以更加富于动感的全球体验取代相对静态的地球体验，即从地球之一国到全球之一地，形成全球地方化体验。现代中国人在全球性境遇中应当怎样凸显自身的独特个性，成了一个突出的大问题。

思考与练习

1. 怎样理解现代性体验构成现代性的基本地面？
2. 结合具体作品谈谈怨羡情结的特点。
3. 试论述中国现代性体验的四种基本类型的特征。

第七讲　大海与海的跨文化对话
——分析《你见过大海》

提要

应当怎样分析一首诗？

怎样透过一首诗而思考更为宽泛的文学理论与批评问题，例如中国文学现代性的特点？

本讲将通过分析《你见过大海》这一艺术形象，考察其中的跨文化对话状况，进而由此探讨中国文学现代性问题。

小结

阅读诗歌文本《你见过大海》，有助于透过大海形象而重构起从古典文学到西方文学、再到中国现代文学的跨文化旅程。现代文学中的大海形象并非来源于中国古代文学，而是来自对西方文学的借鉴。大海形象本来是作为西方现代有关自由、平等、公正、至善等终极价值的象征物而产生的，这些现代性终极价值在大海中找到了它的特殊象征物。大海在中国跨文化旅程中发生了从地缘政治词语到审美形象的转变，其中的代表人物先后有王韬、黄遵宪、李伯元、苏曼殊、郭沫若等。郭沫若诗歌中的大海形象标志着大海从现代中国人的地缘政治词语转化成为普遍的审美形象，从而可以视为中国文学从古典海向现代大海转变的分水岭。大海成了中国文学现代性的重要的象征性形象，其审美价值同国家独立、民族解放、个体自由等终极价值紧密相连，是它们的典范性象征。《你见过大海》体现了从大海回到海，从伟大的大海回到平常的海、回到小海的企图，属于借助大海形象而对中国文化现代性的反思，力求拆除现代性深度模式而回归平常的语言形式。它不是要消解文化现代性本身，而只是显示了文化现代性的两个阶段划分，代表了中国文化现代性从现代Ⅰ到现代Ⅱ的转变轨迹，是从深度现代性回到日常现代性的一种审美形象标志。坚决地肯定和冷峻地反思现代性深度模式，是必须同时进行的两个过程。

思考与练习

1. 结合中国文艺作品实例，谈谈古典海与现代大海形象的不同。
2. 中国现代文艺中的大海形象有何文化意义？
3. 自选文艺作品实例，分析其中大海形象的文化意义。

第八讲　当前文学批评新趋势

提要

什么是文学批评？

文学理论与文学批评之间关系怎样？

当前文学批评有何新趋势？

小结

文学批评是在具体的文学文本鉴赏基础上产生的带有评论性质的活动。以往把文学理论与批评分别看待，现在人们倾向于认同文学理论与文学批评之间形成重新组合或相互渗透，这具体表现为三方面：一是文学理论批评化，二是文学批评理论化，三是文学理论和文学批评的跨学科化。当代出现文学理论与批评的互渗形态——批评理论，它是一种在具体的文本分析中探索文学的普遍问题的文学研究方式。这意味着批评理论既是一种对于具体文学文本的批评，同时又是一种对于普遍性文学问题的理论建构。当前批评理论正呈现出如下六种特征：跨学科性、文本修辞性、意义的开放性、自反性、元评论性、修辞实践性。批评理论，说到底就是一种修辞实践，是以文本修辞细读方式呈现的社会干预。批评理论的主要模式有词语批评、结构批评、心理分析批评、解构批评、意识形态批评、“文化研究”批评。现在可以把文学批评当作文学理论与文学批评的综合运用来对待，即不再像过去那样把文学批评看作文学理论的应用，而是直接看作当前文学理论的存在方式。这就对我们提出三点要求：一是吸纳批评理论资源，二是寻找批评构架，三是分析特定文本。应当运用特定批评构架去分析特定的文艺文本。

思考与练习

1. 文学理论与文学批评可以看成是一回事吗？

2. 结合具体实例谈谈文学理论与文学批评的互渗状况。

3. 当前批评理论有哪些特征?

第九讲　怎样读书
——兼谈我所看重的十本书

提要

大学生读书时应当关注什么?

能就大学生读书提点具体建议吗?

哪些书值得读?

小结

读书的关注点如下:一是学术建树,二是治学经验,三是写书技巧,四是得与失,五是读书经验,六是学术前沿发展,七是对本人研究的启迪,八是相关问题扩展讨论或个案分析。读书建议:一是知建树、究得失,二是取人长、开己窍,三是他失九不及己得一,四是读人书、想己事,五是先梳理、后立说,六是广读书、小落笔,七是读西书、做中学,八是谈空不如做实。我所看重的十本书:黄仁宇《万历十五年》,罗尔纲《师门五年记·胡适琐记》,李长之《司马迁之人格与风格》,李泽厚《美的历程》,特雷·伊格尔顿《二十世纪西方文学理论》,弗雷德里克·杰姆逊《后现代主义与文化理论》,乔纳森·卡勒《文学理论》,伊夫·瓦岱《文学与现代性》,约翰·汤姆林森《全球化与文化》,宗白华《美学散步》。

思考与练习

1. 在文学理论课程阅读中，读书是应该漫无边际地阅读，还是应该有所用心？请结合自己的课程学习谈谈读书体会。

2. 从八条读书建议中，你觉得最有启发的是哪一点？请就此谈谈自己的读书体会。

3. 以上所列十本书各有其特点，其中是否有你感兴趣的？如有，它带给了你什么？

后　记

本书是我在北京师范大学讲授文学理论课程的课堂现场实录形态的呈现。具体地说，整个讲稿是依托我的文学理论课堂现场授课内容及其中的师生对话录音，稍加整理、汇编和修订而成的。汇集在这里的总共九讲，主要选自我的《文学理论讲演录》（2004）和《大学从游》（2009）两种讲课实录，并根据今天的特定需要略做修订。

这些课堂实录虽然已经过去若干年，但此时翻检一遍，感觉仍然有一些用处，有可能在文学理论的入门向导方面给予今天的读者以一些帮助，假如我没估计错的话。当然，是否真正能够提供帮助，还有待于读者朋友指正。

感谢北京师范大学跨文化研究院董晓萍院长的约稿，有机会对上述九讲做了一番整理。

本书能够顺利出版，得感谢商务印书馆编辑张鹏的细心编校。

王一川

2021年8月31日于北京师范大学